FRUTO

PROIBIDO

Doce Garota

O INÍCIO DA

SUPREMACIA STYLES

LIVRO UM PARTE IV

STACYE CARAMELWS

EDITORA FRUTO PROIBIDO

Essa é uma obra de ficção. Os nomes, personagens, lugares e acontecimentos descritos na obra são produtos da imaginação da autora. Qualquer semelhança com nomes e acontecimentos reais é mera coincidência.

REVISÃO:
Gabriella Revisões

CAPA|
DIAGRAMAÇÃO:
Larissa Chagas
lchagasdesign

ILUSTRAÇOES:
Edu Brasil
Mery Arts
Camila

A você, que aguardou ansiosamente
o momento em que poderia cruzar
as pernas durante a leitura.

Playlist

01:10 04:10

GATILHOS

Este livro aborda assuntos como violência física, verbal e gráfica, assassinato, uso de drogas ilícitas (com e sem consentimento), consumo de álcool por menores, porte de armas, destruição de propriedade, sequestro, citação de tentativa de suicídio e menção dos crimes de: pedofilia, assédio e lutas ilegais.
Se quaisquer dos citados acima for perturbador ou um possível gatilho, sugiro que não dê sequência a sua leitura e priorize a si mesmo e a sua saúde mental.

Contém cenas de sexo explícito.
Livro não recomendado para menores de 18 anos!

SOCIEDADE
DA SUPREMACIA STYLES

Essa é a última parte da nossa história como casal principal e, se você se dispôs a prosseguir com a leitura após ver todos os gatilhos contidos, nós, Cameron e Rebecca, declaramos você como parte da sociedade da Supremacia Styles.
Bem-vindo ao caos!

C.W. Styles.	Rebecca Malik.
Cameron William Styles Presidente Dono da Supremacia	Rebecca Styles Vice-presidente Dona de Cameron

Cameron e Rebecca estavam destinados a ficarem juntos há décadas que sempre levavam a tragédias.

Mas o que um dia foi tristeza e dolorosas perdas passou a ser sonhos conectados pela ligação de almas entre a nerd diabética e o capitão do time, que eram inimigos de infância.

E eles se tornaram o início da Supremacia Styles.

Saiba que eu morreria por você.

Amor, eu morreria por você.

A distância e o tempo entre nós nunca

vão me fazer mudar de ideia, pois, amor…

Eu morreria por você.

Eu mentiria por você.

É sério: eu mataria por você, meu amor.

Não é nada demais: eu morreria por você.

Die For You – The Weeknd

PRÓLOGO

Cameron

Oslo, Noruega
Casa de Campo da Monarquia da Noruega
9 de janeiro, sábado, 14:55

Era o dia do meu casamento e eu não poderia estar mais ansioso.

Ela seria minha, *totalmente* minha.

Eu me encarei no espelho, vestindo um terno azul-escuro para que o modista fizesse os últimos ajustes no paletó, e ele começou a falar onde precisaria fazê-los, mas minha mente não focava nada que não fosse a minha noiva.

Não sabia se era possível, mas a cada dia que passava ela ficava ainda mais linda.

Essa semana havia sido de longe a pior para mim; um selinho me fazia querer explodir, mas não de qualquer forma: explodir dentro dela, com ela, depois dela, que seja!

E isso me deixava louco.

Era impossível explicar como venci os mais sombrios dos meus desejos de prensá-la contra a parede ou jogá-la no sofá e amá-la de todas as formas imagináveis no escritório.

—... O que achou? — questionou o homem, arrancando-me de meus pensamentos.

— Ótimo — eu me apressei em dizer.

Olhei o relógio em meu pulso, vendo que marcava quinze horas. Em três horas começaria a cerimônia. Papai e avô William me olharam, segurando a risada.

— Licença — tio Miles, irmão de minha mãe, pediu ao entrar na sala —, um bando de garotos chegou e estão exigindo a sua presença.

Estiquei minhas costas e sorri.

— Pode recebê-los, pai? — pedi.

Ele concordou e seguiu Miles para fora da sala.

Rebecca estava em uma casa próxima a de campo. Eu, os meus tios e os dela nos arrumaríamos aqui, mas os meninos do time haviam planejado uma surpresa para minha noiva, o que foi recomendado por Natalie, para que a noiva não ficasse com a maquiagem borrada logo na entrada da cerimônia.

Eu sabia que, além dos nossos convidados, ela almejava ter um determinado grupo de garotos presente e não me limitei apenas em trazer o time, mas Neji, Lana, Calleb e Jace, em um combinado com o rei Erick.

Depois de trocar de roupa, desci as escadas.

— ELES VÃO SE CASAR! — Peter anunciou.

Os outros começaram a gritar e falar alto e juntos.

Eles se aproximaram de mim e começaram a pular como se fosse a comemoração de uma vitória. E, para mim, era.

— Irmão, estou muito feliz por vocês — Peter declarou.

— Aquele drama todo para no final vocês se casarem e não surpreenderem a ninguém — Josh provocou, bagunçando meu cabelo.

— O que a capitã fez para mudar suas ideias absurdas de não se casar com ela? — Eric questionou.

— Trancou ele em um quarto e veio para a Noruega — Andrew anunciou.

O time de imediato ficou em silêncio, olhando para mim em busca de uma resposta.

— Sério? — Peter questionou.

Balancei a cabeça concordando, mesmo que contra a minha vontade.

Peter olhou Josh, em seguida o time todo trocou olhares e explodiram em risadas altas.

— Caralho, a capitã é demais! — disse Eric.

— Orgulho da minha irmãzinha — Peter afirmou.

— Espero que Calleb não saiba disso — Josh se prontificou enquanto limpava os olhos por ter rido demais.

— E como você saiu do quarto? — Adam questionou, rindo.

— E ela ainda roubou as chaves dele — Andrew acrescentou.

O time voltou a gargalhar, nem mesmo meu pai e avô conseguiram resistir.

Acabei rindo também, agora era engraçado me lembrar da minha mulher agindo daquela forma, e nunca duvidei de que ela fosse capaz de fazer algo parecido.

— Certo, certo — falei em voz alta. — Prestem atenção, caralho! — ordenei, todos ficaram em silêncio e me olharam. — Hoje é o dia do meu casamento, terá bebidas, muitas bebidas, e vocês quando ficam bêbados brigam muito entre si. — Eu os olhei seriamente — Não quero saber de brigas… *hoje* — acrescentei. — Estamos entendidos?

— Sim, capitão — todos concordaram.

Eu me aproximei de Adam, Eric e Brian, que eram os maiores do time e os que mais brigavam, principalmente entre si.

— Estamos entendidos? — repeti, encarando-os.

— Sim, capitão — disseram em uníssono.

— Ótimo, agora preciso falar com pessoas piores que vocês — comentei.

— Como isso é possível? Quem são? — Peter quis saber.

Eu o olhei.

— Meus tios e os de Rebecca — disse, olhando papai, que acabou rindo.

Saí da sala em que estávamos e segui para outra.

Fumaça de charutos e o alto falatório inundavam o lugar. Todos bebiam alguma coisa, fosse whisky, conhaque, vodca ou outras bebidas.

— Chegou o noivo! — Dave, tio de Rebecca, anunciou.

Eles começaram a me saudar com animação e, à medida que me abraçavam, bagunçavam meu cabelo, brincando comigo de alguma forma.

— Preciso falar com vocês — avisei, abaixando a música do Guns N' Roses que estava tocando, assim tendo a atenção de todos. — Hoje é meu casamento e não quero saber de confusão, brigas ou coisas do tipo. Isso vale até para depois que eu e Rebecca não estivermos mais aqui. A monarquia está de olho em nós.

— Não somos crianças — meu tio materno Frederick protestou, levantando-se com o charuto em mãos.

— Deixe o garoto falar, seu idiota! — Dickson, o tio materno mais velho, o interrompeu.

— Se os irmãos de sua mãe se comportarem, não teremos problemas — Rolland, irmão de meu pai, alertou, sendo seguido pelas concordâncias dos meus outros tios paternos.

— É o casamento da minha sobrinha e afilhada, se vocês são crianças demais para estarem aqui, talvez devessem ir embora — Benjamin, tio paterno de Rebecca, comentou sarcasticamente.

Suspirei. Minha futura esposa era exatamente assim.

Os tios de Rebecca se envolveram quando tio Thomas começou a discutir com Benjamin. Passei as mãos nos cabelos, a ponto de explodir.

Thomas foi para cima de Benjamin, que lhe deu um soco. Marcus e William me olhavam a espera de uma reação, assim como meu pai e meu sogro, que deixaram claro que o que eu decidisse seria a palavra final, talvez porque era o *meu* dia e o de minha noiva.

Marcus estendeu uma arma para mim, como se tivesse lido os meus pensamentos. Peguei a arma de sua mão e disparei três tiros em garrafas de bebidas diferentes, que explodiram na mesma hora, fazendo barulhos que ultrapassavam os da confusão.

Todos me olharam com olhos arregalados.

— Qualquer que seja a confusão entre vocês, independentemente de ter algum conflito mal resolvido, que se foda! É meu casamento, porra!

— Eles que…

— E *nenhum* — continuei — problema pode chegar até minha noiva. Se vocês não podem deixar a confusão de lado pelo menos por hoje, estão convidados a se retirar. *Nada* pode dar errado hoje, *nada*!

Devolvi a arma para Marcus e, impacientemente, saí da sala.

Rebecca

Em suas últimas horas como senhorita Malik...

Uma conversa de mãe e filha e outra de pai e filha tinham me distraído um pouco, mas eu estava nervosa.

Muito nervosa.

Não era medo ou vergonha.

Pelo contrário, eu queria vê-lo, queria dizer sim, queria ouvir seus votos, falar os meus e, enfim, tê-lo como meu marido.

E, para ser sincera, estava tudo perfeito, mas ainda sentia a falta de algumas pessoas.

Suspirei, estando estranhamente sozinha em uma sala, com algumas coisas em meus cabelos para fazer o penteado. A maquiagem seria feita em breve, pelo que fui avisada.

— Senhorita Nogueira Malik, temos uma surpresa — Natalie anunciou, entrando.

— Temos? — questionei, virando-me para olhá-la e a vendo com Nicolly e Astrid.

Astrid ergueu uma venda, com um sorriso maroto nos lábios.

— Eu odeio vocês.

— E o problema é todo seu — Nicolly rebateu.

Eu me levantei, rendendo-me logo, porque retrucar só me faria perder tempo.

A venda foi colocada e eu caminhei de acordo com os direcionamentos de Natalie e Nicolly, que estavam uma de cada lado meu.

Uma porta foi aberta, mas tudo estava em silêncio. Tive a certeza de que entrei na sala.

— Pronta? — Astrid quem questionou.

— Ora, pelo amor de Deus, o que há de tão importan…

A venda foi desamarrada e eu os vi.

Sem acreditar.

E se não fosse pelos gritos e abraços, eu ainda estaria parada.

Eles estavam lá.

Peter, Josh, Adam, Brian, Eric, Calleb, Neji, Jace e Lana.

Os meninos do time pularam em mim com tanta animação, que os demais tiveram que esperar.

— Eu não acredito, eu não acredito! — afirmei, abraçando-os.

Abracei Peter e Josh novamente e comecei a rir quando vi que estavam usando robes *pink*. Eles se viraram e vi que estava escrito "Amigo dos Noivos" nas costas. Abracei os outros, vendo que também usavam robes.

— Não perderíamos isso por nada — Peter anunciou.

— Com certeza, não. Mas vamos nos arrumar em outra sala, só queríamos te ver antes para não borrar a maquiagem — Josh disse, abraçando-me outra vez.

— Ordens de Natalie — Lana afirmou.

— E ela estava certa — admiti, limpando os olhos outra vez. — Agora sim, tudo está perfeito.

01

Cameron

Em meia hora chegamos à casa de campo da realeza, mas não pude ver como estava a decoração do casamento pois a mesma regra de Rebecca se aplicava para mim.

Não via a hora de abraçar Rebecca como minha esposa, beijá-la como minha mulher, tocá-la… Meu coração disparou e minhas mãos suaram só de pensar em tocar cada parte de seu corpo, beijar os lugares que mais desejava beijar, saciar a minha vontade dela. Eu precisava dela, do seu corpo, do seu toque e… Como precisava.

Estava em abstinência dela e isso me deixava louco.

— Querido? — mamãe chamou, abrindo um pouco a porta.

Eu me dei conta de que estava parado diante do espelho, totalmente imóvel.

— Te chamei três vezes, não me ouviu?

— Quer a verdade? — brinquei, olhando-a através do espelho.

— A poucos minutos do seu casamento? Prefiro não saber o que te impediu de me ouvir, pelo bem da minha alma — ela brincou de volta. Eu me juntei a ela nas risadas, mas logo meu corpo ficou tenso e ansioso. — Como se sente estando prestes a casar?

— Um pouco nervoso — admiti.

Mamãe me fez olhar para ela, puxando levemente meu queixo com os dedos.

— Vocês se sairão muito bem — afirmou, porque já havíamos tido nossa conversa. — Está pronto? Sua noiva está perfeita! — Mamãe disse animada, e seus olhos marejaram.

— Eu te amo, mãe. Obrigado por tudo. — Eu a abracei mais uma vez e a ouvi fungar.

— E eu te amo, filho. Sabe que, sempre que precisar, pode me chamar. — Ela me olhou e arrumou minha gravata. — Mas se vocês brigarem, tratem de se resolver, e nada de envolver as famílias.

— Ah, mãe — comecei, aos risos —, acredito que teremos ótimas formas de nos resolvermos.

— Garoto, seu abusado! — ela me acusou, aos risos.

Beijei seu rosto, me olhei uma última vez no espelho e estendi o braço para ela.

Mamãe respirou fundo, enlaçou o braço no meu e seguimos porta afora.

Descemos as escadas e meus tios aplaudiram quando me viram.

— Senhores Styles — Violet, assistente de Astrid, nos chamou. — É hora de vocês entrarem.

Concordei, balançando a cabeça, e mamãe me olhou.

— Pronto?

— Nunca me senti tão pronto — afirmei a vendo sorrir.

As enormes portas se abriram, e pude ver a decoração do salão. O casamento não pôde ser ao ar livre devido ao frio rigoroso da Noruega.

As cores seguiam no azul claro e escuro em uma harmonia incrível, até mesmo os integrantes da banda contratada usavam azul. Estava espetacular, majestoso e glorioso.

Não fazia ideia de como esconderam tudo de minha noiva, mas Astrid havia conseguido. Nossas famílias me olhavam juntamente com o time, que pareciam crianças animadas tentando se conter e estavam tão felizes que parecia ser o dia deles, mas percebi que Peter e Josh não estavam ali.

Paramos para as fotos e eu sorri imaginando a entrada da futura senhora Styles.

E foi pensando nisso que parei em meu lugar, ao lado do celebrante. Depois disso, as demais entradas se passaram rapidamente. Primeiro, meu pai e minha sogra. Em seguida, Elliot com Natalie, que segurava as lágrimas e sorria sem parar; ela estava linda. Após eles, vieram Nicholas e Felicity, parecia que ele já havia chorado antes de entrar. Nicolly e Carter entraram sorridentes. Astrid e Andrew eram majestosos, se posso dizer; ela estava radiante com o casamento que havia planejado.

Uma explosão de risadas foi ouvida quando Peter e Josh (eu devia ter suspeitado), entraram como floristas, com uma música animada tocada pela banda.

Eles estavam quase saltitando de animação. Peter fez questão de jogar flores em cima de Calleb, em provocação, e Josh em Lana com a mesma intenção.

Foi impossível não rir, mas logo fiquei tenso. Meu coração começou a bater tão aceleradamente que alguém próximo poderia ouvir.

Ela estava vindo. A minha noiva.

Tentei controlar minha respiração, mas tinha me tornado incapaz daquilo.

Esperei ansiosamente por esse momento e aqui estávamos nós, tão perto de mudarmos nossas vidas.

Limpei o canto dos olhos e respirei fundo.

A música *Kiss Me* do Ed Sheeran, na versão instrumental, começou e todos se levantaram.

As portas se abriram. Quando ela apareceu, me faltou ar, e eu não sabia mais como respirar, como falar, como sentir qualquer coisa que não fosse venerá-la.

Não conseguia ver ninguém além dela.

Ao me olhar, ela sorriu com os olhos marejados.

Tentei segurar ao máximo as lágrimas e falhei.

Ela estava linda, perfeita, deslumbrante e radiante.

Minha noiva, minha futura esposa.

Eu me deixei chorar, não me importava com mais nada. Era apenas eu e ela.

Um sorriso se misturou às lágrimas de felicidade e realização.

Os meninos do time choravam, assim como Andrew, Carter, Nicholas e Elliot.

Natalie era sustentada por Elliot, caso contrário teria desabado de chorar.

Os novos primos de Rebecca choravam, assim como seus tios e os meus.

Ela parou próximo de mim com Owen, que beijou sua testa, pegou a mão dela e a entregou para mim, *para ser minha*. Toquei sua mão e a beijei, fechando os olhos em uma tentativa de me controlar, e precisei de pelo menos cinco segundos imóvel.

— Ainda sou o quarterback insuportável? — sussurrei, fungando, e ela sorriu.

— Sempre. O *meu* quarterback insuportável — ela afirmou, sorrindo, e passou os dedos em meus olhos molhados pelas lágrimas.

O celebrante começou após Rebecca entregar o buque a Natalie.

Depois de todo o ritual da cerimônia, chegou o momento que me tirou o sono de ontem para hoje: os votos.

Não tinha conseguido escrever muita coisa, e o que escrevi, sabia de cor. Rebecca não parecia ter escrito nada também.

— Posso começar? — questionou baixinho, olhando para mim.

— Claro, amor.

Ela sorriu, pegando o microfone, respirou fundo e se virou, ficando de frente para mim.

— É meio irônico a forma que vou começar a falar, mas… eu não pretendia me casar — ela iniciou, fazendo todos rirem. — Principalmente com Cameron William Styles, o teimoso, às vezes egocêntrico, capitão do time e reizinho de Liberty. — Rimos juntos. — E é tão irônico pensar em nossa história. Lembra quando fui dormir na sua casa com Natalie e você sujou meu rosto com chantily enquanto eu dormia? — Gargalhei com a lembrança. — E como vingança, coloquei tanta pimenta no seu suco de uva que você até passou mal, e eu fiquei bem arrependida.

— Mas não pediu desculpas — relembrei, fazendo-a rir.

— E pensar que depois de anos, quando nos reencontramos, ainda tentávamos manter as implicações e o falso ódio aceso, porque era a única forma de conseguirmos falar sem deixarmos estampados os nossos sentimentos. Mesmo você sendo teimoso e adorando uma confusão — Meus olhos marejaram, apesar do meu sorriso —, eu não me arrependo, Cameron, de nada que fiz para que essa relação desse certo. Dos sofrimentos, das brigas, das lágrimas, porque o amor não é só flores, é um sentimento que às vezes pode doer. Mas eu, Rebecca Malik, não apagaria nenhum momento de nossas vidas. Eu te amo hoje, amanhã, depois e até o fim, porque eu não me vejo sem você. Uma vez você me deu um colar de chave que guardo até hoje, mas quem abriu o caminho para mim foi você. Um caminho de amor, de carinho, de cuidado, de leveza e tantas outras coisas maravilhosas. Você, Cameron, é a minha chave. O amor da minha vida.

Limpei o rosto outra vez e beijei sua mão.

— Eu te amo — sussurrei, pegando o microfone.

Respirei fundo para me recompor, não entendendo quando foi que fiquei tão emotivo.

— Eu escrevi diversas vezes o que parecia bom de falar, mas nenhuma palavra escrita foi o suficiente. Sempre soube que te amava, de alguma forma sabia, mesmo indo parar no hospital por ter tomado suco com pimenta ou você quase quebrando meu nariz depois de eu ter falado que meninas não jogavam futebol. — Todo o lugar foi invadido por altas risadas. — Mas tive a certeza quando te reencontrei. Foi assustador começar a sonhar com a minha inimiga de infância, mas não tão assustador quanto o sentimento de saudade e necessidade que senti de você. Eu tinha uma falsa certeza de que sabia o que era me apaixonar por alguém, mas quando começamos a namorar, mesmo que de mentira — Ela sorriu — entendi que nunca tinha me apaixonado. Você é, e sempre será, meu primeiro e único amor, a mulher mais incrível do universo. Posso prometer inúmeras vezes que vou te amar, cuidar de você, te proteger e, mesmo assim, não será um terço do que de fato vou fazer. Eu te amo, futura senhora Styles, hoje e para sempre. E vou te amar todos os dias, até quando você quiser quebrar uma garrafa na minha cabeça ou me usar de alvo para tiros. — Os meninos e, principalmente, os familiares de Rebecca gargalharam. — Você, Rebecca, foi a chave da minha vida em uma situação complicada demais, sempre será minha chave e terá a chave do meu coração, porque ele foi feito para você e para ninguém mais.

Ouvimos os aplausos quando nos abraçamos, beijei seu rosto e sequei suas lágrimas.

— As alianças, por favor — o celebrante pediu.

Uma música de agentes começou a tocar e nos viramos para ver como seria a entrada. Isaac e Ryan, de ternos pretos, entraram como os seguranças de Natasha, que estava de vestido branco. Os três usavam óculos escuros. Os meninos abaixaram os óculos no meio da passarela, observando cada convidado, e caminharam até nós. Isaac parou na frente de Natasha, abrindo os braços para que ela colocasse a maleta preta em cima enquanto Ryan se mantinha na posição de segurança. Natasha me entregou a caixinha com as alianças, que entreguei ao celebrante, e os três saíram ao som da música e das risadas.

Todos, em concordância, acompanharam a oração do celebrante, que segurava as alianças em um ato simbólico, as quais me entregou em seguida.

— Você, Cameron William Styles, promete, diante de Deus e destas testemunhas, receber Rebecca Nogueira Malik como sua legítima esposa, para viver com ela, conforme as leis de Deus sobre o casamento?

— Sim, prometo — disse, olhando-a nos olhos.

— Promete amá-la, honrá-la, cuidar dela na saúde ou na doença, na riqueza ou na pobreza, e manter-se fiel a ela até que a morte os separe?

— Sim, prometo.

Ele pediu para que eu repetisse suas palavras, que foram:

— Ao colocar essa aliança em seu dedo, uso-a como símbolo de nossa união. Nossos corações tornam-se únicos, assim como nossa vida.

Você agora é participante de todos os meus bens e parte da minha caminhada. — E coloquei a aliança em seu dedo anelar da mão esquerda.

Ele olhou Rebecca e entregou a aliança. Ela tocou minha mão, piscando algumas vezes para não chorar.

— Você, Rebecca Nogueira Malik, promete, diante de Deus e destas testemunhas, receber Cameron William Styles como seu legítimo esposo, para viver com ele, conforme as leis de Deus sobre o casamento?

— Sim, prometo — disse, fitando-me e sorrindo.

— Promete amá-lo, honrá-lo, cuidar dele na saúde ou na doença, na riqueza ou na pobreza, e manter-se fiel a ele até que a morte os separe?

— Sim, prometo.

E foi a vez de Rebecca repetir as palavras:

— Ao colocar essa aliança em seu dedo, uso-a como símbolo de nossa união. Nossos corações tornam-se únicos, assim como nossa vida. Você agora é participante de todos os meus bens e parte da minha caminhada. — E colocou a aliança em meu dedo.

— Eu, perante a lei de Deus e do homem, vos declaro casados. Pode beijar a noiva.

Envolvi meu braço em sua cintura, inclinei-a para baixo e a beijei enquanto ouvia, literalmente, fogos de artificio.

Casados, finalmente casados.

— AEEEE, AMARRARAM O CAPITÃO! — Peter anunciou e o time todo gritou, fazendo todos rirem alto.

— SÓ A NOSSA CAPITÃ PARA FAZER UM MILAGRE DESSES — Josh completou, e eles se levantaram, dando um grito de guerra improvisado. Foi impossível não cair na risada.

Assinamos o contrato de casamento e nossas testemunhas fizeram o mesmo. Saímos com os convidados jogando pétalas azuis e o time gritando elogios.

— Por aqui — Violet pediu quando chegamos no fim da passarela e nos guiou até uma sala decorada para as fotos dos noivos. — Astrid pediu um local para as fotos dos noivos, mas depois vocês tirarão fotos no local da cerimônia, com as famílias, amigos e padrinhos, para depois poderem aproveitar a festa, a pedido da princesa.

Rebecca, minha esposa, abriu um sorriso.

— Que ótima ideia — comentou.

— Sim, depois poderemos ficar à vontade e aproveitar a festa — eu disse.

Todas as fotos foram feitas depois do combinado com a equipe organizadora das fotos e todos os nossos convidados aceitaram a organização para tirar as fotos antes de começarem a beber e comer, e foi mais rápido do que esperávamos.

— Minha esposa. — Estendi a mão para Rebecca, que estava sentada após a última foto tirada, que foi com os meninos do time.

— Meu esposo. — Ela sorriu e selou nossos lábios.

Seguimos com Violet, que nos interrompeu, para o terceiro salão, que era maior que o da cerimônia, onde estava acontecendo a festa.

As cores eram as mesmas de toda a decoração, e tínhamos lugares específicos para nós. A música alta já tocava e os convidados estavam comendo e bebendo.

O time fez a maior bagunça quando chegamos, mesmo sendo os últimos a nos verem.

— Você está linda, capitã — Josh elogiou e a abraçou.

— Eu amo vocês! — Calleb nos abraçou em conjunto.

— Eu desejo toda a felicidade para vocês, estou muito feliz porque você trouxe de volta o Cameron que conheci há um bom tempo — Lana disse, abraçando Rebecca e me abraçando em seguida.

Amávamos cada pessoa de Liberty que estava ali, mas era difícil dizer mais que um obrigado a todos. Exceto quando Peter se aproximou.

— Não sei como explicar o quanto estou feliz por vocês — ele iniciou, abraçando-me e, quando olhou para Rebecca, começou a chorar enquanto dizia algumas coisas para ela.

— Agora você é uma Styles, sua traíra — Isaac chegou acusando e me olhou. — Você fez isso, *maluco*. — E deu um soco leve em minha barriga.

— Um tapa e eu te desmonto, garoto — eu disse, dando um tapa em sua cabeça.

— Vocês dois não param nunca — Rebecca disse, rindo e abraçando o irmão.

— A NOIVA VAI JOGAR O BUQUÊ — Natalie anunciou, gritando, e puxou Rebecca até o centro do salão.

As solteiras se juntaram atrás de Rebecca e os meninos, a maioria sendo namorados das que estavam atrás do buque, se aproximaram de mim.

Olhamos para a minha esposa e, quando ela jogou o buquê, foi direto para as mãos de Astrid, que olhou Andrew. Tirei minha gravata e a coloquei em volta de seu pescoço, o que foi necessário para todos gritarem sem parar e o time pular em Andrew.

Quando ele conseguiu sair do meio da bagunça dos meninos, foi na direção de Astrid e a beijou. Rebecca voltou para mim, sorrindo.

— Acho que eles serão os próximos — comentou em tom de brincadeira e me abraçou de lado.

— Tenho a mesma sensação. — Passei os dedos em seu rosto.

Paramos para comer, cortamos o bolo, tomamos champanhe com os braços entrelaçados e depois paramos na pista de dança quando começou a música da Beyoncé que eu e o time dançamos na entrada do último jogo que Rebecca viu antes de ir para Stanford.

O DJ anunciou a dança dos noivos.

Começou a música *Perfect* no instrumental, e começamos a dançar. Éramos apenas nós. Poderia ficar aqui para sempre, admirando-a, adorando-a. Minha esposa era perfeita!

02

Cameron

Eu e Rebecca dançamos por horas com nossos familiares e amigos.

Ela estava feliz de uma forma linda e encantadora.

Fiquei alguns segundos observando os convidados se divertindo, mas meus olhos se desviaram para a minha esposa — e como era incrível chamá-la assim —, que vinha se aproximando segurando a barra do vestido com as mãos.

Ela parou em minha frente e meus olhos desceram de seus lábios até seus seios, que estavam bem desenhados em seu vestido de noiva. Abri um sorriso e passei a língua nos lábios ao imaginar tudo o que poderíamos fazer agora. Rebecca ergueu meu rosto com os dedos em meu queixo.

— É melhor eu não saber no que você está pensando — comentou e parou ao meu lado para observar os convidados.

Eu a puxei pela cintura e aproximei os lábios de sua orelha.

— Não vejo a hora de afundar meu rosto nos seus seios e em você, meu amor — sussurrei e ela se arrepiou antes de eu terminar de falar.

— Cameron! — repreendeu com a voz trêmula e me olhou.

— Ah, minha esposa, eu não tenho a menor intenção de poupar minhas palavras quanto a tudo o que quero fazer com você quando estivermos a sós — afirmei e beijei seu rosto.

Eu a coloquei a minha frente, não confiava nas reações do meu próprio corpo e não seria bom que alguém notasse o quanto desejo estar a sós com Rebecca.

— Seu safado — acusou em voz baixa.

— E eu ainda nem comecei — eu disse, como se fosse um segredo, e suas bochechas ficaram rosadas.

Ela ficou me olhando por segundos, com um misto de vergonha e curiosidade.

Respirei fundo, lembrando-me de que, mesmo em um lugar quase escondido, ainda estávamos na festa de nosso casamento.

— Não está com frio com esse vestido? — perguntei, passando as mãos em seus braços, pois o vestido tinha mangas cumpridas e finas.

— Agora que paramos de dançar, estou — respondeu, acariciando meus cabelos. — A que horas será nosso voo?

— Meia-noite. Sairemos daqui às onze e meia, o aeroporto não é longe — expliquei apertando levemente sua cintura.

— E que horas são?

Olhei o relógio para em seguida a olhar.

— Dez e quarenta.

— Vou tirar esse vestido agora e comer algo antes de viajar.

— Se quiser eu tiro para você.

Rebecca me olhou um pouco surpresa. Ela abriu a boca para falar, reconsiderou sua fala e sorriu.

— Acho que vou precisar de ajuda de qualquer forma — comentou, olhando para mim, e dessa vez quem perdeu a fala foi eu. — Se for incômodo, meu esposo, peço para uma das meninas me ajudarem.

— De jeito nenhum! — protestei, e ela sorriu.

— Amor, calma — pediu aos risos quando comecei a andar em direção às escadas, a puxando pela cintura.

Ela parecia estar se divertindo com a situação e, como prova, sua gargalhada era deliciosa e escandalosa de ouvir.

— Um minuto — pediu, sentando-se no último degrau da escada — , esses saltos estão me machucando.

Eu me ajoelhei diante dela e a ajudei a desabotoar as sandálias para tirá-las em seguida.

— Dançou esse tempo todo com isso?

— Sim, senhor Styles.

Meus lábios tremeram em um sorriso. Agora ela era uma Styles também, a minha Styles.

Peguei as sandálias pelas alças e subimos as escadas.

— Nossos tios estão aproveitando a festa, tem certeza de que quer perder seu tempo comigo me arrumando?

— Não perco tempo com você, para começo de conversa. E, sinceramente, não vejo a hora de ir embora — afirmei, beijando seu rosto, e a senti sorrir.

— Vem. — Ela me puxou para um dos quartos do enorme corredor.

As luzes se acenderam, fechei a porta e ela se sentou em uma cadeira estofada de frente para o espelho. Tirou a tiara, que parecia uma coroa, e fez uma careta.

— Não vou conseguir viajar com todas essas coisas — Ela disse, apontando para o próprio cabelo com uma expressão engraçada em seu rosto.

— Se ficasse com os cabelos soltos, ficaria linda da mesma forma — disse, tirando cuidadosamente os grampos de seus cabelos.

Ela sorriu e, após instantes me olhando, puxou minha mão e a beijou com calma.

— Eu te amo, meu esposo — disse, levantando-se, e selou nossos lábios.

Ela se afastou e pegou um roupão de banho.

— Eu te amo, minha esposa.

Eu a puxei para mim e enchi seu rosto de beijos.

— Preciso tirar esse vestido — relembrou, virando-se de costas.

Passei os dedos no fecho do vestido e subi até sua nuca, fazendo seu corpo se arrepiar.

— Você está com medo? — perguntei em um sussurro e beijei levemente a parte de trás de sua orelha.

Ela suspirou devagar antes de dizer:

— Não exatamente, mas... um pouco ansiosa e com medo de fazer alguma coisa errada — admitiu, parecendo envergonhada em confessar que me queria.

— Não há coisas erradas, amor, é sua primeira vez — eu a relembrei, e ela abaixou o olhar.

Abri um sorriso.

Queria todos os desejos de Rebecca, provar tudo dela, fazê-la conhecer um lado que não sabia existir, ver todas as suas vontades se tornarem atos, vê-la ousada.

Abri o fecho de seu vestido, descendo o zíper com calma, e me deparei com seu espartilho branco. Levantei meu olhar para o teto do quarto, pedindo autocontrole para não a tomar em meus braços.

Desci as mangas do vestido em seus braços, louco para virá-la de frente para mim e vê-la. Quando as mangas desceram totalmente, puxei a saia pesada do vestido, livrando-a dele. Rebecca puxou o roupão, segurando-o na frente do espartilho. Deixei o vestido em cima de uma poltrona e a puxei pela cintura quando ela estava prestes a ir até o banheiro.

— Não me diga que você pretende tirar isso sozinha — eu disse aos risos e beijei a curva de seu pescoço.

— Sei o que está tentando fazer, senhor Styles, e não é justo que me veja depois de tirar minhas roupas sendo que não vai me deixar te ver também — afirmou com a voz carregada de provocação.

Afastei seus cabelos dos ombros e apertei seu pescoço.

— Seu erro é pensar que preciso tirar sua roupa para fazer alguma coisa.

Seus lábios tremeram, assim como todo o seu corpo.

Eu a virei de costas para mim e desci os dedos até as cordinhas que amarravam o espartilho.

Desamarrei o primeiro nó e, em seguida, afrouxei a peça. Dei um passo para trás e Rebecca aproveitou esse espaço para segurar o espartilho com um braço só na altura de seus seios enquanto, com a outra mão, arrumava o roupão em seu corpo, soltando o espartilho apenas quando fechou o roupão.

Ela se virou para mim, fazendo questão de deixar um pouco do roupão aberto, mas ainda não havia dito nada.

Eu me aproximei novamente dela e ela tentou não me olhar. Suas bochechas estavam coradas e, porra, ela ficava linda envergonhada.

Levantei seu rosto pelo queixo e selei nossos lábios. Ela me deu passagem para começar a beijá-la, nossas línguas se massageavam com desejo, voracidade e paixão. E meu corpo, que reagia facilmente a ela, começou a dar indícios de excitação.

Eu a tomei em meus braços, dando passos para frente, empurrei tudo o que estava na cabeceira e a sentei ali. Fiquei entre suas pernas e pressionei meu corpo no dela, fazendo-a arfar. Afundei meus dedos em seus cabelos, puxando os fios devagarinho. Ela puxou minha camisa social para fora da calça e, por instantes, afastei nossos lábios para observá-la. Ela estava excitada e as maçãs de seu rosto estavam vermelhas, provando que eu estava certo. E eu, caralho, sentia meu pau doer por estar tão duro. Era difícil controlar a vontade de arrancar essa porra de roupão e me afundar dentro dela.

Sua perna subiu até a minha cintura, deixando nossos corpos ainda mais colados. Passei os dedos em suas coxas, apertando-as e a beijei novamente. Comecei a descer meus lábios em seu pescoço, enquanto minha mão saía de sua cintura e começava a subir por seu corpo. Não consegui conter o sorriso quando minha mão chegou ao seu seio direito e o apertei, aproximando meus lábios dos dela e começando a massagear seu seio, ouvindo sua respiração pesada.

— Amor…

Ela moveu o corpo para frente e para trás, como se precisasse se esfregar para conter seu desejo. Coloquei minha mão por dentro de seu roupão e a senti, perfeitamente, em minha mão.

— Você é perfeita, Rebecca Styles — eu disse, roçando o nariz em seu pescoço e a fazendo inclinar a cabeça para trás, me dando ainda mais espaço.

Mexi minha cintura, e seus lábios se abriram, soltando a respiração. Suas unhas arranharam minhas costas e comecei a duvidar da minha capacidade de parar.

Beijei sua clavícula, abrindo ainda mais seu roupão. Ela estava entregue a mim e não tinha a menor chance de eu não aproveitar. O roupão escorregou por seus ombros e me deu aquela visão incrível de seus seios implorando por atenção. Eu não sabia mais se era realidade ou mais um dos meus sonhos com ela.

Passei a mão em seus seios até seu abdômen e ela fechou os olhos.

Desci a mão até sua calcinha e deslizei os dedos ainda por cima do tecido.

Ela fechou as pernas, colocou uma mão contra a boca e, com a outra, segurou meu braço.

— Não podemos fazer isso aqui — disse, com a voz falha.

— Sim, meu amor, podemos.

Eu a puxei pela cintura e passei os lábios em seus seios, para logo tomá-los na boca. Rebecca apertou minha camisa, soltando um gemido baixo, e fechou os olhos. Era uma visão incrível e eu senti meu pau começar a latejar.

Movimentei minha língua lentamente pelo seio direito enquanto massageava o outro com a mão. Ela apoiou uma das mãos na mesa e se inclinou para frente, puxando meus cabelos com a mão desocupada. Passei meus lábios para o outro seio e levantei meu olhar, vendo-a morder o lábio e apertar a madeira da cabeceira em que estava sentada.

— Amor… precisamos… — E não conseguiu terminar.

Seus lábios soltaram um gemido que ela abafou com a mão, e eu precisava de mais.

Então, eu a peguei no colo e me sentei no sofá.

— Sente-se de costas — exigi, e ela arregalou os olhos.

— Mas…

Eu a encarei e ela abaixou o olhar. Envergonhada, excitada e minha.

Ela se sentou de costas em meu colo. Coloquei seus cabelos para o lado e beijei seu ombro. Puxei seu corpo para mais perto e a ouvi prender a respiração.

Passei os lábios em seu pescoço e me recostei no sofá, trazendo-a junto. Ela deitou a cabeça em meu ombro. Mexi a cintura, provocando os seus movimentos, e ela seguiu o ritmo, mexendo-se em cima da minha rigidez.

Cruzei o caminho de sua cintura até entre a quentura de suas coxas e, com a outra mão, massageei seu seio esquerdo, revezando com o direito.

E, caralho, eu nunca quis tanto estar dentro dela.

— Tente não gritar, minha esposa, as paredes não são à prova de som — alertei.

— Cameron, o que voc…

Deslizei minha mão para dentro de sua calcinha e a senti encharcada e pulsando.

— Ahn… meu… — E não concluiu.

Suas palavras se transformaram em gemidos baixos, porque não podíamos fazer barulho.

Mexi minha cintura outra vez, e ela estava tão molhada que meu dedo entrou facilmente dentro dela.

Eu estava no paraíso!

Uma de suas mãos foi diretamente para a sua boca, para abafar o gemido, e a outra apertou o meu braço.

Comecei a esfregar meu pau em sua bunda, e ela apoiou todo o peso de seu corpo em mim, totalmente entregue. Sem precisar de um pedido, ela começou a se mexer em minha mão e penetrei outro dedo nela.

— Se mexe mais, amor — sussurrei em seu ouvido.

Ela firmou os pés no chão e rebolou deliciosamente a cintura. E seria ainda mais delicioso quando ela fizesse isso comigo afundado nela.

Mas que porra! As aulas de dança fizeram um bem do caralho para ela… e para mim.

Eu estava pingando de suor, de vontade, de desejo. Mas não conseguia parar.

Fechei o braço em sua cintura e comecei a estimular seu clitóris em movimentos circulares com a outra mão.

— Cam… Cam…

Tapei sua boca com a mão e comecei a acelerar os movimentos de meus dedos.

Ela ficou na ponta dos pés, se abriu um pouco mais e, quando estremeceu, fechou as pernas com rapidez. Eu a penetrei novamente com os dedos, fazendo com que ela se inclinasse para frente e tremesse. Seu gemido parecia ter sido guardado exatamente para aquele momento, e qualquer pessoa poderia ter ouvido se não fosse abafado pela minha mão.

Rebecca era perfeita. A mulher da minha vida. A minha ruína e a minha fortaleza.

Ela era *tudo*.

Sua mão segurou a minha enquanto seu corpo ainda tremia em reação a tudo o que sentira.

— Eu não fazia ideia... — sussurrou.

Eu a virei para mim e ela estava linda.

Seus olhos verdes brilhavam, seus lábios estavam rosados, e as bochechas, coradas. E eu adoraria vê-la assim sempre que atingisse o ápice.

Ela sorriu e me beijou, envolvendo os braços ao redor de meus ombros.

— Eu deveria fazer alguma coisa ao seu favor, não? — questionou com ar maroto.

Passei a mão em sua coxa e envolvi sua cintura com o braço.

— Seria uma vergonha para mim, qualquer coisa que fizer vai acabar comigo. — Deslizei o nariz em seu pescoço e ela mordeu os lábios. — Estar dentro de você vai ser mais do que o suficiente.

Pude ouvi-la sorrindo.

— Podemos antecipar a nossa partida?

Eu a afastei apenas o necessário para olhá-la, curioso e surpreso.

— Está falando sério? — perguntei, sentindo-me no céu por vê-la tão segura.

— Sim — disse, envolvendo os dois braços em meus ombros e me dando um beijo. — Eu sabia que te queria, mas não fazia ideia de que era tanto, eu... — Ela roçou o nariz no meu. — Quero ir embora logo, com você — sussurrou.

A gente se olhou por alguns instantes. Eu estava hipnotizado e moveria o mundo para irmos dali direto para a Suíça.

— Se arrume, meu amor, e depois coma alguma coisa antes de viajarmos. Te farei gastar muita energia — ameacei e ela arregalou os olhos.

Dei-lhe outro beijo. Parecia torturante ter que deixá-la por alguns minutos.

— Eu. Te. Amo — ela disse, me dando um beijo a cada palavra. — Mas agora, saia do meu quarto. Você quase tirou minha roupa toda com um beijo — acusou, levantando-se e fechando o roupão.

— Dá próxima vez vai dar certo — afirmei, convencido.

Ela me olhou por inteiro, pensando em algo e, quando tomou coragem, disse:

— Saia ou eu quem vou tirar suas roupas — ameaçou.

Sem reação, ela me empurrou para fora do quarto e bateu a porta.

E, sorrindo feito um idiota, de pau duro e *casado*, caminhei apressadamente para o quarto antes que alguém me visse.

03

Cameron

Depois de sair do banho, me secar, trocar minhas roupas e deixar a mochila arrumada, voltei para festa e pedi para Finn verificar se estava tudo pronto para a nossa partida.

Enquanto nossos convidados pareciam ter chegado agora para a festa, eu particularmente estava contando os segundos para a minha presença ali terminar.

— Olha só quem apareceu — ouvi Josh anunciar.

— Vocês já vão? Quero me despedir da minha irmãzinha antes — Peter comentou.

Prendi o rosto de Peter em meus dedos e o aproximei de mim, analisando-o e vendo algo muito estranho, do tipo que não via há anos: Peter totalmente sóbrio em uma festa.

— Você não bebeu? — questionei, incrédulo, soltando-o.

Ele riu, relaxando os ombros.

— Não, hoje não. Andrew não me disse nada, mas sei que ficou apreensivo em me apresentar para a família da mulher dele, quer dizer, a princesa da Noruega. — Ele os olhou. — E sei que esse medo é meio que um trauma das festas que íamos antes. Decidi não beber hoje, mesmo que agora eu saiba meu limite.

— É muito gentil da sua parte — a voz doce de Rebecca disse antes de mim.

Eu me virei e a vi com um casaco creme, uma blusa de tecido grosso e calça brancas, que aparentemente a esquentariam até o aeroporto, e uma bota de cano baixo branca de salto. Seus cabelos estavam soltos, e ela estava simplesmente linda.

— Você tinha perguntado, e aqui está minha esposa — eu disse, estendendo a mão para ela, que aceitou se aproximando de nós.

— Agora tudo para ele vai ser *minha esposa*, assim como ele falava o tempo todo da noiva dele — Andrew ironizou, aproximando-se com o braço envolto na cintura de Astrid.

— Quando você noivar, vamos ver se não fará o mesmo — Rebecca disparou, aos risos.

— Com certeza vai fazer, vai me ligar só para falar isso — afirmei.

— Vocês já estão de partida? — Astrid questionou e, pela primeira vez, ela não pediu *licença* para interromper uma conversa.

— Vamos comer alguma coisa antes, mas em breve estamos indo — Rebecca respondeu.

— Há algo que eu possa fazer por vocês? — ela questionou, olhando para minha esposa, que sorriu discordando.

— Tem sim — anunciei e olhei para Andrew, voltando minha atenção para ela em seguida. — Se case logo com ele, está cheio de inveja. — Apertei a bochecha de Andrew, que me deu um tapa na mão.

— Eu vou, se preparem, que em breve vocês serão nossos padrinhos — Astrid disse, sorrindo.

— Como quiser, alteza — prometi, fazendo uma reverência.

Rebecca a reverenciou, entrando na brincadeira, e Peter e Josh também a reverenciaram, provavelmente acreditando que era necessário.

— Agora, se me derem licença, preciso comer — disse minha esposa e, sem esperar uma resposta, saiu andando em direção às comidas do buffet, puxando-me junto.

Comemos ouvindo as bagunças de nossas famílias, e até mesmo o rei participava da festa, mas bebendo moderadamente. E eu simplesmente não conseguia parar de olhar o relógio e os minutos que iam devagar, muito devagar.

— Amor? — Rebecca tocou minha coxa, fazendo com que eu parasse de tremer a perna.

Eu a olhei e, em seguida, olhei meu pai a minha frente.

— Você não disfarça, e isso porque só faltam minutos para você sair daqui — papai observou, aos risos. — O seu avião está pronto, o piloto me avisou que, se quiser ir agora, ele está no seu aguardo.

Olhei para Rebecca, que sorriu concordando, e eu quase me ajoelhei e agradeci a Deus.

Eu me levantei junto a ela e começamos a nos despedir dos convidados. O time me jogou para o alto, fazendo todos rirem alto, e depois disso tentei voltar às despedidas, como uma pessoa normal.

— Eu te amo, querida, aproveite ao máximo! — Ouvi minha sogra dizer a Rebecca, ambas ao meu lado, e ela me olhou. — E você também, querido — desejou, abraçando-me.

Em seguida veio meu sogro, depois meus pais, e minha irmã foi a última.

— Traga minha amiga inteira de volta — pediu.

— Não prometo nada — respondi, vendo-a rir.

— Meu Deus, Natalie — Rebecca murmurou, cobrindo o rosto com a mão.

— E você. — Ela puxou a mão de Rebecca do rosto. — Traga meu irmão inteiro de volta, ok? Te amo.

— Você fala que a ama e para mim deseja apenas uma boa viagem? — protestei.

— Exatamente, você aprende rápido mesmo — debochou, beijando meu rosto e o de Rebecca e, então, voltando para os braços de Elliot.

Entrei no carro e nunca estive tão feliz em ir embora de uma festa.

Em menos de quinze minutos, chegamos ao aeroporto particular da monarquia onde estava o meu avião. Abri a porta para minha esposa sair do carro, meus seguranças pegaram nossas malas e as levaram para o avião.

Olhei Rebecca, que observava o enorme avião preto com o nome Supremacia Styles escrito em prata.

— Cameron, esse avião é seu? — questionou, surpresa.

— Nosso — eu a corrigi.

— Jesus.

Ela ficou minutos observando, parecendo desacreditada.

— Supremacia Styles? — indagou, fitando-me. Eu a puxei pela cintura.

— Pensava nesse nome para a minha marca. Gosto de C.W. Styles, mas você agora é uma Styles, nossos filhos serão e não vejo nome melhor que esse.

Seus olhos marejaram à medida que seus lábios abriam um sorriso.

— É perfeito — disse, com a voz falhada.

— E nosso — afirmei, beijando o topo de sua cabeça.

— Senhor e senhora Styles — ouvi o piloto chamar.

— Olá, Carlos, essa é a minha esposa — eu a apresentei, tentando conter a felicidade em me referir a Rebecca como minha esposa.

— Um prazer conhecê-la. — Ele acenou com a cabeça. — O avião está pronto para a viagem. Todas as checagens foram feitas por três técnicos diferentes, inclusive o do rei Erick.

— Obrigado, Carlos — eu o agradeci, e subimos as escadas.

Os seguranças vieram depois do piloto.

— Meu Deus — ela disse, surpresa, ao entrar.

Caminhamos para o fundo do avião, abri a porta com minha digital, e os olhos dela se arregalaram de surpresa e admiração.

— Só me chamem se for um caso extremamente necessário, ao contrário disso, não — avisei os seguranças, olhando especificamente para Rodrigo, o chefe da minha segurança.

— Sim, senhor — respondeu em nome de todos.

— Decolaremos em cinco minutos — avisou o piloto.

Apenas concordei e fechei a porta. Rebecca analisava cada parte do lugar, mostrando-se maravilhada com tudo o que via.

— Gostou?

— Está brincando? Eu amei! — disse, sorrindo, e se sentou na poltrona.

— Vamos decolar agora, coloque o cinto, amor — pedi, sentando-me ao seu lado.

Prendi meu cinto e verifiquei se o dela estava certo, mesmo sabendo que não precisava, e ela riu enquanto me observava.

Nos minutos de turbulência, Rebecca segurou minha mão. Ela a apertava com firmeza, prendendo a respiração e fechando os olhos. Quando a turbulência passou, ela respirou fundo e abriu os olhos.

— O que foi isso, amor?

— Odeio turbulências — comentou, dando de ombros.

— Sim, acredito que isso seja normal — comecei a dizer, soltando meu cinto —, mas isso parece ser mais do que odiar turbulências.

Ela suspirou, concordando, e soltou o próprio cinto. Então, tirou as botas e me olhou.

— Sabotaram uma viagem em que eu estava com meu pai e meu avô Marcus. E o piloto precisou fazer um pouso forçado. Eu tinha dez anos quando isso aconteceu, e toda vez que tem alguma turbulência eu fico dessa forma, mas viajar não é problema, só o começo e o final — explicou.

— Esse avião está em perfeitas condições, não se preocupe com isso — tentei confortá-la. Peguei sua mão e a beijei.

— Não estou preocupada, é só uma parte ruim que ainda não superei. — Ela se levantou e abriu a cortina da janela. Em seguida, abaixou-se e ficou observando a noite.

Eu me juntei a ela depois de tirar minha blusa de frio e meu tênis.

— Antes eu não entendia o que tinha acontecido, acreditei que era uma falha do avião ou coisa do tipo e me convenci disso. Hoje sei que não foi uma coincidência ruim, meu pai e avô foram da máfia e os dois estavam no avião, então para os inimigos era uma ótima oportunidade para matá-los, mesmo que isso levasse junto pessoas que não sabiam o que estava acontecendo.

Afastei seus cabelos da nuca.

— Ainda pensa muito nisso? — questionei, acariciando seus cabelos depois de afundar os dedos neles.

— Na verdade, não. — Ela riu, selando nossos lábios. — E nem quero pensar agora — afirmou, me dando outro selinho.

Eu a puxei para o meu colo e a olhei por instantes.

— Quero deixar uma coisa bem clara entre nós — falei, e ela me olhou, franzindo o cenho. — Qualquer mínima coisa que eu faça que te deixar desconfortável, quero que me fale. Não terei problemas em te ouvir. Não é porque você é minha esposa que precisa aceitar tudo o que eu quiser. Não precisa fazer quando não tiver vontade, você jamais precisará se sujeitar a isso.

Em resposta. ela sorriu e acariciou meu rosto.

— Acha mesmo que teria me casado com você se acreditasse que faria algo contra a minha vontade? — Ela balançou a cabeça negativamente, sem tirar o sorriso do rosto. — Amor, eu confio em você e sei que qualquer coisa que me deixar mal, poderei falar.

Meu corpo relaxou ao ouvi-la, e eu a beijei com calma e ternura.

— Eu te amo — sussurrei com os lábios quase colados aos dela.

— E eu te amo — sussurrou de volta e me beijou.

Mordi seu lábio inferior e a puxei ainda mais para mim. Meu corpo iria entrar em erupção, eu sentia isso se aproximando, e quando ela se mexeu em cima do meu colo, precisei afastar nossos lábios para respirar.

Eu a tirei de meu colo, levantei-me e a puxei para que se levantasse também. Então a virei de costas e tirei seu casaco, jogando-o em uma das poltronas que não usaríamos. Passei os lábios em seu pescoço até chegar em sua orelha.

Caminhamos até as nossas poltronas, apertei o botão que fazia a poltrona se abrir e se inclinar para trás, e ela sorriu quando a virei de frente para mim.

— Sente-se — pedi, mas minha voz saiu mais como uma ordem.

Ela me olhou um pouco surpresa, mas fez o que pedi e ficou me olhando curiosa. Me sentei ao lado dela e a beijei, fazendo com que se deitasse. Rebecca me puxava para si com as mãos em minha cintura. Desci a mão em seu corpo e, quando ia arrancar a parte da blusa que estava dentro de sua calça, ela segurou minha mão.

— Amor...? Não faremos nada agora — ela alegou, olhando em meus olhos.

Apertei sua coxa.

— Não?

— Não. — Ela suspirou. — Vai estragar a surpresa — acrescentou apressadamente.

Suas bochechas coraram. Tão *aparentemente* tímida.

— A surpresa — repeti, e ela sorriu.

Passei a língua nos lábios e me recostei na poltrona.

— Caralho, Rebecca — protestei, colocando o casaco por cima de meu colo.

Ela me deu um selinho, ainda com um sorrisinho nos lábios, e olhou na direção do casaco, que cobria meu pau duro apenas por imaginar a "surpresa" dela.

Eu a observei e seus olhos estavam em chamas, de uma forma que ainda não havia visto. E era lindo. *Porra,* eu a queria de uma forma assustadora.

Quando ela passou a língua nos lábios, apertei involuntariamente o casaco.

Passei os dedos em sua bochecha até sua boca.

— Você não está facilitando — afirmei, e ela me olhou. — Me olhando dessa forma... Estou pensando em muita coisa, senhora Styles — afirmei.

— Eu também — sussurrou.

Deslizei o polegar em seus lábios e eles se entreabriram. Quando entrou em sua boca, ela o chupou e segurou meu braço, afastando-me.

Rebecca não me olhou, as maçãs de seu rosto pareciam queimar de tão vermelhas que estavam. Segurei sua mandíbula entre os meus dedos e virei seu rosto para que me olhasse.

— Você vai aprender rápido.

— Vou me empenhar para isso — rebateu, e eu a puxei pelo pescoço.

— E eu vou adorar conferir se está mesmo se empenhando.

Por segundos, fiquei a olhando, com milhares das coisas mais perversas, libertinas e prazerosas se passando em minha mente.

— Descanse um pouco, amor, porque isso vai ser a última coisa que você vai fazer quando chegarmos — alertei.

04

Cameron

Zurique, Suíça
Mansão Suíça dos Styles

A nossa mansão na Suíça era em um lugar calmo que nos deixava ver diversas árvores, um riacho e a neblina. Do jeito que eu sabia que Rebecca gostaria, principalmente por não ser tão longe da propriedade de sua família.

Andamos pela casa para que ela conhecesse cada ponto daqui, exceto nosso quarto, que seria o último lugar da casa que ela veria.

— E aqui é o meu escritório — expliquei, abrindo a porta.

Ela entrou, olhou o lugar e me encarou.

— Você tem um desse em Palo Alto?

Eu me aproximei dela.

— Tenho. Em nossa casa, na frente do meu escritório, tem uma sala vazia, pensei que gostaria de ter um escritório para si também.

Ela sorriu.

— Provavelmente sim. Eu amei esse lugar — disse, caminhando até a janela. — É tão tranquilo.

Eu abracei por trás.

— Mas falta me mostrar um lugar, não? — ela perguntou.

— E qual seria? — brinquei, mordendo o lóbulo de sua orelha.

Ela se virou de frente para mim com um sorriso maroto nos lábios.

— Minha sala de pole dance — rebateu, e eu fiquei segundos sem conseguir processar uma frase para ser dita.

— Podemos providenciar isso agora mesmo! — consegui dizer e ela riu.

— Tem certeza de que é isso o que quer fazer agora?

— Com certeza não.

Com o braço em sua cintura, eu a trouxe até nosso quarto no andar de cima. Entramos e ela sorriu observando o lugar, até pararmos perto da cama.

— É lindo — declarou, animada, e me olhou.

— Você precisa que eu saia por um tempo? — questionei, tentando deixá-la o mais confortável possível.

— Não, não preciso.

Eu a olhei por instantes. Surpreso e feliz pra caralho.

Aproximei-me dela e passei as mãos em seus cabelos, colocando-os para trás, e em seguida subi até sua nuca. Puxei seu cabelo e beijei seu pescoço. Deslizei o nariz, sentindo seu cheio, a ouvi arfar e parei em sua orelha.

— Você tem certeza disso?

— Sim, totalmente.

Acariciei seu rosto.

Ainda não acreditava que faria isso. Faria dela *minha* e entregaria tudo de mim a ela.

Tirei seus óculos, deixando-os na cômoda, e ela me deu um beijo rápido.

Desci as mãos por seu casaco, fazendo-a tirá-lo, puxei a barra da blusa que estava por dentro de sua calça e ela sorriu.

— Eu gostaria de poder fazer isso sozinha — afirmou, e eu franzi o cenho.

— Não acha que faço isso melhor? — brinquei.

— Bem, sim — admitiu. — Mas dessa vez quero fazer isso.

Lancei um olhar desconfiado em sua direção.

— Se vire de costas.

— Por favor, não faça isso comigo — implorei, passando a mão em sua cintura.

Ela me afastou.

— Quanto mais demorar para me obedecer…

— Ok, ok — eu disse, levantando meus braços e me virando.

Perfeito. Ela não estava tensa.

Ainda de costas, decidi tirar meu casaco, jogando-o em um canto que não me importava, e tirei o par de tênis.

— Pode se virar.

Meu coração disparou quando me virei, minhas mãos suaram e tudo em mim implorou para tê-la. Apertei o volume em minha calça que estava me incomodando e a olhei por instantes.

Ela estava divina de vinho, incrível e deliciosamente perfeita, mas inferno, quem foi que colocou na cabeça dela que usar a porra de um *corset* seria uma boa ideia para hoje?

Seus olhos emitiam timidez devido ao meu olhar.

— Você é minha! — recordei e me apressei para estar próximo o suficiente para tomá-la em meus braços.

Eu a beijei da forma que sempre quis, em cada dia que a beijava e parava, que precisava parar. Finalmente a beijei como minha esposa.

Afundei meus dedos em seus cabelos enquanto fechava o outro braço em sua cintura, deixando seu corpo colado ao meu, fazendo-a sentir o quanto a queria. Suas mãos seguraram a barra de minha camiseta e a tiraram com rapidez, e ela voltou a me beijar com voracidade, jogando os braços por cima de meus ombros.

Afastei nossos lábios e beijei seu ombro e a curva de seu pescoço.

— Rebecca, você é perfeita! — aleguei.

Ela passou a mão em meu abdômen e desceu até a barra de minha calça, devagar e receosa.

Porra, ela seria ótima.

— Eu amei a surpresa, amor — afirmei, afastando sua mão de mim. — E talvez eu compre um novo desse depois.

— Cameron, o que…

Mas suas palavras não foram rápidas o suficiente para evitar que eu segurasse o decote do maldito *corset* e o rasgasse ao meio. Joguei-o para longe, parando apenas para observar seus lindos seios, e a peguei no colo.

— Assim está melhor — disse, colocando-a com calma em nossa cama, e ela sorriu, passando os dedos em meu rosto.

Beijei seus lábios lentamente e comecei a descer por sua clavícula, seus seios e seu abdômen, até embaixo de seu umbigo. Porém, por mais que eu quisesse logo sentir seu gosto, ainda queria provocá-la. Parei novamente em cima dela.

— Você não faz ideia de quantas vezes quis tocar seus seios — sussurrei, apertando o esquerdo, massageando-o, e logo dando atenção para o direito. — E te sentir excitada…

Passeei com os dedos em seu abdômen, até chegar na barra de sua calcinha. Ela mexeu o quadril, e eu sorri por vê-la tão desejosa que não conseguia fazer outra coisa que não fosse apertar meus ombros e respirar de forma descompassada.

Deslizei entre suas coxas e esfreguei o tecido fino de sua calcinha.

— Cameron… — murmurou.

Eu a encarei, determinado a ver cada reação que aparecesse em seu rosto. Beijei-a devagar e enfiei a mão por dentro de sua calcinha, sentindo-a molhada quando toquei seu clitóris, e, ao deslizar para a sua entrada, senti-a encharcada. Movimentei meu dedo e parei. Mas Rebecca, para a minha surpresa, mexeu novamente o quadril, esfregando-se em meus dedos.

— Eu serei o único homem em quem você vai se esfregar dessa forma quando estiver excitada, está me entendendo? — questionei, com a voz rouca de tanto desejo.

Com seus olhos suplicantes, as bochechas coradas e a respiração descontrolada, ela se manteve me encarando.

— Entendeu? — repeti, e ela balançou a cabeça. — Então diga — exigi, afundando dois dedos dentro dela.

Ela puxou a respiração com força.

— Sim… — gemeu, estufando o peito.

— Ótimo.

Comecei a acariciá-la com movimentos circulares, intercalando com as penetrações, e gemi a tocando.

— Você é tão gostosa — murmurei, chupando seu seio direito enquanto movimentava a mão lentamente em seu clitóris.

Sua boceta estava tão molhada, e ela tão aberta para mim, que meus dedos praticamente deslizavam. Gemi, esfregando meu pau endurecido em sua coxa.

Ela mexeu a cintura e eu passei a chupar o outro seio, fazendo círculos no bico com a língua e o deixando ainda mais rígido.

Desci mais os lábios em seu abdômen, finalmente chegando onde queria.

Tirei a parte de baixo de sua lingerie e mordi o lábio, sem conseguir conter o sorriso. Deslizei o nariz em suas coxas e as agarrei com meus braços.

Rebecca prendeu a respiração e contraiu o abdômen quando passei a ponta da língua em seu clitóris. Eu a ouvi gemer alto, e ela apertou o lençol. Percorri minha língua em sua entrada e ela arqueou as costas, puxando meu cabelo, e eu apertei mais meus braços em suas coxas, chupando seu clitóris como se estivesse beijando sua boca e sentindo meu pau latejar.

Soltei sua coxa direita e entrelacei nossos dedos, sentindo-a apertar os meus.

— Cam… — chamou, com a respiração cortada, em um sussurro e como se fosse perder o ar a qualquer momento. — Eu quero você…

Afastei meus lábios dela e a cobri com o meu corpo rapidamente.

Rebecca desabotoou minha calça e me ajudou a tirá-la com rapidez. Fiquei ajoelhado na cama enquanto ela estava sentada. Eu me livrei da cueca e ela me olhou, totalmente nu e molhado, querendo-a como nunca pensei ser possível.

Seus lábios se abriram um pouco em surpresa, o que me fez sorrir.

Peguei sua mão e a direcionei para o meu pau. Com a mão por cima da dela, a auxiliei nos movimentos devagar de vai e vem, e ela me seguia de forma cuidadosa e com as bochechas avermelhadas.

Ela continuou ainda lentamente, eu me apoiei em meus braços e gemi contra os seus lábios. E ela sorriu, me deixando louco. Apertei seu pescoço e fiquei por cima dela, fazendo-a parar de me masturbar.

— Amor… você é… enorme — sussurrou a última palavra.

Sorri, passando os dedos em seus cabelos. Então, passei a glande por seu clitóris, ouvindo-a soltar um gemido baixo. Passei lentamente em sua entrada e ela estremeceu.

Ela estremeceu e apertou minhas costas.

Voltei a me esfregar entre seu clitóris e sua entrada. Ela se contorceu, fechou os olhos e, caralho, mordeu os lábios sorrindo como a safada que eu desejava ver por meses.

Não conseguia pensar direito, e as provocações não faziam mais sentido.

— Você pode me pedir para parar em qualquer momento que quiser — eu a avisei, puxando cuidadosamente um de seus braços para que ficasse ao redor de meus ombros.

Ela concordou, balançando a cabeça, e selou nossos lábios.

Afundei os dedos em seus cabelos, fazendo-a manter os olhos em mim, e me encaixei devagar. Ela puxou a respiração.

Avancei e ela arqueou as costas para frente, se abrindo mais, então fui mais um pouco e senti suas unhas se afundando em minhas costas, enquanto seu peito subia e descia com a respiração descontrolada.

— Amor…

— Continue — pediu. — Continue.

Selei nossos lábios e apertei o lençol, receoso de deixá-la marcada se a apertasse nesse momento. Colei nossas testas e me afundei um pouco mais, mais e mais até que a penetrei por completo, sentindo-a apertar meu pau da forma mais deliciosa existente.

— Ahn... caralho... — gemi, afundando meu rosto na curva de seu pescoço e os pelos de sua nuca se arrepiaram.

Senti calafrios percorrendo minha pele.

Aquilo era incrível. Era delicioso, e ela me apertava de uma forma que me deixava senti-la perfeitamente.

— Tudo bem?

Sua respiração falhou um pouco.

— Sim — sussurrou, ofegante.

Meu corpo pegava fogo, querendo-a com ainda mais urgência. Eu me sentia completamente ligado a ela, com a minha alma.

E, ao contrário do meu maior medo de machucá-la, Rebecca sorriu enquanto me olhava e passou a língua nos lábios.

Afastei um pouco minha cintura e dei uma estocada devagar e com cuidado, para começar a me mexer. Rebecca entreabriu os lábios e jogou a cabeça para trás quando comecei a rebolar com um pouco mais de rapidez, preenchendo cada espaço dela.

— Cam... — Eu a ouvi gemer.

Apertei seu pescoço e a beijei. Mas quando ela começou a mexer a cintura, vindo de encontro à minha um pouco sem jeito, não consegui respirar e afastei nossas bocas.

Eu me sentia crescendo ainda mais, querendo-a ainda mais, de uma forma viciante, enlouquecedora e, porra, ela era muito gostosa.

Comecei a ir mais rápido, eu queria consumi-la por inteiro. Seus olhos estavam cheios de paixão, desejo, luxo e tesão. Ela mordia os lábios enquanto seu corpo deslizava na cama e sorria com prazer.

Suas unhas arranharam minhas costas e eu me senti à beira da destruição.

Mas eu queria vê-la. Afastei nossos lábios, ainda ficando próximo dos dela para observá-la chegar ao ápice. Também estava próximo, mas não podia antes dela. Desci meus dedos até seu clitóris, estimulando-o sem parar os movimentos de meu quadril.

Ela me olhou com os olhos arregalados e flamejantes e levantou o quadril, chegando ao orgasmo. Envolvi meu braço em sua cintura, puxando-a para baixo, pressionei-a com força em meu pau, e me empurrei ainda mais dentro dela, explodindo de uma forma devastadora, que me tirou toda a minha força. E ela gemeu alto.

Caralho!

Eu estava no paraíso.

Nunca, em toda a minha vida, um orgasmo havia sido daquela forma.

— Eu nunca, nunca, nunca senti nada tão bom assim em toda a minha vida — assumi, tentando recuperar meu fôlego.

— Eu… — Ela sorriu, estremecendo embaixo de mim, e não terminou seja lá o que ia falar.

Meu corpo estava fervendo. Eu me sentia tonto, desnorteado e na porra de um paraíso que necessitava há mais tempo do que conseguia me recordar.

Tirei forças de onde não tinha para me deitar ao seu lado, pois se relaxasse mais um instante, eu a esmagaria com meu peso.

Consegui puxá-la para um abraço e, então, minha capacidade de me mexer acabou, como se um caminhão tivesse passado por cima de mim. Mas, ao contrário de mim, ela se levantou com uma energia impressionante e correu para o banheiro, pegando o robe no meio do caminho.

Minha mente exigia que eu me levantasse e a seguisse. Que caralhos aconteceu?

Mas eu não conseguia, precisava de alguns minutos… talvez horas.

Foram tantas vezes parando durante o beijo, desejando-a, não conseguindo dormir, acordando duro, indo dormir duro, ficando duro em qualquer momento ao pensar nela e, depois de todo esse tempo, eu tinha entregado um pouco de mim a ela.

Eu me esforcei para não dormir, porém, me levantar estava além da minha capacidade.

Ela saiu do banheiro, pegou duas latas de água do frigobar e se deitou na cama.

— Me desculpe, amor, devia ser mais cuidadoso com você, eu quem devia pegar sua água, mas… não consigo me mexer muito — admiti, inclinando-me um pouco no travesseiro e aceitando a água que me trouxe.

Ela gargalhou e se deitou em meu peitoral, depois de tirar a única roupa que vestia.

— Você se segurou por muito tempo — observou, com um sorrisinho apaixonado, mas sua voz era cansada.

— Sempre te respeitei e faria tudo de novo, mas... era foda — confessei, passando os dedos em seus cabelos, ainda que minha vontade fosse descansar. — Por que correu para o banheiro?

— Porque você gozou dentro e eu estava... — ela torceu o nariz em uma careta — vazando.

Não consegui evitar a gargalhada ao ouvi-la.

— Você é um idiota — acusou.

Eu me deitei totalmente na cama e a puxei.

— Acho que nosso filho vem antes do que a monarquia quer — eu disse, brincalhão.

Ela me abraçou e balançou a cabeça negativamente, sem conter a risada.

— Amor? — chamou, passando o nariz em meu rosto. — É sempre bom assim?

— Sim, e só vai melhorar — eu disse baixinho. — Eu te amo, minha esposa.

— Eu te amo, meu esposo — eu a ouvi sussurrar, pouco antes de cair no melhor sono da minha vida, ainda sorrindo.

Domingo, 04:22

O frio da ausência do corpo de Rebecca me fez acordar instantaneamente. Ela estava sentada com os pés para fora da cama, prendendo um lençol sobre o corpo.

— Amor — eu a chamei, abrindo os olhos por completo, e passei os dedos em suas costas nuas —, está tudo bem?

— Sim, sim, não queria te acordar — murmurou, levantando-se, mas se sentou novamente.

— Está passando mal? — Eu me sentei, preocupado.

— Não consigo ficar em pé direito — ela disse, aos risos. — Minhas pernas estão um pouco bambas — comentou, virando-se para me olhar — e acho que a culpa é sua — acusou. — Não ficaram assim na hora, mas agora...

Sorri, concordando, e a puxei para selar nossos lábios.

Eu estava sorridente, e não tinha como não ficar: eu havia me casado com a mulher mais incrível do mundo, e nossa primeira vez foi espetacular; tão espetacular que, quando saí da cama e me levantei, minhas pernas tremeram antes de se firmarem bem no chão. Coloquei o meu roupão preto e me aproximei dela.

— Ei, não se preocupe. — Ela se levantou e firmou as pernas no chão depois de alguns segundos. — Vou tomar banho e comer alguma coisa, estou faminta e muito bem.

— Fui descuidado com você — admiti, caminhando até ela, e acariciei sua nuca.

— Do que está falando? — questionou, afastando-se para colocar o robe.

— Eu simplesmente adormeci, não perguntei se você estava bem ou se te machuquei. Me desculpe, eu quase não conseguia lembrar qual era meu nome.

— Me machucar? — Ela me abraçou pela cintura.

— Sim. — Suspirei. — Doeu? Foi bom? Eu…

— Cam. — Ela sorriu. — Foi perfeito. A médica com que passei na Noruega disse que não era para doer, poderia causar desconforto e seria normal se eu sangrasse, mas, não sei, eu estava tão à vontade… E, sinceramente, depois do que aconteceu na casa de campo da realeza, eu só conseguia pensar no quanto queria mais de você. Mas a resposta é: não, não doeu.

— E como você está se sentindo?

— É um pouco estranho, porque foi algo totalmente novo e eu estou dolorida, só que… nunca pensei que pudesse ser tão gostoso.

Suas bochechas coraram, e ela abaixou a cabeça.

— Nunca, em hipótese alguma, deixe de ser safada comigo por vergonha — exigi. — Você é minha e eu quero tudo de você. Suas fantasias, seus desejos, suas vontades, seus luxos, seu tesão, *tudo* — falei, e ela olhou em meus olhos. — E que nenhum homem pense em tocar em você ou falar de você, porque eu juro que vou matar qualquer filho da puta que sonhar com a minha mulher.

E sim, aquilo era uma promessa. Eu colocaria fogo no homem que pensasse em fazer algo com ela. Destruiria qualquer um e iria até o inferno por essa mulher!

— Nada disso será necessário, meu amor — afirmou. — E todas as minhas fantasias, desejos e vontades, não vou te contar.

Franzi o cenho, mas ela continuou:

— Faremos tudo juntos.

— Gosto disso — admiti, beijando-a.

— Só que, agora, vou tomar um banho.

— E eu vou junto.

Ela sorriu, soltando-se de mim, e concordou, demonstrando sua satisfação ao me ouvir. Entrou no banheiro e, depois de alguns minutos, saiu.

— Estou enchendo a banheira, acha que dá tempo de fazermos algo para comer?

— Sim, claro. A banheira desliga sozinha depois que enche no limite certo, e mantém a água aquecida.

— Ótimo, porque estou com fome. — Ela arrumou o robe e me olhou. — Você não?

— Estou. Preciso comer agora pra te comer depois — afirmei, seguindo-a.

— Cretino, safado e sem vergonha — xingou enquanto andava, com aquela bunda deliciosa rebolando em minha frente.

Eu a abracei pela cintura enquanto caminhávamos até a cozinha. Não queria soltá-la por nada, mas acabei cedendo quando começamos a preparar nossos mistos quente.

— Jesus — murmurei quando me sentei ao lado dela e puxei sua cadeira para ficar colada à minha. — Eu quero você o tempo todo — afirmei, beijando sua bochecha.

Ela riu e beijou meu ombro.

— Soube que atirou em copos de vidro hoje antes da cerimônia e quase desconvidou nossos tios — ela iniciou, e eu comecei a tossir.

— Quem foi o desgraçado que te contou?

— Meu tio Dave, depois de cinco caipirinhas — explicou.

— Desculpe, Dave não é um desgraçado.

— Ele não resiste a uma fofoca — ela disse de forma brincalhona enquanto terminava de comer.

— Nossos tios são teimosos e adoram confusão. Thomas e Benjamin discutem por qualquer coisa, mas eles se comportaram.

Ela ficou me olhando por alguns segundos e riu.

— Do que está rindo, senhora Styles?

— Fiquei confusa se você estava descrevendo nossos tios ou você mesmo — explicou.

— Engraçadinha — resmunguei, apertando suas bochechas.

— Idiota — disse, dando um tapa em minha mão.

— Gostosa. — Ela tentou se manter séria, mas começou a rir. — Amor, estou muito feliz por você ter ido até o fim com o que seu coração mais desejava, com o seu propósito — mudei de assunto; ela sorriu e beijou minha bochecha.

— Eu também estou muito feliz, e saber que você me esperou durante todo esse tempo, que se segurou mais do que imaginava... — Rimos, e ela colocou a mão em cima da minha. — Isso deixou tudo ainda mais perfeito. — Ela beijou minha mão.

Beijei sua testa e ela sorriu, com os olhos brilhando de felicidade.

— Mas agora — ela disse, levantando-se — devíamos subir, não acha?

— Com toda a certeza do mundo.

Colocamos os pratos e copos na pia, eu a puxei pela cintura e subimos. Seguimos direto para a banheira e a deixamos pronta para nosso banho.

Entrei primeiro, para ajudá-la a entrar sem correr o risco de escorregar. Olhei seu corpo por instantes, hipnotizado com sua beleza.

Passei as mãos em suas curvas antes de me sentar na banheira. Ela prendeu os cabelos, fazendo um coque que deixava mechas soltas, e se sentou entre as minhas pernas, de costas para mim.

— Eu queria ter feito isso inúmeras vezes com você — comentou, passando as unhas em meus braços.

— Sério? — Passei o nariz em sua nuca, sentindo-a se arrepiar.

— Sim. — Ela sorriu e apoiou suas costas em meu peitoral — Mas viver isso não chega nem perto da imaginação.

— Realmente, não chega nem perto — admiti, beijando sua nuca. — Não tenho palavras para explicar o quanto te amo, o quanto sou louco por você. Você é a melhor coisa que aconteceu em minha vida — disse, apertando meu abraço.

Ela virou a cabeça para me olhar e selou nossos lábios. Logo, todo o seu corpo estava de frente e ela se sentou em meu colo, com uma perna de cada lado.

— Você é tão lindo — disse, acariciando meu rosto. — Nunca vou me cansar de te admirar.

Ela passou os dedos em meus lábios, contornando-os.

Seus olhos estavam atentos, e ela mexeu a cintura, fazendo-me sorrir e entreabrir os lábios. Seu olhar era carregado de malicia, suas unhas arranharam minha nuca, e novamente ela se mexeu, sem desviar os olhos de mim.

— Porra, Rebecca — sussurrei quando ela foi para frente e para trás em cima do meu pau enrijecido, e dei um tapa em sua bunda.

Ela me beijou, seus dedos se afundaram em meus cabelos, e seu corpo se impulsionou um pouco para a frente, colando os seios contra o meu peitoral.

Sempre soube que iria querê-la o tempo todo, ainda mais do que quando ficávamos só nos beijos. Era diferente e uma realização fora do normal estarmos nesse nível de intimidade.

Ela se arrumou em meu colo, fazendo com que eu sentisse sua entrada.

— Ai, meu Deus — murmurei, com os lábios próximos dos dela.

Seus lábios começaram a descer em meu pescoço, e ela movimentou a cintura de forma lenta e torturante outra vez.

— Você vai acabar comigo, Rebecca Styles — afirmei, com a respiração pesada.

Apertei sua bunda com força, pressionando-a contra o meu corpo, e mesmo assim ela não parou de se esfregar, totalmente colada em mim.

Eu a segurei pela cintura e deslizei para dentro dela, sentindo o calor da excitação tomar conta de todo o meu corpo, me deixando quente e com mais desejo ainda.

— Rebola pra mim — sussurrei em seu ouvido, e ela estremeceu.

Ela começou a rebolar o quadril, devagarinho no começo. Dei tapas em sua bunda e a agarrei, começando a fazê-la se movimentar um pouco mais rápido, de uma forma que ficasse ainda mais gostoso para nós.

— Você é deliciosa — eu disse, passando os lábios em sua clavícula.

Enquanto ela se empenhava em rebolar em mim, e seria apenas em mim para sempre, comecei a massagear seus seios lentamente com a língua.

Quando desci a mão até seu clitóris, ela gemeu e abriu mais as pernas, me deixando ir mais fundo. Seus movimentos passaram a ser de vai e vem, e comecei a me mexer junto com ela. Envolvi sua cintura com meus braços, vendo a imagem gloriosa de Rebecca em cima de mim, tão poderosa e sedutora.

Em questão de segundos, eu a levantei e a deitei na borda larga da banheira, que formava um degrau, e comecei a ir mais rápido e fundo dentro dela, rebolando a cintura e a preenchendo. Eu a vi revirar os olhos de prazer e apertar minha cintura quando atingiu o clímax.

Eu saí dela, ainda me esfregando em sua boceta, e cheguei ao ápice, vendo o líquido escorrer em seu abdômen. Então, eu me deitei ao seu lado.

— Caralho, amor…

Ela sorriu e se levantou para se limpar. Decidi tomar um banho decente sob o chuveiro, porque se ela se sentasse no meu colo outra vez, depois de nos recuperarmos…

Acabei rindo e me levantei para esvaziar a banheira.

Que sensação incrível querer alguém o tempo todo. E amar Rebecca, o sexo com ela, era tudo incrível pra caralho, do tipo que, se não precisássemos do descanso e de energias a serem repostas, poderíamos fazer isso sem pausas.

Desci os degraus da banheira e ela me olhou confusa.

— Vamos tomar banho nos chuveiros. Você sentada no meu colo outra vez não vai dar certo.

— Meu Deus, Cameron — disse, aos risos.

Tomamos nosso banho e, sem pensar em se secar ou secar seus cabelos, Rebecca se deitou na cama.

— Você está bem, meu amor?

— Estou exausta, e minhas pernas estão ainda mais doloridas. Meu último resquício de forças foi embora durante o banho.

Passei os dedos em seu rosto. Ela estava com os olhos cansados, e eu não podia culpá-la. Para uma primeira vez, Rebecca havia sido incrível. Podia não saber o que fazer, mas se empenhou ao máximo.

— Vou medir sua glicemia — eu a avisei.

— Ok — resmungou, com os olhos fechados.

Com cuidado, verifiquei como estava sua glicemia para que ela pudesse dormir tranquilamente. Limpei o dedo no qual fiz o furo e guardei as coisas, pois a diabete estava controlada.

Então, acariciei seu rosto e a observei. Com os segundos se passando, ela adormeceu.

Sorri e tirei o roupão molhado de seu corpo, arrumei-a na cama e, depois de me secar, sequei seus cabelos. Ela abriu os olhos devagar, quase os deixando fechados. Estava com uma carinha linda de apaixonada e cansada. As bochechas coradas e o sorrisinho nos lábios a deixava ainda mais deslumbrante.

— Obrigada, amor — disse, com a voz fraca.

— Descanse, bê — pedi, beijando seu rosto.

Eu me deitei ao seu lado e a abracei. Beijei sua testa e apertei o botão que desligava as luzes.

E, sorrindo, com o meu mundo em meus braços, eu adormeci prometendo a mim mesmo que ninguém, absolutamente ninguém além de mim, tocaria na minha esposa. E eu a amaria com tudo de mim, com a minha alma, a cada dia até o fim de nossas vidas.

USA TODAY

TUDO SOBRE
A SUPREMACIA STYLES

O último sábado, 09, foi marcado pelo casamento da aluna de Stanford, Rebecca Malik, que se tornou a mais nova senhora Styles.

Podemos dizer que seu casamento foi a nível de nobreza, sendo feito na casa de campo da monarquia norueguesa, em Oslo, através de uma provável amizade entre eles e os monarcas.

Em breve, teremos o casal Styles, Cameron e Rebecca, presentes no campus. Muitos dizem que Cameron será o próximo capitão do time, e contamos com isso, depois de tantas conquistas e títulos como capitão dos Warriors, em Liberty, Los Angeles.

Será a primeira vez que teremos um casal jovem bilionário em Stanford. Mal podemos esperar para desejarmos as boas-vindas a Cameron e um ótimo retorno a Rebecca.

Por Rita Fletcher.
Segunda-feira, às 10:21.

05

Rebecca

Eu me lembrava de Cameron secando os meus cabelos e tirando o meu roupão molhado, e então, exausta, adormeci. E acordar despida e abraçada com ele era perfeito, incrível e tudo o que eu mais queria para a minha vida.

Todas as promessas de Cameron durante o nosso namoro e noivado haviam sido cumpridas, mas a forma como ele me quis, que fez eu me sentir amada, desejada, linda e gloriosa, era além do imaginável, além das promessas.

Já havia ficado excitada inúmeras vezes, mas não como ele me deixou depois da cerimônia do nosso casamento e aqui. Eu não me reconhecia, tinha passado a imaginar coisas nunca imaginadas antes, a desejá-lo da forma mais safada possível e queria tudo dele… em mim.

E tive.

E queria mais, muito mais.

Cameron me abraçava de uma forma que tive que me soltar com muita calma e mesmo assim ele se mexeu resmungando algo incompreensível e voltou a dormir. Devia estar muito exausto para ter adormecido novamente, pois sempre que eu acordava, ele achava que algo estava acontecendo.

Quando consegui sair da cama, tomei meu banho, coloquei uma lingerie azul clara e meu robe preto. Medi minha glicemia e acabei rindo por ver que estava controlada, acredito que por ter feito *esforço físico* e dançado muito na noite anterior.

Abri a porta da sacada com cuidado depois de pegar uma lata de água e me sentei em um pufe grande e macio. A cobertura era toda de vidro temperado transparente, do teto ao chão, nos protegendo do frio cortante da Suíça nessa época do ano.

Observei a neblina, as árvores e pequenas montanhas. O céu azul tinha poucas nuvens. E sorri, feito uma boba.

Eu era uma Styles, casada com o amor da minha vida. Minha primeira vez tinha sido com ele e foi perfeita. Eu estava completamente entregue e o queria ainda mais do que em qualquer outro momento.

Olhei a sacada e vi os armários de madeira, tirei de dentro um cobertor branco e me deitei no enorme pufe, apenas pensando em toda a minha história com Cameron, o meu esposo.

Não ficaríamos nunca mais só nos beijos e aquilo me deixava mais feliz do que eu pensava que ficaria. Seria eu e ele. Tivemos problemas e ainda teríamos, mas seria eu e ele.

Ouvi o barulho da porta automática e olhei naquela direção.

Ele abriu um sorriso sem mostrar os dentes, mas era lindo, sereno e parecia descansado como nunca vi antes, nem mesmo durante nosso relacionamento.

— Bom dia, minha esposa — disse, sentando-se ao meu lado e selando nossos lábios.

— Bom dia, meu esposo — respondi, retribuindo seus beijos. — Dormiu bem?

— O melhor sono de toda a minha existência — afirmou, apertando minha cintura por baixo do cobertor. — E você?

— Muito bem, estava exausta — coloquei as costas da mão direita na cabeça, inclinando-me um pouco para trás enquanto seus braços me envolviam, dramatizando a situação e ele riu alto.

— Percebi — brincou, passando o nariz em minha bochecha.

— A culpa foi toda sua.

— Eu sei e fico muito feliz por isso — rebateu, sorrindo, e então me puxou pelo pescoço e me beijou.

— Amor... — Eu o afastei e ele franziu o cenho. — Precisamos conversar sobre uma coisinha.

Cameron me olhou assustado e depois desviou o olhar para nenhum ponto em específico, como se tentasse resolver o cálculo mais difícil de toda a sua vida e quisesse se lembrar de algo que fez.

— Fiz algo de errado?

Sorri, fitando-o, e ele prendeu minhas bochechas em seus dedos, balançando meu rosto para o lado devagar.

— Para de me olhar desse jeito, senhora Styles, e trate de me responder antes que eu tenha um ataque do coração — suplicou como uma criança quando parou de apertar minhas bochechas.

— Escute. — Eu me sentei no pufe. Ele passou a mão em minha coxa e não perdeu tempo em deslizar para a minha bunda, por baixo do robe, dando um apertão. — Amor! — chamei, vendo que ele não prestava atenção no que eu iria falar.

— Você me desconcentra, a culpa não é minha! — acusou.

— Então a culpa é minha? — questionei, desacreditada, e ele abriu um sorriso malicioso.

— Sim, sempre — respondeu, como se fosse óbvio.

Revirei os olhos e ele me puxou pelo pescoço quando virei o rosto, seus lábios vieram de encontro aos meus, iniciando um beijo lento e delicioso que fazia todos os meus sentidos se perderem em meio ao enorme desejo que sentia dele.

Um de seus braços envolveu minha cintura enquanto a mão desocupada subia mais em minhas coxas, até parar entre elas. Precisei segurar seu braço.

— Amor, calma — pedi, tentando segurar a risada e ele afastou a mão dentre as minhas coxas.

— Precisamos tomar café, claro...

— Cameron, me deixe falar — disse, olhando em seus olhos e o puxando novamente para mim, pelo roupão. — Não é isso, quero dizer, precisamos tomar café, claro. — Entrelacei nossos dedos. — Mas é que... — Dei uma pausa para organizar meus pensamentos.

Nunca tínhamos falado de nada assim, era tudo tão novo para mim, para nós, que eu não sabia por onde começar.

— Você está me deixando preocupado — comentou, olhando para mim com atenção e acariciando meu rosto, falando sério dessa vez.

— Só estou um pouco tensa, porque nunca precisamos conversar sobre essas coisas — admiti, e ele franziu o cenho. — Eu sei que precisamos ter um filho em dois anos, sei que não temos tanto tempo assim para planejamentos, mas queria aproveitar esse ano com você, entende? Só eu e você... — ele concordou, mas ainda assim parecia confuso. Bufei e acabei rindo. — Não nos cuidamos ontem, amor — expliquei claramente, e sua expressão era indefinida, um misto de confusão em que ele parecia tentar lembrar e confirmar se o que falei era verdade.

— É verdade — concordou. — Mas você não pareceu tão preocupada.

— Comecei a tomar remédio antes porque passei com uma ginecologista na Noruega, uma a serviço do palácio. Mesmo assim, acho melhor tomarmos cuidado.

— Tudo bem, meu amor, você está certa — disse, sorrindo e me beijando. — Mas esse seu remédio não pode te prejudicar com a diabetes?

— Não, amor, não prejudica — respondi, me levantando. — Vamos tomar café — disse, caminhando a sua frente.

— Tentei tomar meu café da manhã, mas você não deixou. Na verdade, era um chazinho — replicou, dando um forte tapa em minha bunda.

Eu me virei, disparando um tapa em seu braço.

— Cameron! — repreendi, vendo-o gargalhar e me puxar pela cintura.

— Se eu falar que é brincadeira, estarei mentindo — admitiu, selando nossos lábios.

— Você é um sem-vergonha, senhor. — Fiquei de costas para ele em provocação. Como resposta, Cameron deu beijinhos em meu pescoço, fazendo com que eu andasse abraçada com ele.

Parei e me virei abruptamente em sua direção.

— Está sem cueca?

Ele puxou minha mão, colocando-a por dentro de seu roupão e me deixando senti-lo.

— Seu cretino, descarado — eu o xinguei.

— Não me xingue amor, assim fico excitado — provocou, subindo as mãos em minha nuca. — É apenas para facilitar nossas vidas.

— Ah, é claro — concordei, acariciando-o devagar.

Seus lábios se entreabriram contra os meus e eu não resisti em passar a língua nos dele, provocando-o.

— Amor…

Fechei a mão ao redor de seu pau, como ele tinha me feito fazer ontem, e fiz um movimento de vai e vem. Ele apoiou as costas na parede e eu parei, ficando apenas com nossos rostos próximos.

Ele segurou minha mão e a tirou de lá.

— Você é uma vigarista, Rebecca, sei que vai apenas me provocar e não me deixar terminar com isso.

Cameron me girou ao me puxar pelo braço e me fez andar sentindo as cutucadas contra a minha bunda. Quando comecei a rir, ele me pressionou ainda mais.

A sacada era maior do que eu imaginava e dava a volta no nosso quarto. Descemos uma pequena escada de cinco degraus e me deparei com uma mesa posta com o nosso café da manhã.

A vista dali era perfeita, com a maior parte verde e suas montanhas distantes.

— Meu Deus — murmurei, atônita. — Que visão linda e perfeita! — elogiei, animada.

— Realmente, é linda e perfeita — concordou com ar apaixonado. Quando o olhei, entendi que ele não falava da paisagem.

Seus olhos estavam fixos em mim, devorando-me e quase me consumindo sem ao menos me tocar. Com poucos passos, ele se aproximou sem desviar o olhar e me beijou devagar, afundando os dedos em meus cabelos e me fazendo encostar o corpo contra a parede de vidro.

— Eu te amo, Rebecca Styles — sussurrou, com os lábios próximos dos meus.

— E eu te amo, Cameron Styles — afirmei, sorrindo e o beijando.

Ele puxou uma cadeira para mim e nos sentamos um ao lado do outro. Então, começamos a nos servir e a conversar sobre quando viemos para a Suíça na infância.

—... essa casa comprei depois que você foi para Stanford, precisava ocupar minha mente e transformei essa ocupação em dinheiro — Cameron disse enquanto voltávamos para o início da sacada, onde tinha um sofá-cama e o enorme pufe.

— E como foi que você fez isso sendo que gastou nessa mansão?

Ele sorriu e se levantou como se fosse fazer uma apresentação, mas era completamente informal considerando que meu esposo usava um roupão branco, estava sem cueca, com os pés descalços e os cabelos úmidos e bagunçados. Só que isso tudo o deixava absurdamente lindo, atraente e gostoso.

— Bom — iniciou, gesticulando com as mãos. — Essa mansão foi comprada, passou por dois meses de reformas sem pausas e depois deixei que a alugassem. — Franzi o cenho; ele não me deixou iniciar a pergunta e começou a respondê-la. — Alugo para algumas famílias que meus parentes conhecem, mas não são todos os quartos que ficam disponíveis. No nosso e dos nossos filhos só entram para limpar, e o escritório fica trancado. Em resumo, apenas o último andar fica disponível, esse e o debaixo não.

— Serão quantos quartos para os nossos filhos?

Ele gelou.

— Quantos você quer ter? — rebateu meu questionamento, sentando-se no sofá-cama e parando de me olhar.

— Quantos quartos, amor?

Ele coçou a nuca, recostando-se, e colocou o cobertor por cima de seu colo; mesmo com o aquecedor ligado e as paredes nos protegendo, o ambiente era um pouco frio.

— Não quero estipular quantidade, quero que aconteça naturalmente — comentou, olhando para mim.

— Amor. — Eu me sentei ao seu lado e puxei um pouco do cobertor. — Você sabe que falar quantos filhos quer ter não é ditar uma regra, certo? Não tem problema nenhum me falar dos seus sonhos, e nem todo o planejamento dá certo, mas podemos contar um ao outro sobre o que queremos.

— E quantos você quer ter?

Eu o olhei, incrédula, e ele sorriu de forma marota.

— Nunca parei para pensar nisso e nunca quis também, isso foi mudar depois que começamos a falar de noivado.

Um sorriso se abriu em seu rosto e ele me puxou para envolver seus braços ao meu redor.

— Também não queria ter filhos, nem me casar. Para mim, a vida iria ser uma eterna curtição — disse, mais para si do que para mim, e então voltou a me olhar. — Até você voltar.

Ele me puxou para um selinho, depois deu outro e outro, mas o interrompi.

— Quantos quartos, Cam? — questionei com os lábios ainda grudados nos dele.

— Você é bem insistente quando quer — reclamou, afastando-se um pouco, mas sem me soltar, e tirou os cabelos de meu rosto. — Seis.

— Seis quartos?! — perguntei, surpresa.

— Mas é só um sonho, pode ser quantos você quiser — ele disse, sem conseguir conter a risada pela expressão que tive.

— Eu sei, amor, eu sei. Mas seis filhos... — pensei um pouco e acabei sorrindo. — Ainda bem que cuidamos de um time de garotos. Temos prática com crianças, desde que o pai delas não seja o primeiro a incentivar brigas — adverti, e ele gargalhou.

— Ei! — protestou. — Incentivo apenas quando estou certo.

— Todas as vezes? — provoquei.

— Sim, em todas estou do lado certo — retrucou — ou ainda tem dúvidas?

— Tenho dúvidas.

Cameron quase não esperou que eu completasse minha fala e me puxou pelo pescoço, deixando nossos rostos próximos.

— Está muito engraçadinha. — Ele apertou meu pescoço um pouco mais, me fazendo arfar.

— É? E você vai fazer o quê? — questionei em tom desafiador, mesmo estando perto de perder o ar.

— Eu vou... — Ele parou de falar quando me sentei em seu colo, e abriu um sorriso malicioso.

— Você vai? — Sorri também, fazendo com que ele se inclinasse para trás e se deitasse no sofá. Ele mordeu o lábio inferior.

Mas antes que se deitasse por completo, virou-se, trocando nossas posições, de forma que seu colar de *Konoha* se balançava no ar, quase encostando em meu rosto. Sorri, puxando-o pelo colar, e o beijei.

— Você é ainda mais linda do que eu imaginava — sussurrou, abrindo meu robe e envolvendo minha cintura com um de seus braços. — Ainda mais linda do que era em meus sonhos. — Seus lábios desceram em meu pescoço enquanto a outra mão se afundava em meus cabelos. — Você é perfeita — afirmou, soltando minha cintura e acariciando um de meus seios.

Nossos lábios se moviam lentamente, e meu corpo queimava cada vez mais. Abri seu roupão, sem quebrar o beijo, e passei os dedos em sua cintura, subindo até suas costas e o arranhando devagar. Ele tirou meu robe e o jogou de lado, sorrindo enquanto encarava meu corpo.

— Caralho — murmurou, e eu o puxei, sorrindo, para que me beijasse.

Seus lábios não se desgrudaram dos meus enquanto seus dedos deslizavam em meu abdômen até meu clitóris. Inclinei o tronco para frente quando ele mexeu o dedo com uma lentidão que tirava todo o meu fôlego. Eu me esfreguei nele, sem conter o gemido enquanto sua língua se movimentava calmamente dentro de minha boca.

Afastei nossos lábios quando senti dois dedos deslizarem para dentro de mim. Meu corpo pegava fogo, e mexi meu quadril para sentir seus dedos. Minha respiração estava descontrolada, meu coração, disparado, e meu corpo, tão quente que eu me sentia suar.

Ele ficou com os lábios próximos dos meus, olhando-me atentamente com um sorriso safado. Quando veio para me beijar, precisei virar o rosto, não por não querer seus beijos, mas sim porque não conseguia beijá-lo, não tinha forças, não conseguia raciocinar direito.

Cameron tirou seus dedos de dentro de mim e acariciou meu clitóris, me fazendo gritar. Seus lábios desceram em meus seios, revezando as carícias entre eles com a língua. Apertei seu roupão.

— Cameron... — Ele me fitou com os olhos semicerrados, pressionando sua cintura contra minha coxa e me deixando sentir o quanto estava duro.

Seus dedos se mexeram tão lentamente, que eu senti pontadas de prazer percorrendo todo o meu corpo e me deixando encharcada.

— Gostosa — murmurou, esfregando pau em minha coxa. — Me diga o que você quer e eu farei — provocou, ainda movimentando lentamente sua mão.

Arranquei resquícios de forças para conseguir falar com determinação.

— Eu quero você, agora — afirmei. — Agora! — implorei com urgência e apertei seu braço. — Dentro de mim, Cameron.

Ele sorriu e não esperou que eu dissesse mais alguma coisa. Tirou de dentro do bolso do roupão um preservativo, arrancou a única roupa que vestia e começou a se esfregar entre as minhas pernas, por cima do tecido fino de minha calcinha.

— Seria um pecado tirar uma lingerie tão bonita assim — sussurrou, passando os lábios em meu pescoço.

Então, ele puxou minha calcinha para o lado e se afundou dentro de mim com tudo, me fazendo gemer e me inclinar para frente. Ele sorriu, ficando imóvel, apenas me observando e me deixando sentir seu pau latejar.

— Cam, não me torture assim — supliquei, e ele mexeu a cintura devagar.

Rebolei meu quadril, pressionando-me contra ele, e ele gemeu baixo, movimentando sua cintura um pouco mais rápido.

Nunca havia pensado que o ver por cima de mim, com as bochechas coradas, os olhos azuis cintilantes de prazer e jogando a cabeça para trás sem conseguir conter os gemidos seria tão fascinante de ver. Ele se movia de forma que me deixava totalmente preenchida e atingia pontos que me deixavam louca.

— Se toque, amor — pediu —, eu quero ver.

Ele pegou minha mão e levou até entre minhas coxas.

— Se toque — insistiu.

Mordi meu lábio inferior e mexi minha mão, receosa e sentindo Cameron ir cada vez mais fundo.

— Você vai sentir o quanto é bom — disse, com os olhos carregados de paixão e puxou meu cabelo.

Esfreguei meu dedo contra a pulsação entre minhas pernas e fiz um movimento circular, atingindo um ponto que me fez estremecer. Cameron passou a ir mais fundo e eu acelerei meus dedos. Estava encharcada e explorando um prazer que desconhecia.

Mexi minha mão mais rápido e envolvi meu outro braço ao redor dos ombros de Cameron. Com a forma como eu me tocava, eu sentia que sabia o que deveria fazer, como deveria chegar ao ápice. Senti que eu podia me conhecer, que podia sentir *tudo*.

— Ahn, Cameron, eu… eu…

Meu coração parecia que sairia do peito. Aquela sensação era incrível. Deslizei minha mão em mim novamente e comecei a mexer minha cintura, indo mais de encontro a ele, sentindo o quão grande ele era.

Afundei os dedos em seu cabelo quando cheguei ao ápice. Meus sentidos estavam aguçados, meu coração parecia bater perto de meu ouvido, estava zonza. Mas Cameron não parou.

Sua mão apertou meu pescoço e ele veio ainda mais fundo dentro de mim. E aquela sensação quente dominou meu corpo pela segunda vez, ainda mais forte, me consumindo por completo e me fazendo mexer o quadril descontroladamente.

— Rebecca, porra!

Cameron gemeu contra os meus lábios e meu corpo todo se arrepiou.

Ele tombou do meu lado, me deixando ouvir sua respiração descompassada.

Olhei para o céu nublado e sorri, sentindo-me a mulher mais incrível do mundo.

Depois de segundos sem se mexer, ele se levantou, completamente nu, e entrou na casa, ainda com a respiração ofegante. Em questão de minutos ele voltou, me entregou uma lata de água e se deitou ao meu lado.

— Você é perfeita — declarou e eu sorri, ainda zonza.

Minhas pernas e minhas mãos estavam trêmulas. Pisquei algumas vezes e me arrumei no sofá, tentando respirar com normalidade. Apoiei minha cabeça no encosto e tomei um pouco d'água.

— Isso foi maravilhoso — admiti, sentindo seus braços me puxarem para si e seus dedos afundarem em meus cabelos com cuidado e carinho.
— Eu te amo — disse, fitando-o nos olhos, e ele selou nossos lábios.

— E eu te amo muito, minha princesa — afirmou, me dando vários selinhos.

Seu corpo estremeceu quando acariciei sua cintura, e nós dois rimos juntos pelo efeito que ainda percorria nossos corpos.

Cameron olhou o relógio, beijou o topo de minha cabeça e saiu. Porém, em questão de minutos, retornou com os nossos celulares em mãos. Ele olhava algo no aparelho dele.

— Quem é Rita Fletcher? — questionou e se sentou ao meu lado.

— Ela é da família da fundadora do jornal *USA Today*. A mãe dela é a atual dona e ela tem um espaço para notícias na revista, blog, Instagram e todos os outros meios deles. Ela fala sobre Stanford e sempre tem alguma fofoca sobre alunos. Ela não cita nomes, mas levanta o boato e todos comentam. Porém, ultimamente ela não tinha muito o que falar e começou com as notícias sobre Palo Alto em geral.

— Stanford permite que ela fale sobre as coisas de dentro da universidade? — Cameron questionou.

— Sim, ela se formou em Jornalismo e Letras para se tornar editora e a futura dona do *USA Today*, que possivelmente será herdeira. O presidente de Stanford ama as matérias dela e a família patrocina a universidade. Então, ela pode, pela influência. Mas como soube dela?

— Entramos para o assunto do momento nesse jornal graças a ela e chegou a outros jornais. — Ele me entregou o celular dele e me mostrou a matéria. Suspirei audivelmente.

— Ela falou de mim algumas vezes pela proteção de Georgia e quando tinha acabado de chegar, mas... — Pensei um pouco. — Se formos um assunto que rende seguidores para ela, ela não vai parar.

— Ela publicará apenas o que nós quisermos. Não tem como proibirmos, visto que sou uma imagem pública, já que minha família e eu estamos no ranking de milionários, mas as publicações dela estão sendo monitoradas pela sua madrinha, ela te enviou mensagem — disse e me entregou meu celular.

Abri a mensagem:

Madrinha

Aproveite sua lua de mel e não se preocupe com Rita Fletcher.

Estamos a monitorando e, se vermos alguma matéria que ultrapasse o limite, derrubaremos.

Quando chegarem em Palo Alto, conversaremos. Abraços.

Eu a respondi e deixei meu celular de lado.

— Podemos ficar em paz agora, ela não terá coisas para falar de nós — afirmei.

Ele sorriu, balançou a cabeça em concordância, deixou o celular de lado e me puxou para um abraço, beijando minha cabeça enquanto me apertava.

— Eu vou precisar de uma ajudinha sua — comecei, depois de tomar coragem.

Ele me olhou com os olhos cheios de curiosidade e uma certa satisfação em ver que eu precisava dele. Eu me arrumei melhor no sofá, sem sair de seus braços, ainda sentindo meu corpo cansado.

— O que seria?

— A forma da seringa e a quantidade que tomo da minha medicação mudaram. — Ele me olhava com toda a atenção possível. — Eu consigo aplicar sozinha quando é para tomar na barriga ou nas coxas, mas nos braços não. Da primeira vez que tentei aplicar sozinha nos braços, as agulhas entortaram e me machucaram — comentei, rindo, tentando ver graça na situação, quando na verdade chorei por ser diabética e estar passando por aquilo.

Cameron me analisou e não sorriu ao me ouvir, não com aquele assunto. Sua resposta foi carícias em meu rosto.

— E você precisa de ajuda quando for aplicar nos braços?

Concordei, balançando a cabeça, um pouco envergonhada mesmo, sem saber ao certo o motivo.

— Quando aplico, por exemplo, só na barriga ou na coxa, dói muito, pois fico indo sempre no mesmo ponto, então preciso revezar, como a doutora me disse. Felicity está se formando em enfermagem, então sempre que eu precisava, ela me ajudava. Mas agora que não moro mais na mesma casa que ela e Nic, não será mais possível. — Pensei um pouco. — É fácil, mas se for…

— Eu não tenho nenhuma objeção em te ajudar, meu amor, absolutamente nenhuma.

Sorri, olhando para ele. Cameron estava muito tranquilo, relaxado, radiante e feliz.

— Você continua aplicando todos os dias ou isso também mudou?

— Também mudou, não sei se Alec te contou enquanto trabalhava pra você… — Ele riu. — … mas faço aulas de dança, corria com Nicholas e às vezes usava a academia que tinha na casa de Palo Alto.

— Sem uma instrutora?

— Alec e Ned eram meus instrutores — expliquei. — Gostava da academia que Nicholas frequentava e íamos juntos, mas paramos depois que…

Quando me dei conta do que falaria, parei e encontrei seus olhos pegando fogo, não de desejo como há alguns minutos, mas de raiva.

— Depois do quê?

— Deixa, isso já passou.

— Depois do quê, amor? — perguntou com um pouco mais de firmeza em sua voz, deixando claro que não mudaria o rumo da conversa.

— Depois que os amigos de Matteo começaram a fazer no mesmo horário que a gente e ficaram provocando os meninos que estavam comigo, os xingando ou comentando alguma coisa de mim.

— Em algum momento esses filhos da puta deixaram vocês em paz?

Eu o olhei por instantes e suspirei.

— Quando estava longe, por causa da luta e dos desfiles. Mas enquanto estou lá, não sei, eles sempre acham um jeito de nos deixar mal — admiti. — Podemos parar com esse assunto? Não quero acabar com a minha lua de mel pensando nisso, em Stanford você vai acabar vendo como funciona — disse, deitando-me em seu peitoral e o abraçando pela cintura.

— Tudo bem, minha esposa — disse, beijando o topo de minha cabeça. — Então deixa eu ver se entendi direito. — Eu o olhei. — Com você fazendo exercícios e dança, além de ficar uma gostosa, sua medicação diminuiu?

Acabei rindo pelas suas palavras e selei nossos lábios.

— Tem dias que não preciso tomar. A alimentação certa e os exercícios me ajudam demais, mesmo que seja só uma hora de esteira.

— E você não tem ficado com muita coisa na mente? Fazendo milhares de coisas ao mesmo tempo? — questionou, acariciando meu rosto até afundar os dedos em meus cabelos.

— Na verdade, não. Nos dias em que não tenho energia para nada, eu desacelero. Mas acredito que agora terei uma pequena mudança em minha rotina, uma vez que estou casada — afirmei, sorrindo.

— Seus exercícios não vão mudar — alertou, levantando-se com uma animação surpreendente. — Pelo contrário, vão ficar ainda melhores. Hoje vamos malhar juntos.

Eu o puxei pelo braço.

— Não, por favor, não — pedi, abraçando seus ombros, e ele sorriu, arrumando-se entre minhas pernas.

— Sim, com certeza, sim. Pelo menos uma hora de esteira para você não precisar tomar muito de sua medicação.

— Não vou.

Ele apertou minha cintura e me olhou com um sorrisinho bobo.

— Vai, sim.

— Quem faz exercício na lua de mel? — perguntei, indignada.

— Eu e você.

— Só um hétero top para querer isso — rebati, e ele me olhou ofendido.

— Que merda de hétero top, Rebecca? — perguntou, com o sotaque engraçado ao dizer aquilo. — Nicholas me explicou o que isso significa — avisou, e eu dei de ombros.

— Você é um — acusei. — Hétero top.

— Para de me chamar assim!

Revirei os olhos e suas mãos me apertaram um pouco mais.

— Vamos fazer um acordo, só dessa vez. Nas próximas, você vai por livre e espontânea vontade.

— Que acordo?

— Eu faço o que você quiser *hoje* se malhar comigo depois do almoço — afirmou, olhando para mim à espera de uma resposta.

— Feito — aceitei. — Vamos dançar as músicas do One Direction e do Justin Bieber. Você vai aprender algumas dancinhas.

— Vamos ouvir os mortos?

— Cameron — eu disse com desânimo —, não teve graça — reclamei, fingindo estar emburrada e o empurrei para que se afastasse.

Ele gargalhou e me puxou, fazendo com que eu ficasse por cima de seu corpo.

— Tudo bem, eu danço com você, mas não pode contar para ninguém — sussurrou, como se fosse um segredo.

— Amor, todos já te viram dançando *Single Ladies* e Dança do Créu, e não existe nada mais absurdo que a Dança do Créu.

Ele gargalhou.

— Exagerei muito no ano novo?

— Eu achei incrível — elogiei, vendo-o sorrir e me puxar para um beijo.

06

Rebecca

Fui diretamente para o andar dos quartos indisponíveis enquanto meu esposo verificava se a academia poderia ser usada.

Cameron parecia ter uma sequência, três à direita e três à esquerda.

Entrei no primeiro quarto à direita e as lágrimas desceram por meu rosto quando fiz meu pedido silencioso para que nenhum de meus filhos nascessem com os mesmos problemas de saúde que eu, que todos tivessem a ótima saúde de Cameron. Pensar nos meus filhos nascendo com uma doença sem cura e que às vezes dói tanto me partiria o coração.

Depois de me recompor, saí do quarto e me deparei com Cameron à minha espera na porta do terceiro quarto à esquerda.

— Por que estava chorando, meu amor? — questionou e, assim que me aproximei, ele me abraçou.

— Incrível como nada passa diante dos seus olhos — comentei, envolvendo meus braços em sua cintura.

— Quando o assunto é você, não mesmo — confirmou, e eu sorri.

— Estava falando algumas coisas para Deus sobre os nossos filhos. — Ele sorriu, concordando, e selou nossos lábios. — Mas agora, estou pronta para malhar e depois ver você dançando One Direction.

Ele riu, virando-se e balançando a bunda em minha direção. Dei um tapinha, entrando na brincadeira, e descemos para a academia.

Fizemos os alongamentos, e ele decidiu me acompanhar na esteira.

— Amor, eu sei que seu treino é pesado, não precisa se prender a mim.

— Senhora Rebecca, meu treino é, sim, muito pesado, mas eu estou inteiramente quebrado por sua causa, então vou me limitar a cárdio!

Gargalhei ao ouvi-lo.

— Quanta delicadeza — ironizei.

Ele sorriu, aumentando a velocidade da esteira dele e da minha, sem nem mesmo perguntar se eu queria.

Aumentei a dele em resposta, e ele aumentou a minha, mas acabou ficando em um ritmo que eu aguentava durante uma hora. Depois de estarmos suados e chegarmos ao limite na corrida, diminuímos o ritmo, ficando apenas na caminhada.

— Quais foram os tipos de luta que você fez?

— Boxe, Jiu-jitsu e Karatê — respondeu. — Aposto que te venço no Karatê.

Franzi o cenho.

— Aposto que não — rebati, no mesmo tom desafiador.

— Com certeza venço — retrucou, com o tom carregado de egocentrismo.

— E o que você apost...

— Você por cima — respondeu, antes que eu finalizasse a pergunta.

Eu o encarei incrédula, e ele me olhou com superioridade, o queixo erguido de forma arrogante.

— Feito — aceitei.

— Feito — confirmou.

No primeiro round, Cameron quem venceu. No segundo, eu consegui vencê-lo.

— Mas o seu não valeu — Cameron reclamou.

— Reclamando só porque perdeu? Não chore, senhor Styles, seus seguranças irão te ouvir — provoquei, e ele tentou me golpear, mas consegui desviar.

— Você se acha muito, Rebecca Styles — disse, desviando do meu golpe.

— Eu não era assim, acho que foi aquilo que me aconteceu na Noruega que me deixou assim — comentei, dramatizando como se algo muito grave tivesse acontecido, aproveitando o momento.

E Cameron simplesmente parou.

— O que te aconteceu na Noruega?

E foi o momento em que eu consegui derrubá-lo e ganhar o terceiro round. Era a única forma de vencê-lo e, ainda assim, quase não consegui.

— Eu me tornei uma Styles, e não existe um Styles que não se ache — disse, saindo de cima dele.

— Você roubou! — acusou, levantando-se e me puxando.

— Você não disse nada sobre regras, achei que era um vale-tudo — afirmei com sarcasmo. — Você por cima — eu o provoquei e saí andando, mas parei quando ele soltou uma risada alta e sarcástica quase maléfica. — Por que está rindo?

— Não vou por cima, eu vou por trás — disparou tranquilamente. — Você não disse nada sobre regras nessa aposta, achei que era vale-tudo.

— Seu safado! — acusei.

— Sem chorar, garotinha, seus seguranças irão te ouvir — provocou, mas não consegui evitar a risada.

— Besta — xinguei, virando-me e começando a caminhar para a saída.

— Gostosa. — E me deu um tapa forte na bunda enquanto eu andava. — E vai ficar ainda mais quando eu te colocar de quatro.

— Garoto, você precisa de limites — eu disse, encarando-o, e ele riu, balançando a cabeça negativamente.

— Nada disso, eu preciso é de você — afirmou, logo colocando as mãos em minha cintura, me fazendo caminhar para fora da academia.

Tomamos nosso banho juntos, vestimos nossos roupões e seguimos para a sacada do quarto, onde a mesa de café da tarde estava posta. Nós nos sentamos e começamos a comer; Cameron devorava o que via pela frente e foi impossível conter a risada.

— Parece que você voltou de um jejum de quarenta dias — brinquei, mordendo um pedaço de pão de queijo.

— Fico faminto depois de me exercitar com você — insinuou. — Você não?

— Não assim. — Apontei para ele, que fez uma careta. — Mas fico com muita fome, muita sede e parece que toda minha energia vai embora.

— Se sua energia foi embora, acho melhor descansarmos.

— Tentando se livrar das dancinhas, senhor Cameron?

Ele riu como uma criança marota.

— Deu certo?

— Não, não deu — retruquei. — Amor, o que aconteceu com seu cachorrinho? O Floki? Faz tempo que não o vejo.

— Ele se apaixonou pelo meu avô William — ele riu, recostando-se no sofá. — Papai o levou para lá para ficar um fim de semana e ele não quis voltar mais, ficou chorando na volta, não queria comer e nem brincar. Então o deixamos morando com meu avô, porque ele tem treze cachorros que fazem companhia para Floki.

— Com a Kurama foi quase a mesma coisa, ela se apegou totalmente à minha mãe, principalmente depois que me mudei.

Eu me encostei no sofá, trazendo comigo a tigela de porcelana branca com uvas verdes e lhe ofereci uma quando ele se sentou no sofá também.

Cameron me puxou e me olhou por segundos.

— Quero que uma coisa fique bem clara de agora em diante — iniciou. — Você não vai se calar diante de nada que te fizerem. As meninas de Liberty foram infantis e imaturas, e entendo que toda a cobrança dos seus pais em cima de você te prejudicou muito e te fez recuar, mas isso precisa acabar. Você não pode esconder as coisas por não querer conflito. Elas passaram do limite inúmeras vezes e você aguentou calada.

Eu o olhei por alguns instantes.

— Stanford é diferente de Liberty, ninguém quer disputar por uma coroa idiota ou criam rivalidade por causa de popularidade. Cada um se importa com a própria vida, nenhuma garota me tratou mal — me prontifiquei.

— Sabe que não estou falando das garotas, estou falando de você tentar amenizar situações porque não quer lidar com elas nem quer que eu resolva do meu jeito — rebateu.

Soltei um suspiro audível.

— Contei ao meu pai sobre as perseguições de Matteo e as coisas mudaram, mas tem outras coisas que não tem o que fazer. Ele não pode ser expulso sem uma boa explicação — eu disse, esperando que essa conversa chegasse ao fim.

— Então arranjaremos uma explicação — retorquiu.

Fiquei em silêncio. Não porque discordava ou estava irritada, mas por saber que Cameron era uma pessoa melhor que Matteo e não entraria em uma briga para perder.

E Matteo era um assediador e abusador nojento, e não tinha problemas diretos comigo, era com Cameron. Eu era usada para afetar Cameron, sabia disso. Porém, a situação com as outras meninas era pelo caráter repugnante de Matteo.

Ele ser expulso seria um favor para as calouras e as veteranas que foram ou seriam assediadas, senão abusadas, com o assunto sempre mantido em segredo.

— Sua segurança será redobrada e sei que ficará brava por me envolver em confusão, mas não estou disposto a mudar de opinião. Sei de coisas terríveis que ele já fez com outras meninas, e ainda tem a forma com que ele trata Felicity.

— Não pretendo mudar sua opinião, muito menos te impedir — eu disse, e ele me olhou com desconfiança. — Faça o que precisa ser feito, amor.

Ele franziu a expressão, confuso.

— Até pouco tempo eu jurava que você diria outra coisa — observou.

— Matteo vai ter alguém maior que ele para entrar em uma briga. Comigo era esse o objetivo: te atingir. E, bom, se ele plantou isso, que colha as consequências. — Cameron abriu um sorriso. — Só não seja preso — adverti.

— Tem minha palavra de que você possivelmente irá me buscar na delegacia — rebateu e eu o empurrei pelos ombros.

— Se depender de mim, vai ficar na delegacia — eu o provoquei, levantando-me, e caminhei até a mesa do café para pegar mais uvas.

Ele me seguiu, colocou as mãos em minha cintura e me virou de frente para ele.

— Tem uma coisa que eu gostaria de saber — iniciei, virando-me para ele ao retornar para o sofá — desde a nossa separação.

— Sobre o quê?

— Você.

Eu me sentei, deixando a tigela entre nós para que ele as pegasse também.

— No dia no meu aniversário, Andrew foi para Palo Alto junto com o time e disse que você foi atrás dele quando terminou comigo. — Pensei um pouco. — Ele me disse que fez o que você pediu. — Ele abaixou o olhar. — O que você pediu?

— Becca...

— Não — retruquei. — Não é justo. Você quer que eu te conte tudo de mim, te peço que faça o mesmo e não se esconda — pedi, entrelaçando os nossos dedos e beijei sua mão.

Ele ficou instantes acariciando minha mão, para então falar:

— Pedi que me batesse, até eu não sentir nada que não fosse a dor física — confessou e eu senti meu coração se apertar dentro do peito.

— Cam...

— E ele fez, porque sabia que se não fizesse, outra pessoa faria. Pedi, porque era o único que não se importaria com ninguém falando coisas ruins sobre ele ou se o odiassem. Elliot não teria conseguido, mas Andrew conseguiu.

Uma lágrima silenciosa desceu por meu rosto ao imaginar um pouco de como foi para Cameron ter me deixado.

— Amor... — sussurrei. — Que outra pessoa faria isso?

— Antes de você chegar em Los Angeles eu participava de lutas ilegais com pessoas mais velhas e mais experientes que eu, é por isso que sei me defender, entrar em uma briga e sair ileso, porque adquiri prática, mas apanhei ao ponto de ficar desacordado e... — Ele abaixou o olhar e eu acariciei sua mão. — Quase matei um cara espancado porque ele mexeu com Natalie, e eu só sentia raiva o tempo todo... Se não fosse por Elliot daquela vez... — Soltei a respiração devagar, para que ele não percebesse o quanto aquilo me deixou surpresa. — Eu não me importava, minha vida poderia acabar que eu ficaria feliz — explicou. — Naquela época — acrescentou.

Engoli em seco, não querendo chorar, porque isso o faria parar de falar como sempre.

— Seus pais nunca notaram isso ou ficaram sabendo sobre esse cara?

— Quando o cara soube com quem tinha mexido, não quis denunciar. Minha ficha é limpa por causa do sobrenome. Quando bati nos homofóbicos que espancaram Josh, fiquei preso por algumas horas, mas todos os registros sumiram, igual a todas as vezes em que cometi alguma coisa.

Ele me olhou, vendo a surpresa em meu rosto.

— Já fiquei preso quatro vezes, contando com essa — explicou. — O pai de Andrew me tirou nas três vezes, e o seu pai na última. Por agressão e destruição de propriedade.

— Jesus... — murmurei.

— E meus pais souberam que eu ia a lutas ilegais. Tentaram me proibir e, então, comecei a fugir. Eles não conseguiam me controlar em nada; eu bebia, me drogava e apanhava de lutadores mais velhos porque eu sabia que eles não teriam dó de mim.

Coloquei a tigela na mesinha de centro e o abracei, fazendo-o deitar a cabeça em meus seios.

— Eu sinto muito que você tenha passado por tudo isso sozinho, amor — disse, acariciando seus cabelos.

— Sou muito feliz agora — afirmou, levantando o olhar para mim. — Muito. É uma vida que eu achava que não merecia nunca.

— Meu amor, você merece tanta coisa boa, tanta felicidade, e não faz ideia — rebati, passando os dedos em seu rosto e beijei seus lábios. — Sempre mereceu.

Ele me abraçou pela cintura.

— Antes de começar a sonhar com você, eu tentei… tentei acabar com essa dor e raiva que eu sentia.

— Você tentou? — perguntei, assustada por entender o que ele estava falando.

— Só tinha um jeito… Natalie chegou na hora. — Ele soltou a respiração. — Só eu e ela sabemos disso, e agora você. E se os sonhos não começassem, se você não tivesse aparecido ou desistido de nós, eu teria desistido, não por sua culpa, mas porque a raiva e dor estavam voltando e eu não queria tudo aquilo de novo…

— Não diga isso. — Eu o abracei mais forte e não consegui segurar as lágrimas. — Eu não sei o que faria se te perdesse — disse baixinho.

— Você é minha luz, Rebecca — afirmou, acariciando minha cintura.

Fiquei segundos em silêncio, preparando-me para falar em voz alta e sem chorar.

— Cameron, você quem me salvou — consegui dizer.

Ele me encarou e me soltou sem se afastar, apenas para me olhar direito.

— Como? — perguntou, parecendo não acreditar no que ouvia.

— Depois de Turner, não conseguia ficar perto de nenhum homem que não fosse meu pai ou meus avôs. Nicholas deve ter te contado que eu gritava toda noite, tinha me tornado uma pessoa totalmente diferente do que sou, ele me mudou da pior forma possível. Não me sentia corajosa para nada, por isso não rebatia as meninas e fugia dos meninos calada, mas então… você precisou de ajuda com as notas, depois apostou uma aula com o time, me respeitou, se aproximou de mim aos poucos e quando fui ver, já estávamos aos beijos.

Ele sorriu e beijou minha mão.

— Um beijo muito gostoso por sinal.

Mostrei a língua em provocação e sorri logo em seguida.

— Comecei a me conhecer e me entender depois de você, e ainda faço isso todos os dias. Mas entendi que mereço cuidado, proteção e defesa graças a você e aos meninos do time — afirmei e abri um sorriso. — Você me salvou de ser uma pessoa que não sou. Eu seria medrosa por muito tempo, afastaria as pessoas de mim e sinceramente, acho que não conseguiria ser feliz devido ao medo que sentia de tudo — admiti.

Cameron limpou os olhos e me abraçou.

— Meu amor, eu te amo tanto e fico feliz sabendo de tudo isso — alegou. — E eu pretendo te dar tudo o que puder nesse mundo.

— Você já tem me dado muito.

— Mas quero te dar mais. — Ele envolveu o braço ao redor de meus ombros e aproximou os lábios de minha orelha. — Principalmente pau e água.

— Seu cretino — xinguei, dando-lhe um tapa e o empurrando. Então, iniciamos uma luta de mentirinha.

Suas palavras acabaram com o clima emotivo no qual estávamos, mas, sinceramente, depois de tudo o que ele passou, vê-lo fazendo gracinhas o tempo todo era a coisa mais incrível do universo.

Ele me puxou pelo braço, me fez deitar, cobriu meu corpo com o dele e não perdeu tempo em me beijar.

— Não pense que vamos ir até o final desse beijo.

— Você está quase nua e eu também, me convença de que não vamos — desafiou.

Apertei sua cintura.

— Você vai dançar comigo, Cameron William Styles, não pense que vai se livrar.

— Podemos fazer isso depois — sugeriu.

— Não — troquei nossas posições, ficando por cima. — Não e não.

Saí de seu colo.

— E eu gostaria de tomar um vinho, tenho certeza de que tem algum nessa mansão — comentei enquanto passava da sacada para dentro do quarto.

Eu o ouvi bufar quando entrou.

— Não vou buscar vinho para você — provocou.

— Bom, sendo assim, eu mesma vou — conclui, colocando minhas pantufas.

— Maldita — resmungou.

— Cameron! — eu o repreendi, mas nós dois rimos.

— Já venho, sua chata e gostosa — disse, emburrado, e me beijou antes de sair.

Parei na frente da TV, colocando no aplicativo do YouTube, e procurei a música que queria. Quando ele retornou ao quarto, com duas taças e duas garrafas de vinho, olhou para a TV e fez uma careta.

— Não vou dançar — afirmou, colocando as taças e uma garrafa na mesinha e a outra no frigobar, e se jogou no sofá.

Eu o puxei pelas mãos, fazendo-o se levantar em um impulso.

— Vai, sim — insisti, vendo-o bufar.

Coloquei o clipe de *One Way Or Another*, que era uma das minhas favoritas e comecei a dançar envolta de Cameron, depois de encher minha taça. Mas não consegui segurar as gargalhadas quando ele começou a imitar a coreografia no refrão.

Depois de algumas músicas e duas garrafas de vinho vazias, começamos a cantar e dançar — sem nenhum ritmo específico — a música *Drag Me Down* e Cameron soltou a voz, mostrando que sabia a letra da música toda. Quando o Harry atingiu uma nota alta no clipe, Cameron o acompanhou.

— Meu Deus! — eu disse, animada, batendo palmas, e pulei em cima dele, abraçando-o. — Sua voz é linda, perfeita e maravilhosa — afirmei, beijando seu rosto a cada palavra.

Ele sorria feito criança recebendo meus beijos.

— Agora eu quem escolho as músicas — anunciou, pegando o controle que estava em cima do sofá.

— Jesus — murmurei.

Mas ele colocou *Baby* do Justin Bieber, e o melhor foi ele tentando deixar o cabelo de lado, como era o penteado do Justin no clipe.

Cameron se sentou no sofá, declarando que não dançaria mais quando a música *Hips Don't Lie* da Shakira começou, e eu decidi provocá-lo, dançando enquanto ele me observava.

Eu me sentia poderosa, excitada e quente com a forma que ele me encarava.

Sentei-me em seu colo, com uma perna de cada lado, e passei meus lábios nos dele, fingindo que ia beijá-lo.

— Já cansou? — questionei, virando-me para olhá-lo.

Ele riu e afundou os dedos em meus cabelos.

— Não, nem um pouco.

Virei o rosto, impedindo-o de me beijar e, em resposta, ele puxou meu cabelo com um pouco mais de força. Com a outra mão, segurou o meu pescoço e selou nossos lábios.

Desci as mãos na corda que amarrava seu roupão e a desamarrei. Passei os dedos em seu pau e delicadamente fiz círculos em sua glande, sentindo-a úmida. Abri um sorriso contra os seus lábios e beijei seu pescoço. Eu o segurei com uma das mãos e o esfreguei contra o meu clitóris e minha entrada molhada, gemendo em seu ouvido.

Mexi minha cintura, ainda o esfregando contra mim e ameacei encaixá-lo. Ele gemeu, envolvendo minha cintura com seus braços, e puxou meu cabelo.

— Quero que faça comigo o que imaginava quando me via de costas, empinada pra você — sussurrei e mordi o lóbulo de sua orelha.

Ele me segurou pelo pescoço, fazendo com que eu o encarasse.

Senti um leve tapa contra minha bochecha e sorri mordendo o lábio.

Com um braço ao meu redor, Cameron se levantou e me trouxe para trás do sofá.

— Se segure no sofá — mandou.

Desci de seu colo e ele me virou, colocou a mão em minhas costas e me empurrou, fazendo-me ficar apoiada no sofá. Cameron arrancou meu roupão e o jogou em algum canto. Seus dedos subiram em minhas costas, ele enrolou meu cabelo em seu pulso, e senti dois de seus dedos entrarem em mim.

— Ah! Cameron… — gemi, surpresa.

— Você está tão excitada — disse com satisfação, e movimentou os dedos, me massageando de forma deliciosa e enlouquecedora. — Você é deliciosa!

Ele puxou meu cabelo e deu tapas em minha bunda. Em questão de segundos, começou a me penetrar de forma lenta e torturante, permitindo que eu o sentisse duro e pulsante, até ele se estocar de uma vez com força, com tudo, e eu agarrei uma almofada, tentando abafar meu gemido.

Cameron começou a mexer a cintura enquanto puxava meu cabelo e estimulava meu clitóris. Meus seios deslizavam contra o sofá e eu sentia o pau dele pulsando dentro de mim. Ele se mexia de forma selvagem e parou de puxar meu cabelo para distribuir tapas em minha bunda, que me faziam gritar de prazer.

— Cam, não pare, não…!

Ele agarrou meus dois braços, prendendo-os para trás, e segurou meus punhos com uma mão só. Seu outro braço envolveu minha cintura e me levantou um pouco, deixando-me na ponta dos pés. Aquela sensação eufórica de que o ápice estava perto passou a dominar meu corpo e eu me sentia desesperada. Estava tão excitada que queria me esfregar nele ou me tocar. E ouvi-lo gemer me enlouquecia.

Comecei a me mexer indo contra a sua pélvis, ouvindo o barulho que nossos corpos faziam ao se encontrarem. Eu me forcei a ir mais rápido e me esfregar nele, até senti-lo ir tão fundo, tão duro e forte que atingia a sensibilidade que distribuía prazer por todo o meu corpo e me fazia gemer pelo orgasmo.

Mas Cameron não parou, deu outras estocadas até chegar ao ápice e, ao sair de mim, esfregou o pau em meu clitóris, fazendo com que eu me contorcesse. Soltei meus pulsos de seu agarre para conseguir me apoiar e não cair.

Nossas respirações eram tão ofegantes que se tornaram audíveis. Eu não conseguia me mexer e me endireitar; isso era simples, mas parecia difícil e doloroso.

— Amor…

Minhas pernas bambearam e Cameron interrompeu sua fala para me segurar. Ele sorriu e me pegou no colo, levando-me até a cama e me colocando sobre o colchão com cuidado, como se não tivesse acabado de me colocar de quatro e acabado comigo. Em seguida, beijou meu rosto.

Eu me deitei na cama enquanto ele caminhava para dentro do banheiro; envolvi-me com a coberta e suspirei apaixonada, sentindo-me cada vez mais entregue a Cameron.

Era ótimo estar com ele. Eu podia ser a maior safada do mundo e assim que o tesão passasse *um pouquinho*, ele seria a pessoa mais carinhosa comigo. Me dava colo para me sentar, mas também para chorar. O ombro para me apoiar de todas as formas imagináveis e, mesmo sendo selvagem, era cuidadoso e carinhoso.

Cameron saiu do banheiro, trocou a música que estava tocando no YouTube para um filme em algum canal, pegou nossas garrafinhas de água e voltou para a cama. Ele me entregou a garrafinha, me olhou e acariciou meu cabelo.

— A primeira vez que te vi bebendo vinho, você ficou assanhada e me deixou desesperado. — Ele riu e beijou meus lábios.

— A primeira vez que bebi vinho com você, você fugiu de mim, mas agora, fico muito feliz que tenha ficado — afirmei e bebi um gole de água.

— Eu não vou a lugar algum, senhora Styles — prometeu.

— Não mesmo. Se cogitar fazer isso, te tranco no quarto de novo — ameacei.

— Sua safada — resmungou, avançando para cima de mim e me beijando.

— Quero saber uma coisa — comentei.

— Sim, vamos descansar um pouco e eu te quero de novo — respondeu, beijando meu pescoço.

— Não — rebati, fazendo-o me olhar. — Você parece preparado em qualquer momento, a camisinha simplesmente aparece — observei. — Como?

— Simples. Tem camisinha por toda a casa, em lugares específicos que destravo com a minha digital. No quarto mesmo, tem em todos os cantos que eu já me imaginei fazendo amor com você — explicou.

— Cameron, você é inexplicável.

— E louco por você.

07
Rebecca

Quase três semanas depois do nosso casamento, eu já tinha aprendido a cavalgar de algumas formas, feito oral em Cameron e descoberto que era boa nisso, a julgar pelos gemidos e o desespero dele. Além disso, discussões e provocações tinham ótimos resultado.

Ficamos a primeira semana toda dentro do quarto, saindo apenas para fazermos as refeições do almoço, porque as outras fazíamos na sacada, mas na segunda semana saímos para explorar a mansão e Cameron me apresentou cada canto que ele tinha camisinhas guardadas.

Passeamos pela Suíça algumas vezes, e em todas Cameron falava sobre a história que conhecia e eu me apaixonava cada vez mais por ele.

Eu estava conhecendo mais um lado do meu marido, o que acordava e tomava banho cantando bem alto, como se nada no universo pudesse deixá-lo triste.

E tínhamos dois combinados em nosso casamento: não deixar ninguém se deitar ou se sentar na nossa cama, a não ser nossos filhos; e nunca ir dormir sem dar um selinho e dizer "eu te amo", mesmo quando brigarmos.

Nessa terceira semana, não tínhamos feito *exercícios* por eu estar no meu período menstrual ou, como Cameron chamava: sinal vermelho.

Ele me mimou desde o primeiro dia em que percebeu que eu estava de TPM, assistiu a filmes comigo, me deixou chorar, fez massagens, dormiu do meu lado enquanto eu lia, trouxe chocolates e teve todo o cuidado ao me ajudar a tomar minhas medicações.

E, pela centésima vez, me dei conta de que o meu marido era o homem da minha vida.

Observei cada foto da minha família no Brasil e, sem perceber, as lágrimas desceram por meu rosto.

Seria o aniversário dos gêmeos na sexta-feira e de Isaac no sábado, e eles comemorariam os três no mesmo dia, mas eu ainda não tinha tomado coragem para falar com Cameron desde o dia que minha mãe me ligou para saber como estávamos e eu chorei explicando que não sabia o que fazer.

Estávamos em lua de mel e eu sabia que podia falar a Cameron tudo o que me deixava aflita, mas… era nossa lua de mel. Não queria que ele achasse que não era algo importante para mim, porque era, e muito, mas… seria o primeiro aninho dos gêmeos e eu nunca passei um aniversário de Isaac longe dele.

A porta do quarto se abriu, porque Cameron estava voltando de uma pequena reunião com os nossos seguranças, e fui pega de surpresa pela sua aproximação. Eu me escondi com o edredom, para que desse tempo de eu disfarçar os olhos inchados e o nariz avermelhado pelo choro.

— Rebecca — chamou e, ao julgar pelo tom, parecia ser sério.

Coloquei a cabeça para fora e o olhei, curiosa.

— Por que você parece bravo? — perguntei, estando já com o rosto limpo.

— Porque estou. Quero que me dê um bom motivo para não ter me contado que quer ir para o Brasil. — Ele me encarou com interrogação nos olhos. — Entrei no quarto enquanto você falava com a minha sogra, no domingo, e ouvi você chorar e falar que não sabia como conversar comigo sobre isso. Amor, que tipo de marido você pensa que sou para ficar bravo quando você quiser estar com a sua família?

Funguei e limpei os olhos.

— Não é isso, eu só não queria parecer que não me importo com a nossa lua de mel. Não pensei que você ficaria bravo, não foi nada disso.

Ele entrelaçou nossos dedos e beijou minha mão.

— Passamos disso, minha princesa, não temos motivos para escondermos nossos sentimentos e vontades um do outro. Você quer que eu me esforce para mudar isso, então peço que faça o mesmo — disse, acariciando meus cabelos e eu soltei a respiração.

— Me desculpe — pedi, e ele se sentou na cama para me abraçar. — Por que não falou antes? Você ouviu tudo no domingo.

— Primeiro porque eu me senti mal por não ter me lembrado da data do aniversário de Isaac; dos gêmeos eu não sabia. Segundo, você estava sensível, e eu, irritado. Não achei que seria bom conversarmos naquele momento, e como você acordou chorosa, decidi esperar.

— Como você consegue ser perfeito o tempo todo?

— É um dom — disse, convencido, e eu acabei rindo.

— Você tem certeza de que quer ir para o Brasil?

— Sim, amor. Nosso voo será hoje às oito.

— Ai, meu Deus. Preciso arrumar minhas malas — afirmei, agitada, e ele riu.

— Só algumas coisas, amor. Nossos funcionários em Palo Alto separaram algumas roupas de verão, não precisa se preocupar. Nosso pessoal manda para a nossa casa o que ficar aqui — explicou. — Mas por favor, leve o pote de ouro.

— Pote de ouro?

— Se aquela malinha com as suas lingeries não é um pote de ouro, eu sinceramente não sei o que é.

Dei um tapa em seu braço e ele me beijou.

— A malinha tem senha, como descobriu? — perguntei.

— Não duvide da capacidade de um homem viciado por sua esposa — rebateu.

Abri um sorrido ao ouvi-lo, dei-lhe um selinho e caminhei para o closet para separar algumas coisas que iria levar para o Brasil.

Depois de algumas horas, jantamos e seguimos para o avião. Assim que chegamos ao alto céu, entrei no banheiro e coloquei um vestidinho azul-claro que daria para usar com tênis quando pisássemos em solo brasileiro.

Cameron me olhou quando saí e passeou com os olhos pelo meu corpo todo.

— Quando é que o sinal vermelho acaba? — questionou quando me sentei. — Daqui a uma semana?

— Uma semana? — repeti, confusa.

— Sim — respondeu como se fosse óbvio. — Natalie ficava uma semana de choro, muito estresse, com dor, falando que me amava e depois que me odiava.

Gargalhei ao ouvi-lo.

— E você chorou por algumas coisas e reclamou de dor nas pernas. Achei que seria bem pior.

— E por qual motivo você achou que seria pior?

— Porque eu convivi com duas mulheres. — Ele riu. — E Natalie é uma experiência de se levar para a vida toda.

— Acho que não mudo muito de humor.

— Já é estressada e se acha a dona da razão por natureza?

Eu o olhei furiosa, ele gargalhou apertando minha cintura e beijou minha bochecha.

— Mas eu te amo exatamente assim — afirmou, dando vários beijinhos em meu rosto.

Eu o empurrei e vesti minha meia que chegava até a batata da perna, a qual eu usaria só até chegar no Brasil. Então, eu me cobri com uma manta fina.

— O que estava dizendo era que fico um pouco mais emotiva que o normal e com o corpo doendo, mas não sinto cólicas com frequência — expliquei, inclinando a minha poltrona para trás.

— E até quando você fica assim?

Eu o olhei incrédula.

— É só com isso que você se importa?

— Sim — respondeu, como se estivesse claro, e me olhou. — Não! Não?

A expressão dele era uma graça, e eu não consegui manter a postura de incrédula.

— Três dias, no máximo quatro, senhor Styles, e já estou no final do ciclo deste mês. Não faço a menor ideia do motivo que te deixa tão interessado nisso — ironizei.

— Oh, grandioso Deus, muito obrigado por essa benção, meu Deus — Cameron disse, juntando as mãos como em uma oração.

Revirei os olhos e ele sorriu.

— Você devia colocar outras roupas, vai ficar com muito calor quando chegarmos no Brasil.

— Vou colocar um short daqueles finos que você arranca toda vez que me vê usando — provocou.

— Faça isso e eu vou andar sem calcinha sempre que estiver de vestido — ameacei.

— Você não é nem louca de pensar em fazer isso — rebateu.

— Me teste e você verá.

— Sua chata! — protestou.

— Se você não fosse gostoso, não estaríamos debatendo esse assunto — aleguei, ouvindo-o gargalhar.

08
Rebecca

Santa Catarina, Brasil
Quarta-feira, 08:15
A caminho da Mansão da família Nogueira

Estar no Brasil, depois de mais de um ano longe, era uma sensação nostálgica e incrível. Sair de um país frio para um quente não foi problema para mim, mas Cameron, assim que saiu do avião e ficou trinta minutos longe do ar-condicionado, começou a ficar com o rosto avermelhado enquanto falava com os seguranças.

Já estava no carro quando ele entrou, e o suor escorria em sua testa. Ele não disse nada e se recostou no banco, ofegante, e fechou os olhos, parecendo exausto.

— Amor, está sentindo alguma coisa?

— Não, amor, estou bem — disse devagar e sem abrir os olhos.

O motorista questionou se podia dar partida para o hotel e, na ausência de uma resposta de Cameron, que pareceu não ter ouvido a pergunta, eu respondi:

— Não, nos leve para a casa dos meus pais.

— Não, amor — Cameron retrucou lentamente. — Vai estragar a surpresa.

— Surpresa vai ser a gente não aparecer porque você passou mal de calor. Na casa deles vou conseguir cuidar de você melhor do que no hotel.

Olhei para o motorista, informei o endereço e Cameron não rebateu minhas palavras, coisa que raramente acontecia.

— Pode, por favor, colocar a temperatura do ar-condicionado em 18ºC? Ele ainda está muito quente.

— Claro, senhora Styles.

Puxei uma toalhinha de rosto que tinha deixado na bolsa. Eu já sabia que isso ia acontecer; quando Carter, tio Paulo, Nicolly e Jeff vieram ao país pela primeira vez, tiveram a mesma reação ao calor.

Peguei uma das quatro garrafinhas de água gelada que tinham na bolsa térmica, despejei um pouco na toalha e passei em seu rosto.

Ele abriu os olhos e um sorrisinho fraco.

— Você está pegando fogo — comentei, descendo a toalha em sua nuca.

— É porque você está por perto — rebateu, me fazendo rir.

O motorista tentou se conter, mas acabou deixando escapar uma risadinha.

— Você não perde uma — respondi, e ele abriu novamente os olhos ao me ouvir.

— Toda oportunidade de enaltecer minha esposa, eu preciso aproveitar.

Sorri, passando os dedos em seus cabelos úmidos pela água gelada que eu tinha passado, e deixei a toalhinha ali. Peguei outra, que seria minha se eu precisasse, molhei-a e coloquei por dentro de sua camisa.

— Isso é bom — resmungou.

— Beba um pouco de água — pedi, entregando-lhe outra garrafinha.

Cameron bebeu um gole d'água e encostou a cabeça no banco do carro depois de me devolver a garrafinha. Parecia cansado, seu rosto ainda estava avermelhado e seus olhos fechados, mas mesmo estando nesse estado, manteve seu braço ao redor de minha cintura.

Depois de quase uma hora e meia, o motorista desacelerou um pouco e Cameron acordou.

— Estamos chegando, senhora Styles, devo manter a velocidade ou acelerar?

— Mantenha — Cameron respondeu antes de mim.

— Está melhor, amor? — questionei o olhando.

— Nunca fiquei ruim — ele disse, abrindo um sorrisinho leve.

Mas seus olhos ainda pareciam cansados, e eu temia que sua pressão abaixasse.

— Pode acelerar — pedi ao motorista, que concordou.

As crianças vieram correndo na direção do carro e, quando Cameron se preparou para sair, eu o segurei pelo braço.

— Fique aqui, você vai ficar pior se sair.

— Mas amor…

— Cameron, por favor, não retruque.

Ele bufou e se arrumou no carro. Beijei seus lábios e ele sorriu, deixando desaparecer sua irritação.

Ao sair do carro, o primeiro a pular em mim foi Isaac, que quase me derrubou no chão. Ele estava enorme; toda a minha família era alta e Isaac agora era do mesmo tamanho que eu. Franzi o cenho, não me dando conta de ter reparado nisso na cerimônia do meu casamento, talvez pela correria e todas as coisas que estavam acontecendo.

— Eu sabia! — anunciou, animado. — Falei para mãe que tinha certeza de que vocês viriam, tinha certeza! — exclamou.

Não demorou para que minha família viesse para fora, provavelmente avisados pelos seguranças ou outros funcionários. As altas conversas começaram, todos querendo me abraçar e perguntar como eu estava ou sobre Cameron. Contudo, por mais que eu os amasse, não tinha tempo para isso agora.

Assobiei juntando os dedos na boca, como meu avô John me ensinou para chamar cavalos na fazenda dele. Ele foi o primeiro a rir, mas todos ficaram em silêncio.

De longe, vi minha sogra acompanhada de Natalie, Elliot e meu sogro, que estava com Luke no colo. Natasha e Ryan já tinham pulado em mim pouco antes de Nicholas os empurrarem, com cuidado e provocação, e me abraçar. Louis, que estava no colo de Felicity, pulou no meu e acabei ficando com ele, pois envolveu os braços ao redor de meu pescoço e deitou a cabeça em meu ombro.

— Eu amo vocês e vocês sabem disso, mas meu marido… — Mamãe e minhas avós sorriram, e eu tentei não me desconcentrar. — … está passando mal por causa do calor. E por isso viemos direto para cá. Iremos conversar depois, mas agora, por favor, preciso cuidar dele.

Antes que eu terminasse de falar, Nicholas e Elliot foram direto para o carro, com Natalie e minha sogra.

— Vamos, Lou — mamãe chamou o garotinho, fazendo cócegas leves nele, que foi para seus braços com facilidade depois de beijar meu rosto. — Leve-o para a piscina coberta. Natalie, William, Arthur e Luke passaram mal quando chegaram por conta do clima, mas ficaram bem rapidamente, e seu esposo também ficará. — Ela abriu um sorriso orgulhoso.

Eu a beijei no rosto, feliz em revê-la, principalmente estando no Brasil.

— Estou feliz por estar aqui — afirmei, cantarolando.

— E nós estamos felizes pela sua chegada. Agora vá cuidar do seu marido — mamãe disse, sorrindo.

Eu me aproximei dos meninos que estavam levando Cameron para dentro da casa. Ele andava com o braço envolto na mãe, abraçando-a e ao mesmo tempo se apoiando. Quando me aproximei, mesmo com o olhar baixo e cansado, ele me estendeu o braço desocupado.

— Natalie, me ajude a fazer algo para eles comerem — minha sogra a chamou, e ela concordou.

— Estou feliz que estejam aqui — Natalie disse, beijando nossas bochechas para em seguida ser puxada pela mãe, e as duas saíram correndo como melhores amigas atrasadas para algo.

Elliot e Nicholas nos acompanharam até onde ficava a piscina coberta, e eu não consegui deixar de sorrir ao ver a praia, que ficava tão perto que era possível vê-la através do vidro.

— Pede para Felicity trazer o aparelho de pressão, Nic? — pedi, e ele saiu.

— Eu quero me deitar — Cameron resmungou.

— Posso ajudar em mais algo? — questionou Elliot.

— Se puder pedir para alguém trazer duas toalhas, por favor — disse, fitando-o, e ele concordou antes de sair, fazendo um aceno de soldado recebendo ordens de um general. — Você precisa entrar na piscina, vai se sentir melhor — afirmei, olhando para Cameron.

Saí de seus braços e parei a sua frente. Então, puxei a barra de sua camisa para cima, tirando-a, e ele sorriu.

— Adoraria estar fazendo isso se estivesse me sentindo bem — reclamou, fazendo bico, e eu coloquei sua camisa em um banco.

— Nem pense em fazer isso aqui — eu disse, desamarrando seu short.

— E por que não? — questionou, tirando os sapatos. Ele se sentou no banco para tirar as meias e puxou o short, livrando-se dele.

— Câmeras.

Tirei meu tênis e Cameron se jogou na piscina. Quando voltou para a superfície, soltou a respiração devagar e com alívio.

Eu me sentei na borda da piscina, deixando meus pés e um pouco das minhas pernas sentirem a água refrescante, e ele ficou entre elas.

— Como se sente agora?

— Aliviado, estava com muito calor — admitiu. — Me sinto refrescado agora, não sei o que aconteceu — brincou.

— Meu Deus, como não pensei nisso! Eu sei o motivo disso — disse, fingindo espanto, e ele franziu o cenho.

— E qual seria?

— Não está claro? Você ficou melhor assim que entrou na água. — Fiz um suspense e ele pareceu ainda mais confuso. — Você é uma sereia!

Ele jogou água em mim enquanto eu ria de sua expressão incrédula.

— Entra comigo? — pediu, e eu balancei a cabeça negativamente. — Ainda está no vermelho? — Neguei novamente, porque quando tomei banho, antes de sairmos do avião, meu ciclo havia de fato acabado, e seu rosto se iluminou de uma forma engraçada. — Por favor, entra agora — disse, subindo as mãos por minhas coxas.

— Amor! — exclamei segurando suas mãos — Não podemos. Primeiro que vai vir gente para cá daqui a pouco, segundo que as câmeras são monitoradas por meu pai e meu avô Marcus, e você não vai querer o resultado desse risco.

Ele bufou apertando minhas coxas.

— Para que ter câmera aqui? — reclamou.

— Porque as crianças às vezes vem para cá, e se tiver invasão e começar por aqui, eles vão saber. Mas é muito estranho você reclamar disso sendo que faria o mesmo — minha fala mudou sua expressão de irritado para um sorriso maroto.

— Tem razão. — Ele deu de ombros. — Esse é o vidro espelhado, certo? As pessoas lá de fora não conseguem nos ver.

— Exato — confirmei.

— Então se desligarmos as câmeras, a gente…

— Amor, não! Fora de cogitação.

Ele fez bico, mas acabou sorrindo e deitou a cabeça em minha coxa.

— Podemos entrar de olhos abertos? Por favor, me digam que não estão pelados — ouvi a voz de Natalie e a risada alta de Eliza.

— Por mim, estaríamos — Cameron disse e elas entraram na ala de piscinas. — Mas aqui tem câmeras.

— Vocês dois não têm filtro nenhum — minha sogra disse.

Ela deixou a bandeja com lanches naturais, tigelas com frutas cortadas e dois garfos, e Natalie deixou uma bandeja com uma jarra de limonada e dois copos.

— Vocês não precisavam ter todo esse trabalho.

— Tudo pelos meu filho e minha nova filha — Eliza disse, dando um beijinho em minha testa. Então, abaixou-se um pouco mais e acariciou o rosto molhado de Cameron.

— Obrigado, mãezona — Cameron disse, beijando a mão da mãe para em seguida deixar novamente as mãos em minhas coxas.

— Estamos indo — disse Natalie, puxando Eliza para que se levantasse.

— Se alimentem e qualquer coisa nos chamem — Eliza afirmou, aumentando o tom de sua voz enquanto Natalie a carregava para fora.

— Eles sabem se cuidar, mãezinha, pelo amor de Deus — Natalie replicou aos risos e ambas saíram.

As bandejas eram de madeira e com pezinhos, por isso não nos incomodamos de deixá-las no chão, ao meu lado. Levei um pedaço de melão com um garfo até os lábios de Cameron, que aceitou. Ouvimos passos se aproximando, e pela porta entraram Felicity e Nicholas, ela com o aparelho de medir a pressão e ele com as toalhas e dois roupões.

— Oi, Fê. — Sorri, fitando-a, e Cameron acenou para ela.

— Oi, casal. — Ela sorriu também.

— Eu estou novinho em folha, não preciso medir a pressão — Cameron se prontificou, com a cabeça ainda apoiada em minha coxa.

— Sim, você precisa — rebati, segurando-o pelo queixo.

— Não, não preciso. Eu estou bem.

— Se está tão bem, deixe-nos confirmar para termos certeza. — Ele abriu a boca para falar e eu o cortei: — Sem discussão, Cameron.

Ele bufou, saindo da piscina, e balançou a cabeça, fazendo cair água em mim propositalmente.

— Sem discussão.

— Ok, crianças, eu quero ir para a praia logo e vocês não estão ajudando — Nicholas reclamou, tacando as toalhas em Cameron e me entregando os roupões com delicadeza.

— Não joga assim, eu estava passando mal, seu insensível — Cameron reclamou o olhando.

Nicholas mostrou o dedo do meio em resposta e Cameron o respondeu mostrando os dois dedos do meio.

— Parem vocês dois — pedi, puxando as mãos de Cameron e escondendo seus gestos.

Ele riu, selando nossos lábios, e foi se secar. Então, estendeu o braço para Felicity, que se abaixou, sentando-se no chão. Eu me virei, ficando de frente para ela e ao lado de Cameron, que colocou a mão desocupada em minha cintura. Nicholas se manteve de pé.

Meu coração se aqueceu em ver meu primo olhando Felicity completamente apaixonado e entregue. Ele estava se permitindo pela primeira vez desde o término de seu último namoro, que o destruiu. E ele estava feliz, porque se tudo desse certo, ela se tornaria uma Nogueira e não carregaria o fracasso do pai e irmão, além de estar feliz como aparentava.

— Tia Olivia pediu para avisar que o quarto de vocês é o segundo a direita — Nicholas disse. — E as coisas de vocês estão lá.

— Ah, sim, claro. Obrigada Nic.

— Sente dor de cabeça? — Felicity perguntou, como se Cameron fosse seu paciente, e foi engraçado de uma forma que nós quatro rimos.

— Sim, acho que é pela fome.

— Sua pressão arterial está um pouco baixa. Você vai comer agora, e se a dor de cabeça for por isso mesmo, vai ficar bem logo. Mas como passou mal pela alta temperatura daqui, é melhor que evite ficar em lugares muito quentes pelo menos hoje, que você acabou de chegar. Beba muita água, descanse da viagem e deixe sua pele hidratada — ela disse, olhando para mim quando viu que ele não faria nada do que havia sido indicado. — Consegue fazer isso?

Acabamos rindo. Era mais fácil Cameron cuidar de mim e se atentar a todos os detalhes do que cuidar de si mesmo.

— Darei um jeito.

— Sei que vai. — Ela sorriu e se levantou, com Nicholas a puxando pelas mãos. — Hoje à noite você já estará melhor e prontinho para ir para a praia — relembrou.

— Eu posso fazer exercícios físicos? — Cameron questionou dando um beijo na curva de meu pescoço.

— Depende muito, se for…

— Fê, ele está te zoando, não responda — eu a interrompi, depois de perceber que ela ia explicar a Cameron.

— Acho que isso é um "Vão embora, vocês estão atrapalhando" — Nicholas deduziu.

— Demorou para entender — Cameron disparou.

— Ai, meu Deus, Cameron — eu disse, aos risos.

Nicholas saiu puxando Felicity antes que voltássemos nossa atenção a eles.

— Precisamos comer, meu príncipe.

— Estou tentando — afirmou, me apertando um pouco mais, e beijou minhas costas.

Eu me virei, dando vários tapas nele, que ria sem parar e segurou minhas mãos.

— É brincadeira! — ele falou, e eu dei um último tapa, fazendo-o rir. — Não me bata, ainda não estou totalmente bem.

— Agora você diz isso, seu fingindo.

Ele deu de ombros e começou a comer. Depois se secou, colocou o roupão e levamos as coisas para a cozinha. Passamos pela sala, vendo nossas famílias na praia, as crianças construindo castelos de areia ou se enterrando nela, os homens jogando futebol, as mulheres no vôlei, nossas avós estavam com as crianças menores, e Meredith estava embaixo de um guarda-sol com Luke. Os tios de Cameron não haviam vindo, apenas seus avós, seus pais e minha família toda.

— Se quiser ir com eles, amor, tudo bem, eu vou descansar um pouco — Cameron disse me olhando.

— Nada disso, ficarei com você.

— Mas eles são sua família, sei que estava com saudades — rebateu, pegando as roupas de minhas mãos.

— Você é minha família e eu não vou te deixar — afirmei, não deixando qualquer espaço para ser contrariada.

Ele sorriu, concordando, e subimos para o nosso quarto.

As janelas estavam fechadas, e o ar-condicionado, ligado. Assim, o cômodo estava em ótima temperatura para Cameron, enquanto para mim estava um pouco frio.

Cameron foi para o banho primeiro. Fechei as cortinas e, mesmo não gostando muito, abaixei mais a temperatura do ar-condicionado. Ao sair do banheiro, ele se jogou na cama, sem se secar ou tirar a toalha molhada de sua cintura.

— Se arrume na cama, amor — pedi e tirei a toalha de sua cintura, começando a secar seu corpo.

— Que sensação horrível — comentou, deitando-se direito.

— Amorzinho, vou tomar banho e já venho ficar com você, me chame se precisar.

Tomei meu banho e depois de vestida, saí do banheiro, encontrando Cameron dormindo deitado de bruços. Aproveitei a situação para pegar um hidratante corporal e passar em suas costas, braços e ombros.

— Isso é bom — murmurou, com um sorrisinho nos lábios.

— Se vire para eu passar na frente, amor — pedi, e ele fez isso com um pouco de lentidão.

Cameron, depois da nossa primeira vez, não tinha um fio de vergonha em ficar completamente nu em minha frente, e depois de três semanas com ele dormindo pelado, eu tinha me acostumado, mas não conseguia fazer o mesmo; com exceção da nossa primeira vez, eu precisava de pelo menos uma blusa dele para dormir.

Passei o hidratante em seu peitoral, abdômen e nas laterais de suas costas.

Ele sorriu me olhando, mas não um sorriso qualquer, e sim um com o olhar carregado de admiração, carinho, paixão e amor. Cameron se sentou na cama, pegando o hidratante de minhas mãos com calma.

— Deixa passar nas suas pernas, amor.

— Depois — ele respondeu, olhando para mim e acariciando meu rosto. — Como você está? Chegamos aqui e eu não sei se você está bem, se sua glicemia está controlada ou se você fica mal com o calor.

Sorri, deitando-me na palma de sua mão e passeei com os dedos em seu braço.

— Eu estou bem, amor, e o fato de eu ser diabética não significa que você não possa passar mal — afirmei, puxando um tom de brincadeira, mas quando olhei em seus olhos pude ver que era exatamente o contrário que ele pensava. — Amor, você sabe que não precisa ser forte o tempo todo por causa de mim, certo?

Ele soltou a respiração. Eu me arrumei em sua frente e acariciei seu rosto.

— Meu amor, somos casados, mas somos individuais. Eu sempre vou cuidar de você e sei que você vai cuidar de mim, mas não podemos deixar nossa saúde de lado por achar que o outro não vai ficar bem. — Entrelacei nossos dedos. — Carregar o peso juntos também faz parte do casamento, mas não é só um segurar o peso e o outro deixar tudo para lá. E quando digo que somos individuais, quero dizer que eu preciso cuidar da minha saúde e você dá sua. Você não pode se deixar de lado e me colocar acima da sua saúde.

— Mas eu estou bem — disse, piscando algumas vezes.

— Totalmente bem, é o que quero dizer.

— E eu estou — retrucou novamente, teimando.

— Bom — fingi acreditar em suas palavras —, podemos tomar um sol agora, então, lá fora deve estar uma delícia de calor — afirmei, e o ouvi gemer de desespero.

— Por favor, não — suplicou, e eu o olhei.

— Por que não?

Ele fez uma careta e afundou o rosto no travesseiro.

— Beba água, você precisa ficar bem hidratado — recomendei, deitando-me.

Puxei uma manta fina para cima de mim, pois já sentia o frio do ar-condicionado perfurando minha pele, e me arrumei no travesseiro.

Cameron não se cobriu, mas me abraçou do mesmo jeito.

Passado trinta e cinco minutos, seus braços estavam gelados, ele se mexeu um pouco, se arrumou debaixo da manta e me enlaçou em seu abraço.

09
Rebecca

Passei a mão ao meu lado direto da cama em busca de Cameron, mas estava vazio.

Depois de alguns minutos, eu me levantei, troquei minhas roupas e desci as escadas.

Quando cheguei na cozinha, encontrei minha sogra observando a paisagem pelas portas de vidro. Eu me aproximei para ver o que a fazia sorrir, Cameron conversava com Nicholas — algo que parecia particular. Meu marido estava com Luke em seus braços enquanto Nic segurava Louis.

O sol estava quase se pondo e não estava abafado como quando chegamos.

Era ótimo ver Cameron daquela forma, com os pés na areia, uma bermuda de linho fino azul-escuro e sem camisa.

— Ah, oi, querida — Eliza disse assim que me viu.

— Oi, sogrinha. — Eu a abracei.

— Cameron disse que você acordaria em breve e pediu que fritassem dois filés de frango para você. As coisas estão no forno, vou temperar a salada.

— Ah, não se preocupe, eu mesma faço…

Então, ela me lançou um olhar que dizia que isso não era uma opção. Não tive opção senão me render e, aos risos, respondi:

— Tudo bem!

Preparamos meu almoço, quase janta, e eu me sentei no banco da bancada. Ela se sentou ao meu lado assim que terminou de preparar o suco de laranja para nós.

— Sentiu muito a falta de Cameron?

Ela sorriu me olhando e concordou.

— Sim, muito. Nunca fiquei mais de três dias longe dos meus filhos. Mesmo quando Cameron morou com William, eu ia visitá-lo de dois em dois dias, às vezes todos os dias. — Ela o olhou do lado de fora e voltou o olhar para mim. — Mas agora é diferente. Quando ele estava com William, eu sabia que não estava emocional e psicologicamente bem; por consequência, seu físico também estava mal. Agora, tudo nele parece bem.

Eu o fitei enquanto comia minha salada.

— Tudo nele? — questionei.

— Sim, a forma dele de andar é mais leve e ele parece estar com a alma descansada. Ele estava quebrado e tentava esconder, mas eu sabia. E agora, ele não precisa falar, está irradiando felicidade. Você faz muito bem para ele.

— E ele me faz muito bem — falei, e ela sorriu.

Minha sogra começou a falar sobre sempre ter nos apoiado, desde que o namoro falso começou. e terminou dizendo que ficava feliz por conseguir ver Cameron voltando a ser o garoto animado que era, que não via mais o olhar frio e perdido que ele carregava.

— Agora vá ficar com seu marido, ele deve ter olhado no mínimo quinze vezes para ver se você está indo ficar com ele.

— Sim, senhora — disse aos risos.

Depois de lavar meu prato e copo, segui na direção de Cameron. Felicity agora estava com Luke em seus braços e Nicholas permanecia com Louis.

— Finalmente! Achei que não viria nunca — Cameron reclamou assim que me sentei entre suas pernas.

— Estava conversando com a minha sogra, não reclame.

Ele sorriu, abraçando minha cintura e beijando meu ombro, mas ao fazer isso, Louis se jogou em meu colo.

Eu o peguei, e ele me abraçou pelo pescoço, dando um tapinha em Cameron, como se isso fosse fazê-lo se afastar.

— Que isso, garotinho? — Cameron brincou, fazendo cócegas em Louis, que se remexeu em meu colo.

— Prima. — Olhei para Nicholas, que havia me chamado. — Eu estava falando com Cameron sobre amanhã; tia Olivia queria que eu saísse com Isaac para distraí-lo, mas tenho certeza de que se eu o chamar, ele vai desconfiar.

Nicholas ficou me olhando.

— Acredito que Isaac vai desconfiar mesmo — comentei.

— Sim… — Ele continuou me fitando. — Você sabe o que eu quero dizer.

— Sei, mas acho muito mais divertido quando você pede, ao invés de esperar que eu me ofereça. — Apertei suas bochechas, ouvindo Cameron e Felicity rirem baixo.

— Rebecca…

— Vamos, Nic, você consegue! — eu o incentivei.

Ele bufou e revirou os olhos.

— Pode fazer isso no meu lugar? — Gesticulei com a mão para que ele continuasse. — Por favor — disse contra a vontade.

— Ah, claro, sem problema nenhum — respondi aos risos, e Louis pulou para o colo dele. — Mas vou precisar do jipe hoje.

— Eu sabia! — afirmou, convencido.

— A não ser que você não queira sair só com Felicity amanhã — eu ameacei. — Pode começar a pensar em uma desculpa para a minha mãe.

Ele me olhou, incrédulo.

— Como sabe disso?

— Ah, Nic, pelo amor de Deus, eu te conheço a minha vida inteira. Você quer dar um perdido na família toda com a Fê, acha mesmo que esse papo de "Isaac vai desconfiar" funcionaria comigo? Você consegue convencer qualquer pessoa de fazer o que você quer — rebati, e ele riu.

— Não consigo convencer você.

— E nem vai, quero a chave do jipe. — Estendi a mão na direção dele.

— Cara, por que se casou com ela? — ele questionou, olhando Cameron. — Ah é, ela te trancou no próprio quarto — ironizou, gargalhando.

— Idiota — Cameron riu, empurrando-o pelos ombros.

Nicholas me entregou a chave do jipe.

— Vou falar com Isaac — anunciei, levantando-me.

Limpei a areia de meu short e Cameron fez questão de me ajudar, mais especificamente batendo em minha bunda. Dei um tapa em sua mão e ele riu.

— E você vem comigo — acrescentei.

Cameron se levantou quando estendi as mãos para ele.

— Seus safados — Nicholas disse em voz alta.

— Seu intrometido — rebati e, sem esperar uma resposta, saí andando com Cameron. — Vou te mostrar um lugar, em meia hora estarei no quarto.

— Que lugar?

— Meia hora — repeti, selando nossos lábios quando entramos na cozinha.

Eu me afastei para me encontrar com Isaac, mas Cameron me puxou pela cintura.

— Senhora Styles — murmurou e beijou meus lábios.

— Amor...

— Eu quero você — sussurrou, beijando meu pescoço.

— Em meia hora, confie em mim — pedi, me soltando de seus braços.

Cameron concordou, mesmo estando contrariado, e subiu para o andar dos quartos. Encontrei Isaac com meus pais e meus irmãos na sala de jogos brincando. Fiquei instantes os observando, feliz por aquilo.

— BECCA! — Isaac anunciou, correndo em minha direção, e me abraçou.

Os gêmeos vieram em minha direção desengonçadamente e abraçaram minhas pernas. Fiz o que pude para abraçar os três e eles me soltaram, voltando para os meus pais, enquanto Isaac me abraçou pelos ombros e caminhou comigo.

Segui na direção dos meus pais e finalmente abracei meu pai, algo que eu não tinha conseguido fazer desde o momento em que cheguei.

— Oi, pai!

— Oi, caramelinho — ele respondeu, beijando meu rosto. Sorrimos juntos. — Como está?

— Estou bem e vocês? As crianças reagiram bem à chegada ao Brasil? — questionei depois de abraçar minha mãe.

— Ficaram enjoados, mas não passaram mal — explicou mamãe. — E Cameron?

— Agora está bem — repliquei aos risos, e olhei Isaac. — Amanhã você fica mais velho, criança, e vamos sair.

Seu rosto se iluminou com um sorriso.

— Cameron vai?

Fiz expressão de incrédula e ofendida.

— Ele é mais importante que eu, é?

— Sim — Isaac respondeu.

Baguncei seu cabelo, vendo meus pais rirem e os gêmeos gargalharem pela bagunça que fiz nos cabelos de Isaac.

— Sim, Cameron vai.

— E podemos levar Ryan, Jeff, Joshua e os gêmeos? — questionou, animado.

— Ryan, Joshua e Jeff sim, mas os gêmeos, bom... — Pensei um pouco, mas antes que pudesse responder, ele voltou a falar.

— Por favor, Becca, faz tempo que a gente não sai com eles e será o aniversário deles também. Queria sair igual daquela vez nas férias, Cameron vai e vai ser ainda mais legal e…

— Filho, é um pedido um pouco exagerado — meu pai disse.

— Por favor! — Ele voltou os olhos para mim. — Eles ficaram te chamando desde quando você viajou para a Suíça… — Ele parou de falar repentinamente, cobrindo a boca com a mão. — Eu não devia ter falado isso. — Seus olhos foram na direção de mamãe e papai — Prometi que não diria, me desculpem, eu não queria. — Sua respiração começou a ficar acelerada.

— Filho… — Papai pegou na mão dele. — Respire comigo, devagar.

— Mas eu…

— Não estamos bravos, respire fundo — pediu, sem soltar sua mão.

Fiquei instantes observando papai acalmá-lo. Isaac tendia a ficar extremamente nervoso quando falava algo que achava não devia; sua hiperatividade o deixava ainda mais agitado e ele começava a se culpar. Ver que meus pais estavam tratando dessas situações da melhor forma fez meus olhos se encherem d'água e eu abracei os gêmeos, trazendo-os para o meu colo.

Depois de acalmado, Isaac disse:

— Não precisa levar eles, Becca, desculpe. — Ele olhou para o chão.

Abri um sorriso.

— Vamos levá-los, sim, é bom que Cameron vai repensando o que ele quer. — brinquei. Meus pais franziram o cenho, e o olhar Isaac se levantou com dúvida. — Ele quer ter seis filhos.

— SEIS FILHOS? — Isaac gritou enquanto mamãe abria um sorriso e papai me olhava impressionado.

— *Shh*, é segredo — brinquei, fitando-o.

— Ele é doido — Isaac afirmou.

— Acho uma ótima ideia — mamãe disse.

— Mais para a frente, sou muito novo para ser avô — papai completou aos risos.

— Mas Elo não poderá ir dessa vez — mamãe disse. — Ela teve um pouco de insolação hoje, acho melhor não arriscarmos nem a deixarmos exposta ao sol pelo menos até amanhã.

Olhamos para Isaac, que balançou a cabeça em concordância.

Depois de alguns minutos, subi para o quarto, deparando-me com a porta fechada. Eu a abri devagar, vendo que Cameron conversava com Natalie no sofá do quarto, com ele deitado no colo dela falando sem parar e ela rindo de tudo, porque sempre ria de tudo.

Tentei fechar a porta e deixá-los conversando, mas nada passava batido diante dos olhos dele.

— AMOR! — gritou.

— Não precisa anunciar para a casa toda — resmunguei entrando no quarto, e ele fez uma careta.

— Preciso sim.

— Não, não precisa — rebati.

— Preciso si…

— Ah, pelo amor de Deus, vocês não mudam nunca? — Natalie explodiu, empurrando Cameron de seu colo. Eu e ele nos olhamos e começamos a rir. — Vou deixá-los a sós. — Ela beijou meu rosto e saiu do quarto.

— Para onde vamos? — Cameron questionou.

— Hoje para a cabana, amanhã para um parque aquático. — Ele sorriu me olhando. — É… — Eu me sentei ao lado dele, vendo-o franzir o cenho. — Isaac me fez um pedido.

— E você aparentemente aceitou.

— Sim, mas é bom que você já vai treinando.

— O que você fez, mulher?

Achei graça de sua fala, e logo o respondi:

— Ele pediu para levar Ryan, Joshua, Jeff e Louis.

Joshua tinha doze anos e era primo de Cameron, mas veio com os meus sogros por ser o melhor amigo de Ryan.

— Por mim, está ótimo. Só não levarei Luke, porque ele ainda é muito novinho.

— Você não tem nenhuma objeção?

— Por que eu teria? Se quero ter seis filhos, sair com cinco crianças não pode ser um problema.

— Jesus — murmurei, e ele sorriu.

Beijei seus lábios.

— Vamos? — perguntei, levantando-me.

— Claro, minha esposa.

Saímos com duas mochilas e uma cesta cheia de coisas para comermos.

— Por que vamos de jipe e não em outro carro?

— Porque esse jipe era do meu avô Marcus, e ele deixou para que eu e Nic dirigíssemos. Ele fica aqui no Brasil, e sempre que venho para cá, eu e Nicholas revezamos em usá-lo. Vovô ainda não nos deixou levar para Los Angeles, porque sabe que vamos brigar por ele.

Cameron gargalhou e balançou a cabeça negativamente.

— Podemos comprar um — sugeriu.

— Nenhum jipe é o do vovô Marcus — expliquei com empolgação.

Seguimos para a cabana, e Cameron ficou instantes olhando cada cantinho.

— Vovô Marcus construiu quatro cabanas aqui. Aquela... — Apontei para uma mais distante da minha. —... era de tio Benjamin, as outras duas que passamos era uma de tio Pedro e outra de tio Dave, e esta era do meu pai. Uma para cada filho, na sequência em que eles iam nascendo. Agora ficaram para os netos.

— Então essa é sua e de seus irmãos — deduziu, entrando no quarto.

— Sim, e vovô reformou para colocar mais dois quartos para Louis e Eloise.

— É uma ideia muito boa, acho que vou copiá-lo — comentou.

— Seis cabanas em nosso quintal, é o que pensa em fazer? — perguntei, sorrindo.

— Não parece incrível?

— Sim, parece — afirmei, sorrindo, e abri a janela de madeira. — A visão daqui é incrível.

Ele sorriu concordando e afundou os dedos devagar em meus cabelos. Seu corpo me empurrou contra a parede e seu braço envolveu minha cintura.

— Você não tem noção do quanto eu quero você. — Cameron roçou a ponta do nariz em meu pescoço.

Passei os dedos em suas costas e seus lábios desceram em meu pescoço. Eu o empurrei para a cama e me sentei em seu colo. Joguei o cabelo para o lado e ele me olhou, completamente hipnotizado e duro.

— Caralho — sussurrou, afundando os dedos em meus cabelos.

Sorri enquanto o olhava e o beijei outra vez. Ele baixou as alças do meu vestido e seus lábios passaram em meu pescoço e, em seguida, pelo meu ombro direito. Me mexi em seu colo, sentindo sua rigidez, e ele agarrou meus seios, massageando-os por cima do vestido. Peguei suas mãos e as coloquei em minha bunda, por baixo de minha roupa.

— Você gosta de me assistir, não é? — perguntei, passando os lábios em seu pescoço.

Ele sorriu e balançou a cabeça positivamente.

Saí de seu colo e tirei o shortinho que usava. Desamarrei o short dele e ele o tirou junto com a cueca. Eu me sentei em seu colo novamente e puxei sua blusa para cima, a jogando em um canto qualquer. Inclinei meu corpo para trás e me apoiei no colchão com uma mão, deslizando a outra por meus seios e meu abdômen. Enfiei minha mão por baixo do vestido e por dentro de minha calcinha.

Cameron agarrou minhas coxas e gemeu quando afundei dois dedos dentro de mim, roçando em mim seu pau descoberto. Comecei a rebolar a cintura, gemendo seu nome enquanto ele apertava minha bunda, me pressionando mais contra sua excitação.

— Rebecca… Rebecca… — suplicava com os lábios em meu pescoço. — Eu… eu quero você, amor — implorou, em um sussurro ofegante.

Quando eu ia tirar o vestido, Cameron agarrou a parte de cima e o rasgou até o final, puxando-o para trás e me fazendo tirá-lo, jogando-o para o lado em seguida. Ele estava desesperado ao ponto de destruir minha calcinha e, por isso, se livrou dela. Então, eu me encaixei em cima dele.

— Porra… — sussurrou, e eu sorri.

Cameron apertava minha cintura cada vez mais forte enquanto eu rebolava. Seus dedos subiram em minhas costas, me fazendo colar os seios em seu peitoral, e sua mão puxou meus cabelos.

— Você é… perfeita… meu amor… — sua voz falhou.

Minha respiração ofegante se juntou à dele. Ele tentou trocar nossas posições, porque sempre queria ficar sobre mim, mas eu queria vê-lo.

— Hoje não — sussurrei.

— Mas… amor… eu… eu não estou me aguentando — admitiu, parecendo desesperado.

Apoiei as mãos na cama, inclinando meu quadril para frente e o sentindo maior dentro de mim. Comecei a me mexer mais rápido, com Cameron me puxando mais para si, e agarrei o lençol, sentindo-me completamente preenchida de uma forma deliciosa.

— Amor… Rebecca… — Cameron chamou, como se implorasse por algo.

Suas mãos me puxaram ainda mais, fazendo com que nossos corpos se colassem totalmente quando chegamos ao orgasmo. Eu tremi em cima dele, gemendo em seu ouvido. Encarei Cameron e me senti a mulher mais linda e espetacular do universo quando o vi sem conseguir se conter. Seus cabelos estavam bagunçados, os olhos fechados, o rosto e corpo avermelhados, e a cabeça jogada para trás.

Ele aproximou os lábios dos meus, com mechas do meu cabelo enrolando em seus dedos. Fechou os olhos, ainda respirando com dificuldade, e depois de alguns instantes, olhou em meus olhos.

— Você se superou, senhora Styles — sussurrou com a voz cansada, e envolveu o braço desocupado em minha cintura.

— A prática leva à perfeição, senhor Styles — afirmei, abraçando seus ombros.

Cameron inclinou o corpo, deitando-me na cama e ficando por cima de mim. Ele saiu devagar do encaixe de meu corpo, mas permaneceu entre minhas pernas.

— Devíamos praticar outra vez — rebateu, fazendo-me rir.

— Você não perde uma — observei, e ele sorriu.

Eu o empurrei às pressas e corri para o banheiro me limpar.

Quando saí, cruzei os braços e ele gargalhou.

— Se eu não tomasse remédio, Cameron William Styles, o que seria de nós?

— Pare de tomar e vamos contar com a fé — desafiou, e eu mostrei a língua para ele, deitando-me na cama em seguida. — Nunca me senti tão perto de ser consumido como me sinto por você — ele sussurrou, e eu o abracei pela cintura, fitando-o. — Sabe o que é tudo em você pertencer a uma pessoa? Todos os meus sonhos, desejos, vontades são por você, meu corpo, meu coração e minha alma… eu sou completamente seu.

Sorri e beijei seu peitoral.

— É uma loucura — confirmei. — Não sei explicar, me sinto independente e feliz comigo mesma, e ao mesmo tempo que me sinto sua por completo.

— É exatamente assim que me sinto — disse, acariciando meu rosto devagar.

Ficamos instantes aproveitando a presença um do outro, trocando carícias em silêncio.

— Amor — eu o chamei, desviando meu olhar da paisagem que vinha da janela aberta e o virando para ele.

— Sim?

— Você disse que o que sente comigo, nunca sentiu com ninguém — comecei, e ele abraçou minha cintura. — E na nossa primeira vez, você disse que nunca tinha sentido nada parecido. Sua primeira vez não foi boa? Nada especial?

Ele pensou um pouco.

— Foi superespecial — disse, dando de ombros, e enrolou uma mecha de meu cabelo em seu dedo. — Você sabe que foi com Alice — ele falou, e eu concordei. — De início eu não queria, não fazia questão, mas ela começou a me pressionar e às vezes falava que a escola toda riria de mim em saber que o capitão do time era virgem… — Ele se sentou ao meu lado com o lençol o cobrindo até a cintura.

— E por pressão, você cedeu — deduzi.

— Eu não tinha muito a perder — respondeu, olhando para um ponto específico como se estivesse se lembrando daquele dia. — Em uma festa na casa dela, acabou acontecendo, mas eu tinha bebido tanto que devo ter durado doze segundos.

— Uau, doze segundos é… — comecei, com expressão de impressionada, e ele gargalhou. — Impressionante — brinquei.

— Eu sei, eu sei — disse, fingindo convencimento.

— E como você se sentiu depois?

— Bebi o dobro do que tinha bebido antes, me senti péssimo… usado.

Franzi o cenho e ele acariciou meu rosto.

— Sempre achei que os garotos só queriam sexo. Que não ligavam para quem, onde ou quando, só queriam que acontecesse e fim — admiti. — Você gostava dela na época?

— Eu me convencia que sim, isso fazia eu me sentir menos pior. — Ele deu de ombros.

— Sinto muito — disse, sem saber se era a coisa certa a se dizer.

— Hoje em dia não importa — comentou, deitando-se na cama, e me puxou para me deitar com ele.

— Você bebeu até ficar bêbado antes de acontecer?

— Bebi justamente para ter mais coragem e não desistir quando a hora chegasse — disse, olhando para o teto.

— Amor, isso é horrível — comentei, sentindo um embrulho no estômago.

— É, eu sei. Mas quando foi com você, foi totalmente diferente. — Apoiei a cabeça em minhas mãos, que estavam em seu peitoral, para conseguir olhá-lo. Ele sorriu, passando os dedos em meu rosto. — Eu nunca tinha feito amor antes.

Automaticamente abri um sorriso. Mesmo tendo a ideia de que isso era verdade, ainda assim era uma surpresa ouvi-lo declarar em voz alta.

— Não sei o que dizer — admiti, e ele riu, concordando.

— Surpreendente, não?

— Muito — eu disse, levantando-me da cama puxando um dos lençóis para cobrir meu corpo. Usando um braço para segurar o tecido, parei de pé em sua frente. — Senhoras e senhores, eu, Rebecca Styles, fui a primeira com quem Cameron Styles fez amor! — E fiz uma reverência, como em um teatro no fim de uma peça.

Ele aplaudiu, sorrindo. Aproveitei para ir ao banheiro e, na volta, joguei o lençol em Cameron, coloquei uma camisa dele e uma calcinha. Eu me joguei na cama, vendo que seus olhos não desgrudavam de mim.

— Tenho outra pergunta. — Ele acenou para que eu continuasse. — Você parou de sonhar comigo?

— Depois que noivamos, sim.

— Eu também — afirmei. — Durante o tempo em que estávamos separados, eu sonhava sempre com você. Quando terminamos também.

— Era insuportável. Mas quando estávamos juntos, eu sonhava pouquíssimo.

Pensei um pouco.

— Definitivamente nossas almas não queriam se separar — brinquei.

— E fico muito feliz com isso, mas não entendi o motivo de você ter colocado essas roupas, sendo que vou tirá-las — afirmou, afundando o rosto em meus seios.

10
Rebecca

O parque aquático era a quase uma hora da mansão e os meninos não paravam quietos de tanta animação enquanto guardavam as coisas no porta-malas do carro.

— A que horas devemos estar aqui? — perguntei à minha mãe, que me entregou as coisas de Louis.

— Às seis.

— Certo, time, olhem para mim — Cameron começou, e os meninos pararam em sua frente. — Preciso que vocês fiquem juntos hoje e saiam em duplas, mas nunca sozinhos, e avisem eu ou minha esposa.

— *Minha* esposa — Joshua cantarolou, provocando Cameron.

— Ela é nossa — Jeff rebateu.

— Nem foden…

— Cameron! — adverti, e ele me olhou como uma criança encrencada, ao passo que os meninos caíram na risada.

— Aproveite, filha — mamãe desejou. Então ela me abraçou e voltou para a casa.

— Continuando, quero entregar vocês inteiros para os pais de vocês, então colaborem e não teremos problemas. Combinado, time?

— Combinado! — gritaram juntos.

Ele arrumou Louis na cadeirinha e os meninos entraram no carro de sete lugares. Louis estava animado e tentava conversar com os meninos que brincavam com ele à medida em que falavam alto.

Durante o percurso, eu e Cameron nos olhávamos aos risos com as conversas dos meninos. Seus dedos estavam entrelaçados nos meus e quando ele precisava soltar minha mão, a deixava em cima de sua coxa.

Tomamos nosso café da manhã na padaria e seguimos para o parque aquático.

Os olhos de Isaac brilharam, e a primeira coisa que ele fez quando saiu do carro, foi pular em mim e me abraçar.

— Você é a melhor irmã do universo — afirmou, me levantando no ar.

— Menino, você vai me matar — ele riu, e eu retribui o abraço. — Eu te amo, feliz aniversário, e não coloque fogo nesse lugar.

— Aqui tem água. Qualquer coisa, estaremos protegidos — rebateu, o que me fez rir.

Ele correu para junto dos meninos que olhavam a entrada do parque e conversavam animados. Eu me virei para Cameron, que colocava o chapeuzinho em Louis com cuidado. Era a coisa mais linda vê-lo cuidando do bebê.

— Meninos — chamei, e eles me olharam —, venham pregar as mochilas.

Abri o porta-malas e cada um pegou a sua.

— Precisa de ajuda com alguma coisa do Lou? — Jeff questionou.

— Não, mas obrigada.

Ele sorriu e seguiu os meninos.

Cameron veio na minha direção depois de pegar Louis no colo, com a alça da nossa bolsa jogada em seu ombro. Tentei pegá-la, mas ele simplesmente não deixou.

— Podemos ir, senhora Styles?

— Podemos, senhor Styles — disse, pegando a boia e a pequena e leve bolsa de Louis. Cameron me deu um selinho e abriu um sorriso no final.

Entramos no parque e os meninos começaram a dizer para onde queriam ir, todos de uma vez.

— Meninos — eu os chamei, mas eles estavam tão eufóricos que não me deram atenção. — MENINOS! — exclamei, e seus olhos se voltaram para mim. — Sei que estão animados, mas precisam passar protetor solar antes de tudo.

Os meninos começaram a se ajudar. Jeff passou primeiro o protetor solar em Ryan, para depois passar em si mesmo. Passei em suas costas, lembrando-me de Pollo na infância, que sempre queria ser útil e ajudava sem que alguém pedisse.

Jeff, então, ajudou Joshua enquanto Isaac ajudava Cameron com Louis.

— Sua vez — eu disse ao meu esposo.

— Não precisa. — E deu de ombros, em provocação.

— Você é o que mais precisa, garoto — rebati e ele me fez uma careta.

Passou o protetor em mim quando terminei de passar nele e começamos a planejar quais seriam nossos próximos passos.

— O que acha de eu ficar com Louis e você levar os meninos nos brinquedos?

— Quer ficar com a parte fácil, Cameron? — Ele riu dando de ombros. — Meio a meio.

— Você começa — alegou, o que me fez rir.

— Espertinho — rebati.

Em todos os brinquedos que os meninos queriam ir, nós fomos. Independentemente da altura, do medo ou do perigo, e Cameron gritava o tempo todo para que eu tomasse cuidado.

— Quero ir ao tobogã! — Jeff disse animado.

— Eu também! — Isaac gritou.

— De jeito nenhum! — Cameron replicou, aproximando-se com Louis no canguru preso ao seu corpo.

— Vamos, sim — eu disse, animada.

— É perigoso — ele rebateu.

— E divertido — reafirmei, vendo-o me olhar com uma expressão incrédula antes de balançar a cabeça negativamente, desistindo.

— Tomem cuidado, por favor.

— Ok, pai — Isaac brincou e Cameron lhe deu um leve tapa na cabeça.

Ryan e Joshua optaram por não ir devido à altura do brinquedo.

Era uma adrenalina incrível, e Isaac quase desmaiou na descida.

Depois do susto, começamos a rir sem parar.

— EU QUASE DESMAIEI! — anunciou, correndo até os meninos.

— Santo Deus — ouvi Cameron dizer, eu e os outros caímos na risada.

— Rebecca é seu pesadelo, não é, Cameron? — Jeff observou aos risos.

— Ela vai me matar do coração — replicou.

— Hoje é seu teste, e até que você está indo bem — reforcei e beijei seu rosto.

Almoçamos e foi a vez de Cameron brincar com os meninos, quando todos estavam descansados. E se eu amava adrenalina, ele amava o dobro. Jeff, Isaac e Joshua adoravam, mas Ryan, por ser o mais novo, preferiu ficar comigo e Louis.

— Você queria estar brincando com os meninos? Cameron pode ir em brinquedos mais tranquilos — sugeri, olhando Ryan enquanto ele brincava na piscina com Louis, que estava na boia a minha frente.

— Eu gosto de ficar com você. — Ele sorriu me olhando.

— Ah, e eu gosto de ficar com você — afirmei, sorrindo.

— Amor — Cameron chamou, aproximando-se e rindo sem parar. Os meninos correram em minha direção e Isaac estava vermelho como um tomate.

— Irmã, eu odeio seu marido — protestou, pulando nas costas de Cameron, que o derrubou na piscina, fazendo Louis gargalhar.

— O que aconteceu? — questionei rindo, sem entender o que estava acontecendo.

— Becca, toda garota que passava perto da gente ele apontava para mim e falava "É aniversário dele e ele aceita um beijinho de presente". Eu te odeio. — Isaac disse jogando água na direção de Cameron, que gargalhava.

— Cameron, pelo amor de Deus. — Passei a mão na testa e balancei a cabeça negativamente, rindo com eles.

— Pelo menos uma menina deu um selinho nele. — Jeff deu de ombros e gargalhou, sentando-se dentro da piscina.

— Cala a boca, Jeff! — Isaac protestou.

Joshua não conseguia falar de tanto que estava rindo, assim como Cameron, que não tentou se defender.

— Como assim uma menina aceitou? — perguntei, mais impressionada com o fato de uma garota ter aceitado do que em saber o que Cameron tinha feito.

Isaac deu de ombros e disse:

— Foi só um selinho, nada demais. — E se sentou na borda da piscina, com expressão de cansado.

— Acho que os meninos querem descansar — Cameron comentou.

— Você tirou toda a energia deles?

— Eles não aguentam me acompanhar — afirmou, convencido.

Louis estendeu os bracinhos para Cameron e ele, assim que viu, o pegou.

Optamos em ficar em uma piscina mais calma e vazia. As pessoas presentes estavam afastadas. Cameron pediu para que dois seguranças fossem comprar sorvetes com os meninos e trouxessem milkshake para nós.

Nós nos sentamos dentro da piscina, Cameron com Louis em seu colo e eu ao seu lado, virada de frente para eles.

— Está na hora de Louis comer — avisei.

Peguei o iogurte de frutas que estava na bolsa térmica junto com a minha medicação e Louis quase arrancou o iogurte de minha mão.

— Você vai ser uma ótima mãe — Cameron disse quando comecei a dar iogurte a Louis em uma colherzinha. — Os meninos te amam, falaram o tempo todo que não sabiam com quem tinha se divertido mais, porque você também foi em todos os brinquedos, e teve o maior cuidado com Ryan.

— E você será um ótimo pai, os meninos não vão parar de falar de você tão cedo — afirmei aos risos. — E você é extremamente cuidadoso com Louis.

O sorriso de Cameron sumiu, dando espaço a apreensão.

— O que foi?

Seus olhos se levantaram em minha direção.

— Acha mesmo que serei um bom pai? Quero dizer, e se eu acabar fazendo com meu filho o que meu pai fez comigo?

— Amor, você não é seu pai — afirmei, dando a última colherada a Louis.

— Eu sei, mas… — Suas palavras foram interrompidas pelo choro de Louis, reclamando por ter acabado o iogurte.

Precisei lhe dar um pedaço de melão para que ele se acalmasse.

— Tenho certeza de que você vai ser um ótimo pai, Cam, e tem todo o meu apoio caso queira conversar com um especialista. Mas, se quer saber, você é uma pessoa linda de coração e cuida tão bem de quem ama que não tenho dúvidas do pai incrível que você se tornará — reafirmei e beijei rapidamente seus lábios.

Antes que pensássemos em continuar o assunto, nossa atenção foi voltada aos meninos, que correram em nossa direção e se sentaram dentro da piscina rasa.

O segurança, que usava uma camisa regata e short preto com o logo da Supremacia — a pedido de Cameron, devido ao calor — nos entregou nossos milkshakes e se afastou. Louis tentou puxar o milkshake da mão de Cameron e explodimos em risadas.

— Ah, isso é para ele — Isaac disse, me entregando um geladinho gourmet. — Mamãe disse que ele pode comer esse.

— Obrigada, aniversariante — agradeci, bagunçando seu cabelo.

E ele sorriu.

— Acho que esse foi o melhor aniversário da minha vida — Isaac comentou, aproximando-se mais de mim até ficar ao meu lado.

— Seu dia ainda não acabou, maninho.

Ele deu de ombros e sorriu. Olhamos Cameron brincar com Louis na água depois de deixar seu copo com milkshake no chão ao nosso lado. Ele tinha todo o jeito e cuidado com Louis e o pequeno o abraçava pelo pescoço como se ele fosse seu porto seguro.

E eu sorri, sabendo que ele seria o melhor pai do mundo.

Paramos em uma praia, para vermos o sol se pondo, uma vez que minha mãe avisou que as coisas ainda não estavam prontas.

— Amor — eu o chamei, durante o silêncio que reinava dentro do carro, com todos adormecidos. — O que achou do dia hoje?

— Incrível. Aqui é lindo, as praias e os lugares, e é acolhedor. — Ele sorriu. — Quando não conseguia entender as palavras de algumas pessoas, eles tentavam explicar e era cômico. Isaac quem salvou a gente e teve alguns funcionários que sabiam inglês, mas sério, hoje foi um dia ótimo e... — Seus olhos vieram na minha direção.

— E?

— Tenho mais certeza de que quero ter muitos filhos.

Eu o olhei por instantes. Em seguida, fingindo decepção, eu disse:

— Tinha quase certeza de que você desistiria.

— Seu plano maléfico falhou, amorzinho. — Ele apertou minhas bochechas e deu beijinhos em meu rosto.

— Ah, que tristeza, preciso elaborá-los direito — afirmei, passando os dedos no queixo como se estivesse pensando nos meus próximos passos.

— Nenhum vai dar certo, garotinha. — Ele bateu os dedos em minha testa e em resposta afastei sua mão com um leve tapa. — Se depender de mim, teremos seis — reafirmou.

Balancei a cabeça negativamente, rindo da sua animação. Recebi uma mensagem da minha mãe e seguimos para o carro, a fim de retornarmos para a casa.

Era do conhecimento de Isaac que viemos ao Brasil para estarmos com ele no dia do seu aniversário, mas ele não sabia que mamãe planejara uma festa enorme para ele e os gêmeos, mesmo que não fosse muito difícil imaginar algo assim.

Depois que todos tinham despertado, Cameron pegou Louis da cadeirinha e entramos na casa.

Minha família era péssima em surpresas, deixaram todas as luzes apagadas, sendo que nunca ficava tudo apagado. De imediato, Isaac soube o que estava acontecendo.

— SURPRESA! — gritaram em uníssono.

Louis se assustou com o grito e começou a chorar. Olhei para Cameron, que estava tapando os ouvidos do bebê com todo o cuidado possível e o acalmou, afastando-se dos convidados.

Isaac, com seu olhar julgador, ficou os olhando com os braços cruzados.

— O que erramos dessa vez? — papai questionou com o cenho franzido.

— As luzes, vocês apagaram todas as luzes — Isaac disse como se fosse óbvio.

— Vocês são péssimos — acusei, olhando-os.

Caímos na risada. Desde os dez anos de Isaac, minha família tenta surpreendê-lo de alguma forma, mas ele sempre percebe antes.

Mamãe disse que os presentes seriam entregues depois a ele e aos gêmeos. E ordenou que eu e os meninos subíssemos e tomássemos nosso banho antes de participarmos da festa. Meus tios já estavam na churrasqueira, pois todo aniversário de Isaac era um churrasco, já que a família toda estava reunida depois das festas de fim de ano.

Eu me aproximei de Cameron, que conversava com Elliot e Natalie. Vovó Abigail se aproximou junto comigo.

— Com licença — vovó pediu e todos a olharam —, preciso levar o pequeno para tomar um banho.

Cameron concordou, deu um beijinho na cabeça de Louis e o entregou com cuidado para vovó.

— Oi, casal — eu disse, abraçando Natalie e, em seguida, Elliot.

— Oi, cunhada capitã — Elliot cumprimentou.

— Oi, irmã — Natalie disse, lançando-me uma piscadela que me fez sorrir em resposta.

— Precisamos tomar banho — falei, voltando meu olhar a Cameron, que me puxou pela cintura. — E trocar essas roupas.

— Sabia que se tomarmos banho juntos além de economizar água, ainda vamos nos arrumar mais rápido? — Cameron rebate.

— Aí, meu Deus, Cameron — Natalie disse rindo.

— Mandou muito bem, cara — Elliot e ele trocaram um toque de mão.

— É, *cara*, vai ser para a sua irmã que ele vai falar isso — rebati, e Elliot me olhou como se tivesse visto um fantasma.

— Rebecca! — Natalie protestou.

— Acabou com a minha noite — afirmou Cameron, indignado, enquanto fitava Elliot.

— Eu não falei nada, foi ela — Elliot acusou, balançando a cabeça negativamente. — Sabia que você me odiava desde quando roubou meu namorado, mas depois dessa, eu tenho certeza — disse, olhando para mim.

— Não roubei, ele veio por livre e espontânea…

— Pressão. — Elliot colocou a mão na cintura. — Você o prendeu no próprio quarto.

— E o forcei a entrar num avião e vir atrás de mim? Supera, Elliot, ele te trocou por mim — rebati, fingindo afronto.

— Você é uma desaforada — disse Elliot, apontando o dedo na minha cara enquanto ainda mantinha a outra mão na cintura.

— O que estamos fazendo das nossas vidas, maninho? — Ouvi Natalie questionar, e nossos olhares se voltaram para ela, que nos encarava junto com Cameron.

— Boa pergunta, maninha, boa pergunta — Cameron disse.

— Vamos subir, amor — eu o chamei, entrelaçando nossos dedos.

Não podíamos demorar no banho, mas Cameron ignorou isso com naturalidade quando começou a beijar meu pescoço. E eu simplesmente aceitei a situação, como se não tivemos uma festa de aniversário acontecendo no andar debaixo.

Era impossível resistir a Cameron Styles.

Por ter entrado no banho antes dele, consegui sair primeiro também. Provei três roupas, mas nenhuma me parecia apropriada. Quando Cameron saiu, eu estava na quarta roupa: um vestido curto na cor azul turquesa, cinturado, porém solto abaixo da cintura e de alças bem finas.

— Olha, amor. — Eu me virei para ele e desci as alças do vestido. — Eu me queimei.

Ele sorriu, aproximando-se enquanto secava a nuca com a toalha, e sua expressão mudou para desapontado.

— O que foi? — Levantei seu rosto pelo queixo.

— Não coloquei meu biquíni... — Ele fez bico e eu explodi em altas risadas. — Não ria de mim, não fiquei com marquinhas, você não me avisou — protestou.

— Prometo te lembrar na próxima vez.

— Não sabia que era possível, mas você está ainda mais gostosa — disse, roçando o nariz em meu pescoço e apertando minha bunda.

— Cameron! — Eu me virei de costas, o que facilitou seus beijos em meu pescoço e suas mãos entre minhas coxas. — Cameron! — eu o chamei de novo e, dessa vez, afastei nossos corpos. — Vou trocar de roupa.

— Não! Por quê? Está ótimo assim. — Ele tentou me puxar pela cintura, mas consegui desviar.

— Não confio em você.

Ele bufou e cruzou os braços.

— Você está gostosa pra caralho, mas prometo me comportar — afirmou, descruzando os braços.

Descemos as escadas depois de arrumados, e Cameron estava tão familiarizado com os meus parentes que meu avô Marcus o levantou do chão, em animação por sua presença.

Isaac gritou ao receber nossos presentes: um skate e uma guitarra. Ele nos abraçou e saiu correndo para mostrar aos nossos avós o que tinha ganhado.

Eu me sentei no sofá na ala de piscinas, observando toda aquela movimentação da minha família que parecia ainda mais caótica em solo brasileiro, e acabei sorrindo por ver que Cameron seguia a mesma energia que eles.

Ele parou de conversar com Nicholas e se aproximou de mim com um prato cheio de pedaços de carnes assadas e um copo grande de caipirinha de morango com cachaça.

— Você vai estar sempre com um copo de caipirinha nas festas? — Perguntei em provocação.

— Isso é um suquinho, senhora Styles — afirmou.

Peguei um pedaço de carne com um garfo, olhei Nicholas e voltei para Cameron.

— O que você estava falando com Nicholas? Desde ontem parecem estar conversando algum assunto sério — observei.

— Ele veio me passar um recado de Gabbe — explicou, arqueei a sobrancelha e cruzei os braços.

Durante nosso tempo na Suíça, Cameron decidiu abrir o jogo sobre sua relação com Gabbe, e foi um baque descobrir que ele estava bêbado e drogado na primeira vez que ficaram, ao ponto de ele acordar sem lembrar como foi parar na cama dela e ter brigado com Elliot naquela noite. E mesmo que com a minha insistência para resolvermos legalmente, Cameron não queria voltar nesse assunto, então, ninguém além de mim, Nicholas, Felicity, Elliot e Carter sabíamos do que aconteceu.

— Não me olhe assim — pediu, puxando meu braço para que os descruzasse. — Nicholas disse que ela se mudou para Londres e que ainda não tem coragem de estar no mesmo ambiente que a gente, mas que sentia muito e assim que terminasse a mudança com o noivo dela, gostaria de conversar conosco... Mas... — Ele soltou um suspiro. — Não faço questão alguma.

— Eu também não — concordei. — Sabe muito bem que tipo de conversa eu gostaria de ter com ela.

— Sua briguenta.

— Uma Styles por completo, eu diria.

Ele gargalhou e me deu um selinho rápido.

11
Rebecca

Abri meus olhos devagar, sentindo os dedos de Cameron passeando na extensão de meus cabelos, que cobriam meus ombros. A ponta de seus dedos roçavam minha pele devagar e carinhosamente. Isso depois da noite intensa que tivemos dentro desse quarto.

Depois da festa de Isaac e dos gêmeos, seguimos para uma casa onde ficou apenas os casais mais jovens: eu e Cameron; Natalie e Elliot; Nicholas e Felicity; e Nicolly e Carter. Afinal, meus tios maternos chegaram atrasados para a festa e a casa ficou muito cheia. Ficamos conversando por um tempo, e fomos os primeiros a subirmos para o quarto.

Ele estava encostado na cama enquanto me olhava e um sorrisinho se abriu quando viu que eu tinha acordado.

— Bom dia, esposa — disse baixinho.

— Bom dia, esposo.

— Dormiu bem? — questionou, sorrindo, após selar nossos lábios com calma.

Eu o abracei pela cintura, deitando-me em seu peitoral e o beijei.

— Muito bem, estava péssima e destruída. — Ele riu me olhando e acariciando meu rosto. — Acha que alguém nos ouviu? As paredes não são à prova de som como na outra casa.

— Não acho, amor, e não me importo.

Eu o olhei, incrédula, e acabei rindo.

— Qual é nosso planejamento do dia? — perguntei, saindo de seus braços e me levantei da cama. — Piscina ou praia?

Voltei meu olhar para ele, que estava boquiaberto olhando minha bunda.

— Amor…

Franzi o cenho e segui na direção do espelho. Um sorriso foi se formando no rosto de Cameron e quando me olhei, entendi o motivo: minha bunda estava avermelhada e com as marcas dos tapas que ele deu.

— Eu não acredito!

— Se eu tivesse planejado, não teria ficado tão bonito — afirmou, gargalhando. — Desculpa, amor, não foi minha intenção.

Eu o olhei, furiosa.

— Não foi sua intenção? Achou que os tapas resultariam no quê?

Ele passou a língua nos lábios e sorriu, dando de ombros e desviando o olhar de mim. Começou a mexer na correntinha para logo colocá-la na boca, e seu olhar veio em minha direção novamente. Revirei os olhos, tentando disfarçar o efeito que ele causava em mim e me encarei outra vez.

Cameron se levantou e se virou de costas, pegando o short. Abri a boca, surpresa pelo que vi através do espelho.

— Acho que nada de piscina para nós hoje — afirmei, virando-me para ele.

— O quê? Por quê? — questionou, e seu corpo girou, ficando de frente para mim, enquanto vestia um short.

— Veja você mesmo.

Seus ombros e suas costas estavam arranhados. Ele sorriu se olhando e me fitou pelo reflexo.

— Eu não acredito! — afirmou imitando minha reação.

— Besta. — Eu o empurrei de leve.

— Nada de piscinas, podemos ficar o dia todo no quarto, só eu e você, assistindo alguma coisa. Mais tarde o pessoal quer sair para tomar sorvete, o que me diz? — indagou acariciando minha cintura.

— Acho ótimo.

Tomamos um banho e depois comemos nosso café da manhã, mesmo sendo quase hora do almoço. Mais tarde, almoçamos também, no quarto.

Depois de uma tarde totalmente nossa, com direito a *skin care*, dancinhas nossas, cantorias e outras coisas, decidimos ver o pôr do sol pela sacada do quarto em que estávamos.

Ele me abraçou pela cintura e beijou o topo de minha cabeça.

— Pelo amor de Deus, vocês podem nos dar atenção por um minuto? — Nicholas gritou e nos inclinamos para baixo, para vê-lo.

— Vocês estão vivos! — Elliot anunciou. Nós nos olhamos e rimos.

— Vamos sair em meia hora, venham logo! — Natalie exigiu e entrou na casa.

Cameron se arrumou primeiro e avisou que desceria comigo, mas me trocar na frente dele minutos antes de sairmos não era uma boa ideia, então o fiz descer assim que estava pronto. Troquei minhas roupas, medi minha glicemia e tomei minha medicação. Quando desci as escadas, Cameron, Elliot e Carter estavam dançando forró, sendo guiados e ensinados por Nicholas.

— Se estão todos aqui — Carter disse, pausando a música quando me aproximei de Nicolly para acariciar sua barriga —, então podemos ir.

— Eu ia falar que queria saber como foi o tempo que vocês passaram na Suíça, mas, pensando bem, pela ausência e perdido que vocês têm dado, tenho medo do que vai me falar e prefiro não saber — Nicolly disse enquanto caminhávamos para fora da casa.

— Esse foi o motivo de eu nunca ter perguntado como foi sua viagem para Paris — afirmei, e ela gargalhou.

— Não perguntarei detalhes, mas… — Ela deixou que os meninos andassem mais à frente. — Como foi?

— Foi… — suspirei. — Perfeito. Se existe uma palavra para definir, essa palavra é perfeição. Ele foi tão incrível comigo. Tão… — Abri um sorriso quando o olhei. — Perfeito — reafirmei.

Ela me abraçou de lado.

— Fico tão feliz por vocês — afirmou.

Beijei sua cabeça e ela sorriu. Quando me impulsionei para seguir na direção do pessoal, ela tocou minha mão.

— Quero te agradecer.

— Me agradecer? — perguntei, confusa.

— Está brincando? Acha que vai ser madrinha da Diana só por ser minha prima? — Franzi o cenho e ela bufou uma risada. — Quando descobri a gravidez, você e Cameron cuidaram de mim, eu estava ao ponto de fazer uma loucura comigo e com Diana, mas você mesmo sendo dura comigo, ajudou a mim, a ela e Carter. No dia eu fiquei com ódio… Se não fosse por você… eu… — Ela começou a chorar.

Eu a abracei. Carter franziu o cenho e eu fiz sinal para que ele ficasse tranquilo.

— Está tudo bem, Nini, você estava desesperada e eu não devia ter sido rude com você, devia ter te entendido. — Levantei seu queixo. — O que importa é que você fez uma escolha que te deixou feliz agora, e a Diana está quase aqui. Não precisa me agradecer por absolutamente nada.

Ela me abraçou forte, mesmo que sua barriga nos impedisse um pouco. Sorrimos juntas, ela limpou as lágrimas que escorriam em minhas bochechas e eu fiz o mesmo com ela.

— Tudo bem? — ouvi Carter questionar assim que nos aproximamos.

Cameron me olhou com a mesma dúvida pairando em seu olhar, e eu acenei com a cabeça, reafirmando que estava tudo bem.

Uma das piores partes de ter diabetes, era que quando a glicose — o açúcar no sangue — começava a subir, a vontade de ir ao banheiro ficava impossível de conter. Eu sempre evitava exagerar em comer quando saía, para não ficar levantando o tempo todo, mas chegava a um ponto em que não dava para segurar.

Quando saí do banheiro e voltei para a mesa, Cameron me entregou seu celular aberto em um e-mail:

Prezado senhor Styles,

Minhas sinceras felicitações pelo casamento. Saiba que eu e Georgia sempre torcemos por vocês e estamos felizes por essa união.

Precisamos conversar, antes do retorno das aulas na universidade de Stanford. Gostaria de saber se podemos fazer isso na terça-feira, às sete da noite?

Temos planos para você durante o tempo como universitário.

Se Rebecca estiver de acordo, Georgia pediu que ela o acompanhasse.

Espero que não seja um problema para vocês. Assim que possível, nos retorne, por gentileza.

Atenciosamente,

Anthony Lacerda.

O nome de Anthony não vinha carregado com o símbolo de Stanford, era de seu e-mail particular, então era um assunto fora do conhecimento da universidade.

— O que acha de caminharmos pela areia? — sussurrou em meu ouvido.

Tiramos nossos chinelos, trazendo-os nas mãos, e seguimos na direção da areia, ouvindo o pessoal insinuando que nos veria no dia seguinte.

— Engraçadinhos! — Cameron disse de volta. — Vamos esperar vocês onde deixamos os carros — avisou, pois Elliot e Natalie vieram com a gente.

— Sei o que vai falar — comecei quando paramos próximos do mar, mas não o suficiente para molharmos os pés. — E não, não vou deixar você ir sozinho e não vou aceitar não irmos só porque estou com os meus parentes, você é minha família e eu vou com você.

Ele começou a rir. Com uma das mãos me puxou pela cintura, acabando com a mínima distância entre nossos corpos.

— Você está teimando comigo antes que eu dissesse algo? — perguntou, afastando uma mecha de cabelo de meu rosto.

— Para alguém como Cameron Styles, é necessário muita teimosia.

— Você é a pessoa mais difícil de convencer que eu conheço.

— E é por isso que estamos casados.

Ele sorriu concordando e selou nossos lábios.

— Podemos aproveitar o resto da nossa tarde, ir ver nossos pais e sair hoje de noite, o que acha?

— Eu acho melhor sairmos quanto antes, amor, para descansarmos da viagem e podermos ver tudo — disse, acariciando seu rosto.

Ele olhou o relógio e me olhou, então voltamos a caminhar.

— Tem certeza de que quer se despedir de sua família assim, tão rápido?

— Amor, eu os verei em Los Angeles — disse aos risos. — Meus avós paternos vão morar perto dos meus pais. Com a idade chegando, eles querem ficar com os filhos. Teremos tempo, mas no momento, *nossa* prioridade é essa conversa e vermos nossa casa e o escritório antes das aulas.

Ele sorriu.

— Tem como te convencer o contrário? — indagou quando chegamos no estacionamento onde estava o nosso carro, próximo a alguns iates, mas não havia ninguém presente.

— Você sabe que não — repliquei o vendo rir. — Agora me diz, do que você mais gostou no Brasil? — questionei e ele se recostou no carro.

— Da minha esposa, abençoado seja esse país — afirmou, puxando-me pela cintura, e me fez abrir um sorriso.

— Estou falando sério. — Ele me apertou um pouco mais forte. — Aqui em Santa Catarina, no caso, do que gostou?

— Gostei das praias e as pessoas daqui são engraçadas. Para Isaac conseguir um beijinho, eu falava tudo errado — explicou aos risos —, e os meninos riam bastante. Mas a menina que deu um beijo nele era de San Diego e estava visitando também, então entendeu o que eu quis dizer.

— Nunca vou superar que você estava presente no primeiro beijo do meu irmão e eu não — admiti, vendo-o gargalhar.

— Ele é mais meu cunhado do que seu irmão — provocou.

— Ah, me solta, sem graça — reclamei, tentando empurrá-lo, mas ele prendeu meu corpo ao dele.

— Nada disso. Pode me convencer a muita coisa, mas a te soltar não.

— Eu te convenço do que eu quiser, sabe disso.

Ele me olhou, como se estivesse ofendido.

— Não convence, não.

— Ah, não? — ironizei passando os dedos em seu abdômen, por baixo da camisa.

— Não — replicou com firmeza.

Beijei sua bochecha e comecei a descer os lábios para o seu pescoço, devagar, sentindo-o arfar e apertar minha cintura.

— Rebecca...

Peguei uma de suas mãos e a coloquei em minha nuca, empurrando seu braço e fazendo seus dedos se afundarem em meus cabelos. Selei nossos lábios e o deixei que me beijasse, fui descendo a mão que apertava minha cintura para que ficasse em minha bunda e no momento em que vacilou, me afastei.

— Eu te falei, Styles, posso te convencer do que eu quiser — afirmei vitoriosamente.

Ele ergueu o braço, vindo com a mão diretamente em meu pescoço, mas parou no meio do caminho fechando o punho e olhando para além de mim. Olhei na mesma direção, vendo que o pessoal estava se aproximando.

Ele se virou de frente para o carro. Parei atrás dele e beijei seu ombro.

— Voltamos ao começo, quando você ficava doidinho por mim e não podia fazer nada.

Ele riu de nervoso, com o rosto avermelhado.

— A diferença é que eu posso fazer; não agora, mas posso — ameaçou, olhando em meus olhos.

Ficamos nos olhando por instantes.

— Toda vez esse climão — Nicholas se aproximou, falando como se estivesse irritado. Nós o olhamos e rimos.

Cameron virou-se e me puxou para ficar em sua frente. Era tão comum ele me abraçar por trás, que ninguém perceberia o verdadeiro motivo, mas estando em sua frente e com o corpo colado ao dele, foi impossível não o sentir e o querer.

— Vamos ir embora hoje — ele disse. — As aulas dos veteranos voltam um dia antes dos calouros, então Rebecca começa na quarta-feira — explicou, ocultando o jantar entre nós e Georgia e Anthony.

— Quando vão partir? — Nicholas perguntou.

— Hoje à noite, as oito — Cameron respondeu. — Vocês são veteranos também, podem vir com a gente, se quiserem — sugeriu.

— Não vai ser um problema para vocês? — Felicity questionou.

— Não, Fê, problema nenhum — respondi.

Natalie pensou um pouco.

— Você já quer ir também, Nanat? — perguntei.

— Tenho em mente ver nossa casa, quero decorá-la do nosso jeito antes das aulas começarem na quinta-feira — disse, entrelaçando os dedos nos de Elliot, que concordou.

— Acho que todos vamos embora hoje, então — Cameron deduziu, então olhamos Carter e Nicolly.

— Ah, não, iremos depois. Com Diana perto de nascer, quero viajar com a minha mãe por perto — explicou, Elliot franziu o cenho e, quando olhei meu esposo, ele estava com a mesma expressão de dúvida.

— Tia Amora é obstetra — eu disse, e eles sorriram, trocando olhares, por terem entendido.

— E tem Benjamin também, o irmão de tio Owen que é médico, caso eu precise de algo. Vou me sentir mais tranquila com eles — explicou Nicolly.

— Você está certa — concordei. — Bom, então vamos — disse, observando que o assunto havia acabado.

Despedir-me dos meus irmãos e pais era sempre um grande problema para mim. Mas, com Isaac, dessa vez, foi um pouco mais fácil. Ele estava feliz e animado para começar as aulas agora que tinha diversos amigos e entendia que eu estava casada, que minha vida agora era com Cameron, mas que eu jamais deixaria de ser sua irmã. E meus pais estavam em paz; Eloise era mais ligada a Isaac e parecia não sentir tanto quanto Louis, que não queria me soltar e chorou ao me ver partir.

— Ei, amor — Cameron abriu os braços, oferecendo-me conforto enquanto meus pais entravam em casa com as crianças. — Nós os veremos quando estiverem em Los Angeles — prometeu, dando um apertãozinho em mim e beijando o topo de minha cabeça.

Entramos no carro e eu limpei meu rosto.

— Quando tivermos um filho, eu vou levá-lo para trabalhar comigo — aleguei, rindo de mim mesma por estar chorando.

— Vai ser grudada no meu sobrinho — Natalie, que estava no banco de trás, comentou em provocação.

— Você também chorou se despedindo de seus irmãos, não pode falar de mim — rebati, ouvindo-o gargalhar.

— Me esqueça, Rebequinha no mel — disparou.

— Ah, merda, não lembre Neji disso — implorei, e ela gargalhou.

Chegamos no avião e embarcamos.

Durante as turbulências, Cameron ficou ao meu lado, abraçado comigo. Não me sentia amedrontada com a turbulência, mas adorava ficar agarrada a ele.

Os meninos chamaram Cameron, e as meninas entraram na parte em que estávamos, no fundo do avião; a porta ficou aberta, o que me possibilitou ver os meninos.

— O que acham que eles estão conversando? — Natalie questionou.

Nós três os olhamos no mesmo instante. Nicholas e Elliot pareciam estar fazendo perguntas a Cameron e no momento seguinte ele começava a explicar alguma coisa.

— Não faço ideia — Felicity admitiu.

— Bom — comecei, sem tirar meus olhos de Cameron, que às vezes me olhava sorrindo —, acho que estão perguntando alguma coisa que só Cameron ali sabe responder.

— Sobre a vida de casado, tenho quase certeza — Natalie disse com convicção.

— E por que acha isso? — Felicity questionou.

— Cameron está respondendo todo feliz — começou, olhando para ele e, em seguida, para nós.— E ele olha para cá o tempo todo. Considerando que Elliot e eu queremos nos casar e, sinceramente, Fê… — Ela a fitou, rindo — Nicholas parece querer muito isso com você, só pode ser esse o assunto. Tem horas que Nicholas olha para Fê, Elliot olha para mim e meu irmão, bom, ele não tira os olhos de você para nada. — Nós três rimos. — Então nos conte também, como é ser casada? — Natalie questionou, com ansiedade em seu olhar.

— É muito cedo para dizer, mas a gente já passou por tanta coisa sem estarmos casados que só me faz acreditar que nosso preparatório para essa vida foi concluído com êxito. Mas, sendo bem sincera, é muita responsabilidade ser casada.

— E muito jovem? — Felicity questionou.

— Gosto de ser jovem e casada. Quando não estava com Cameron, imaginava que minha vida com dezoito seria diferente, uma vida de apenas eu, mas depois de estar com ele, passei a ter planos e tê-lo como parte de tudo o que sonhei para mim.

— Será que agora eu posso ficar com a minha esposa?

— Toda hora falando minha esposa — Natalie rebateu. — Você ficou com ela o dia todo! Não cansam não? — protestou. Felicity, por outro lado, se levantou em resposta, rindo dos dois.

— Não, desaparece! — Cameron respondeu, pegando em suas mãos e a levantando em um impulso.

E ele simplesmente começou a empurrar Natalie para fora.

— Seu mal edu… — Não ouvimos o resto, pois ele fechou a porta na cara dela.

— Amor! — Eu o chamei rindo e ele me olhou.

— Qual, é? Você tem irmão mais novo e um primo mais velho, sabe exatamente que isso é muito mais comum do que parece.

Gargalhei, concordando com suas palavras.

— Você acreditaria se eu dissesse que estou exausto?

Eu o olhei, fingindo surpresa.

— Justamente você? O incansável e insaciável Cameron Styles? — ironizei aos risos.

— Até mesmo o melhor dos melhores tem limites, ok?

— Você se acha demais — rebati quando ele se sentou ao meu lado e apertou o botão para que a poltrona virasse um leito.

— E sua chatice não tem limites, não me deixa em paz nunca — replicou em provocação.

— Sinto muito em dizer, mas é até que a morte nos separe — afirmei.

— Nisso concordamos.

12
Rebecca

A frente de nossa mansão dizia, ou melhor, gritava a vida luxuosa que teríamos. Para entrarmos, foi necessário que eu fizesse minha identificação facial com alguns seguranças, para depois abrirem os enormes portões pretos com o símbolo prata da Supremacia no centro alto do portão, que se partia ao meio quando abria.

Passamos, ainda de carro, por uma passarela enorme que ficava entre dois longos campos de mato, e tinham árvores e algumas plantações mais ao fundo de ambos os lados. Era enorme e, como nunca subi as colinas de Palo Alto, não imaginava que era dessa forma.

Cameron me apresentou para alguns funcionários; os da cozinha e outros seguranças eu conheceria depois.

Estava um pouco assustada enquanto observava cada cômodo da casa, com medo fracassar como esposa, futuramente mãe e socia dos negócios de Cameron.

— Amor, está tudo bem? Tem algo que já queira mudar? — Cameron questionou, estando ainda em seu escritório.

Respirei fundo.

— Estou um pouco assustada — admiti. — Há coisas que quero acrescentar, mas estou com medo.

— Medo de acrescentar algo em nossa casa? — questionou inocentemente confuso.

Achei graça e sorri, me acalmando um pouco.

— Medo de na primeira decoração sair horrível, se eu não conseguir fazer algo tão simples, como vou…

— Meu amorzinho. — Ele passou os dedos em meus cabelos e subiu a mão em minha nuca. — Temos tempo, e se algo não ficar bom, podemos mudar. E se não ficar bom, mudaremos outra vez. Você me disse que só tínhamos dezoito anos, que não precisávamos fazer tudo de uma vez, mas disse isso a si mesma?

— Estou tentando — admiti, vendo-o sorrir, como sempre sorria quando me via sendo sincera com os meus sentimentos.

— Acabamos de chegar, depois que comermos e descansarmos, veremos isso. Não precisa ser tudo agora. Nosso quarto, eu deixei neutro para ser mudado depois. O ponto é… — Ele pensou um pouco e me olhou. — A responsabilidade de casados não é fácil, mas queríamos isso e vamos conseguir, desde que a gente viva um dia após o outro e não cinco dias em um.

Sorri, concordando, e ele colou nossas testas. Selei nossos lábios e o abracei.

— Você é tão bom para mim — admiti, passando os dedos em seus cabelos.

— E você é perfeita para mim — afirmou, apertando-me pela cintura. — Vamos para o quarto?

O nosso quarto era o último do corredor e, como imaginava, era enorme. As paredes eram cremes, e as roupas de cama, brancas. Não tinha decoração. Havia dois closets e uma salinha vazia com portas de correr abertas. Sorri quando entrei.

— No que está pensando, moça? — Cameron questionou, abraçando-me por trás.

— Tem planos para essa sala? — Eu o olhei de lado.

— Na verdade, não. Pensei que gostaria de fazer algo para você.

Eu me virei para ele, sorrindo.

— Não sei se estará de acordo comigo, mas… Aqui é o lugar perfeito para uma sala de pole dance, não acha?

Ele abriu um sorriso animado e malicioso.

— Vou providenciar agora — replicou, soltando-me para ir falar com alguém, mas o puxei pelo braço.

— Iremos descansar, senhor, descansar. O que vale para mim, vale para você.

— Você vai descansar e eu vou depois.

— O que disse hétero top? — rebati em provocação, e ele me olhou, incrédulo.

— Você é insuportável, garotinha — disse, dando um tapinha em minha testa.

— Vamos descansar!

— Menina chata, teimosa, insistente e…

— Sua esposa. — Selei nossos lábios e ele sorriu.

— Você sabia que as esposas precisam obedecer aos maridos? Eu que mando.

Dei um tapa em seu braço.

— Não conte com isso, Styles — afirmei, soltando-me de seus braços.

— Anteontem você me obedeceu — rebateu, puxando-me pela cintura.

Eu o olhei nos olhos, levantando o queixo de forma arrogante.

— Está se gabando demais, não terá isso novamente tão cedo — ameacei, e ele sorriu para mim, como se aceitasse um desafio.

— Com certeza terei — afirmou com convicção e me virou de costas para ele —, porque vou te convencer, como sempre consigo — sussurrou passando os lábios em meu pescoço e me deixando arrepiada.

— Então melhore suas táticas, Styles, não estou nada convencida — rebati com firmeza.

Ele ficou tão surpreso que parou com os beijos. Consegui sair de seus braços e, sem olhar para trás, caminhei para o banheiro.

— Sinto falta de quando você perdia a fala, eu criei uma monstrinha — disparou, fingindo frustração.

— Ah, você está tão derrotado que me deixa com pena — provoquei.

Cameron começou a correr atrás de mim e só parou quando me pegou e me jogou na cama.

— O que disse, mocinha?

— Você me ouviu, mocinho.

Ele sorriu e, com calma, selou nossos lábios. Mas estávamos tão cansados que não passou disso.

Cameron não estava ao meu lado quando acordei. Eu me levantei da cama e vi que na mesinha de centro em frente ao sofá do quarto havia uma bandeja com frutas, biscoitos e achocolatado para que eu comesse, e assim o fiz. Saí do quarto, e Finn, o segurança, estava em frente à porta.

— Senhora Styles — ele cumprimentou.

— Finn, pode me chamar de Rebecca — disse aos risos. — Você é segurança e amigo de Cameron pelo que sei, não precisa dessa formalidade, já te dissemos isso antes — argumentei.

Ele riu e concordou, explicando:

— Desculpe, é o costume.

— Tudo bem. Onde Cameron está?

— Está na academia, pediu para eu acompanhá-la até lá.

— Eu diria que não precisa, mas ainda não sei o caminho exato para a academia — admiti e rimos.

— Ele disse que você diria isso — explicou.

— Podemos?

Ele concordou e começamos a caminhar pela enorme casa. Agora que me sentia descansada de corpo e mente, conseguia ver as coisas que gostaria de mudar. Passei pelo corredor de quartos, seis principais e fechados, e percebi que são principais por conta de as portas serem diferentes das outras, iguais a nossa.

Acabei rindo de mim mesma. Eu só podia estar louca de cogitar ter mesmo seis filhos.

Chegamos na academia conversando sobre a mansão; Finn disse que todos os funcionários sabiam os caminhos para cada cômodo, por questão de segurança e para não se perderem.

— Obrigada, Finn — eu o agradeci antes de entrar na academia.

Cameron estava socando o saco de pancadas e eu o observei por segundos.

— Eu sei, não devia estar fazendo isso, mas não consigo evitar — justificou-se antes de dar outro soco forte.

— Amor, não vejo problema algum você descontar alguma coisa em um esporte que gosta, só não concordo em chegar ao ponto de se machucar — expliquei, e ele parou me olhando. — O que está te incomodan…

— O que acha que Anthony quer de mim?

— Te aconselhar sobre a faculdade. — Ele me olhou indicando que esperava mais do que essa fala. — E um capitão decente para o time.

Comecei a abrir suas luvas de box e as tirei. Olhei suas mãos e estavam avermelhadas, mas não machucadas.

— Tome um banho, vou pedir algo para comermos e te contarei coisas que fiquei sabendo e a própria Felicity confirmou.

Ele concordou, dando um rápido beijinho em meus lábios, e subiu para o quarto enquanto eu fui para a cozinha.

A cozinheira me olhou surpresa quando entrei.

— Senhora Styles — cumprimentou, aproximando-se. — Sinto muito, eu quem devia ir ao seu encontro para perguntar que horas vocês desejam jantar, a senhora não devia estar entrando aqui.

Outros seis funcionários, inclusive uma garota que parecia ter minha idade, me olharam com a mesma expressão surpresa.

— Muita calma, senhora... — Eu a olhei, na espera de que dissesse seu nome.

— Sou a cozinheira Sandra, e essa é minha filha, Marjorie. — A garota que parecia ser a mais nova dentre os funcionários se aproximou, timidamente. — Meu filho Rodrigo é o chefe da segurança, trabalhávamos para os pais de Camer... do senhor Styles, mas ele optou em nos trazer para cá.

— E vocês gostam de estar aqui?

— É claro, senhora — Sandra disse, um pouco apavorada.

— Você conhece meu esposo há muito tempo?

— Sim, senhora. Desde os seus treze anos, alguns anos antes de a senhora e sua família se mudarem; infelizmente não consegui conhecê-los. Minha irmã é a cozinheira principal da família; através dela, minha família conseguiu emprego depois que meu marido faleceu.

— Sinto muito — disse com sinceridade.

— Está tudo bem, senhora, não se incomode.

— Sandra... — Peguei em suas mãos com delicadeza. — Pode me chamar de Rebecca e você conhece Cameron há tempo demais para ficar chamando-o de senhor. Conhecendo a peça, ele deve odiar quando o chama assim.

Ela sorriu, concordando.

— É muita gentileza de sua parte — ela disse, admirada. — Sabia que o garoto faria a escolha certa.

Ela pediu que a filha voltasse ao trabalho e voltou a atenção para mim novamente.

— Pode servir o jantar em trinta minutos? — perguntei, e ela concordou de imediato.

— Como desejar, com licença.

— Sandra — eu a chamei antes que ela saísse, e caminhei para um canto da cozinha. — Desculpe a pergunta, mas qual é a idade de Marjorie?

— Dezenove anos.
— Ela faz algum curso na faculdade?
Sandra sorriu, surpresa.
— Ah, senhora — lamentou-se —, estudos são caros e ela infelizmente não passou em nenhuma universidade, ou simplesmente não a aceitaram por não estudar em uma escola tão boa assim.
— Compreendo.
— Se me der licença, voltarei ao trabalho.
Acenei em concordância e dei uma última olhada em Marjorie, que por algum motivo, chamou minha atenção de uma forma positiva. Parecia serena, simples e confiável.
Eu me sentei no sofá da enorme sala, olhando para nenhum ponto em específico.
— Amor? — Cameron chamou, e eu o olhei. — Te chamei duas vezes, aconteceu algo?
— Vem, sente-se comigo — pedi, puxando-o pelas mãos. — Tem uma garota na cozinha que tem nossa idade.
— A filha de Sandra?
Concordei.
— Isso. Você a conhece bem?
— Sandra com certeza não contou, mas deve saber que eu te contaria. O pai dela não é o mesmo que o de Rodrigo; ele não foi um homem bom, foi assassinado depois de tentar roubar uma família rica na Espanha, infelizmente isso a perseguiu de forma que algumas faculdades não a aceitaram em Los Angeles. Conversei com meus pais, Stanford pode ser uma boa oportunidade para ela, já que Polly limpou qualquer evidência que pudesse prejudicá-la, minha mãe organizou tudo.
— E o que ela quer fazer?
— Gastronomia.
— Ela quer continuar trabalhando na cozinha? Ou quer entrar em outro ramo?
— Ela quer ser cozinheira oficial dos Styles, de nós, um dia. Seu avô foi cozinheiro do meu avô, mas ele era o profissional mesmo, escolhia todas as comidas dos eventos de nossa família; sua tia também é profissional, ela apenas dá ordens e sai para organizar as comidas de eventos da minha família, então…
— Ela quer seguir os passos do avô — eu disse, sorrindo.
— E não vejo motivos para não ajudar; minha mãe pediu isso, tem um carinho grande por eles.

— Não vejo problema nenhum com isso também.

Cameron sorriu me ouvindo.

O jantar estava pronto e seguimos para a sala de jantar. Era engraçado toda essa formalidade depois de todos os jantares com churrascos que minha família fez.

Quando vieram para nos servir, Cameron fez um sinal para que parasse.

— Não se preocupe com isso, Joseph. Está dispensado.

O homem apenas concordou e se retirou após pedir licença.

Nós nos servimos e Cameron começou:

— Estou ansioso para ouvir o que tem a me dizer.

— Duas vezes ao ano tem uma festa extremamente conhecida em Stanford, a W.E. Party.

— W.E.?

— Abreviação de bem-vindos — expliquei, e ele acenou para que eu continuasse. — Acontece em fevereiro e em agosto. Matteo começou com isso no meio do ano retrasado, ele diz que é uma festa para receber os calouros, mas na verdade é uma armadilha.

— Armadilha — repetiu —, acho que entendi o que quer dizer.

— Para as meninas, tem uma regra: nenhuma garota caloura sai da festa sem ser beijada, mas elas não sabem disso, ficam sabendo na hora da festa. — Fiz uma careta enojada. — E para os garotos, de alguma forma eles descobrem quem se inscreve para o teste de capitão do time e dão uma surra como aviso; isso mantém Matteo com o status e posto dele.

Cameron não pareceu surpreso.

— E ninguém faz nada? A direção da universidade por exemplo?

— Infelizmente, mesmo com o Anthony e Georgia falando, não há muito o que eles possam fazer. Assim como a nossa casa, a de Matteo é fora do campus. Providências são tomadas quando tem alguma acusação de estupro por algum aluno, mesmo que tenha acontecido fora de Stanford, tem uma rede de apoio para qualquer pessoa que seja vítima de algo assim. Para os meninos, eles vão diretamente na delegacia e a universidade dá suporte, mas não muito. De toda forma, quase nunca alguém tem coragem de falar; os meninos ficam com medo, e as meninas, apavoradas. Ninguém fala nada, é basicamente um "O que acontece na W.E. Party, fica na W.E. Party" — expliquei.

— Aposto que você foi convidada.

— Inúmeras vezes, para todas as festas dele e sairia de lá no mínimo estuprada por ele.

Cameron respirou fundo.

— Ou pelo time dele.

— Amor... — Peguei em sua mão. — Eu nunca fui a festa alguma. Nicholas foi uma vez e disse que muitos meninos, dentro do time mesmo, não gostam do que acontece ali e não concordam, alguns vão para ajudar garotos e garotas a saírem. O time não é todo ruim, mas tem pessoas que sim, são péssimas e maldosas. Se puder falar com os Warriors, avisá-los disso, será ótimo. Felicity foi a segunda a me avisar depois de Nic, Matteo nunca deixou que ela fosse a essa festa e ela quis saber o motivo, então me ajudou e contamos para o máximo de calouros que conseguimos. Mas é inevitável.

Ele acariciou minha bochecha.

— Me conforta saber que você nunca foi para esse lugar, o que poderia te acontecer...

— Eu sei, eu sei. Fico pensando nas pessoas que não conseguimos avisar e acabaram nesse lugar.

— Quando será essa festa? — Cameron questionou.

— Na sexta-feira — expliquei, e ele apenas concordou.

— Entendo — ele disse, um pouco pensativo.

— Já consigo pensar em como quero que nossa casa fique, se você estiver de acordo — comecei, na intenção de mudar o assunto.

Ele sorriu, levantou-se e estendeu a mão para mim.

Subimos as escadas até o andar dos quartos e depois, mais escadas, essa sendo mais escondida. Chegamos na varanda e eu abri um sorriso pela linda vista. As janelas iam do teto ao chão, devido ao frio que fazia nessa época do ano, mas havia um longo espaço aberto, para, acredito, ficarmos em épocas mais quentes.

Daqui eu conseguia ver as colinas e a cidade. Na parte coberta havia sofás no canto, na cor cinza, com uma mesinha no centro de madeira, um sofá entre a área de sofás, e a mesa de jantar preta, com dez lugares de cadeiras estofadas da mesma cor.

— Essas casinhas padronizadas são para o quê? — questionei observando, doze casas.

— Dos funcionários. Dei a opção morarem aqui ou em outro lugar; eles não sabem muito sobre nossa segurança, mas em Palo Alto, aqui é o lugar mais seguro que existe. — Concordei, olhando-o. — A casa maior é de Rodrigo, o chefe da segurança. Ali é um mercadinho para eles pegarem coisas básicas sempre que precisarem, pensei em entregar cestas, mas em uma conversa com Sandra e Rodrigo, eles concordaram que um mercadinho era melhor, porque eles fazem as mesmas refeições que nós, comem do mesmo que a gente, porque assim conseguem fazem uma quantidade que não desperdice e dê para todos comerem. Quero que os nossos funcionários fiquem felizes em trabalhar com a gente. Enfim… — continuou e eu não consegui disfarçar minha surpresa. —Embaixo do mercado está a central de segurança.

— Cameron, como tudo isso… Quero dizer, surreal, nível nobreza — admiti e ele sorriu.

— Bom, a essa altura você já deve imaginar que os negócios com doces do meu pai é mais para disfarçar os milhares de negócios que nossa família tem. Investimos em tudo que nos beneficia, somos donos de marcas famosas e essas coisas, mas não ficamos na frente, deixamos a administração para pessoas que confiamos. Todo esse envolvimento com a máfia, Antonella ser sua madrinha e nós termos ligações com a realeza, penso que algumas coisas são melhores assim. Quando chegarmos na empresa, você vai entender um pouco mais. Eu sabia que se comprasse essa casa com o dinheiro do meu bisavô mafioso você iria me matar. — Gargalhei, concordando. — Então não, nada disso foi com toda a herança que ele me deixou.

— E o que fez com a herança?

— Parte da fortuna foi roubada da família de Antonella; o que era dela, meu avô William devolveu. Acho que se eu não tivesse casado com você, ela teria me matado, independentemente de qualquer coisa. — Ele deu de ombros como se aquilo fosse natural. — Mas a outra parte, por incrível que pareça, é totalmente legal e dele, foi através de negócios legalizados. Não fiz nada, está guardado, queria que minha esposa e eu concordássemos em fazer algo com esse dinheiro que, querendo ou não, é meu.

Eu o olhei por instantes, sem saber o que dizer.

— Não preciso desse dinheiro; mesmo que seja muito, eu tenho o meu. Poderíamos ficar sem trabalhar e ainda assim teríamos fortuna, bens e imóveis para cada filho.

Sorri enquanto o olhava.

— Quero saber o que acontece nas empresas que carregarem meu nome e o do meu esposo, mas o dinheiro que Charles te deixou, vamos deixar onde está por enquanto, o que acha?

— Acho ótimo.

Ele sorriu e selou nossos lábios. Nós nos sentamos e eu comecei a falar os planos que tinha para a nossa mansão, onde viveríamos por alguns bons anos de nossas vidas.

13

Rebecca

Depois do jantar com direito a muita conversa e felicitações pelo nosso casamento, Georgia e Anthony entraram no assunto que eu acreditava ser o motivo do convite.

—... o que está achando de Stanford até agora, Rebecca? — Georgia questionou.

— Gosto de estudar lá — admiti.

— Só tem uma falha grave na questão de segurança aos calouros e até mesmo de minha esposa — Cameron disparou, e Anthony o olhou surpreso e interessado.

Anthony olhou para Georgia e os dois balançaram a cabeça levemente concordando com algo que seus olhos falaram um ao outro. Cameron pôs a mão sobre a minha, talvez para me acalmar ou por ser algo comum entre nós, mas de qualquer forma, me tranquilizava.

— Acredito que vocês saibam que eu e Anthony não podemos ter favoritos, mas desde que Antonella disse que eu me encantaria pela afilhada dela, eu soube que era verdade, porque ela nunca disse isso de ninguém. E você, Cameron, você é um menino de ouro e me lembra muito o nosso filho, Jackson. Pelo que já vi, é a nossa melhor aposta.

— O que minha esposa quer dizer é que queremos favorecê-los no que for possível. Cameron, Stanford teve um ótimo capitão do time e não digo que ele é ótimo apenas por ser nosso filho. Jackson é um homem incrível, com uma linda família e quis matar Matteo quando soube o que estava acontecendo com calouros, mas não podia fazer mais nada depois que ingressou em um time de Nova Iorque — Anthony olhou Cameron com seriedade. — Queremos você como capitão do time.

— Ótimo, porque eu também quero isso — Cameron disparou logo de imediato, me fazendo sorrir. Anthony e Georgia sorriram satisfeitos.

— Então, você terá o máximo do meu apoio. Queremos acabar com a W.E. Party, mas não conseguimos, mesmo levando testemunhas — disse Anthony.

— Mas, estando fora do campus de Stanford, eu, mesmo sendo um aluno, não serei prejudicado dentro da universidade se fizesse algo a respeito dessa festa — Cameron deduziu.

— Sim, correto. Mas é um grande risco, considerando que você será a primeira pessoa que Matteo desconfiará.

— Não se eu não estiver diretamente ligado — respondeu.

— Podemos tomar providências sem estarmos no local — iniciei, tendo a atenção dos três. — Nosso pessoal e os de Antonella nunca são vistos, são como fantasmas. E tenho certeza de que vocês sabem dos meus primos, filhos de Antonella e Polly. — O casal concordou. — Matteo provocava muito a Alec e Ned, ao ponto de Alec avançar para cima dele e quase ser proibido de entrar no campus.

— Ela tem mais de um motivo para querer fazer algo a respeito — Georgia disse.

— Mais de um? — Cameron perguntou.

— Rebecca e os meninos. Isso será suficiente — Anthony respondeu. — Matteo não reagirá bem, os ataques dele em cima de vocês serão dos mais diversos, será um desafio, peço que ambos tomem cuidado. E Cameron… — Ele o olhou. — Se você entrar em uma briga com Matteo fora do campus, ainda assim implicará na sua vida dentro de Stanford, por ser o capitão atual contra o possível capitão.

— De qualquer forma, estou em busca de conseguir o time e, acredito que posso falar tanto por mim quanto pela minha esposa, estamos dispostos a enfrentar os problemas que virão.

— Esteja nos jogos, sempre que conseguir — Georgia pediu, olhando para mim, e eu concordei.

— Fico feliz em estarmos todos de acordo. Os testes para capitão do time serão feitos ainda este mês, três fases. Você terá todo o meu apoio possível, conversarei com o treinador e te darei o máximo de privilégios. O time será seu, desde que me aceite como seu conselheiro e prometa me consultar antes de tomar decisões importantes ao que se referir ao time — Anthony sugeriu.

— Aceito, é claro — Cameron disse.

Eles trocaram um aperto de mão e Georgia pediu para falar comigo em particular antes de partirmos.

— Cameron provavelmente vai me odiar por te falar isso, mas duvido que quando chegar o momento ele vai te contar por vontade própria; quando foi Anthony, ele não me contou — disse baixinho, e riu. — Na última fase dos testes, o esforço físico será avaliado e ele precisa entregar o máximo dele.

— Isso não será um problema — afirmei, e ela riu.

— Mas pode ser que ele se esforce demais durante a semana. Em lutas de box, por exemplo, eles precisam ficar um tempo sem…

Comecei a rir quando me dei conta e ela se juntou a mim, parando de falar.

— Tem razão, ele vai odiar. Quanto tempo será necessário?

— Duas semanas.

Apenas acenei em concordância. Duas semanas… será um grande desafio para mim, e com certeza ele não vai me falar nada.

— Eu entendo. Anthony não me contou nada, e eu fiquei sabendo porque a filha do treinador achou estranho um sumiço nosso faltando uma semana para o teste. Mas é necessário, ele precisa de toda energia acumulada possível, e achei melhor contar com antecedência. Desculpe falar com tanta indelicadeza, não sei de que outra forma poderia falar algo assim — disse, rindo de si mesma.

— Não foi indelicada, obrigada por avisar, ele com certeza não o faria — admiti enquanto voltávamos para os nossos maridos.

— Vocês têm permissão para andarem no campus de Stanford, se quiserem — Georgia disse. Eu e Cameron concordamos.

Nós nos despedimos e pedimos para o motorista nos esperar do lado de fora da faculdade.

— Senhora Styles, que prazer revê-la. — A voz dele me deu ânsia, e ele parou em nossa frente, com o braço ao redor de Hilary, a capitã das líderes de torcida. Cameron apertou minha cintura.

— Não posso dizer o mesmo — rebati.

Virei meu rosto para o meu esposo e seu olhar era frio em sem vida enquanto encarava a garota.

— Cameron! — ela disse com um tom sedutor. — Quanto tempo. Você mudou — afirmou, olhando-o de cima a baixo, e eu respirei fundo, sentindo meu corpo formigar.

Cameron me olhou e beijou minha cabeça.

— Vamos embora, amor.

Concordei. Passamos por eles para sairmos de perto, mas Matteo insistiu em chamar nossa atenção outra vez. Revirei os olhos em irritação.

— Você sabe que suas tentativas de conseguir o time não darão certo nem neste ano e nem nos próximos, não é? E se tentar, fracassará todas as vezes — alertou.

Cameron virou um pouco o rosto, abriu um sorriso sarcástico e, com o braço ao redor de minha cintura, começou a caminhar campus afora, deixando Matteo sem uma resposta... por enquanto.

— Amor? — eu o chamei quando entramos no carro e passei a mão em sua coxa.

Ele me olhou e passou os dedos em meu rosto.

— Eu te falei dela, quando estávamos em Los Angeles — ele disse.

Franzi o cenho.

— O quê?

— Hilary, a filha do pastor que mentiu dizendo que eu tinha abusado dela... — Ele riu, de raiva, e olhou para o céu enquanto passava os dedos em meus cabelos. — Eu... eu não sabia que ela estudava aqui.

Abri os lábios para falar, mas nada saiu.

Sentia o calor da raiva dominando o meu corpo. Era inacreditável que aquela garota, justamente ela, estivesse ali. Durante meus meses estudando em Stanford, nunca me liguei de que ela era a mesma Hilary que fez aquilo com Cameron, porque nunca nos falamos, exceto quando veio me desejar boas-vindas, mas não me dirigia a palavra.

— Meu amor... — Acariciei sua mão e ele me olhou.

— Nada do que ela fez importa agora — explicou.

— Amor. — Eu o olhei, com advertência. — Não faça isso, sei que a ver te incomodou.

Seus olhos vieram em minha direção e ele deu de ombros, ficando em silêncio.

Ao chegarmos em casa, vimos Alec e Jasper na sala.

— Alec! — Eu o abracei. — Jasper! — Envolvi meus braços sobre ele também, logo após soltar Alec. — Sentimos muito a falta de vocês no Brasil.

— Ah, precisávamos de um tempo com nossa mãe — Alec explicou enquanto Cameron os cumprimentava.

— Viemos conversar — Jasper anunciou. — Sobre Rita Fletcher. Nossa mãe precisou resolver negócios.

Nós quatro rimos e nos sentamos no sofá. Pedi que trouxessem algumas coisas para comermos, mesmo após termos jantado.

— Não podemos calá-la por falar de vocês — Alec iniciou. — Podemos derrubar matérias que possivelmente causarão problemas, mas não podemos deixá-la calada ou levantaremos suspeitas. Enquanto as matérias estiverem em análise no sistema, podemos derrubá-las. Algumas podem acabar indo ao ar, mas sairá no seguinte segundo. Ela jamais saberá sobre a situação de vocês com a monarquia, nada além de uma boa amizade por conta de vocês terem crescido com Andrew.

— Nossa mãe aconselhou que não cometam nada que possa dar um conteúdo a ela, nenhuma polêmica. Deixe que o nosso pessoal e o de vocês façam o trabalho que puder causar problemas ou matérias indesejadas — Jasper explicou.

Nós quatro rimos e Cameron pareceu satisfeito em ouvi-lo.

— Ela não vai saber quase nada de vocês, porque não tem olhos dentro daqui e não tem contato com nossos amigos; ninguém passará informações para ela, mas rumores comprovados e essas coisas podem acabar se tornando uma matéria — Alec disse.

— Seremos cuidadosos — afirmei, e Cameron balançou a cabeça em concordância.

— Só que faremos acontecer muitas confusões sem que ela saiba — ele disse.

Depois de tomar um longo banho, coloquei uma blusa de Cameron, uma calcinha e me deitei na cama. Ele se manteve olhando a tevê, parecendo distante.

— Amor, sei que ter visto Hilary te deixou incomodado, não precisa fingir — disse, passando os dedos em seu rosto.

Seus olhos se voltaram para mim e ele soltou um longo suspiro.

— Foi a pior fase da minha vida — iniciou. — Eu era muito feliz, tinha uma relação boa com o meu pai e depois… parece que ela destruiu tudo, eu simplesmente desandei e não liguei para nada, tudo na minha vida ficou ruim. Veio ela, depois Alice, as outras garotas, os vícios, tudo na sequência e agora que eu estou bem…

— Você passou por tudo aquilo sozinho, mas dessa vez você não está. Se acha que ela vai confrontar você e te tirar do sério, é porque você não conhece a esposa que tem.

— Vai bater nela? — provocou.

Eu me levantei energicamente.

— Eu vou socá-la — comecei, dando vários socos no ar. — Darei um chute na cabeça dela! — Chutei o ar — e depois... — Juntei as mãos, simulando um *jutsu*. — MIL ANOS DE MORTE! — afirmei, me referindo a Naruto.

Cameron explodiu em uma risada deliciosa e eu me joguei em seus braços.

— Eu te amo, eu te amo e eu te amo — afirmou, dando beijos a cada "eu te amo" que dizia.

— E eu te amo, te amo e te amo — confirmei, beijando seu rosto.

— Qual é a relação entre ela e Matteo? — ele perguntou.

— A mãe dela tem um caso com o pai dele, desde que o pai de Hilary faleceu. O pai de Matteo não quer um casamento legalizado, mas eles moram juntos em Los Angeles. E aqui, bom, Matteo e Hilary ficam juntos, vivendo um clichê.

— Um clichê?

— Sim, eles são o casal que o pessoal mais fala. O capitão e a líder de torcida. Isso cria uma certa fama para eles em Stanford, porque falam que não estão juntos, mas todo mundo sabe que sim e querem informações. Só que é dentro de uma certa bolha que isso acontece. São pouquíssimas as pessoas que querem ser amigos deles por causa disso; universitários só querem se formar e ter as próprias vidas. Mas eles são os que dão as maiores festas em Stanford, além da W.E. Party. É assim que eles conseguem calar os alunos: ninguém quer perder o passe livre para as maiores festas que conhecemos.

— Então teremos que mudar isso — Cameron comentou.

— E como pretende fazer isso?

Ele me olhou, como se esperasse por aquela pergunta.

— Não te contei nada antes porque precisava ter a conversa que tivemos com Anthony. No momento em que você saiu com Georgia, ele me confirmou algumas coisas quanto à viagem dos meninos e sobre os que ficarão em Stanford.

— Quem ficará em Stanford?

— Peter, Josh, eu e Elliot. Como te disse, deixaremos a oportunidade para os meninos que realmente precisam da bolsa para estarem em Stanford. Eu e eles não precisamos. — Balancei a cabeça em concordância. — Anthony me disse que conseguiu convencer o treinador de que os Warriors que vieram para cá poderão morar fora do campus, assim como eu e você. Elliot vai morar com Natalie, mas os outros meninos vão morar em uma mansão que… — Ele passou a mão na nuca — nós compramos para eles.

Meus lábios se entreabriam automaticamente em surpresa.

— Amor, isso é… incrível!

Ele sorriu e soltou a respiração em alívio.

— Por que parece aliviado?

— Eu particularmente achei que você iria ficar brava por não ter de contado — admitiu.

— Bom, eu gostaria que tivesse contado — adverti.

Cameron sorriu e selou nossos lábios.

— Os meninos terão um lugar próprio sempre que chegarem de viagem, uma casa para eles, Peter e Josh. E de lá sairão as melhores festas, sem estupros ou violência com os garotos que quiserem fazer parte do time — explicou, satisfeito.

14
Rebecca

Acordei uma hora e meia depois de Cameron, que havia saído as cinco da manhã para correr e, considerando que as aulas começavam às oito, eu teria tempo suficiente para me arrumar.

— Amor? — Ouvi sua voz do outro lado do box, era convidativa e eu sabia o que viria logo a seguir.

— Não vou te deixar entrar — alertei de imediato e ouvi sua risada.

— Só um pouquinho? Por favor? — pediu. — Eu quero você…

Ri de mim mesma.

Abri a porta do box e ele me olhou por inteira, já estando nu.

— Não posso me atrasar — avisei.

Ele sorriu e invadiu o lugar, vindo com os lábios em direção aos meus e me beijando. Senti a parede fria em minhas costas quando fui pressionada e a mão de Cameron desceu entre minhas coxas. Abri um sorriso o abraçando pelos ombros.

Ele se inclinou um pouco para baixo, sem tirar os olhos de mim, passou as mãos em minha bunda e em questão de segundos me levantou, com as minhas pernas apoiadas na curva entre seu braço e antebraço. Minhas coxas estavam coladas contra o meu abdômen e o senti me penetrar com calma.

— Ahn… — suspirei. — Cam…

Não conseguia mexer minha cintura pela posição em que estava, mas o sentia se movendo em vai e vem. Minhas costas deslizavam na parede enquanto eu arranhava sua nuca e o beijava devagar. Comecei a fazer o movimento de prende e solta com ele dentro de mim, e ele gemeu contra os meus lábios.

— Porra, Rebecca! — disse, com o tesão deixando sua voz embargada e rouca.

Mordi seu lábio, mas precisei afastar nossas bocas quando o senti crescendo e se mexendo mais rápido. Eu estava perto, mas, então, ele se afundou em mim e se retirou, deixando o líquido escorrer para o chão. Eu o puxei e o beijei, enquanto ele ainda ofegava.

Senti minhas pernas doerem quando ele me colocou no chão. Ele sorriu e ficamos abraçados por alguns segundos, até eu me soltar dele e sair do banheiro.

Eu me sentia um pouco estranha porque nunca tinha acontecido de apenas Cameron chegar no ápice e eu não, mas não podia pensar naquilo agora. Suspirei, um pouco frustrada, rapidamente terminei o banho, coloquei o roupão e saí do banheiro.

Peguei o secador, me sentei no pufe grande que tinha na frente do espelho do meu closet, liguei o aparelho e comecei a secar meus cabelos.

— Amor — Cameron chamou e parou atrás de mim.

— O que foi? — perguntei, ao vê-lo me encarar seriamente.

— Você gozou?

Liguei o secador, fingindo não o ter ouvido.

— Amor. — Eu o ouvi chamar por cima do barulho do secador e, então, ele o tirou da minha mão, e o desligou. — Rebecca!

— Não, amor, não. Mas não temos tempo para isso, tenho que ir para a faculdade e está tudo bem — afirmei.

Ele me entregou o secador.

— Não está tudo bem. Acha que faço as coisas incompletas? — questionou, parando em minha frente e se abaixando diante de mim. — Seque seu cabelo se conseguir — desafiou.

— Cam…

Ele agarrou minhas pernas e me puxou um pouco mais, abrindo-as.

— Diga-me que não quer — disse beijando a parte interna de minha coxa.

E começou a distribuir beijos nas duas, chegando cada vez mais próximo de minha boceta.

— Amor… — sussurrei, desamarrando meu roupão.

Ele sorriu, beijando meu clitóris e passando a língua devagar por ali, para logo começar a chupar. Mordi o lábio, sentindo meu corpo todo estremecer, e gemi quando sua língua me invadiu. Ouvi o barulho do secador desligado contra o chão quando meu aperto não foi tão firme.

Apertei meu seio e movi meu quadril contra seus lábios, me sentindo molhada. Desci a mão e puxei seu cabelo, sentindo dois de seus dedos entrarem em mim. Cameron mexia a língua em movimentos circulares e enlouquecedores enquanto seus dedos se moviam em vai e vem. Eu me contorci, apertando o pufe, e arqueei as costas, rebolando em sua boca.

Olhei para baixo e vi quando sua mão desocupada foi para o seu pau, se masturbando.

— Cameron…

Mordi o lábio, não conseguindo resistir, e quando pedi por ele, gozei em sua boca e ele chupou meu clitóris sensível. Tentei fechar as pernas, tremendo, mas ele não deixou. Com as mãos apoiadas no pufe, me empurrei um pouco para cima e ele afastou os lábios, me deixando ver o líquido escorrendo do seu pau.

Apoiei a cabeça, me sentindo fraca e trêmula.

Cameron limpou a mão no roupão, me beijou e, antes de sair, disse:

— Não se atrase.

Ri pela sua provocação, mas não o respondi, porque ainda não conseguia.

Quando olhei o relógio, percebi não conseguiria secar todo o meu cabelo por um motivo chamado Cameron William Styles. Então, uma vez que estava vestida e havia tomado outro banho rápido, deixei meu cabelo úmido.

Saí do closet e me deparei com Cameron vestindo uma calça jeans preta. Ele estava sem sapatos, só de meias, e pegou uma blusa branca que ficava perfeita em seu corpo e ressaltava seus músculos definidos nos braços e no abdômen. Ele a vestiu e eu o olhei, incrédula.

— Você só pode estar brincando comigo — repliquei enquanto ele colocava o tênis.

Seus olhos se levantaram, vindo em minha direção. Seus lábios abriram um sorriso cínico e ele se levantou, pegando seu colar de *Konoha*.

— Odeio quando usa essa camisa — resmunguei, analisando-o.

Com um sorriso safado nos lábios, ele beijou a curva de meu pescoço para, em seguida, aproximar os lábios de minha orelha.

— Isso porque você acha que eu fico gostoso usando-a — afirmou vitorioso. — Por que não falta hoje? — perguntou, passando os lábios em meu pescoço e deslizando a mão em minha cintura, puxando-me para si.

— Não posso, amor, os alunos do Projeto Inteligência precisam estar hoje antes de irmos para a sala e começarmos as aulas. Não é como no ensino médio que só começam as matérias na semana seguinte — expliquei, tentando me manter concentrada, mas Cameron estava determinado em me fazer mudar de ideia.

Precisei lhe dar uma cotovelada na costela para que se afastasse e ele riu de forma engraçada, reclamando falsamente de dor.

— Para, seu atentado!

— Ah, coisa chata, sai da minha frente então, sua gostosa — reclamou, apertando minha cintura e me empurrando para o lado.

Em seguida, começou a se arrumar na frente do espelho.

— Seu abusado! — exclamei, dando-lhe um tapa no ombro e ele riu se encolhendo um pouco.

Ele fingiu me ignorar e colocou o colar em seu pescoço.

— Fique me olhando dessa forma e eu vou te beijar e não vou parar — ameaçou com firmeza, e eu, por algum motivo, engoli em seco.

Quando ele sorriu, soltei a respiração, que nem havia percebido estar prendendo.

Revirei os olhos e me afastei para arrumar minha mochila. Eu me preparei para sair do quarto, mas fui puxada pela cintura por Cameron.

— Não está se esquecendo de nada? — questionou e eu tentei me soltar, mesmo sabendo que falharia.

— Não.

— Amor. — Ele, com facilidade, me virou de frente e me encarou. — Rebecca.

— Eu estou bem.

— Você precisa medir sua glicemia, e sem reclamar!

Bufei ao ouvi-lo.

Nunca davam certo as minhas tentativas de não medir a glicemia, porque Cameron, o senhor saudável, sempre me fazia medir. Ele era extremamente rígido com saúde física e com o seu corpo. Enquanto eu pensava mais na saúde mental, emocional e no intelectual.

Ele me puxou para me sentar na cama, pegou a bolsinha térmica onde ficava minha medicação, mas dentro tinha uma outra bolsinha menor na qual ficava o aparelho de medição. Fiquei o olhando enquanto fazia todo o procedimento.

— Você ama fazer isso, não é?

Ele me olhou.

— Eu amo cuidar de você — afirmou. Passei os dedos em seu rosto e ele beijou a palma de minha mão. — Sua glicemia está controlada — disse, com expressão impressionada.

— Eu sei, amor. Estamos fazendo academia quase todos os dias, por isso te disse que estava bem. — Eu me levantei, selando nossos lábios. — Precisaremos tomar café no caminho — disse, arrumando as coisas na bolsinha térmica e a colocando na mochila.

— Vamos fazer academia hoje e você deveria correr comigo — sugeriu, pegando minha mochila para levá-la enquanto passávamos pelo corredor.

— Acordar às cinco da madrugada? Não conte comigo para isso — afirmei, vendo-o rir.

Passamos pelos outros corredores cumprimentando os funcionários, avisamos Sandra que não tomaríamos café da manhã em casa, mas que ela e os outros poderiam tomar, e seguimos para a garagem.

Paramos na cafeteria e pegamos nossos pedidos.

Ficamos no carro para tomarmos nosso café e observarmos as pessoas que tinham os olhos voltados para o carro. Elas comentavam algo e voltavam a olhar. E eu me senti grata pelo vidro fumê.

— Acho que essa será a nossa vida a partir de agora — comentei, mordendo meu lanche natural.

— A *USA Today* expôs que somos jovens e bilionários. — Ele deu de ombros e tomou um pouco de seu suplemento. — Bem-vinda à vida Styles.

Eu o olhei e abri um sorriso.

— Agora que você me deseja boas-vindas?

— As suas *boas-vindas* foram quando gemi seu nome pela primeira vez depois do casamento. — Ele se aproximou de mim e beijou a curva de meu pescoço. — Posso te relembrar se quiser.

Mordi o lábio, mas então me recordei de que não podia.

— Terminei meu café — anunciei e saí do carro.

Joguei as embalagens no lixo e me aproximei dele, que estava do lado de fora. Ele me puxou e selou nossos lábios.

— Vai ficar só me dando selinho agora? — provoquei e ele apertou minha cintura.

— Rebecca. — Ele me olhou, ficando com o rosto próximo do meu — Eu vou te jogar dentro desse carro e te levar embora.

Ficamos nos olhando e eu me senti tentada.

— Caralho, toda vez isso — Nicholas reclamou enquanto nos olhava. — Solta ela, mano. Acho que você não sabe, mas ela é minha prima — disse enquanto me puxava.

— A gente escolhe a esposa, mas não escolhe a família — Cameron rebateu em provocação.

Eu e Felicity rimos juntas os olhando quando eles mostraram a língua e os dedos do meio um para o outro. Nicholas me olhou por poucos segundos e pegou em uma mecha de meu cabelo.

— Você nunca veio de cabelo molhado para a faculdade — começou.

— Eu me atrasei — justifiquei.

— Você nunca se atrasa para a faculdade — rebateu.

Cameron sorriu, encostando-se no carro e cruzando os braços.

— Para de tentar me colocar contra a parede, menino chato — reclamei, bagunçando seus cabelos, e ele sorriu vitoriosamente.

— Neji já chegou — Felicity disse, e voltamos nossa atenção para ela. — Está no campus.

Sorri, concordando. Cameron puxou minha mochila do carro, acionou a tranca e me abraçou pelos ombros.

— Deborah não veio? — questionei, olhando Felicity.

— Não — Felicity, que estava de mão dadas com Nicholas, respondeu —, ela ainda está na Noruega.

— Acho que ninguém nunca chamou tanta atenção assim — ouvi Nicholas dizer, e me voltei para o campus.

Os olhares eram seguidos de comentários, murmurações e surpresa. Seria uma rotina agora e eu não iria me esconder, mesmo sendo um pouco assustador. Respirei fundo, mas quando Cameron beijou o topo de minha cabeça, me senti um pouco mais tranquila.

— Rebequinha do mel! — Neji anunciou quando me aproximei.

— Ah, eu te odeio! — exclamei, abraçando-o, e Cameron tirou a mão de minha cintura para atrapalhar um abraço.

Neji me abraçou pelos ombros, com o respeito que ele sempre teve por mim, e cumprimentou Cameron. Em seguida falou com Nicholas e Felicity que se sentaram nos bancos.

— Trouxe uma coisa da Coreia de presente de casamento, porque não consegui levar para a Noruega, não estava pronto na época.

Neji nos entregou uma caixa que Cameron me ajudou a abrir; dentro tinham dois bonecos juntos, um igual a mim e outro igual a Cameron com roupas de casamento tradicional coreano — e eu sabia disso porque Neji mostrou o casamento de uma prima dele.

— Isso é lindo, muito obrigada! — agradeci, dando-lhe um abraço e Cameron o agradeceu também.

— O pessoal do Projeto Inteligência precisa estar no anfiteatro do bloco B em dez minutos — Neji avisou.

— Ah, claro — eu disse, mas minha atenção foi voltada a Hilary.

— Bom dia, senhor e senhora Styles — desejou, com um sorriso provocativo nos lábios.

Fechei o punho e Cameron me puxou pela cintura.

— Bloco B — ele disse —, vamos então, vocês não podem se atrasar.

— Por que tenho a sensação de que estão tentando fugir de mim? — Hilary brincou. — Eu só…

— Não pense que eu não sei do quão doente e nojenta você é, Hilary — disparei e ela franziu o cenho. — Precisa de ajuda para sair de perto de nós?

Ela ergueu o queixo com arrogância e caminhou para a direção de um dos prédios. Cameron estava boquiaberto me olhando, mas um sorrisinho de orgulho logo se formou em seus lábios.

— Rebequinha do mel ou Rebequinha do mal? — Neji brincou fazendo todos rirem, enquanto eu fiz uma careta em resposta.

— Rebequinha do mal, combina mais com essa garota estranha que Deus me deu como prima — Nicholas disparou e eu o empurrei pelos ombros.

— Precisamos ir — Neji afirmou me olhando.

— Já te alcanço — prometi, e ele concordou, afastando-se um pouco juntamente com Nicholas e Felicity.

— Não arrume confusão, senhora Styles — Cameron disse da mesma forma que eu sempre falava para ele e rimos até eu selar nossos lábios.

— Vem me buscar depois da aula?

— É óbvio! — rebateu, como se meu pedido fosse uma ofensa.

— Certo, te amo — disse, beijando-o e quando me preparei para me juntar ao pessoal, ele passou o braço em minha cintura.

— Vou entrar com você — explicou, fazendo-me andar com ele. — Nicholas vai me levar para falar com o treinador, ele quer me ver. Anthony me avisou ontem à noite antes de irmos embora.

Apenas concordei e seguimos nosso caminho. Cameron me deixou na porta do anfiteatro e selou nossos lábios antes de partir. Ter que me afastar depois de um mês grudada nele foi mais difícil do que eu esperava, mas teria que me acostumar.

Entrei com Neji no anfiteatro e começamos a subir para encontrarmos algum lugar bom.

— Oi, Rebecca, bem-vinda de volta — um grupo de garotas disse, juntas.

— Obrigada — agradeci, um pouco confusa.

— Bom dia — três garotos cumprimentaram a mim e a Neji.

— Bom dia — dissemos juntos.

— Ok, isso é estranho — comentei quando nos sentamos.

— Isso é a vida Styles, senhorita. Ou, devo dizer senhorinha? — Neji brincou apertando minha bochecha e olhou meu cabelo. — Cabelo molhado?

— Ah, por favor, você também não — supliquei, vendo-o gargalhar.

— Você está feliz agora, isso é muito bom. Não faz ideia de quanto estou feliz pelo seu casamento.

— Ah — suspirei apaixonada —, eu também estou muito feliz.

Georgia entrou no anfiteatro junto com a presidente do Projeto Inteligência, Lenna, que começou com as felicitações dizendo que estava muito feliz pela conquista de todos terem conseguido se formar com êxito e que os diretores estavam apoiando muito mais a causa.

— Passarei a palavra para a nossa diretora executiva, Georgia Lacerda — disse Lenna e aplaudimos.

Com um gesto, Georgia fez com que todos se calassem e foi simplesmente magnífico.

— Quero primeiramente parabenizar a todos que agora são oficialmente universitários — comemoramos e, depois de instantes, ficamos em silêncio. — Agora, vamos às mudanças.

Ela explicou que agora teríamos que ter atividades extracurriculares, uma vez que éramos oficialmente universitários.

—... desejo boa sorte a todos!

Ela esperou que os aplausos parassem para falar:

— Neji Mizuki e Rebecca Styles, me acompanhem, por favor. — E começou a caminhar para a saída.

Chegamos no exato momento em que Georgia se virou em nossa direção, fora do anfiteatro e no meio do corredor.

— Serei breve — ela disse, e começou a caminhar pelo corredor. — A diretora Helena, de Liberty, sempre falou muito bem de vocês e quero aproveitá-los em algo que sei que são bons.

Ela parou em um dos corredores vazios e nos olhou.

— Neji, quero você no clube de estudos de Stanford, como capitão do principal. Ouvi muitas coisas positivas sobre você e, se for de fato tudo o que falam, te levarei para um patamar que provavelmente nunca imaginou. Acha que consegue fazer isso?

Neji paralisou e lhe dei um tapinha nas costas para impulsioná-lo.

— Claro, senhora Lacerda, farei o meu melhor — ele disse, contendo o nervosismo e falando com clareza.

— Não espero menos que isso — afirmou Georgia e me olhou. — E você será a vice dele, quero que organize os planejamentos de estudos e observe quem é bom em determinadas matérias. Quero um clube de estudos nunca visto antes, um clube vencedor.

— E você terá — confirmei, fitando-a.

Ela sorriu e se voltou para Neji.

— Preciso falar a sós com Rebecca.

Neji a obedeceu tão rapidamente que começamos a rir quando ele virou o corredor.

— Você o deixou apavorado — comentei.

— Não foi minha intenção — disse ainda aos risos e limpou o canto dos olhos.

— Por que eu e Neji?

— Porque ele é muito inteligente, com grande potencial, e seu esposo confia nele. Não tenho a intenção de contrariá-lo e ter inimizade com um Styles — explicou, ficando um pouco mais séria enquanto falava.

Ela me analisou e começou a andar, a segui.

— De qualquer forma, fico muito feliz que Neji seja o capitão do grupo de estudos.

— Sei da sua questão com a Noruega, Rebecca, era claro que queria você como presidente do clube, minha filha deixou um grupo impecável que decaiu muito no ano passado, mas sei que não aceitaria. Estou errada? — Balancei a cabeça em negativa. — Por isso a escolhi para planejamentos e organizações, uma coisa que, acredito, será fácil para você e não tomará tanto seu tempo quanto ser presidente do clube. Assim como Anthony tem cuidado de Cameron, pretendo fazer o mesmo por você.

— Continuar fazendo, não? Já que cuidava de mim mesmo sem eu saber.

Ela sorriu.

— Não posso negar, porque é verdade.

— Agradeço imensamente, não consigo pensar em nenhuma outra atividade extracurricular para mim que não fosse essa — agradeci quando paramos.

— Mas agora, preciso ir. Você e Neji já são presidente e vice-presidente do grupo de estudos, as informações serão enviadas por e-mail. Se precisar de mim, sabe onde me encontrar. Em quinze minutos esteja na sua sala — ela disse, como se fossem palavras para a filha dela, me deu uma última olhada e saiu.

Caminhei até o campus e vi que Neji estava rodeado por três garotas. Estava decidida a não me aproximar, mas ele pareceu não concordar quando chamou meu nome.

— Rebecca! Ah, com licença meninas, preciso resolver um assunto urgente — disse, tirando a mão de uma garota que estava mexendo em seu cabelo, e praticamente correu na minha direção. — Que tipo de amiga larga o amigo dessa forma?

— Eu achei que você estava gostando da companhia — repliquei aos risos, e ele fez uma expressão de entediado.

— Eu te odeio, de verdade.

— Odeia nada, garotinho — disse, dando-lhe uma cotovelada na costela.

Cameron estava caminhando com Anthony no corredor e pararam na abertura.

— Dá para acreditar que Georgia estava falando com a gente? — Neji questionou.

— Você é fã dela?

— Tenho uma paixãozinha por ela, é diferente — ele se gabou e eu o olhei desacreditada.

— Neji, ela é quase vinte anos mais velha que você — eu o relembrei.

— Eu sei, eu sei. Mas ela é tipo, foda demais — explicou, o que me fez rir.

— Não sabia que você gostava de mais velhas — brinquei, e ele deu de ombros, sorrindo.

— Por que Cameron está bravo?

Eu olhei na mesma direção que ele fitava, e vi Cameron com o dedo indicador e o médio levantados, indicando o número dois, e seus lábios exclamaram indignamente as palavras “duas semanas?”. Eu me recordei do que Georgia havia me dito e comecei a rir.

Anthony o acalmou, eles conversaram um pouco mais e depois se despediram. Mas quando Cameron começou a caminhar em minha direção, passando os dedos na correntinha, com o rosto avermelhado e mexendo no cabelo, eu soube que ele não estava nada calmo.

— Vou para a sala — Neji avisou, e não esperou que eu retrucasse.

— Tudo bem, amor?

Ele me olhou e forçou um sorriso.

— Claro, minha princesa. Já acabou sua aula?

— Foi só uma conversa com o pessoal que concluiu o Projeto Inteligência — expliquei, sentando-me no muro do corredor vazio. — Tenho sete minutos — disse, olhando o relógio em seu pulso. — Por que estava bravo conversando com Anthony?

— Não estava bravo, estávamos falando sobre o time — respondeu rapidamente, como se quisesse acabar o assunto.

— Falando o que sobre o time? — questionei, e ele apoiou as mãos em minhas coxas.

— Nada importante, darei conta.

— Cameron. — Ele me olhou e a animação em seu rosto desapareceu.

— Você já sabe… — Concordei, balançando a cabeça. — Não, foda-se! Não vou ficar duas semanas sem você. Não mesmo.

— Amor, duas semanas a gente consegue, ficamos um ano — argumentei.

— É totalmente diferente agora — disse, cruzando os braços, mas descruzou e andou de um lado para o outro.

— Mas, amor…

— Antes a gente nunca tinha feito. Agora, olhe o que eles estão pedindo! É impossível. — Ele prendeu meu rosto com os dedos e disse pausadamente: — Não. Vou. Ficar. Duas. Semanas. Sem. Você.

— Vamos sim. Dá mesma forma que ficaríamos, se eu precisasse pedir isso — afirmei, empurrando sua mão, e ele me olhou, colocou a mão no peito e fingiu sentir dor.

— Sim, sim, você está certa. — Ele apertou minhas coxas e aproximou o rosto do meu. — Mas me fale, é isso que você quer?

— Se… for para você conseguir o time, então… — suspirei. — Sim.

Cameron me apertou um pouco mais e eu agradeci o local escondido em que estávamos.

— Por mentir na minha cara, hoje eu vou te querer de ladinho. — Ele abriu um sorriso safado e não me deixou falar. — Vamos, hora da sua aula — disse, puxando-me pelas mãos para descer do muro.

— Cameron…

— Sua aula agora, vamos.

Seguimos para a sala e algumas pessoas já estavam à espera do professor.

— Boa aula, minha esposa, te vejo em breve.

— Você não se livrou da nossa conversa, seu atentado.

Ele sorriu, relaxando os ombros, me observou até estar dentro da sala e depois que eu tinha escolhido um lugar, me deu uma última olhada. Quando se virou para sair, dois garotos do time e que eram amigos de Matteo passaram, encarando-o. Cameron simplesmente encarou de volta sem medo, sem nenhum vestígio de que recuaria e com o queixo erguido de forma arrogante.

Puxei minha mochila, pronta para ir ao encontro dele, mas os meninos entraram na sala conversando pelos olhos enquanto Cameron mostrou os dois dedos do meio quando eles estavam de costas. Acabei rindo daquela cena. Uma garota e um garoto pularam dos assentos atrás de mim e se sentaram ao meu lado direito e esquerdo. Cameron nos olhou, sorriu e saiu com aquele jeito superior dele de andar.

— Espero que não se importe em nos sentarmos ao seu lado — a garota disse, olhando para mim. — Sou Emma, e esse é Jonas.

Eu os olhei de volta, sorrindo sem mostrar os dentes e, com a voz carregada de humor, questionei:

— E podem me dizer o motivo de meu esposo parecer ter gostado da aproximação de vocês?

Emma sorriu.

— Trabalhamos para ele, na empresa filial daqui — respondeu calmamente.

— Mas temos todo o treinamento como seguranças — Jonas advertiu, provavelmente por ver a dúvida estampada em meu rosto.

— Tenho plena certeza disso, mas… — Pensei um pouco — como vocês podem estar no segundo semestre da faculdade?

— Na verdade, estamos no quarto. Como você sabe, depois do primeiro semestre nos outros anos, as turmas são misturadas por conta da grade disciplinar. Antonella conseguiu nos colocar na sua sala — a garota explicou.

Não me surpreendi, não com Antonella e meu esposo trabalhando juntos.

15
Rebecca

Depois das duas aulas passadas, era quase duas e vinte da tarde, e finalmente eu iria embora. Encontrei com Neji no corredor das nossas salas, Emma e Jonas estavam comigo e Emma simplesmente parou de falar sobre a aula quando viu Neji, que sorria para mim, mas ficou atônito ao ver Emma.

Eu não tinha amizade alguma com Jonas, principalmente por tê-lo conhecido agora, mas nos olhamos e rimos um para o outro.

— Acho que ela gostou dele — eu disse baixinho, e Jonas riu concordando.

— Você acha? Ela está quase babando — Jonas afirmou, tão baixo quanto eu.

— Eu estou do lado de vocês — Emma relembrou, e balançou a cabeça negativamente o que nos fez rir alto.

— Oi, amigo — cumprimentei Neji. — Esse é Jonas — eles se cumprimentaram, dei um leve empurrãozinho em Emma para que desse um passo para frente. — E essa é Emma, meus novos colegas de classe.

— Olá, Emma — Neji estendeu a mão, e ela pareceu prender a respiração.

Os dois ficaram se olhando por instantes, mas nossa atenção foi voltada para os meninos barulhentos do time de Stanford que estavam caminhando pelo corredor na direção do campus. Emma e Jonas pararam atrás de mim quando Matteo se pôs em minha frente, com o time parando atrás dele.

— Espero que seu esposo esteja pronto para passar vergonha com o time de maricas dele — Matteo disse com tom esnobe, e não me deixou falar nada, apenas continuou caminhando com os meninos.

Alguns optaram por não o seguir, outros me olharam, abaixaram o olhar e continuaram o seguindo, mas os fiéis de Matteo nem sequer olharam para trás.

Os que não seguiram Matteo eram colegas de Nicholas, que apareceu logo em seguida com outros três garotos, um deles sendo Manson, que me olhou, olhou minha mão com a aliança e abaixou o olhar.

— Nic, o que está acontecendo? — questionei.

Enlacei meu braço do dele e no de Neji para caminharmos enquanto Jonas fazia amizade com os meninos do time que estavam nos seguindo, e Emma ficou ao lado de Neji.

— Cameron conversou com o treinador. O treinador soube que a maioria dos meninos do time Warriors foram aceitos em Stanford. Parece que eles chegaram em Palo Alto e o treinador quer vê-los. Matteo ouviu essa parte da conversa e, resumindo, os meninos estão vindo agora e Matteo quer arrumar um motivo para que eles sejam chacotas.

Franzi o cenho.

— Matteo planeja fazer alguma coisa?

— Jogar tintas neles e falar para o treinador que é apenas uma brincadeira de boas-vindas — disse Manson.

— Já avisamos Cameron, não se preocupe, assim que soube que Matteo estava planejando isso, eu o avisei e ele está ciente de tudo.

Balancei a cabeça em concordância. Pouco depois, Felicity apareceu correndo no corredor.

— O que vocês estão fazendo parados? Natalie acabou de me avisar que eles estão chegando.

Foi tudo o que disse antes de puxar eu e Nicholas pelos braços e continuar correndo. Gargalhamos durante o percurso quando Nicholas tropeçou e quase caiu, mas seguimos até o campus.

O treinador, Anthony e alguns dos conselheiros chegaram, aproximando-se do time. Mesmo afastada deles, conseguia ouvi-los.

— Por que o time está todo reunido aqui? — o treinador questionou.

— Queremos receber bem os novatos, sabemos que ali tem bons jogadores — disse Matteo, e pude ver seus dois amigos rindo com sarcasmo.

O treinador o olhou desconfiado, mas não interveio.

A atenção de quem estava no campus foi voltada para um ônibus luxuoso e preto, com janelas em vidro fumê, que entrou pelos portões de Stanford, seguindo pela passarela onde passavam os carros, motos e ônibus que algumas salas usavam para entrar na universidade. À direita do ônibus estava o logotipo branco de um leão dentro de um losango, na lateral baixa a esquerda estava escrito Supremacia Styles.

O símbolo da *nossa família*.

Era a cara de Cameron, e os meninos com certeza tinham adorado. Eu mesma não conseguia tirar meus olhos de todo aquele espetáculo.

O ônibus parou e as líderes se aproximaram para ver quem sairia. Logo outras pessoas começaram a se aproximar. Parte do time que estava com Matteo quase fizeram o mesmo, mas o capitão deles os impediu. Quando Nicholas deu um passo para frente, coloquei as costas de minha mão contra o seu abdômen, o impedindo.

— Se você avisou Cameron, ele com certeza planejou algo, é melhor não se aproximar agora — alertei, e ele abriu um sorriso.

A porta do ônibus foi aberta lentamente, deixando o suspense ainda maior. Os meninos começaram a descer e todos estavam sérios, com camisetas pretas que carregavam o mesmo símbolo que tinha no ônibus, mas era pequeno e na altura do peito, à direita. Meu coração esquentou ao ver Peter e Josh, ambos estavam ótimos e com o "ego nas alturas" pela recepção calorosa.

O último a descer foi Cameron, extremamente confiante e intimidador. Não consegui evitar o sorriso, principalmente quando seus olhos vieram diretamente para mim e ele me lançou uma piscadela. Senti meu corpo todo esquentar, até subir em minhas bochechas, como sempre acontecia desde… o começo de tudo, no estacionamento, quando tiraram uma foto nossa e eu estava com o casaco dele.

Estava perfeito, esbanjava elegância e confiança, intimidaria facilmente qualquer um e me faria cair nos encantos dele mais outras inúmeras vezes.

Ele seguiu para o treinador, que não estava muito distante de mim, e o cumprimentou.

— Esses são os Warriors, treinador — Cameron apresentou enquanto Natalie, Calleb e Lana desciam do ônibus.

— Bem-vindos a Stanford, garotos, é um prazer recebê-los — o treinador disse cheio de animação, e Matteo revirou os olhos de irritação. — Esse é Matteo, o atual capitão.

Observei Cameron colocar a mão discretamente no bolso e abrir um sorriso amigável.

— Matteo, está aqui o meu time de maricas — apresentou.

O treinador olhou Matteo com uma surpresa desagradável e voltou o olhar para o meu esposo.

— Não foi isso o que eu disse, acho que te informaram algo de errado — Matteo justificou.

— Ah, claro. Desculpe, espero que não deixemos que a rivalidade de querer a liderança do time saia do campo — Cameron disse, encarando-o.

— Claro que não — Matteo disse, com o olhar cínico, e estendeu a mão para cumprimentá-lo.

Cameron abriu um sorriso e, quando bateu na mão de Matteo, pó rosa explodiu em cima de Matteo, cobrindo-o. Coloquei a mão sobre a boca pela surpresa e por começar a rir; o treinador ficou surpreso e tentou segurar o riso quando se deu conta do que havia acontecido e Anthony os olhava com satisfação.

— Você está muito fodi…

Cameron deu um passo para frente e interrompeu Matteo, impedindo-o de continuar falando enquanto tentava limpar a tinta do rosto.

— A porra da sua homofobia não vai nos afetar e não vou deixar que afete a ninguém. Não toleramos nenhum tipo de preconceito, assédio ou abuso sexual — Cameron disse com firmeza e em tom ameaçador, sem tirar os olhos de Matteo, que vacilou por segundos.

— Não pense que as coisas vão ficar assim — Matteo rebateu.

— Estou contando com isso — garantiu e se afastou.

Cameron ficou um pouco mais distante de todos, e o vi rindo pelo pouco de tinta rosa que havia caído em seus cabelos. Sua mão estava rosa pela bolinha de tinta em pó que havia sido estourada.

— Eu te amo — eu disse aos risos, e jogando meus braços por cima de seus ombros. — Sua chegada foi espetacular.

— Ah, eu faço o que posso! — respondeu, convencido, e deu de ombros.

— Capitã! — os meninos do time gritaram e vieram rapidamente em minha direção, como crianças vendo alguém que gostavam muito.

Eles se empurraram para me abraçar, e eu fui obrigada a assobiar para que parassem, pois já começaram a discutir.

— Vocês podem não brigar agora, crianças? — questionei, puxando Peter para que parasse de discutir com Eric.

Eles riram, e Cameron me olhou com um sorrisinho bobo nos lábios enquanto limpava a mão em um paninho com a ajuda de Natalie. Abracei os meninos, e Peter e Josh me puxaram para um segundo abraço, só que com os dois ao mesmo tempo.

Voltei para Cameron e ele me puxou para um canto no momento em que setenta por cento do time de Stanford se aproximou dos meninos, recebendo-os com animação e já começando a conversar sobre como funcionava a universidade. Algumas das líderes começaram a rodear Natalie, Calleb e Lana, que se animaram com a recepção, mas Hilary havia saído com Matteo, e eu estava aliviada, porque Natalie a olhou como se fosse estrangulá-la e eu estava disposta me juntar a ela.

— Eles já conhecem a mansão deles?

— Ainda não, se arrumaram dentro do ônibus, não tiveram tempo de parar em lugar algum. Quando desembarcaram, o ônibus estava esperando.

— Você tem um ônibus para eles — comentei e passei os dedos pelo logotipo de sua camiseta. — Ficou muito lindo, amor, a cara dos Styles.

— Temos que ir aos prédios, faltam poucos detalhes para inaugurarmos a loja. As mercadorias estão prontas e quero que veja antes de tudo — afirmou apertando minha cintura.

— Eu adoraria.

Ele sorriu e selou nossos lábios.

Um garoto do time veio falar com Cameron, e eu me perdi em pensamentos.

A marca Supremacia Styles havia sido oficializada. E tínhamos dois prédios. Um como escritório administrativo, contábil e jurídico, e o outro, a loja com quatro andares.

O primeiro andar para produtos infantis, femininos de um lado e do outro, masculinos; o segundo para produtos femininos adultos; o terceiro para masculinos; e o último andar para pagamentos, mas também tinha um parque de diversões com videogames e brinquedos para crianças, caso quisessem brincar depois de comprar as roupas. Dentro do parque tinha a ala com pessoas para cuidar de crianças caso os familiares quisessem fazer as compras e depois buscar os filhos.

A ideia de Cameron era incrivelmente linda. Em todos os andares tinham banheiros e provadores separados, além de dois provadores por andar para pessoas com deficiência. Havia também rampas automáticas em cada andar que eram grandes o suficiente para, por exemplo, uma cadeira de rodas, e espaço livre para quem quisesse subir a pé.

— Já pensou em abrir uma hamburgueria perto da loja? — questionei quando o garoto se afastou, depois dos segundos em que fiquei pensando em tudo o que ele estava construindo.

Ele me olhou, pensou um pouco e sorriu.

— Eu sabia que estava faltando algo naquela rua — admitiu, ainda sorrindo. — Mas, agora, precisamos levar os meninos para a casa deles — afirmou, fazendo-me sorrir.

— Nossa, deixe ela — Natalie reclamou, aproximando-se.

— Nossa, deixe ela mesmo — Calleb concordou.

— Sentimos a falta dela, solte-a — Lana implicou, puxando-me.

Comecei a rir enquanto os olhava.

— Aaaah, eu senti a falta de vocês também! — admiti, abraçando os três de uma vez, e eles sorriram, retribuindo meu abraço.

— De quem é aquele casarão? — Peter questionou, apontando para a nossa mansão, a qual conseguíamos ver dali.

— Do prefeito da cidade? — Josh indagou olhando para onde Peter apontou, e todos os meninos olharam também.

— Do presidente da universidade, talvez — Eric deduziu.

— Alguém muito rico, com certeza — disse Brian.

Eu e Cameron nos olhamos.

— Meninos — Cameron chamou, e todos o olharam —, entrem no ônibus, temos algo para mostrar a vocês — avisou, e os meninos se olharam confusos.

— Não deveríamos ver nossos quartos? — Adam questionou.

— Entrem no ônibus — Cameron repetiu.

Eles riram, concordaram e subiram. Durante esse breve tempo, puxei Natalie, aproveitando que Cameron tinha ido falar com Elliot e Nicholas.

— Pensou na proposta de Cameron de morar com a gente?

Ela sorriu, para então dizer:

— Pensei e mantenho minha resposta: não irei. Vocês estão casados, aquela casa é para vocês e a família que virá.

— Amiga, você viu o tamanho daquele lugar? — perguntei, e ela riu.

— Sim, claro, é impossível não ver — brincou. — Me diga, irmãzinha, meu irmão que pediu para você tentar me convencer?

Dei de ombros e acabei rindo.

— Ele está perturbado com o fato de que a gente vai morar naquela mansão e você em uma casa menor — expliquei. — Sabe que para mim não é problema, não vou ficar me intrometendo na sua decisão, mas Cameron pediu que eu tentasse.

— Injusto seria aceitar morar na casa de vocês depois que ele me deu um ateliê, reformou-o do jeito que eu queria e me presenteou com um carro, sem cobrar absolutamente nada. Sei que Cameron quer o melhor para mim, mas aceitar tudo isso dele fez com que Elliot e eu brigássemos. Elliot não reclama da minha vida financeira, mas ele se sente mal por achar que não pode dar uma vida de luxo para mim. Estamos nos virando juntos, vou me casar com ele um dia, e sei que vamos alinhar isso, mas a nossa casa foi o pai dele quem deu, não posso e não quero deixar de lado esse presente.

Sorri com essa reposta.

— Está falando como uma senhora casada — brinquei, e ela sorriu.

— Não vejo a hora — admitiu.

— Entendo, mas pelo meu marido, eu precisava tentar.

Ela abriu um sorriso e me abraçou.

— Eu amo tanto vocês! — afirmou sorridente e me soltou. — Vou tentar falar com Cam, mas tente abrir a mente dele antes?

— Sempre — disse aos risos.

— A senhora e senhorita Styles podem parar com a fofoca e entrar no ônibus? — Cameron gritou, quase anunciando para a universidade toda que eu era uma Styles.

Rimos, caminhando rapidamente para o ônibus. Subimos, e o meu lugar era na frente, ao lado de Cameron. Os meninos foram o caminho todo gritando, cantando e brincando.

O ônibus parou em uma garagem própria para ele, onde estavam os carros que os meninos tinham em Liberty. Descemos primeiro e, à medida que cada um saía, suas expressões ficavam confusas.

— Me sigam — Cameron ordenou e me puxou pela cintura para caminhar com ele.

Os meninos vieram logo atrás, como crianças atrás do pai.

A parte do time que havia ingressado em Stanford era Cameron, Elliot, Peter, Josh, Eric, Adam, Brian, Cole e Phillipe. Do time oficial, apenas Dylan e Noah não estavam presentes, porque faltava um ano para se formarem. E os outros foram aceitos em outras universidades.

Cameron os fez andar pela casa toda, conhecendo os quartos, a sala de jogos, a sala de estar e a de jantar, cozinha e despensa, lavanderia, academia, e, por fim, a ala de piscinas, onde paramos de andar.

— Que mansão do caralho! — Peter exclamou.

— A capitã, filho da puta — Josh o alertou, dando um tapa na cabeça de Peter, e os meninos deram alguns também, todos caindo na gargalhada.

— Meninos, vocês vão machucá-lo, parem — pedi, puxando Peter para que saísse da sequência de tapas que estava recebendo, e todos riram, inclusive ele.

E eu sabia que a minha presença era apenas uma desculpa para eles se estapearem.

— Essa mansão é de quem? — Eric questionou.

— Nossa — Cameron começou, olhando para eles. — Compramos para vocês morarem pelo tempo que ficarem em Stanford, como uma fraternidade. Mas é claro, quem quiser morar no campus…

Os meninos não o deixaram terminar e correram em nossa direção, pulando em cima de nós e gritando as palavras "Viva os capitães". Era uma energia contagiante, eles olharam para Elliot e Nicholas, que não tinham se juntado, os puxaram e voltaram a pular.

— A gente devia fazer uma festa de comemoração — Peter anunciou, todo animado.

— Uma bem grande, de parar Stanford — Josh completou, ouvindo as concordâncias dos meninos.

— Vocês vão morar com a gente? — Adam questionou, e todos nos olharam.

— Não, essa casa será de vocês. Eu e minha esposa… — Cameron foi interrompido pelos suspiros apaixonados e fingidos que os meninos emitiram. — Seus idiotas. — Eles riram. — Enfim, temos nossa casa. Elliot e Natalie moraram na casa deles, assim como Nicholas e Felicity.

Olhei Nicholas, que acenou com a cabeça para que eu o seguisse.

— Já venho, Nicholas quer falar comigo — avisei Cameron enquanto a discussão sobre quem moraria com quem se iniciava.

Beijei seu rosto após vê-lo concordar e me soltar. Eu e Nicholas seguimos pela entrada da cozinha.

— A casa ficará para os nossos primos — Nicholas iniciou.

— Achei que a compraria — disse, franzindo o cenho.

— E ia, mas… — Ele fez uma pausa carregada de suspense. — É o nosso último ano em Stanford, vou pedir Felicity em casamento e no ano que vem vamos morar onde ela quiser, então…

— Nic, isso é incrível! — exclamei, pulando em seus braços e o abraçando. — Eu sabia que você ia pular o namoro — afirmei aos risos, soltando-o.

— Nunca fui muito bom em seguir as tradições, não é? — disse, rindo e me fazendo concordar. — Ela ainda não sabe, mas conversei com tio Owen e tio Benjamin. Tio Ben já estava procurando uma casa com Silas para os filhos morarem, então concordaram em deixar a casa dos Nogueiras para eles, já que nossos primos também concordaram.

— Eu imaginava algo assim. Estou muito feliz por vocês — afirmei, vendo-o sorrir. — Eles chegam quando?

— Hoje à noite — disse enquanto voltávamos para o pessoal.

— Então, o que decidiram? — questionei, soltando meu braço do de Nicholas e voltando para Cameron.

— Depois de muita insistência de Calleb, Lana e Felicity, Neji aceitou morar com eles — Peter começou. — Por mais que minha namorada vá ficar mais aqui do que lá — provocou, com ar convencido.

— E ficar no meio desses homens? De jeito nenhum — Lana retrucou, e os meninos fizeram caretas para ela.

— Certo, certo. Faremos uma festa aqui, amanhã à noite. Mas hoje, vocês irão para a nossa casa — Cameron avisou, e os meninos voltaram a atenção para ele. — Nicholas pode levá-los?

Franzi o cenho. Nós nos despedimos dos meninos para que eles descansassem da viagem e seguimos direto para os prédios, que ficavam um ao lado do outro. Vimos o escritório e seguimos para a loja.

Estava linda, a parte de fora era preta, e a de dentro, bem-iluminada e convidativa.

— Me diga mais sobre a sua ideia — pediu, sentando-se em uma cadeira de videogame de carro e me puxando para si depois que vimos toda a loja.

Eu me sentei em seu colo.

— Bom, tem tudo aqui. Temos momentos de lazer para todos, não só para crianças; e as pessoas podem comprar as roupas delas e depois irem comer. O que chama muito a atenção, pelo que vi aqui em Stanford, é hamburgueria e sorveteria. Teria o pacote completo perto um do outro — expliquei, como se estivesse apresentando uma proposta para um chefe.

— Você fica linda de empreendedora — disse, sorrindo, e beijou meu rosto. — É uma ótima ideia, vou providenciar. O que acha de inaugurarmos aqui amanhã?

Eu o olhei surpresa.

— Acho incrível.

— Vou trazer os meninos aqui antes da faculdade, vou deixá-los ver e amanhã eles vão sair falando por Stanford. E eu estava pensando em… — Ele fez uma pausa e abriu um sorriso malicioso. — Em já deixá-los anunciando que vai ter uma festa na casa deles, comemorando a chegada em Stanford, o que vai ajudar a acabar com a W.E. Party.

— Deixa eu ver se entendi — comecei, forçando uma expressão de incredulidade. — Você quer usar os nossos negócios para acabar com a festa de Matteo? — Ele sorriu, concordando. — É sério, Cameron?

O sorriso iluminado que estava em seu rosto desapareceu.

— Não gostou da ideia? — questionou, desanimado.

— Eu amei, amor! — afirmei, e ele sorriu novamente. — Achei muito inteligente, na verdade, juntou o útil ao agradável. Mas, me diga, senhor Styles, desde quando está pensando nisso?

— Desde a conversa com Anthony tenho pensado no que fazer. Pensei em invadirmos a festa, mas seria burrice invadir o território dele, então vou sabotá-lo sem sair do meu.

— Você fica um gostoso planejando esse tipo de coisa — afirmei e beijei seus lábios. — Mas agora, eu preciso muito comer alguma coisa.

Ele se levantou quase no mesmo instante.

— Está esse tempo todo sem comer? Sério, Rebecca?

— Eu comi no intervalo, calma.

Ele me olhou, balançando a cabeça negativamente, e seguiu para a saída me puxando.

Chegamos em casa e nosso almoço estava pronto, mesmo sendo mais de três da tarde. Em vez de ficarmos na sala de jantar, optamos por comer na sacada de nosso quarto; fizemos nossos pratos e os colocamos em uma bandeja, em outra coloquei a jarra de suco e os copos, pedimos para os funcionários se servirem na mesa posta, e subimos.

O clima estava frio nessa época do ano, em torno de 15ºC, mas, pela sacada ser coberta, o frio não se tornou um problema.

— Não está falando com Elliot? — questionei, fitando-o depois de tomar um gole de suco de uva.

— Discutimos — comentou. — Eu não entendo, ele não me deixa cuidar da minha irmã, eles nem se casaram, por que querem morar juntos? Por que ela escolheu morar com ele e não aqui? Ela vai ter tudo o que precisa e…

— Se eu tivesse aceitado morar com você, mesmo sem estarmos casados, e Nicholas, por exemplo, ficasse se envolvendo, você gostaria? — perguntei calmamente, sem tirar os olhos dele.

— São situações diferentes.

— Por que você tem mais dinheiro?

Ele me olhou, incrédulo.

— Dessa forma soa arrogante — reclamou.

— Talvez possa estar aparentando isso. Amor, Natalie optou em morar com o homem que ela ama e vai se casar. Não devemos nos meter nisso, independentemente da vida que ela poderia ter aqui. Ela sabe disso, cresceu nisso, mas optou em ter a vida que é cabível para ela e Elliot, entende? — eu disse, com o maior cuidado possível, pois era um assunto delicado. — Vale a pena ficar brigado com o melhor amigo e a irmã só porque eles não querem fazer o que você acha que é melhor?

Ele ficou em silêncio, apenas pensando no que eu tinha dito.

— Não quero falar disso agora — admitiu.

— Tudo bem, meu amor — beijei seu rosto e começamos a falar sobre os planos para o futuro da Supremacia Styles.

USA TODAY

TUDO SOBRE A SUPREMACIA STYLES

Na manhã de hoje, o tão conhecido Cameron Styles foi visto no campus de Stanford junto de sua esposa e, algumas horas depois, com o seu time, alguns dos antigos Warriors, de Liberty.

A chegada deles rendeu muitos comentários e nuvens rosas.

Cameron decidiu mostrar a Matteo que responderia a suas provocações à altura de um capitão e que poderia tirar até mesmo o seu título.

Diante disso, temos perguntas como: quem será o capitão do time esse ano? Cameron tirará o título de Matteo?

Se preparem, estudantes de Stanford, porque, se posso dizer, algumas mudanças os aguardam!

Por Rita Fletcher,
Quarta-feira, às 21:23.

16

Cameron

Eu não poderia estar mais feliz com a vida de casado com Rebecca, era como se eu tivesse nascido para ter a vida que tenho agora.

Minha mulher era incrível e a cada dia, a cada discussão ou desentendimento, aprendíamos a conversar e nos resolver. Eu a amava e sentia meu amor crescendo a cada instante ao lado dela.

— Amor… — Rebecca me olhou ainda deitada em meu peitoral. — Agora que estamos recuperados e temos um tempinho antes dos meninos chegarem… — Ela se sentou na cama, puxando o edredom para cobrir seus seios, e eu respirei fundo. — Não fuja, de novo, dos assuntos que temos que conversar.

— Eu não acho que seja uma pessoa ruim por querer o bem da minha irmã — afirmei, recostando-me na cama.

— Meu amor — começou calmamente, afastando os cabelos que grudavam em meu rosto pelo suor —, isso não tem nada a ver com ser uma pessoa ruim. Entendo o que é querer o bem do irmão, mas Natalie tem idade, assim como eu e você, para recusar alguma coisa. Olhe para mim — pediu. Resisti por segundos, mas acabei cedendo. — Ela não vai deixar de ser cuidada e não vai te abandonar por morar com Elliot, mas eles querem a vida deles, e ficarmos nos intrometendo, além de ser inconveniente, vai fazê-los se afastar da gente.

— Está me chamando de inconveniente?

Ela riu discordando.

— Não, não mesmo, mas se ficar insistindo depois dela ter falado que não vai se mudar, acabará sendo.

Suspirei audivelmente.

— Sei que Natalie é importante para você e não estou julgando isso, não é problema. Estou falando de acordo com o que eu e ela conversamos. E sabemos que Elliot se esforçará ao máximo para cuidar de Natalie. Não vamos nos envolver, por favor — pediu, entrelaçando nossos dedos, e beijou a minha mão.

Respirei fundo, pensando em tudo o que ela tinha dito. Rebecca me dava tempo para pensar sem ficar em cima querendo uma resposta na hora, e eu amava esse espaço. Analisei a situação, e não tinha como discordar. Eu não gostaria de outras pessoas tirando a minha responsabilidade de cuidar da minha esposa e protegê-la.

— Você está certa — admiti depois de minutos em silêncio, apenas sentindo as carícias dela em meu braço.

— Não quero que pense que vou me envolver na sua relação com os seus irmãos, mas da mesma forma que você me pediu para convencê-la, ela pediu para tentar explicar que a vida que ela vai levar com Elliot foi a que ela escolheu — explicou, ainda receosa de ser interpretada incorretamente.

— Eu sei amor, não se preocupe — eu a tranquilizei.

Puxei-a para mim novamente, envolvendo meus braços ao seu redor.

— Sobre o outro assunto…

— Não, por favor, não, eu imploro.

— Sim, meu esposo. — Ela me olhou; — Temos que conversar sobre, hoje é o último antes das três semanas de testes.

— Eu tenho energia o suficiente para fazer tudo — argumentei, mas seu olhar denunciava que nada a faria mudar de ideia, e aquilo era torturante.

— Muitos falaram… — Ela se soltou de meus braços. — … que a melhor temporada dos Warriors foi ano passado, em que o capitão estava esbanjando todo o seu esforço. E se me lembro bem, no ano passado não tivemos relações sexuais ou estou errada?

— Por escolha sua, não tivemos — relembrei, cerrando os dentes para falar contra a minha vontade e ela sorriu.

— Pois bem…

— Isso não tem nada a ver! — exclamei, desesperado.

Ela suspirou, levantou-se da cama, colocou o roupão, fechou-o e cruzou os braços enquanto me encarava.

— Você é atleta, meu pai foi atleta, meus tios e primos são e eu sou capitã de um time de atletas — relembrou, e eu não consegui evitar o sorriso. — Então não tente me contrariar. Você e eu sabemos que quando campeonatos de esportes estão próximos, tem um determinado tempo sem relações pelo bem do time e do próprio competidor… — Abri a boca, pronto para falar. — E não me interrompa Cameron William Styles! Agora sou eu quem estou falando! — ordenou.

E eu me calei, segurando o sorriso e o enorme desejo de arrancar aquele roupão, jogá-la na cama e fazê-la perder toda essa postura.

— Você quer o time ou não? — questionou.

— Quero, mas…

— E você quer ajudar os meninos ou não?

— Sim, amor, mas…

— Quer perder para Matteo? Imagina a vergonha de perder para um assediador que deu em cima da sua esposa e da sua irmã, tentou ofender seu time e ainda pode fazer coisa muito pior se você, o tão conhecido Cameron Styles, perder para ele.

Meu queixo caiu. Essa mulher… não tinha como explicar a minha esposa.

— Caralho, você é a melhor motivadora que eu já conheci — admiti.

Ela sorriu fazendo um agradecimento como o de atores de teatro para a plateia. Eu me apoiei em meus braços na cama e tentei puxá-la, mas ela se afastou, caminhando até a sala de portas de correr, a que ela não me deixava ver e que tinha dito que seria a sua — e a minha tão desejada e sonhada — sala de pole dance.

— Está vendo isso aqui, Cameron? — ela disse, passando as mãos nas portas da sala, mas sem a abrir. — Combinei com a minha assistente, que é fiel a mim e não a você, para te contar algo. — Eu sorri a ouvindo. — Essa sala só poderá ficar pronta daqui a duas semanas e meia. Ou seja, quando acabar a semana de testes, isso aqui… — Ela apontou para a sala. — E isso aqui… — Ela passou as mãos lentamente em sua cintura até a lateral de suas coxas, de forma provocativa. —… estarão ao seu dispor.

Molhei os lábios, os mordi enquanto sorria e me levantei caminhando até ela, estando totalmente despido.

— Senhora Styles, agora sim estou convencido — afirmei, puxando-a pela cintura, e dei um tapa em sua bunda.

— É estritamente importante que o meu marido consiga o time, estou me esforçando para esse feito — disse, com cordialidade fingida em sua voz, enquanto eu beijava seu pescoço.

— Seus esforços são muito úteis e importantes para mim, minha esposa.

Ela sorriu, selando nossos lábios.

— Mas, amor, no momento estou sentindo meu corpo todo doer — confessou, afastando nossas bocas e soltando a respiração. — Se importa de deixarmos isso para mais tarde?

— Eu me importo de você ainda ficar receosa de achar que vou ficar bravo por você chegar no limite do seu próprio corpo — disparei, incrédulo.

Acariciei seu rosto e a deitei na cama.

— Estou me esforçando — afirmou e abaixou o olhar.

— Eu sei, vejo isso — aleguei e beijei a ponta de seu nariz.

— Mas agora, precisamos tomar banho, você convidou seus machos para vir aqui — ela relembrou.

— Os nossos machos — corrigi.

— Os nossos machos — confirmou, achando graça, e se levantou de meu colo para caminhar até o banheiro.

Esperamos a banheira encher. Entrei, pois já estava despido, peguei em sua mão para que entrasse e tirei seu roupão.

Ficamos instantes trocando carícias e eu a abracei, com ela deitada em meu peito, entre as minhas pernas.

— O que você pretende mostrar para os meninos?

— A mansão. Eles se provaram leais a mim, nunca quiseram saber se eu tinha ou não dinheiro, mesmo que fosse nítido pelos carros e festas. Mas confio no time atual, porque não esperaram que eu mostrasse algo para estarem ao meu lado. Os garotos de agora foram os que mais se preocuparam comigo quando nos separamos, confio neles. Mas não mostraremos os carros, Peter e Josh vão querer andar em todos.

Ela sorriu em concordância e beijou meus lábios. Então, ela se afastou e começou a tomar o seu banho, jogando água em mim às vezes e passando espumas em seu rosto.

Depois do banho tomado, expliquei a ela como funcionaria a inauguração no dia seguinte, visto que tinha alinhado as coisas com os gerentes, que eram meus primos, e eles organizaram tudo com a equipe de venda, o administrativo, os seguranças e todos os outros funcionários.

Nós nos vestimos e vi a mensagem, pelo relógio, de Finn avisando que os meninos haviam chegado.

Descemos as escadas, chegando até a sala de estar, onde eles estavam observando o local com expressões de surpresa e animação.

— O que acharam? — questionei, e todos voltaram a atenção para mim, como sempre faziam.

Eles me olharam por instantes, ficaram em silêncio e inesperadamente começaram a falar de uma vez, fazendo com que eu e Rebecca começássemos a rir.

— CARALHO, ISSO AQUI É DE VOCÊS! — Peter anunciou e os meninos voltaram a falar.

— Vou mostrar o lugar, venham — eu os chamei, e Rebecca se conteve em não me acompanhar. — Algum problema?

— Meus primos estão chegando e quero recebê-los.

— Tudo bem, minha princesa. — Beijei o topo de sua cabeça, ela sorriu e beijou meu rosto.

— Não destrua nossa casa, você fica ainda mais bagunceiro com os meninos por perto — alertou, e eu fiz uma expressão marota. — Ai, meu Deus — ela se queixou aos risos e se desprendeu de mim.

— Vocês vão querer vir? — questionei, olhando Calleb, Neji e Lana, que já estavam com a minha esposa.

— Deus me livre, prefiro ir com a Becca depois — Calleb provocou.

— É que ele não gosta de homens — Josh explicou, e foi impossível contermos as gargalhadas, até mesmo o próprio Calleb caiu na risada.

Neji decidiu nos acompanhar e os meninos o receberam como sempre, na verdade ele tinha se tornado um amigo do time, um grande amigo principalmente por ter cuidado da minha esposa.

Elliot estava distante, com Brian e Adam, mas sabia que precisaria conversar com ele.

— Você planeja fazer alguma coisa para sabotarmos a W.E. Party? — Nicholas questionou em voz baixa, se aproximando.

— Sim, mas não existirá "nós" nisso — aleguei, e ele franziu o cenho. — Rita Fletcher vai falar de mim e de quem estiver por perto, sabe disso. — Ele relaxou os ombros e acenou em concordância.

— Então, como será?

— O time não se envolverá em nada. Não colocarei em risco a bolsa dos meninos ou a viagem com o time oficial, muito menos a minha possível posse como capitão. Serei cuidadoso, e amanhã você saberá ao que me refiro.

Ele sorriu e acenou.

— Confio em você.

Trocamos um toque de mão.

Comecei a apresentar a casa, exceto os quartos dos meus filhos, o meu e de Rebecca, nossos escritórios e a garagem.

Eles adoraram a academia e a sala de jogos com o bar que tinha dentro.

— Cara, isso é muito foda! — Josh disse animado.

— Dá para a gente morar aqui — Peter disse, em tom provocativo.

— De jeito nenhum! — rebati.

— Você é podre de rico — Adam deduziu e todos me olharam.

— Esse tempo todo? Caralho, como se esconde isso? — Phillipe brincou.

Eu me sentei no banco do bar e os meninos se sentaram no sofá, outros nas cadeiras e me olharam novamente.

— Sim, minha família é rica, assim como eu sou; não só pelo dinheiro deles, mas pelo meu também. A casa de campo que fomos é, na verdade, minha. — Eles arregalaram os olhos, de surpresa, exceto Nicholas e Elliot que sabiam. — Em Liberty, alguns dos meninos do time eram interesseiros e eu sabia no que daria eu falar sobre isso, mas o time de agora e os primos de Rebecca que vão chegar daqui a pouco, eu confio neles. Vocês provaram ser leais a mim e a minha esposa; ela confia em vocês, isso basta.

Eles estavam sorridentes.

— Porra, isso é demais! — Cole disse.

— Quem são os primos de Rebecca? — Brian questionou.

— Conhecemos? — Josh perguntou.

Nicholas balançou a cabeça para que eu contasse.

— A história é complicada, muito complicada, mas não pressionem ninguém para que contem a vocês, estamos entendidos?

Eles gritaram um "sim" coletivo.

Eu e Nicholas explicamos quem era irmão de quem, mas sem contar quem eram os pais, porque era algo que deveria partir deles e não de nós, e o time concordou em não entrar no assunto.

Finn apareceu na porta e, enquanto os meninos conversavam, eu me aproximei dele.

— Os primos da senhora Styles estão com ela. As bebidas chegaram e as deixamos no freezer na ala de piscinas que o senhor solicitou, e a ala da piscina coberta está pronta — explicou.

Eu o olhei e comecei a rir, vendo a confusão tomar conta de sua expressão.

— Não precisa me chamar de "senhor", Finn, e se Rebecca ouvi-lo a chamando de senhora toda vez, vai brigar com você.

— Ela já brigou — ele disse em tom brincalhão. — Licença — pediu, e quando concordei, ele se retirou.

— Time, as bebidas cheg...

— Finalmente, caralho! Vamos beber! — Josh gritou.

Ele e Peter pularam no alto, batendo seus peitorais, e não resistimos às gargalhadas.

— Podem ir para a ala de piscinas, Finn está aguardando vocês — avisei, e eles saíram se empurrando quando passaram pela porta. — Nicholas, está tudo pronto na ala da piscina coberta, fique à vontade, mas não ao ponto de ficar pelado — alertei.

Ele me mostrou o dedo do meio e saiu, deixando-me com Elliot. Eu me sentei no banco, ao lado dele, e ele começou:

— Não quero que pareça que vou ficar entre você e Natalie, ela sempre será sua irmã e eu valorizo muito a relação de irmãos, mas entende que me sinto impotente, como futuro marido, quando você dá tudo a ela? Não estou reclamando de presentes, mas a casa... — ele suspirou — É foda. E porra, eu não quero ficar brigado com o meu melhor amigo.

Eu o olhei por instantes.

— Sei que Natalie sempre foi e sempre será sua prioridade. E durante o colegial, pelo menos, ela foi sua responsabilidade. Mas agora, ela tem idade para seguir e decidir sozinha, não acha? Natalie é forte, Cameron, mais do que eu e você sabemos, e acredito que só Rebecca a conheça tão bem, porque ainda está me deixando conhecê-la, mas ela é forte, confie nela para decidir as coisas sozinha e confie em mim, porque eu vou cuidar dela com a minha vida, e não estou aqui falando como seu melhor amigo, estou falando como o homem que quer se casar com Natalie.

Percebi que ele prendeu a respiração por instantes.

Era tudo o que eu precisava ouvir.

Meu pai não tinha sido tão bom assim para mim e Natalie; depois, machucaram os sentimentos dela, e eu não queria que aquilo se repetisse. Só que não sentia isso com Natalie e Elliot. E não podia mais ser responsável por ela.

— Cara, isso ficou incrível — afirmei, e ele soltou a respiração. — Fui responsável durante um tempo, mas sabia que uma hora teria que parar. Fico feliz que não seja só por você, mas por ter certeza de que agora ela está bem.

— Tudo bem entre a gente? — questionou depois de instantes em silêncio.

— Claro — confirmei, levantando-me.

— Cameron — chamou antes que eu me virasse para sair da sala —, falei com seu pai antes de vir a Palo Alto, mas quero falar com você também… — Ele fez uma breve pausa. — Quero pedir Natalie em casamento no aniversário dela e espero que você esteja de acordo com isso.

Senti uma sensação estranha. Era claro que aquilo iria acontecer, mas… caralho.

— Claro que estou de acordo.

Ele sorriu animadamente e me abraçou.

Enquanto descíamos, fiquei pensando se seria aquela mesma sensação quando eu tivesse uma filha e chegasse esse momento. Porém, eu com certeza não queria pensar nisso agora.

17

Cameron

Minha chegada junto dos Warriors rendeu diversos comentários. Gostava da sensação de ouvir as pessoas falando que sou o esposo de Rebecca, que ela é minha esposa e que serei o novo capitão do time. Mas, no momento, era satisfatório ouvir falarem sobre a inauguração da loja Supremacia Styles e que a festa depois seria a maior de Stanford.

As coisas estavam ficando em seu devido lugar, e Matteo não ficaria calado. Porém, estava tudo planejado para lidarmos com ele.

Matteo era como uma fruta apodrecida, que contaminava tudo ao seu redor, mas, ao mesmo tempo, era uma fruta com raízes profundas que precisavam ser arrancadas e transformadas em cinzas. E seria exatamente o que faríamos: queimaríamos a raiz, a fonte, a sua casa de estupro e o reduziríamos ao pó.

Desci com os meninos para o intervalo e percebi que alguns do time de Stanford estavam se enturmando com a gente de forma espontânea. Os meninos falavam animadamente sobre a festa e a inauguração da loja, e cada vez mais pessoas se aproximavam do nosso amontoado na mesa do refeitório ao ar livre.

As líderes estavam ao lado; elas me olharam e comentaram algo com Hilary e aquilo me trazia as piores lembranças possíveis, tanto o que Hilary fez quanto a tudo o que vivi em Liberty.

— Capitã? — Ouvi Peter chamar e olhei na mesma direção que ele.

Rebecca caminhou igual a um foguete na direção de Hilary. Eu me levantei pronto para tirá-la dali, mas Natalie me barrou.

— Não a impeça, não dessa vez, porque você faria pior — alertou.

Franzi o cenho e me aproximei apenas o suficiente para ouvir o que estava acontecendo. Rebecca parecia furiosa quando parou atrás de Hilary, que se levantou. Elas se olharam e eu consegui ver que a garota estava apavorada, de uma forma que *nunca* havia visto em toda a minha vida.

— Eu vou te dar uma única oportunidade de contar a verdade — Rebecca começou, e Hilary levantou o queixo, tentando manter sua postura arrogante. — E espero que você seja inteligente o suficiente para aproveitá-la.

— Do que você está falan…

— Ah, Hilary — Rebecca disse com sarcasmo e eu arregalei os olhos. — Não finja — alegou, mais como uma ameaça. — Eu e você sabemos do que estou falando. Vou te dar duas opções, considerando que você, além de arrogante, é mentirosa e suja. — Hilary pareceu perder a fala, mas não tanto quando eu. — Ou conta a verdade perante o boato que você espalhou ou sairemos daqui com advogados…

— Quem voc…

— E — Rebecca falou mais alto —, devo lembrá-la que qualquer um da minha família adoraria pegar o caso — afirmou calmamente. — O que você prefere? — Rebecca abriu um sorriso… de ódio. — Escolha com sabedoria — debochou.

Hilary abaixou o olhar e percebi que as líderes estavam confusas, mas ninguém ousava se envolver.

— Conte a verdade para as líderes, *agora* — Rebecca ordenou, com uma irritação e raiva na voz que não vi nem mesmo quando ela quebrou a garrafa de Nicolly.

E não era o tom que usava quando eu e ela brigávamos, era pura raiva.

Hilary murmurou alguma coisa que ninguém conseguiu ouvir.

— Mais alto — mandou, encarando-a com os olhos em chamas.

A garota fechou os olhos e soltou a respiração. Ela se virou para as líderes, olhou para mim e para elas, e, por fim, disse:

— Eu nunca transei com Cameron…

Todos me olharam e eu cruzei os braços; não estava incrédulo, imaginava que algo assim aconteceria, mas não imaginava que Rebecca reagiria daquela forma.

— Na verdade, nós nos beijamos apenas uma vez.

— E como conseguiu esse beijo? — Rebecca questionou, e ela a fitou com os olhos cheios d'água.

— Rebecca, por fav…

— Como, Hilary? — insistiu.

— Porque eu o pressionei e éramos muito novos — disse, com as lágrimas descendo de seus olhos. — Mas eu menti, sobre tudo, tudo… — sussurrou.

— Você é patética! — uma líder gritou.

— E é mentirosa, espero que uma das novatas tire o cargo de capitã de você! — outra gritou, e as outras concordaram.

— Desde o ano passado você tem mentido sobre ele? É sério? Você disse que ele quem te beijou e agora nos disse que o pressionou para conseguir? — outra garota questionou.

— Sabendo que somos totalmente contra isso? Boatos, assédio… Jesus, Hilary, você é uma grande hipócrita — uma outra disse, como se lamentasse profundamente por aquilo.

— Mas Hilary convida as novatas para a W.E. Party de Matteo. Nunca entendi bem por que ela é a líder de vocês, que têm uma política contra essa festa, mas a tem como capitã — uma garota disse.

Eu e Rebecca nos olhamos, e ela pareceu completamente surpresa.

— Vocês são contra a festa do meu irmão? — Felicity questionou.

— Sim, é claro! Tentamos avisar as meninas novas, mas nem sempre a notícia se espalha, e algumas não acreditam na gente porque alguém… — A garota de tranças olhou Hilary. —… diz que não há o que temer.

— Acho que já soubemos o suficiente hoje — uma garota de cabelos ruivos disse.

— Hannah, eu…

— Vá, Hilary! — a de tranças exigiu.

Eu ainda estava parado, prestando atenção em tudo, porque não conseguia fazer outra coisa. Hilary pegou suas coisas às pressas e saiu, quase correndo.

As meninas se viraram para Rebecca, que agora estava ao meu lado, e eu automaticamente a abracei.

— Assim que Hilary entrou, você saiu. Não entendemos direito o que estava acontecendo e achávamos que ela era uma boa capitã, mas não fazíamos ideia de nada. — a garota de tranças disse para Felicity e nos olhou. — Cameron e Rebecca, sentimos muito se pareceu que apoiávamos o que ela fez. Nós nunca, jamais, apoiaríamos esse tipo de coisa.

— Hannah, estamos vendo isso, e é um alívio — Rebecca disse.

— Queria que tivéssemos a oportunidade de falar com você no ano passado, mas você parecia fechada para isso — comentou, e as líderes ao redor dela concordaram.

As bochechas da minha esposa coraram.

— Me desculpe por isso — pediu, e Hannah acenou em concordância.

— Os meninos vão fazer uma festa hoje e não tem a mínima possibilidade de assédios ou coisas do tipo. Meu irmão e minha cunhada são os capitães deles e eles são ótimos — Natalie anunciou, animada.

Acabamos rindo quando ela começou a explicar não só a festa, como a inauguração da loja. Calleb e Lana se aproximaram dela, e Felicity se manteve com eles, conversando com as meninas como sentisse falta daquilo.

Eu ainda estava impressionado e só me mexi porque Rebecca me puxou. Quando chegamos na mesa dos meninos, eles começaram a aplaudir, e minha esposa sorriu, balançando a cabeça negativamente. Nós nos sentamos, mas eu sabia que ela estava incomodada e quase não prestava atenção nas conversas.

Um comunicado soou nos alto falantes no refeitório do campus, avisando que as próximas horas seriam reservadas para a palestra de boas-vindas.

Encarei Rebecca, pedindo com os olhos para que saíssemos, e ela sorriu, concordando. Depois de comer seu lanche natural, pegou o pote de frutas quando se levantou e seguimos, ouvindo as insinuações dos meninos aos risos depois que eu peguei nossas mochilas.

— Eu sei, eu sei, fui muito inconsequente. Mas só estava tentando não deixar essa garota se aproveitar de você outra vez. Na primeira, ela acabou com a sua vida, e agora ela quis usar uma mentira enorme para tirar proveito de você outra vez! — afirmou indignada. — Tentei ao máximo não usar os privilégios da nossa família, nem expor na frente de todo mundo, mas ela estava falando de você como se fosse um objeto e ainda contando mentiras e mais mentiras... — Ela soltou a respiração, frustrada. — Não fique bravo comigo, por favor — pediu, olhando para mim quando eu me encostei no carro.

— Não estou — disse, puxando-a pela cintura e fazendo com que nossos corpos se colidissem levemente. — Na verdade, combinou muito com você não ficar calada, e você viu o que fez? Porque não ficou com medo, descobrimos que as líderes daqui são pessoas boas, amor. Você não fez nada de errado.

Ela suspirou e abriu um sorriso forçado.

— Se eu não tivesse sido tão fechada, teríamos descoberto que Hilary ajudava Matteo com essa festa. Algumas coisas poderiam ter sido diferentes.

— Não se culpe, minha princesa, você precisou do seu tempo. — Beijei o topo de sua cabeça. — Podemos...? — pedi, abrindo a porta do carro para que ela entrasse.

— Muito bom! — ouvimos a voz de Anthony, e eu revirei os olhos, estando de costas para ele. — O futuro capitão do time e a vice-presidente do grupo de estudos querendo sumir durante uma palestra onde todos os diretores estarão.

Rebecca arregalou os olhos e se virou na direção da voz. Eu, por outro lado, acabei rindo.

— Os dois, para o anfiteatro — ordenou, e quando eu ia retrucar, ele não deixou: — Sem reclamações, senhor Styles.

E nós, mesmo contra a minha vontade, seguimos para o anfiteatro.

As horas na inauguração da loja voaram e, como eu suspeitava, os alunos de Stanford em peso vieram chamando a atenção de várias outras pessoas e toda vez que passavam pelos meninos do time, eles avisavam sobre a festa na mansão. Até o pessoal de Stanford que fizemos amizade entre ontem e hoje participaram do convite para a festa.

Não tivemos a presença indesejável de Matteo e seus amigos, mas estava com um leve pressentimento de que isso mudaria na festa.

— A inauguração foi um sucesso — Rebecca disse enquanto colocava o tênis.

Concordei balançando a cabeça e me levantei.

— Você disse que estaria pronta vinte minutos atrás — reclamei, colocando as mãos na cintura e parei em sua frente. — A festa já começou.

— Eu disse, mas eu claramente não estou. Sabe por quê? Porque você me atrasou com seu charmezinho. Pode chorar mais baixo? — rebateu, levantando-se e ficando de frente comigo.

Passei a língua nos dentes, tentando conter o sorriso.

— Você é uma abusada — afirmei.

— Que você ama — completou, selando nossos lábios para caminhar até o espelho.

Eu me sentei na cama.

— Brian e Adam me pediram emprego — comentei rindo, e ela me olhou pelo reflexo do espelho.

— Josh e Peter me pediram também — ela sorriu enquanto falava.

— Peter e Josh terão o lugar deles na Supremacia. Mas, os outros meninos, depois dos meses de viagem, quero ajudá-los, de verdade — disse, mexendo na correntinha em meu pescoço, e ela me olhou com os olhos brilhando.

— Isso será ótimo, amor — concordou, passando gloss nos lábios para em seguida se aproximar de mim. — Estou pronta.

Eu me levantei.

— Já está temperada para comer — provoquei, dando um tapa em sua bunda e recebendo dois em meu braço.

— Você é um idiota.

— Ei — repreendi, como se estivesse ofendido. — Aliás, um homem de verdade é aquele que prepara a comida, vou te dar banho quando chegar.

Ela me olhou furiosa.

— Eu detesto essas brincadeiras — reclamou fingidamente, tentando segurar a risada.

— Desculpa, esposa — pedi, inocentemente selando nossos lábios. Espalhei pelos meus próprios lábios os vestígios de gloss que Rebecca deixou, assim como ela fazia depois de passar.

— Por que você tem que ser assim, garoto? — disse, como se fosse uma reclamação, e apertou minha bochecha.

— Amor? — Ela me olhou quando chegamos na garagem. — Todinha sua — afirmei, parando próximo da moto preta com dourado e lhe entregando a chave.

Ela sorriu e a pegou.

Quando seguimos para a casa dos meninos, Rebecca me mostrou o quão inconsequente era quando o assunto era radicalidade. Ela não tinha limites. Gostava daquela sensação de adrenalina, de perigo e controle percorrendo o corpo tanto quanto eu.

A casa dos meninos normalmente ficava em torno de quinze minutos de distância, mas se tornou dois. Descemos da moto, tiramos os capacetes e eu a puxei, colando meus lábios aos dela.

— Caralho! Você é foda! — admiti, impressionado.

Ela mordeu meu lábio e se soltou de mim.

Entregamos a chave para um dos seguranças, e seguimos para a festa.

— Chegaram, caralhooooo! — Josh e Peter gritaram.

A casa estava lotada. Peter correu para o barril de cerveja, Eric e Adam o seguraram de ponta cabeça e ele começou a beber. Josh pulava animadamente e eu nunca os vi tão felizes. Não pela bebida, mas porque podiam ser quem eles eram.

Animados, estranhos e livres.

— Olhem o Josh gritando porque sabe que os dois vão ficar no mesmo nível, eu os odeio — ouvi Lana falando enquanto parava ao nosso lado e Rebecca começou a rir. — Filho da puta! Me deixe ir ajudar o amor da minha vida — avisou, caminhando até Peter depois que ele desceu do barril, e começou a rir por estar molhado de bebida.

— Ela já está bêbada? — Rebecca questionou, rindo.

— Começando — afirmei.

Chegamos na ala de piscinas onde os outros estavam. Natalie estava com Elliot, Calleb, Jace e Luce, que acenaram para nos aproximarmos.

— Jace e Luce...?

— Incrível, não? — Rebecca comentou, animada. — Eu achava que Luce era lésbica, mas ela é pansexual, e no meu tempo fora de Liberty, eles... bom, está bem nítido.

— Isso é ótimo — afirmei, olhando para ela.

— Sim, estou muito feliz por eles — Rebecca disse, sorrindo. — Acho que Alec e Jasper querem falar com você. — Ela franziu o cenho, olhando para a frente, e eu segui seus olhos, acenando para eles, que seguiram para o lugar onde conversaríamos.

— Eu quem vou falar com eles.

Ela me analisou por instantes e beijou meus lábios.

— Não conseguimos tirar todos da W.E. Party, não é? — perguntou, desanimada.

— A festa começou agora, ninguém ainda foi vítima, resolveremos isso agora — expliquei. Ela passou os dedos em meus braços cobertos pelo casaco pesado de frio.

— Faça o que for necessário, mas não saia daqui. O que quer que aconteça, você será a primeira suspeita — alertou e me abraçou. — E não os deixe ir — pediu, se referindo aos primos.

— Não deixarei — envolvi sua cintura com meus braços, levantei-a do chão e a beijei.

Depois de deixá-la com Natalie e o resto do pessoal, segui ao encontro de Jasper e Alec, que estavam com os meus seguranças e os deles na academia dos meninos.

— Como disse mais cedo, os seguranças que participarem do acontecimento de hoje não poderão ser vistos depois, porque teremos mais de um crime cometido hoje. — Os seguranças, sem exceção, sorriram ao me ouvir.

Jasper abriu um sorriso satisfeito e Alec cruzou os braços, parecendo interessado.

— Com a mesma rapidez que eles aparecerem, vão desaparecer — Alec confirmou e eu acenei em concordância.

— O que acontece nessa festa? — Jasper questionou, provavelmente por Alec não ter contato tudo a ele ainda.

— Violência física e sexual, drogas e bebidas sem consentimento — expliquei. — Os meninos são agredidos caso queiram participar dos testes para capitão do time e as meninas são violentadas por um ou mais, depois de drogadas. E esses malditos sempre conseguem se safar. São seis, contando com Matteo, que fazem tudo. O único que faz parte do time é Matteo, mas os outros são de fora e moram com ele.

— Os amigos dele do time não fazem parte? — Alec indagou.

— Por incrível que pareça, não — respondi.

Finn passou a pasta com a foto dos seis para Jasper e Alec, que analisaram e repassaram para os seus seguranças, os meus já haviam visto e conheciam os que eu me referia.

— O que você deseja que seja feito? — Jasper questionou.

— Quero que eles apanhem, como fazem com os garotos, mas nada de agredi-los no rosto, não podemos deixar tão nítido e será apenas para dar um susto neles. O segundo passo será desmaiá-los, como eles fazem com as garotas, e quando acordarem, quero que estejam totalmente despidos. Destruam a casa deles e joguem todas as roupas na rua. — Afirmei.

— Eles vão desconfiar que é você — Alec interveio.

— Essa é a intenção — confirmei. — Quando isso acontecer, eles virão até mim e vocês... — Olhei os seguranças. — Queimem a casa. Assegurem-se de que não terá ninguém dentro e queimem tudo. Tudo! Quero que a casa se reduza a cinzas, deixando um aviso a Matteo que, se entrar em nosso caminho... — Olhei para Alec e Jasper. —... ele será o próximo a ser reduzido a nada. E quando os bombeiros ligarem para ele...

— Fechei os olhos, imaginando a casa pegando fogo e Matteo começando a perder seu poder. — Daí veremos pessoalmente a cara dele e será épico.

— Cameron Styles, não sabia que você gostava de colocar fogo em propriedades — Jasper disse, com um sorriso maroto de quem faria qualquer coisa que eu lhe pedisse agora, desde que envolvesse confusão.

Acabei rindo ao me lembrar de quando eu, Andrew, Peter e Josh colocamos fogo na casa de um homem velho que seguia Natalie e, como os bombeiros entraram e viram fotos de meninas novas, já que chegaram a tempo de recuperar algumas coisas, ele foi descoberto, preso por pedofilia e morto dentro da cadeia a pedido do meu pai.

— Não hesitem! — incentivei.

Os homens se entreolharam, com sorrisos maldosos. E eu sabia que o grau de violência deles era impensável.

— Será uma honra, senhor Styles — afirmou o chefe da segurança de Jasper e Alec para hoje.

Olhei meu segurança, que ficaria à frente, acenei e vi todos os homens saírem da academia.

— Adoraria estar presente e ser eu mesmo a colocar fogo na casa — admiti.

Nós três rimos.

— Eu também, mas minha mãe disse que cortaria minhas mãos — Jasper disse e soltou um longo suspiro.

— Presumo que Rebecca faria o mesmo com você — Alec comentou enquanto me olhava.

— Então você conhece muito bem a sua prima — aleguei e rimos.

Sábado, 02:33

A festa estava no ápice da animação, mas todos estávamos em alerta. Os calouros que foram para a festa de Matteo haviam vindo para cá, não tinha ninguém de Stanford ou de qualquer outro lugar na W.E. Party, porque meu pessoal e o de Antonella haviam protagonizado uma falsa invasão, impedindo que Matteo e seus seis amigos estupradores saíssem.

Eu me virei para a minha esposa enquanto ela se aproximava, com Natalie e Luce. Jace tinha ficado sob a minha supervisão e a de Elliot durante esse tempo. Ele não parava de falar sobre como Felicity e Nicholas o acolheram na mansão onde morará com Luce.

Rebecca se sentou ao meu lado, onde eu estava com o braço esticado, e Alec e Ned se aproximaram e se sentaram no sofá. Ela estava tensa e olhava para a entrada da casa o tempo todo.

— Amor, não se preocupe — pedi, olhando para ela, e afundei os dedos em seus cabelos. — Vai dar tudo certo.

— Sei que vai e não estou com medo, estou um pouco tensa porque Matteo vai fazer de tudo para acabar com você. — Ela suspirou e eu beijei sua mão. — Estou feliz que Felicity não esteja aqui, faria muito mal a ela. Ter um irmão assim faz mal a ela.

— Sim, Nicholas está cuidando dela, não o vimos desde ontem, quando ele saiu para pedi-la em casamento — eu disse aos risos. — Nicholas fazia festas na casa em que você morava?

Ela me olhou e concordou, mas não parecia incomodada.

— Sempre. As festas dele não me incomodavam, a gente fechava a parte de cima da casa e Deborah acabava ficando lá comigo. Às vezes a gente saía para assistir a um filme com Alec e Ned, porque Neji sempre ia para as festas, por ser o DJ oficial da gente — disse e olhou, sorrindo, para Neji nos equipamentos de som onde Emma estava com ele.

— Eles dois…

— Sim, aparentemente, e não quero que atrapalhemos em nada — afirmou, e eu a olhei incrédulo.

— Mas ela está com você para trabalhar e não…

— Ela fez um trabalho espetacular ontem e hoje, mesmo com Neji por perto. Quando está em horário de trabalho, fica muito atenta. Ela tem quase nossa idade, é pedir demais que fique presa ao trabalho o dia todo — explicou, e eu bufei.

— Se é assim que quer, senhora Styles, não vou contrariá-la. Afinal, ela fica mais com você do que comigo.

— Muito obrigada.

Ela sorriu e selou nossos lábios.

Quando se afastou, olhou além de mim e eu segui a mesma direção, vendo Brian e Marjorie entrando discretamente na casa. Nós nos olhamos e rimos.

— Eu deveria saber que os meninos não perderiam tempo — comentei, aos risos.

Mas ela não sorria mais, não enquanto olhava Matteo chegando com seus amigos. Ele parou o carro quase em cima de uma garota, que teria sido atingida se Jasper não a puxasse.

Encarei os garotos que saíram do carro. Estavam suados, mesmo que estivesse frio em Palo Alto, e ao ponto de matar alguém. Mas, com eles, havia outros garotos que pareciam mais velhos.

— Já volto — avisei, levantando-me, e ela pegou em minha mão.

— Lembre-se, primeiro consiga o time, não parta para a agressão — aconselhou, e eu selei nossos lábios.

— Pode deixar. — Passei os dedos em seu rosto.

Eu sabia que Georgia tinha conversado com ela; se eu desse qualquer sinal de que me envolveria em confusão, poderia manchar o nome time, o que era uma ameaça para o meu fracasso, mas isso mudava quando se era capitão.

Olhei minha esposa, que me fitava apreensiva.

Os meninos do time, sem pedido, ordem ou aviso, se agruparam atrás de mim enquanto eu caminhava até Matteo. Jasper começou a gravar tudo do celular, divertindo-se com as expressões irritadas dos garotos.

A ira fervia nos olhos de Matteo e dos outros cinco. Eles estavam suados e sujos.

— Você, seu filho da puta, desgraçado! — Matteo gritou e avançou para cima de mim, que me mantive parado.

— Isso. Emoção! — Jasper pediu, como se fosse um diretor de filmes. — Parta para cima dele, oh, soberano capitão — esnobou, fazendo todos gargalharem.

Matteo agarrou Jasper pelo colarinho da blusa e Alec o empurrou.

— Eu não faria isso se fosse você, Matteo — aleguei. — Você não vai gostar do resultado de colocar a mão nesses dois — avisei.

Ele encarou Jasper, que o olhava com um sorriso vitorioso, e o soltou.

— Vou matar você, Cameron Styles. Você não faz ideia do que cometeu hoje. Está muito fodido — esbravejou, e novamente veio para cima de mim.

— Estive aqui o tempo todo, não foi? — questionei, virando-me para o pessoal que me rodeava, e todos gritaram em concordância.

— Você enviou os seus homens! — acusou.

— Meus homens? — perguntei, com sarcasmo. — Se tem tanta certeza, denuncie.

Ele cuspiu no chão.

— Você...

— Matteo! — um garoto gritou. — A nossa casa... está pegando fogo!

— O qu... — Ele se engasgou com as próprias palavras, se virou para mim e, quando ia me dar um soco, Alec o socou. — Vocês estão fodidos! Todos vocês! — gritou enquanto era puxado pelos seus amigos.

— VAMOS BEBEEEEEEER! — Jasper gritou, com toda a sua animação, e beijou a garota que havia salvado de ser atropelada, que aceitou o beijo aos risos.

A música voltou a ser tocada e a festa voltou ao que estava antes da chegada esperada de Matteo. Olhei para Alec.

— Eu esperei por muito tempo para socar a cara desse filho da puta — justificou.

— Mandou muito bem — afirmei.

Trocamos um toque de mão e eu corri para Rebecca. Ela me abraçou com força, seus braços jogados ao redor de meus ombros, e soltou a respiração devagar.

— Ainda não me acostumei — admitiu. — E vou sempre me preocupar.

Passei os dedos em seu rosto e a beijei.

— Quero te levar em um lugar.

18
Rebecca

Eu ainda me sentia em estado de choque. Sabia de tudo o que havia acontecido, porque assim que nosso pessoal e o de minha madrinha saíram rumo à casa de Matteo, Cameron me explicou todo o plano, e aquilo não ficaria sem um troco.

Cameron me trouxe a uma pista de corrida de carros vazia. Fomos com um carro que algum dos funcionários trouxe depois de levarem a moto. Um dos seguranças nos aguardava do lado de dentro e abriu o portão de arames para entrarmos.

As luzes fortes iluminavam a pista, e as arquibancadas estavam vazias, exceto pela parte em que os seguranças estavam.

Dois carros de corrida se aproximaram de nós, pararam atrás da faixa, e dois seguranças saíram dos bancos do motorista. Finn me entregou a chave do carro vermelho e Rodrigo entregou a Cameron a do carro azul. Eu o olhei e ele sorriu.

— Está pronta, senhora Styles?

Abri um sorriso e marchei até o carro, sentindo a animação tomar conta do meu corpo.

Entrei e Finn se posicionou a frente dos carros, com duas bandeiras vermelhas em mãos. Assim que as duas foram abaixadas em um movimento de seus braços, acelerei. Não pensei nas consequências ou coisa do tipo, apenas deixei que a velocidade tomasse conta de tudo. Acelerei quando vi Cameron passar de mim; meu coração palpitou e eu podia sentir meus batimentos nos ouvidos.

Cameron era louco e insano, mas eu não tinha medo. Queria mais de mim, amava dirigir daquela forma e não me intimidaria. Pisei no acelerador e fizemos a curva com os carros raspando nas laterais de proteção; derrapamos os pneus de forma audível e meu carro girou na pista. Antes que eu pudesse bater, freei a poucos centímetros de distância das barreiras. Cameron freou na mesma hora, estando mais a minha frente.

Quando me recompus, eu o vi sair do carro e começar a correr em minha direção.

Gargalhei com a euforia, sem conseguir ouvir ou pensar em nada. Eu amava aquilo.

Antes que ele se aproximasse, acelerei, deixando-o para trás. Eu o vi pelo espelho passando a mão nos cabelos, em um gesto de preocupação.

Cheguei na linha de chegada e, quando saí do carro, os seguranças me olhavam impressionados, mas eu não queria saber daquilo.

Queria Cameron, sentia a excitação tomar cada vez mais conta de mim, de forma que tensionei minhas coxas para me conter.

Ele parou o carro quase em cima de mim e saiu, irritado e com o rosto avermelhado.

— Mas que po…

Eu o puxei pelo braço, sem deixá-lo terminar de falar. Saímos do autódromo, parando no estacionamento deserto, e eu o empurrei contra o carro. Os seguranças ainda não haviam saído, e algo me dizia que não iriam, pelo menos agora.

— Eu quero você — eu disse apressadamente, beijando seu pescoço. — No carro — acrescentei.

Ele sorriu, apertando minha bunda, de forma que me deixou na ponta dos pés. Cameron entrou e me puxou para o seu colo, levando o carro para uma parte ainda mais escura do estacionamento, como se fosse o caminho para uma entrada especial. Ele abriu a porta e eu pulei para fora. Quando entrou no banco de trás, me puxou às pressas para si e bateu à porta, travando-a. Empurrei os tênis de meus pés e tirei a calça. Eu me sentei em seu colo e o beijei, sentindo os bicos dos meus seios se endurecerem por baixo do sutiã. Cameron arrancou o meu casaco, e eu, o dele, deixando-o ainda vestido com a blusa de baixo. Desabotoei sua calça e desci os lábios por seu pescoço. Enfiei a mão por dentro de sua cueca, sentindo-o duro. Eu o massageei devagar e ele gemeu, puxando alguns fios de meu cabelo. Ele se ergueu para cima e puxou a calça para baixo com uma mão enquanto o outro braço estava envolto em minha cintura. Eu me esfreguei em seu pau, gemendo contra os seus lábios, e ele agarrou minha bunda com as duas mãos, apertando-a com tanta força que senti a ardência. Disparou tapas que com certeza deixariam marcas, mas eu não me importava.

Eu me sentei de costas para ele e me inclinei para a frente, para pegar uma camisinha no porta-luvas. Senti seus dedos deslizarem em mim, por cima da calcinha, tão lentamente que minhas pernas tremeram. Peguei a camisinha e entreguei a ele.

Ouvi seu rosnado e a embalagem da camisinha sendo aberta enquanto eu me mexia em vai e vem em seu colo.

Eu estava encharcada, sensível e sentindo meu coração disparado.

Cameron arrastou minha calcinha para o lado, encaixou-se e me puxou para baixo devagar. Ele raspou os dentes em meu ombro e gemeu em meu ouvido quando me sentei por completo nele.

— Caralho… — murmurou.

Comecei a mexer meu quadril, e suas mãos agarraram meus cabelos, obrigando-me a virar o pescoço. Movi meu braço para trás, alcançando sua nuca. Seus lábios devoraram os meus e ele agarrou meu pescoço com a mão que antes estava em meu cabelo. A outra mão deslizou em meus seios, dando atenção para um e depois para o outro. Devagar, ele cruzou uma linha do meio dos meus seios até meu abdômen, puxou a calcinha, rasgando o tecido e se livrando dela, e seus dedos passaram a dar atenção ao meu clitóris inchado e pulsante.

— Cameron… Aí, meu… — minha voz falhou e eu comecei a me mexer mais rápido.

— Porra, você é gostosa pra caralho! — gemeu, mexendo a cintura e a mão.

Eu estava sensível e sentindo o orgasmo cada vez mais perto.

— Cam, eu vou… eu…

— Se apoie nos bancos — ele ordenou.

Eu me apoiei e apertei o estofado, mexendo-me mais rápido e com o corpo inclinado para a frente. Cameron começou a me penetrar com força, com um braço ao redor de minha cintura e a outra mão me estimulando. Eu estava completamente sensível e aberta para ele.

Então, eu senti o calor do orgasmo devastador me preencher e rebolei descontroladamente em cima de Cameron, sem conseguir raciocinar. Meu corpo todo latejava, eu sentia minha pulsação em meus ouvidos e, quando Cameron se empurrou, dentro de mim, eu vi estrelas e perdi as forças nas pernas.

Eu me segurei no estofado do banco e saí de cima de Cameron. Meu corpo estava pesado de forma que tombei no banco.

Abri um sorrisinho. Era devastador, Cameron me consumia, me fazia completamente dele. Ele se inclinou e beijou minha bochecha.

— Estou impressionado — comentou. — Podemos competir aqui sempre que quiser — insinuou, fazendo-me rir; e colocou a calça depois de tirar a camisinha e a jogar no lixo que tinha no carro.

Sorri para ele, mas sua expressão ficou rígida quando luzes de uma lanterna pareceram percorrer o carro, em busca de algo. No mesmo instante, Cameron colocou seu casaco em cima da parte de baixo de meu corpo, porque estava despido, e meu coração parou.

— Fique aqui e não se mexa — pediu.

Ele pegou o meu casaco e colocou por cima do dele, como segurança. Apertei os casacos, mas, de qualquer forma, eu não tinha forças para me mexer. Eu estava encolhida e sem conseguir ao menos esticar as pernas.

— Ah, senhor Styles — ouvi a voz grossa.

— Olá, policial — Cameron disse, e suas vozes ficaram distantes.

Consegui me inclinar para ver através da janela embaçada do carro. Eles estavam longe e, com os casacos em cima de mim, vesti minha calça, pois Cameron tinha destruído mais uma calcinha minha. Eu me recostei no banco, sentindo dor e cansaço, e não me importava com o quão abafado o carro estava. Eu estava tão sonolenta, que nem mesmo me preocupava com qual era a conversa que eles estavam tendo do lado de fora.

E não vi quando Cameron voltou ou deu partida rumo a nossa casa.

Quando abri os olhos, ele estava me carregando nos braços em nosso quarto.

— Amor…

Ele sorriu ao me ouvir e acariciou meu rosto. Tirou minhas roupas e me carregou até a banheira.

— Você está exausta — comentou, do lado de fora da banheira, jogando água em cima de meus ombros.

— Foi um dia e tanto hoje — admiti, apoiando meus braços sobre o degrau da banheira.

Cameron estava vestido apenas com sua cueca box branca, e seus olhos azuis cintilantes me observavam.

— Você parece tão feliz — observei, erguendo meus olhos para ele.

— Você me surpreendeu — disse, em uma explicação simples e completa.

— O que o policial disse? — perguntei, puxando-o para que entrasse na banheira.

Ele ficou em pé, tirou a cueca e entrou na banheira enquanto dizia:

— Que esperava que eu fizesse o time secundário de Stanford voltar a ganhar, porque a última temporada foi a pior, e que a Supremacia Styles é muito conhecida.

Meus lábios se entreabriram.

— Você não está falando sério — rebati e ele riu.

— Estou. — Ele me puxou para ficar entre suas pernas. — Aceite, senhora Styles, temos privilégios agora.

— Como colocar fogo na casa de alguém e sair ileso?

Ele passou o nariz em minha bochecha.

— Foi um vazamento de gás — alegou. — Bom, pelo menos de acordo com os bombeiros e policiais.

E abriu um sorriso vitorioso.

USA TODAY

TUDO SOBRE A SUPREMACIA STYLES

Na madrugada de sábado, Rita Fletcher escreveu uma matéria sobre o incêndio na casa de Matteo, mas não foi ao ar, pois, assim que entrou no sistema de Antonella, foi derrubada.

19

Cameron

Era quinta-feira, e amanhã seria o último dia de teste para capitão do time.

A primeira semana havia passado rápido e Rebecca estava no seu período menstrual, o que tornou as coisas bem fáceis. Mas agora, na última semana, eu estava quase um Homem-Aranha: subindo pelas paredes.

Caralho! Era impossível não a querer. Depois da primeira vez, eu estava viciado. Obcecado pela minha mulher e completamente necessitado, precisando dela para viver. Porra, aquilo me tirava do sério de uma forma anormal.

Respirei fundo, tentando controlar minha mente.

Olhei para as paredes de vidro da hamburgueria, vendo Matteo me encarar do lado de fora. Quando ele reparou que eu o vi, seguiu seu caminho.

Ele não havia sido um problema durante essas semanas. Não aparecera na faculdade em nenhum dia e eu sabia que ele estava planejando alguma coisa.

A construção e inauguração da hamburgueria aconteceu extremamente rápido. Em duas semanas e meia foi entregue exatamente do jeito que queríamos. E hoje estávamos na inauguração.

Como Rebecca havia previsto, a noite estava sendo um sucesso e a maioria dos clientes saiam da loja e vinham para cá. Nossos prédios foram construídos estrategicamente em uma das avenidas mais movimentadas do centro de Palo Alto. A distância da loja para a hamburgueria era curta, bastava atravessar as duas pistas da avenida, sendo próximas do farol e da faixa de pedestres.

O térreo e primeiro andar da hamburgueria estavam lotados; uma fila de pessoas esperava para entrar e o estacionamento subterrâneo não teve espaço o suficiente para todos os carros.

Construímos uma pista grande de boliche dentro da hamburgueria e, no andar de cima, uma casa de bolinhas com vários obstáculos e uma parte para as crianças menores entrarem com os pais. Assim, toda a família poderia comer, beber e se divertir.

Rebecca estava na mesa que reservamos para o prefeito da cidade, o presidente de Stanford e suas famílias. Ela conversava com as esposas deles enquanto os filhos estavam na pista de boliche ou na casa de bolinhas.

Manteríamos os poderosos ao nosso lado, claro, e Antonella estava fazendo o mesmo, pois vi o momento em que Georgia e Anthony chegaram e foram diretamente para aquela mesa cumprimentá-los, e logo conseguiram seus lugares.

Rebecca beijou o rosto de Georgia, cumprimentou Anthony e disse algo para todos na mesa que me pareceu um pedido de licença. Eu a encarei enquanto ela se aproximava observando a tela do celular.

— Carter está me ligando — avisou e em seguida o atendeu, indo para as escadas do fundo que levavam para a cobertura.

As rampas elétricas estavam fechadas, pois a cobertura seria só para pessoas com reserva e convidados.

Eu a puxei para a nossa sala, que não era tão grande comparada à do escritório administrativo e jurídico da Supremacia, mas era confortável e aconchegante. Acendi a luz com claridade baixa para que ninguém nos atrapalhasse e me sentei na cadeira atrás da mesa. Ela se sentou em meu colo com uma naturalidade com a qual eu sonhava e colocou o braço em volta de meus ombros.

— Oi, agora consigo te ouvir — ela disse, colocando o celular em viva-voz.

— Diana nasceu. Eu sou pai! Minha filha nasceu! — anunciou, animado.

— Sério? Aí, meu Deus e como ela é? Como ela está? E Nicolly? — Rebecca questionou euforicamente.

— As duas estão ótimas. Ela é linda, Becca, linda. Tão pequenininha, frágil e... tão linda — ele disse, com a voz embargada de emoção, e eu comecei a limpar os olhos pelas lágrimas que insistiram em sair.

Rebecca sorriu, olhando para mim, e passou os dedos em meus cabelos.

— Ah, Carter, parabéns! Estou muito feliz por vocês — ela afirmou, sorridente.

— Parabéns, irmão, que coisa incrível! — Parabenizei, com a voz carregada de sinceridade, enquanto abraçava Rebecca pela cintura.

— Muito obrigado. Vocês foram os primeiros para quem eu liguei, porque sei que vão entender o pedido que tenho a fazer — ele disse, parecendo um pouco mais sério agora. — Cameron, foi você quem abriu meus olhos para isso.

— Certo… — murmurei.

— Não vou contar a ninguém sobre o nascimento de Diana, pelo menos não essa semana. Eu e Nicolly conversamos, e ela concordou, mas pediu que contasse pelo menos para vocês, é claro. Elas receberão alta daqui a três dias e quero que ela descanse o máximo que puder, quero ficar apenas com ela e minha filha essa semana. Sei que muitos vão querer vê-la e isso vai desgastar minha esposa. Ela acabou de ganhar minha filha e quero que descanse. Vocês podem não contar para ninguém?

— Ah, Carter, isso é totalmente compreensível. Não diremos nada, é a filha de vocês e vocês quem decidem a hora de contar que ela, finalmente, veio ao mundo — minha esposa disse, sorrindo, em uma voz calma.

— Eu sabia que vocês entenderiam — ele afirmou, parecendo sorrir enquanto falava. — Nicolly acordou, mando notícias assim que puder.

— Claro, cuide bem das minhas meninas — Rebecca pediu.

— Tchau, Carter, se precisar de qualquer coisa, ajudaremos — eu disse, e ele riu alto.

— Ajudar mais? Se estamos em um hospital tão bom, é graças a vocês. Obrigado, padrinhos, vou cuidar mulheres da minha vida — ele disse, parecendo estar sorrindo, e desligou.

Rebecca me olhou, e eu passei a mão calmamente em sua coxa.

— Como presente de padrinhos de Diana, sugeri que o parto fosse em um dos melhores hospitais de Connecticut. Meu tio é dono de lá, então ela teve todo o atendimento privilegiado — expliquei, e ela sorriu.

— E quando ia me contar isso? — questionou, cruzando os braços.

— Na verdade, eu achei que Nicolly tinha contado para você — afirmei, e ela revirou os olhos, fingindo irritação.

— Não contou. — Ela deu de ombros. — Você pensa em não contar a ninguém quando for o nosso filho ou filha?

— Não acho que vai ser possível esconder isso do time ou de Antonella — afirmei, rindo. — Mas não acho que seja bom receber visitas logo depois de ter o bebê. Além dele ser bem novinho, você vai estar com as suas debilitações e em período de recuperação. E, sinceramente, quero cuidar dos dois antes de ver outras pessoas — admiti, vendo-a sorrir. Ela selou nossos lábios e acariciou meu rosto.

— E eu concordo. No parto de Isaac, minha mãe ficou muito debilitada e meu pai expulsou todas as minhas tias de casa, deixou só minhas avós, porque estavam cuidando da minha mãe.

— Eu e meu pai não deixamos ninguém visitar minha mãe durante duas semanas porque ela estava muito frágil, mas ela pediu para chamar minha sogra, porque precisava da ajuda dela, mas foi a única, e ela se recuperou muito bem.

Ela sorriu, concordando.

— Acho que precisamos ir, senhor — relembrou, com uma classe fingida na voz.

Ela se preparou para sair de meus braços, mas eu a segurei com mais firmeza.

— Só mais uns minutinhos — pedi, afundando os dedos em seus cabelos e aproximando seus lábios dos meus.

Ela sorriu e selou nossos lábios. Deslizei a mão em seu pescoço, descendo por seus seios, e apertei o direito com calma. Ela sorriu enquanto o beijo ficava lento, e minha mão continuava a descer por seu corpo. Mordi seu lábio, sentindo-me vulnerável. Precisava dela, do corpo dela no meu, de vê-la e senti-la.

— Não faz isso… — suplicou com fraqueza, e eu sorri, passando os lábios em sua clavícula.

Suas unhas deslizaram em minha nuca, em seguida pelo meu abdômen, e entraram por baixo da minha camisa. Subi ainda mais a mão em sua coxa, por baixo do vestido curto, e apertei sua cintura com a mão desocupada. Eu estava como uma pedra de tanto desejo e ao ponto de enlouquecer quando mordi o lóbulo de sua orelha, ouvindo-a choramingar.

Ela estava tão vulnerável quanto eu, passamos as semanas em provocações e a tentação a cada dia aumentava, chegando a quase ser impossível de conter.

— Por favor, eu preciso de você — sussurrei, e ela me olhou com expressão sofrida, abaixou a cabeça e a levantou. — Só… um pouco.

— Não, Cam, não podemos… — choramingou.

— Me deixe tocá-la, apenas isso — pedi, enfiando minha mão entre suas coxas.

Não houve resistência ou negação. Em resposta ela me beijou e meu pau endureceu quando senti a quentura entre suas pernas. Arranquei seu shortinho fino, puxando a calcinha junto e a penetrei com um dedo.

— Porra, você está encharcada — eu disse. Com os lábios em seu pescoço, arrastei os dentes e afundei outro dedo, ouvindo-a gemer. — Ah,

Rebecca, eu quero tanto mergulhar em você e fazê-la gritar de tanto prazer — gemi contra os seus lábios, quando ela fixou os olhos nos meus.

Eu me levantei e a virei de costas, colocando-a apoiada na mesa, no espaço vazio. E, caralho, eu a queria tanto que doía.

Passei a mão em suas coxas, até sua bunda, e lhe dei um tapa que a fez gemer deliciosamente. Deslizei a mão em seu quadril até sua boceta e afundei dois dedos, colando meu corpo ao dela e esfregando meu pau em sua bunda.

— Ai, Cameron, eu… ahn… — gemeu, rebolando contra os meus dedos, e eu os senti ensopado quando ela gozou.

Mordi os lábios, nunca tinha sido tão rápido

Chupei os dedos, fechando os olhos. Ela tinha um gosto delicioso.

Eu a olhei. Sua expressão se franziu enquanto ela me olhava, parecendo sofrer.

Apressadamente, ela pegou sua calcinha e short do chão e ouvi o barulho do salto batendo contra o piso quando ela correu para o banheiro.

Cada vez mais difícil e perturbador.

Eu estava impaciente, estressado e ainda faltava a porra de um dia.

Sentei-me na cadeira outra vez para esperá-la.

Rebecca saiu do banheiro e eu a olhei por segundos.

— Te vejo lá embaixo — foi tudo o que disse, com as bochechas coradas e os olhos perdidos.

— Não a deixarei por nada, Rebecca Styles — relembrei, levantando-me.

— Amor… — ela olhou para a elevação em minha calça e rimos.

— A culpa é toda sua — aleguei, arrumando meu pau na calça.

— Acho que nunca cheguei ao ápice tão rápido — murmurou, e eu sorri.

— É ótimo saber que está sendo tão foda pra você quanto pra mim — falei, e ela me deu um leve soco no abdômen.

Descemos. Os meninos nos chamaram para jogar com eles e aproveitaram para pedir permissão para dormir na nossa casa. Minha resposta inicial foi uma risada, eles deviam saber que eu não mandava em nada disso.

— Tem que pedir para minha dona — disse, olhando Rebecca, e todos a fitaram. Ela riu, inclinando-se para frente.

— Pode sim, garotinhos.

E eles comemoraram com tanto ardor, que as outras pessoas do restaurante nos olharam rindo. Os Warriors sempre faziam festa quando deixávamos eles dormirem em nossa casa, o que não acontecia muito, mas dessa vez tinha uma exceção: eles começariam as viagens na segunda-feira e ficariam mais tempo fora do que dentro de Stanford.

As viagens parariam em agosto e o retorno seria fixo quando começassem os treinos e competições do time de Stanford.

20

Cameron

Eu estava impaciente, estressado e ansioso para o teste de hoje. Finalmente essa porra de espera chegaria ao fim.

O telefone de minha sala tocou e vi que era Melanie, filha de tio Frederick, que pediu para deixá-la estagiar como secretária porque precisava disso para concluir a faculdade; isso acabou sendo bom para nós, pois sempre tivemos uma boa relação. Mesmo sendo família, Melanie era rigorosamente profissional.

— Sim? — atendi.

— Tem alguém querendo te ver — avisou, e eu suspirei.

— Acredito, Melanie, que te falei ontem para desmarcar qualquer compromisso que eu tinha para hoje — relembrei, soando firme, e ela soltou uma risada baixa.

— Pode olhar a câmera, senhor? — pediu, com a voz carregada de ironia, o que me fez estranhar. Ela não agiria assim com um empresário parceiro por perto.

Levantei meus olhos para câmera e acabei sorrindo.

— Você fica se achando quando ela está por perto — afirmei, ouvindo-a rir outra vez.

— O que posso fazer se ela se tornou a minha pessoa favorita? — brincou. — Ela está indo — concluiu, desligando.

Caminhei até a porta da sala e a abri com a minha digital, aguardando minha esposa aparecer no corredor. Ela chegou sorrindo, o que fez meu dia ficar iluminado. Era incrível que aquela sensação não mudava; na verdade, parecia ficar ainda mais intensa com os dias que passávamos juntos.

— Eu trouxe seu almoço — anunciou, cantarolando, quando estava próxima de mim. Então, ela selou nossos lábios.

— Amor, não precisava — disse, seguindo-a depois que ela entrou na sala. — Eu já ia sair para comer.

— Comer lanche, senhor saúde? E ficar passando mal de noite? *Nessa* noite? — debochou, o que me fez rir alto.

Ela colocou a bolsa térmica em cima da mesa que deixei para fazer as refeições. Senti o cheiro da comida que parecia ter o tempero de minha sogra quando ela abriu a bolsa.

— Minha sogra que fez?

— Eu que fiz. — Eu me virei assim que a ouvi, e ela me olhou indignada. — Jesus, por que ficou tão surpreso? — perguntou, colocando as mãos na cintura.

— Porque o cheiro parece muito com o do tempero da minha sogra e da vó Ângela — expliquei, sentando-me e arrumando as coisas para comer.

Ela se sentou na cadeira a minha frente e, por mais que tentasse disfarçar, seus olhos carregavam expectativa em mim enquanto ela falava sobre o grupo de estudos. Já tínhamos cozinhado juntos, porém, dessa vez foi apenas ela quem fez e tinha um sabor único de sua comida, principalmente o feijão que tem no Brasil com aquele tempero. Mesmo que ela detestasse comer feijão, o que ela fazia era uma delícia.

Depois de comer tudo e perceber que eu estava mesmo faminto, tomei o suco de laranja e caminhei para o banheiro. Escovei os dentes e saí. Ela ainda me olhava, esperando alguma reação.

— Eu achava que só o seu chá era maravilhoso, mas a sua comida também é — afirmei, sentando-me em um sofá de dois lugares.

Ela riu alto e ficou corada.

— Gostou mesmo? — questionou animadamente, levantando-se e vindo se sentar ao meu lado.

— Muito, amor, de verdade.

— Minha mãe me ensinou e eu cozinhei algumas vezes com ela. Falei com Sandra sobre os temperos que vi que você gosta e o feijão. Daí, depois da faculdade, fui para a casa e decidi cozinhar com ela — explicou.

— Ficou uma delícia, amor.

Eu a puxei para mim e ela sorriu com graciosidade.

— Fiquei preocupada. Sei que essa semana está sendo bem estressante, os meninos do time falaram que você foi embora sem falar com ninguém enquanto eu estava com o grupo Alpha. Perguntei se você tinha comido e Melanie avisou que você não havia falado com ela.

— Eu ia comer, é claro, mas precisava resolver uns assuntos da empresa, só isso — disse, tentando finalizar o assunto.

— Eu sei, eu sei. Mas quando você fica tenso, acaba ficando estressado e acho que dessa vez está bem mais. — Eu me levantei e me apoiei na mesa de madeira, e ela se levantou também, com o cenho franzido. — A mesa não era de vidro?

— Dei um soco ontem e acabei a quebrando.

Ela parou em minha frente e passou os dedos em meu rosto. Fechei os olhos, sentindo seu toque, e minha mente viajou, recordando-se de cada parte de seu corpo, de cada vez que tirei suas roupas, dela despida, pedindo por mim, e eu a entregando tudo. Abri os olhos e balancei a cabeça, segurando sua mão. Ela suspirou.

— Posso te fazer uma massagem nas costas para você relaxar?

Levantei meu olhar, fitando-a com um desejo enlouquecedor; olhá-la me fazia querê-la. Eu estava alucinando e excitado. Com o braço ao seu redor, eu a ergui para cima da mesa, sentando-a ali, empurrei algumas coisas para trás e o notebook para o lado, e encaixei meu corpo entre suas pernas, fazendo seu vestido subir.

— Existem muitas formas que posso relaxar, mas toda envolvem estar dentro de você — sussurrei, passando os lábios em seu pescoço quando ela inclinou a cabeça para trás.

Deslizei os dedos em sua coxa, sentindo sua respiração ofegante. Ela estava tão envolvida que me deixava com mais vontade dela.

— Eu só vou relaxar quando você estiver ao meu redor — disse, ainda em um sussurro, e mexi minha cintura, esfregando-me nela.

Ela não recusou meu toque quando subi a mão em sua coxa, até sua boceta. Ela esticou o abdômen para frente, abrindo-se um pouco mais, e abaixou a cabeça tentando respirar. Então, ela choramingou, agarrando meu ombro e fazendo eu me arrepiar.

— Cam… nós… precisamos parar — gemeu, com a respiração cortada.

Mexi a ponta de dois dedos lentamente em seu clitóris. Ela mordeu os lábios e se moveu para frente, para me sentir fundo enquanto seu corpo tremia de tesão.

— Você não precisa — disse, sentindo uma certa satisfação quando afundei meus dedos por completo.

Não a deixei completar sua tentativa de fechar as pernas e continuei investindo para que chegasse ao ápice. Se eu não podia chegar também, então ao menos vê-la me daria forças para não enlouquecer até o horário do jogo.

— Você não faz ideia do quanto eu preciso de você — disse baixinho com os lábios próximos dos dela, que estavam entreabertos.

— Eu…

Parei de estimulá-la e me ajoelhei diante dela, fazendo-a tirar o short e a calcinha, e caí de boca em sua boceta encharcada. Ela fechou os olhos com força. Com uma mão apertou a mesa e, com a outra, puxou meu cabelo.

Movi minha língua como se estivesse explorando sua boca, começando devagar e então movendo mais rápido, com mais força e Rebecca explodiu da forma mais linda e espetacular, tentando fechar as pernas novamente.

— *Aaaaah*, Cameron! Meu Deus! Merda! Cameron! — gemeu, desesperadamente quando apertei suas coxas contra a minha boca.

Ela estremeceu novamente e eu passei a língua por toda a extensão molhada. Eu me levantei, abaixando seu vestido, e ela ainda tremia. Quando desceu da mesa devagar e se jogou em meus braços, precisei impedir que me beijasse.

— Vai para a casa — rosnei, afundando os dedos em seus cabelos e apertando os fios. Seu corpo se encostou ao meu e eu senti gotas de suor escorrerem em minhas costas. — Agora!

— Nos vemos no jogo? — questionou, engolindo em seco e saindo do espaço entre o meu corpo e a mesa.

— E depois dele, sem dúvidas.

Ela pegou sua calcinha e short, puxou a bolsa da cadeira e, quando ia sair, colocando as coisas dentro da bolsa, eu a puxei pelo braço.

— Você só sai sem calcinha se estiver comigo. Coloque, agora — ordenei.

Ela sorriu, perversa, soltou a bolsa, colocou suas roupas de baixo e saiu apressadamente.

O que era para ter ajudado a me acalmar, piorou ainda mais a situação.

Se o intuito de fazer atletas se absterem de relações sexuais durante o tempo das competições era deixá-los furiosos e ao ponto de socar a cara de alguém sem muito motivo, estava dando certo. Para caralho!

Quanto mais eu queria que o teste acabasse, mais as coisas ficavam complicadas. Matteo pediu para conversar com o treinador e, como direito de atual capitão, seu pedido foi concedido. Anthony me alertou que Matteo estava enchendo a paciência para conseguir alguma vantagem e não perder o time. Que se foda, eu ganharia essa porra só pelo esforço de ter que ficar sem a minha mulher.

— Irmão — Elliot chamou, entrando no vestiário, e eu o olhei. — Vamos acabar logo com isso.

Demos um toque de mão e saímos. Matteo, que parecia irritado, e o treinador entraram no campo juntamente de Anthony e os conselheiros.

Olhei minha esposa, que estava nas arquibancadas. Ela juntou as mãos, entrelaçou os dedos e beijou os polegares, fazendo o nosso sinal de "Eu te amo" e fiz o mesmo, para em seguida me juntar ao treinador e o time. Vi Natalie apontar o celular em minha direção, provavelmente por estar em uma chamada de vídeo com os nossos pais, e acenei para ela. Georgia seguiu para a direção de Rebecca e Neji estendeu a mão para ajudá-la a subir.

— O teste final será composto por uma competição entre vocês, cada um será capitão de um time na primeira partida, com dois tempos, e na segunda algumas coisas irão mudar. Eu e os conselheiros fizemos as separações de cada time. Deem o melhor de si, vocês são os únicos competidores — o treinador explicou, olhou para mim e, em seguida, para Matteo. — Cada um terá um conselheiro para acompanhar como vocês lidam com o time.

Em seguida, pediu que eu ficasse à direita, Matteo à esquerda e separou os times. O meu era composto pelos Warriors, Alec, Ned e Nicholas, e o de Matteo pelo pessoal de Stanford, o time com que ele normalmente treinava.

— Vai, gostosos! — Jasper gritou, estando junto de Calleb, que gritava elogios para nós. Mas eu sabia que o objetivo de Jasper era tirar Matteo do sério.

Dois outros garotos que eram próximos do atual capitão estavam no meu time, mas aquilo de longe não me intimidava. Eu os observei e fizemos uma roda para conversar.

— Sei que vocês são amigos de Matteo, mas nesse momento somos um time, o meu time, e qualquer que seja o problema enquanto eu for o capitão de você, nós resolveremos. Então, quero saber, vocês vão agir como um time ou como amigos de Matteo dentro do campo? — questionei, encarando-os. O conselheiro anotou alguma coisa em sua prancheta.

Os meninos do Warriors os olharam e cruzaram os braços, mas balancei a cabeça negativamente pela tentativa de ameaça. Não queria ser um capitão com base em ameaças, queria lealdade, mesmo que temporária.

— Agiremos como parte do time — o primeiro garoto disse, e eu concordei, balançando a cabeça.

— Sendo assim, bem-vindos ao time. Elliot, explique a eles nosso plano de jogo — pedi e saí caminhando na direção de Rebecca, que desceu as grades, aproximando-se.

Eu a puxei pela cintura e a beijei.

— Devo te desejar boa sorte? Você precisa?

— Eu preciso de uma motivação — desafiei, e ela sorriu, tirando meus braços de sua cintura.

Entrelaçou nossos dedos e, ficando na ponta do pé, aproximou os lábios de minha orelha para sussurrar:

— A sala de pole dance ficou espetacular e pronta para hoje. — E me olhou, com os lábios próximos dos meus.

Fiquei instantes fissurado a encarando, e um sorrisinho malicioso tomou forma em meu rosto.

— Confio em você.

Ela me deu um selinho e, sorrindo, subiu para o seu lugar.

Eu teria ficado parado feito uma estátua de tão desnorteado, mas Nicholas se aproximou e me empurrou pelas costas de volta ao campo, rindo da situação. E se não fosse pela proteção que usamos para jogar, todos teriam visto o efeito que minha mulher causava em mim.

A partida começou e eu me sentia a pessoa mais disposta do universo. Os meninos estavam completamente focados e quase não davam abertura para o outro time. De certa forma, fiquei impressionado por os amigos de Matteo estarem ao nosso lado.

Quando um deles barrou a passagem de Matteo, ele foi para cima, avançando no garoto. Corri na direção deles e empurrei o atual capitão.

— Amadureça pelo menos em campo, seu inútil — alertei, puxando o garoto para que voltasse a sua posição.

— Obrigado, cara — ele agradeceu, mas não parei para responder.

— NICHOLAS! — gritei em alerta e ele conseguiu desviar de dois jogares rivais que estavam prestes jogá-lo longe e, pela investida que deram, queriam machucá-lo para valer. — ATAQUEM DA MESMA FORMA QUE ELES ATACAM! — gritei para o time antes da segunda partida do primeiro tempo.

O segundo tempo foi um pouco mais violento, pude perceber que Matteo induzia seus amigos a serem mais agressivos com Peter, Josh, Nicholas, Elliot e eu, mas todos sabiam se defender muito bem, e o segundo tempo, assim como o primeiro, teve vitória de meu time.

O treinador apitou, avisando o fim da primeira partida. Não estávamos seguindo o intervalo correto de um jogo, apenas as regras dentro de campo.

— Venham todos para cá! — exclamou e fizemos uma roda ao redor dele e de Anthony, que me olhou e lançou um olhar de aprovação. — Vocês trocarão de time nesse segundo tempo. O time de Matteo será de Cameron e o de Cameron será de Matteo, vocês têm dez minutos para conversar com o novo time e para descansarem. A partida começará após esse intervalo. Boa sorte aos dois.

Concordamos e seguimos cada um para um lado. Antes que eu me juntasse ao time que seria o meu agora, Brian, Adam e Cole — os únicos Warriors que ficaram no time de Matteo no primeiro tempo — me pararam para conversar rapidamente.

— Matteo usa ameaças e medo para conseguir a lealdade do time — iniciou Brian.

— E isso não motiva nem mesmo os amigos dele — Adam disse.

— Só jogamos bem porque se a gente fizesse pouco caso você não ia gostar, mas o time daqui parece não gostar muito dele — Cole completou.

— Certo, obrigado pelo aviso — agradeci e seguimos para a roda do time. — Sei que alguns de vocês são amigos de Matteo e não peço a lealdade de ninguém, afinal, vocês não me conhecem, mas peço que agora ajam como o meu time. Se estiverem ao meu lado, estarei ao lado de vocês. Fora daqui, não tenho nada a cobrar, mas agora a responsabilidade está em minhas mãos. Então quero saber, sem compromisso oficial, estão com o time ou com Matteo?

Olhei os meninos ao meu redor; Manson e outros dois amigos de Nicholas não tiveram resistência, o que me preocupava eram os quatro que sobraram. E para a minha surpresa, a reação às minhas palavras foi melhor do que eu imaginava.

— Estaremos com você — um deles disse.

— Espero que seja um capitão tão bom quanto todos falam — Manson desafiou e eu o olhei, rindo de suas palavras.

— Espero suprir suas expectativas, Manson — disse com leve sarcasmo em minha voz e olhei Brian. — Brian, por favor, passe as estatísticas para nós — pedi, e ele pareceu surpreso e animado.

O treinador avisou para ficarmos em nossas posições, passei por Matteo e ele abriu um sorriso maldoso.

— Será que o capitãozinho de Liberty é tão agressivo assim com a esposa entre quatro paredes?

Meu sangue subiu até o cérebro e me virei para ele pronto para dar uma resposta que o faria perder a consciência, mas fui empurrado por Elliot, para que me afastasse.

— Não seja burro, não faça isso agora.

— Porra, Elliot, ele está falando da minha mulher! — eu disse, sentindo meu corpo tremer de raiva. Ele sempre apelava para Rebecca, que não tinha nada a ver com isso.

— Eu sei, caralho, mas deixa isso para o final, quando o time for seu — alertou. — Desconte a raiva agora, vai, consegue logo esse time e acaba com essa porra!

Ele foi para a sua posição, coloquei o capacete e olhei Rebecca, que parecia preocupada.

— Se o time de Cameron ganhar agora, teremos um novo capitão. Caso o time de Matteo vença, teremos outro tempo e depois o provável desempate — foi tudo o que o treinador disse.

O segundo tempo começou, e eu estava tão nervoso, irritado e com os hormônios aflorados de estresse, que foquei Matteo e o derrubei três vezes. Quando um de seus amigos que estava em meu time correu para fazer os últimos pontos que precisávamos, todos paramos e o observamos.

— Isso, isso, ISSO, PORRA! — gritei quando o ponto foi feito e o treinador apitou em sinal da nossa vitória.

Os Warriors correram na minha direção, jogando-me para o ar e o que me impressionou foi que até os de Stanford comemoraram a vitória. Depois que me colocaram no chão, Matteo começou a esbravejar, empurrando qualquer um que estivesse em sua frente.

— Vocês são uns inúteis! Fizeram questão de dar vantagem a Cameron, seus inúteis, imbecis! — gritou com fúria e empurrou dois meninos para chegar até mim. — Você, seu desgraçado! — xingou, vindo para cima de mim.

Era tudo o que eu precisava. Eu o deixei que tentasse me golpear para que todos vissem que ele começou, dei o primeiro soco, depois outro e um mais forte o fazendo cair no chão.

— Não xingue o meu time, seu inútil — alertei e me inclinei, pegando-o pelo colarinho da blusa e o puxando para cima. — E se falar da minha mulher outra vez, será um homem morto! — ameacei, soltando-o no chão com o rosto ensanguentado.

— Levem-no para a enfermaria — o treinador pediu a dois garotos e me olhou. — Como foi por defesa, não consideraremos essa confusão como causada por você — disse, sem muito esforço. — Sendo assim, bem-vindo ao time, capitão!

Os meninos começaram a gritar e pular em cima de mim e do treinador que gargalhava, mas em seguida fez um sinal para que todos parassem.

— Amanhã cedo conversaremos e oficializaremos o seu título como capitão — avisou e saiu com os conselheiros.

Vi Hilary próximo à porta do vestiário das líderes. Ela me olhou, abaixou a cabeça e saiu. Ela não era mais líder, porque não a queriam mais. Ela havia entrado para o teatro e nunca a víamos pelo campus, porque estava sempre em outro prédio.

E era ótimo assim.

Olhei para Rebecca, que estava no campo, verificando se Peter e Josh estavam bem pelas pancadas que levaram no jogo, e corri para abraçá-la, levantando-a no ar.

— Podemos ir embora? — perguntei, ansioso, enquanto ela gargalhava e reclamava de eu estar todo suado.

— Não, temos uma festa de comemoração para ir.

Gemi de frustação em resposta, mas sabia o que precisava fazer.

21

Cameron

Às sete estávamos chegando na festa, e às sete e quinze eu puxei minha esposa pela cintura, enfiei-a dentro do carro e acelerei rumo a nossa casa. Afinal, prometi que compareceria à festa, não que permaneceria.

— Eu me sinto sequestrada — comentou, rindo e colocando a mão em minha coxa.

— Prometo cuidar muito bem da minha refém — afirmei, sorrindo, e acelerei ainda mais na pista.

Aquele era o meu percurso da casa dos meninos ou de Stanford para a nossa casa, e o policial que me via ultrapassando ao extremo a velocidade conhecia nossos carros, depois das sete vezes em que parou para nos multar e mudou de ideia.

Em cinco minutos, estávamos em casa. Abri a porta do carro e assim que Rebecca saiu, eu a puxei para mim.

— Você não faz ideia do quanto eu te quero, não faz ideia mesmo — sussurrei com os lábios próximos dos dela e não me contive, beijei-a e a pressionando contra o carro.

— Amor… — chamou em voz baixa — Vamos subir — pediu.

Ela tomou banho e parou em minha frente vestida com um roupão.

— Tome seu banho e depois venha para a sala — instruiu, olhando para mim com um sorrisinho nos lábios e caminhou até a sala de pole dance.

Ela arrastou a porta apenas o suficiente para passar e não me deixar ver nada.

Eu estava ansioso e com o pau duro só de imaginar.

Saí do banheiro depois de me secar e colocar o roupão, então segui ao encontro dela.

A luz era baixa e deixava o ambiente pronto para uma noite deliciosamente maravilhosa. Estava tocando uma música que eu não consegui reconhecer. Quando parei no meio da sala, eu me deparei com

Rebecca em cima da pista, vestida com um robe longo vinho e transparente, de frente para o sofá preto da sala e encostada na barra de pole dance.

A luz caiu sobre ela quando a música Hotel, do Montell Fish começou. Ela estava de costas e deixou o robe descer lentamente em seus braços, até cair e revelar sua lingerie vinho.

Tombei para trás, sentando-me no sofá, sentindo o sangue e tesão bombeando meu pau. Não conseguia tirar os olhos dela quando girou no ar, sustentando o peso em suas mãos e braços. As pernas envolveram a barra e desceram sensualmente até o chão.

Passei a mão por cima do roupão, sentindo meu pau rígido, duro e a querendo. Eu poderia me tocar a olhando e chegaria ao ápice da forma mais incrível, mas não. Queria seu corpo, queria que ela me consumisse.

Ela tinha controle sobre cada movimento, cada gesto e sobre mim. Estava hipnotizado, fissurado e fascinado. Uma ansiedade incomum, uma vontade enorme não só de fazê-la minha, mas de me entregar por completo a ela.

— Rebecca — supliquei, quase sem fôlego.

Molhei meus lábios com a língua quando ela me olhou enquanto descia pela barra, passei os dedos em meus cabelos, desesperado e sentindo meu corpo doer de tanto desejo. Descalça, ela desceu os degraus e se aproximou de mim de uma forma tão sedutora que fez meu coração disparar.

Ela puxou a faixa que amarrava meu roupão e sorriu vendo o quanto eu estava duro.

— Ah, porra! — murmurei quando ela começou a amarrar os cabelos e descer para se ajoelhar.

Ela passou as unhas em meu abdômen e o beijou. Meu ar sumiu quando senti seus lábios tocarem meu pau. Rebecca era incrível naquilo, tanto que eu não durava meio minuto quando ela me chupava. Caralho, ela era foda demais, e eu era completamente dela.

Eu estava ainda mais sensível do que qualquer outra vez. Sua língua girou em minha glande, ela parecia faminta e se deliciando, e eu agarrei o estofado do sofá. Ela passou a língua por toda a extensão, deixando-me ainda mais molhado, e movimentou as mãos devagar.

Enrolei seus cabelos em meu pulso, mexendo a cintura e me enfiando em sua boca. Eu me recostei no sofá, com a respiração acelerada, e meu cérebro estava com uma dificuldade enorme de organizar os pensamentos.

Os olhos dela se voltaram para mim enquanto me masturbava e me chupava.

— Caralho! Rebecca, eu quero você, agora, porra! — exigi, desesperado.

Afundei meus dedos em seus cabelos e a puxei para cima quando ela afastou os lábios de mim. Com um sorriso nos lábios, ela se sentou em meu colo e me beijou. Tirei a camisinha do bolso do roupão e a coloquei. Segurei Rebecca pela bunda e me encaixei dentro dela, envolvendo meu braço ao seu redor e indo fundo.

— Cam... você está tão... duro — resfolegou, e eu gemi com os lábios tocando seu seio direito.

— Se mexe, caralho... Agora! — ordenei.

Meu corpo escorregou um pouco para baixo, quase me deitando, e ela começou a rebolar em meu colo, toda deliciosa e sabendo o que fazer. Suas mãos se apoiaram no sofá, na altura de minha cabeça, e eu dei tapas em sua bunda redonda e gostosa.

— Isso, amor, isso — gemi.

Segurei um de seus seios e o lambi, fazendo o mesmo com o outro. Ela envolveu seu braço ao redor de meus ombros e eu comecei a mexer a pélvis para cima. Estávamos encharcados, excitados e chegando ao limite.

Ela me beijou e começou a cavalgar deliciosamente, gemendo, arranhando minha nuca com uma mão e meu abdômen com a outra. Afastei nossos lábios para tentar respirar e ela me olhou com vitória. Estava entregue. Se havia algum vestígio de não me entregar totalmente a ela, havia acabado, não tinha essa possibilidade, era impossível.

Eu era completamente dela, tudo em mim, meu coração, alma, corpo, *tudo*.

Não consegui conter os gemidos. Ela soltou meu ombro e parou a mão em meu pescoço, voltando a rebolar e esfregar o clitóris em minha virilha.

— Rebecca, não pare, não... — Apertei sua bunda com força.

Eu estava bêbado de prazer. Nunca tinha implorado para que ela não parasse, nunca, em toda minha vida, tinha conseguido isso, me entregar por completo, não pensar em nada, não querer estar no controle, querer apenas ser dela... aquilo *nunca* tinha acontecido.

— Sai de cima, sai de cima — pedi apressadamente. — Eu...

Mas em resposta ela apoiou as mãos no sofá atrás de mim e rebolou mais rápido, ofegando e gemendo. Meu ar sumiu, meu corpo tremeu e tudo o que eu consegui fazer foi fechar o braço em sua cintura, afundar a outra mão em seus cabelos e a pressionar mais contra meu corpo enquanto afundava meu quadril com força contra o dela, indo mais fundo e quase desmaiando de prazer.

Eu estava fodido, viciado e obcecado por ela.

A sensação de ser completamente de alguém, a ponto de perder o controle, era devastadora e magnífica.

Fiquei instantes com os lábios em sua clavícula, resfolegando, buscando o controle de minha respiração, tremendo e zonzo. Ainda sentindo os tremores de prazer.

Estava suado, com os cabelos molhados pelo banho e suor.

Foda-se, eu tive o melhor sexo de toda a minha vida e eu amava minha mulher.

— Só um minutinho, prometo que já estou me recuperando — resmunguei, sentindo seus dedos passarem em meus ombros e costas.

Mas a verdade era que eu tinha perdido todas as forças e me sentia destruído. Ela riu e acariciou meus cabelos. Normalmente quem ficava assim era ela, e dessa vez…

— O que foi que você fez comigo? — questionei baixinho.

Ela sorriu ao me ouvir e saiu do meu colo com cuidado. Eu me levantei devagar e fui ao banheiro. Quando voltei, ela estava arrumando nossa cama, mas suas pernas também tremiam. Eu me joguei na cama enquanto ela caminhava na direção do banheiro.

Estava exausto e sonolento, mas não conseguia dormir sem que ela estivesse aqui comigo e me dissesse que estava bem. Rebecca voltou, sorridente, tomou um gole de água do copo que estava ao lado dela na cama e me deu um pouco. Nós nos deitamos e eu a puxei para que se deitasse em meu peitoral, começando a acariciar seus cabelos.

— Por que está tão sorridente? — questionei, e ela levantou o olhar ainda sorrindo.

— Você nunca ficou assim antes.

— Sem aguentar o segundo round?

Ela riu revirando os olhos.

— Não, seu egocêntrico — rebateu, provocativa. — Nunca tinha sentido você tão entregue como hoje. Normalmente você faz o foco ser sempre eu até quando tento fazer isso ser diferente, mas hoje foi diferente, você deixou ser sobre você — explicou — e eu sinceramente não sei explicar o quanto isso foi bom para mim.

— Bom para você?

— Te ouvir e ver é… — Ela pensou um pouco com um sorrisinho safado nos lábios — delicioso.

Sorri, esfregando os dedos em minha testa. Em seguida acariciei seus cabelos, lutando contra o sono.

— Eu nunca tinha ficado assim. A culpa não é sua e acho que também não é minha, mas nunca consegui me entregar cem por cento. Depois que as meninas começaram a espalhar coisas sobre mim, inclusive mentiras, eu sentia que sempre seria exposto e que jamais poderia confiar em alguém para ser totalmente dela. Isso mudou, é claro, mas ainda não tinha conseguido superar, mesmo confiando cegamente em você, era incontrolável. Não quero que pense que nossa primeira vez não foi boa, e ela significou mais do que eu posso explicar, é só que…

Não sabia mais o que falar e esperava que ela não ficasse triste com isso. Em resposta, ela sorriu e acariciou meu rosto.

— Não acho que nossa primeira vez tenha sido insignificante, amor. Estou feliz que esteja conseguindo superar os traumas que deixaram em você — disse calmamente, com os olhos sinceros.

Soltei a respiração em alívio.

— Agora, vamos dormir. Você está péssimo — brincou.

— Você acabou comigo! — protestei e ela riu se aconchegando. — Eu te amo, minha esposa.

— E eu te amo, meu esposo.

22

Rebecca

Oslo, Noruega
Palácio, Monarquia Norueguesa
Agosto, 19:46

Estávamos em Oslo para a coroação de Andrew e Astrid.

Chegamos no fim de julho por conta da cerimônia do casamento.

Felicity e Nicholas também estavam casados e fomos padrinhos dos dois casamentos, sendo os únicos de Andrew e Astrid pelas exigências monarcas, e eu estremecia sempre que pensava que era a madrinha de casamento da futura rainha da Noruega.

Natalie foi pedida em casamento por Elliot em seu aniversário e já estava nos preparativos. Deborah estava noiva de um norueguês chamado Frank, que foi enfermeiro da mãe dela quando estava viva. Infelizmente ela e Alec não era para acontecer, estavam em momento diferentes de suas vidas.

As coisas estavam em seus devidos lugares agora. As matérias de Rita Fletcher não nos incomodavam; a temporada do time começaria em outubro; as coisas em Stanford estavam mais leves; Hilary não era vista (ainda estudava, mas não ficava no mesmo prédio que nós); a namorada de Jasper, Clara, que ele conheceu no dia em que incendiaram a casa de Matteo e ele a beijou durante a festa, era a nova capitã das líderes de torcida; e parte do time que viajou estava se saindo muito bem. Além disso, eu e Cameron, com a mesma velocidade que começávamos uma briga, resolvíamos e nos reconciliávamos.

Eu amava a vida de casada e ele parecia sentir o mesmo. Cam não tinha mudado, ainda aprontava com Elliot, Peter e Josh, e eles eram o quarteto de ouro, como Georgia chamava sempre que tinha que livrá-los de alguma coisa com Anthony. E as coisas estavam bem entre ele e Manson.

Matteo não estava mais no time, da mesma forma que entrava em silêncio, quase sem ser visto, ele saía de Stanford, e seus amigos tinham se bandeado para o lado de Cameron. Eu desconfiava que ele tinha aceitado tudo aquilo fácil demais, mas meu esposo sempre tentava me fazer tirar aquela ideia da cabeça; ainda assim tinha um péssimo pressentimento quando o assunto era ele.

— Como você não engravidou ainda? — Astrid questionou enquanto comíamos um pote de sorvete juntas, em um momento em que ela conseguiu escapar das inúmeras reuniões em que precisou comparecer. — Vocês somem o tempo todo. Sumiram até na festa do nosso casamento — ela sorriu. — Eu e Andrew não conseguimos acompanhar, vocês simplesmente evaporam.

Astrid e Andrew tinham voltado da lua de mel inseparáveis, o que foi ótimo para mim e Cameron, depois de um mês estando completamente ao dispor deles, que ficaram com os ânimos a flor da pele com o casamento. Mas, com a coroação sendo amanhã, ela precisou de alguém para conversar.

— Eu tomo remédio e a gente se protege — expliquei, tentando me lembrar da última vez em que tomei.

— Todo mês?

— Todo mês... — Pensei em pouco. — Se bem que desde que cheguei na Noruega não, o que é arriscado. Vocês estão se protegendo ou já estão providenciando uma mini versão de vocês?

Ela riu, dando de ombros.

— Não precisamos adiar uma gravidez, quanto mais cedo vier, melhor será. — Ela suspirou, mas não parecia ser pelo assunto que falávamos. — Eu queria fazer alguma coisa como princesa antes de ser coroada rainha. Não, como princesa não, apenas como Astrid — ela se corrigiu. — Porque ser rainha vai mudar muita coisa para mim. O que as pessoas normalmente fazem com os amigos? — questionou, olhando para mim.

— Saem para comer pizza, cantar karaokê, beber, ir ao cinema... essas coisas. Normalmente o time quem organiza as coisas, adoram festas com bastante bebidas e karaokê. O karaokê é a graça deles.

Ela se levantou em um pulo.

— Como já são mais de oito horas da noite, vou providenciar o karaokê, bebidas e pizza — ela disse animadamente.

— Eu acho incrível! — afirmei com a mesma animação.

— O que é incrível? — Ouvi a voz de Andrew e olhamos para a porta, onde ele entrava junto com Cameron.

— Vamos fazer um karaokê, beber e comer pizzas — Astrid o respondeu, jogando-se nos braços dele. Cameron selou nossos lábios e se sentou ao meu lado. — Quero fazer alguma coisa apenas como Astrid antes de ser rainha — admitiu a Andrew, que estava com o braço ao seu redor e acariciou o rosto dela.

— Como quiser, meu amor — respondeu e beijou sua bochecha.

— E agora que chegaram, podemos fazer limpeza de pele em vocês — sugeri.

Astrid arregalou os olhos de animação e fitou Andrew.

Meu esposo, acostumado com isso, apenas riu, passando os dedos em minha cintura.

— Você não vai falar nada? — Andrew questionou Cameron em busca de uma objeção.

— Jamais. Ela quem manda em mim e todo mês ela e Natalie decidem fazer limpeza de pele em mim e Elliot. Achou que não sobraria para você também? — Indagou rindo de Andrew, que acabou rindo junto.

— Vou pedir para arrumarem a sala — Astrid disse animada, e saiu puxando Andrew.

— Parando para pensar, você nunca reclamou das limpezas de pele — comentei, fitando-o, e ele sorriu.

— Obedecer para depois ser obedecido — insinuou, e eu dei um tapa em sua coxa, vendo-o rir. — Também te amo — provocou, puxando-me para um selinho.

Depois de alguns minutos, Astrid reapareceu nos chamando para irmos a outra sala, onde o karaokê estava pronto. Tinha uma enorme TV com videogame e outra para os jogos de dança, além de quatro caixas de pizzas e várias bebidas.

Primeiro paramos para comer e beber em uma mesa, conversando sobre o lugar para onde Andrew e Astrid viajaram na lua de mel e os lugares que visitamos ou queremos visitar.

Bebíamos em todos os intervalos enquanto jogávamos e dançávamos.

Eu me sentia um pouco alterada quando paramos para cantar no karaokê. Primeiro foi a vez minha e de Cameron; cantamos algumas músicas que gostávamos, fazíamos isso em casa com o time, uma vez no mês, então foi algo divertido e familiar para nós.

Quando foi a vez do outro casal, Astrid secou o copo de caipirinha que eu e Cameron tínhamos feito para nós quatro e, junto com Andrew, começou a cantar desafinadamente.

— Meus tímpanos estão doendo, e isso começou agora — Cameron reclamou.

Concordei, balançando a cabeça e tapei os ouvidos com as mãos. Assim que o casal ouviu as nossas reclamações, começou a cantar mais alto em provocação e eu me senti na obrigação de abaixar a caixa de som. Depois de muita risada e mais bebidas, eles cantaram mais baixo e sem forçar uma voz extremamente ruim.

Eu e Cameron seguimos para o videogame de corrida e jogamos quatro partidas; em três empatamos e em uma ele venceu a última.

— A gente dorme com a pessoa, mas não conhece ela de verdade — Cameron se lamentou. — Onde aprendeu a jogar assim?

— Você viu o tanto de tios e primos que tenho?

Ele riu me ouvindo.

— Faz sentido — admitiu.

— Vai, amor, dança um pouquinho comigo. — Nós nos viramos na direção de Astrid, que insistia para que Andrew dançasse com ela no videogame. — Se fosse Cameron pedindo, você aceitaria — protestou.

— Aceitaria mesmo — concordei.

— Invejosa. Ele nunca vai ser completamente seu — Cameron provocou e fingiu amarrar os cabelos imaginários em um coque.

— Amante vai sempre ficar em segundo lugar — Astrid rebateu, e eu gargalhei por vê-la retrucar as inúmeras provocações que meu marido adorava fazer com qualquer pessoa próxima.

— E por que eu fico sempre em primeiro e você em segundo? — Cameron questionou, e Andrew gargalhou.

— É com ele que você vai dormir hoje — Astrid ameaçou.

— Mas eu não falei nada, eu danço com você, danço o que você quiser, quando você quiser — Andrew disse apressadamente, fazendo com que eu e Astrid caíssemos nas risadas.

— Não tenho valor nenhum — Cameron fingiu frustação.

Depois de Andrew, eu dancei com Astrid, mas não aguentava mais de vontade de sumir dali com Cameron. E consegui uma oportunidade incrível quando Andrew começou a ensinar Astrid a jogar corrida de carros e Cameron estava enchendo um copo de água na bancada de bebidas.

Quando me levantei, seus olhos já estavam em mim, e ele abriu aquele sorrisinho de lado como se soubesse do que eu queria. Caminhei até ele, parando em sua frente, e me recostei na bancada.

— Devíamos sair daqui, não? — sugeri.

Ele passou a língua nos lábios e se aproximou de mim, apoiando as mãos na bancada e me deixando "sem saída".

— Me convença — desafiou.

Abri um sorriso malicioso, aproximei meus lábios de sua orelha e o abracei pelos ombros.

— Estou de vinho — sussurrei e me afastei, para ficar com os lábios próximos dos dele — e não quero que você seja delicado — insinuei, e ele ficou boquiaberto, me encarando. — Mas acho que não foi o suficiente — murmurei, e pulei da bancada para o chão.

Antes que eu pudesse me afastar, Cameron fechou o braço em minha cintura e me carregou sala afora, batendo a porta e não dando espaço para despedidas ou perguntas.

Ao chegarmos no quarto, ele fechou a porta e me pressionou contra ela. Arrancou meu casaco e me beijou.

Eu o abracei pelos ombros e me livrei do par de tênis. Suas mãos apertaram minha bunda, desceram até minhas coxas e fui levantada para o seu colo. Prendi minhas pernas ao seu redor, sem quebrar o beijo. Sentia meu pulso latejando em meu clitóris. Cameron me jogou na cama e me cobriu com seu corpo, voltando a me beijar. Desci as mãos na barra de sua calça, desabotoando-a enquanto seus lábios beijavam meu pescoço.

— Eu quero você — sussurrei em seu ouvido e mordisquei sua orelha.

Ele sorriu e arrancou minha calça enquanto eu tirava a blusa. Senti sua boca tocar minha barriga e passei os dedos em seus cabelos, mordendo o lábio inferior. Devagar, ele passou a ponta dos dedos por cima do tecido de minha calcinha. Eu o puxei pelo braço e tirei sua camisa, vendo-o abrir um sorriso. Em seguida, ele me beijou.

— Você é perfeita. Minha e só minha — alegou, apertando meu pescoço.

Mordi seu lábio e ele se livrou da calça e cueca. Tirei o sutiã e ele puxou minha calcinha para baixo, jogando-a para um canto qualquer. Eu o abracei pelos ombros e o beijei. Seus dedos deslizaram para dentro de mim e ele sorriu ao me sentir escorregadia. Em segundos, ele se encaixou e me penetrou, em um ritmo lento e torturante. Eu me contorci embaixo dele e afundei as unhas em seus ombros. Ele era enorme, duro, delicioso e sabia exatamente o que fazer.

— Ahn... amor... — gemi em seu ouvido, e os pelinhos de sua nuca se arrepiaram.

Ele se mexeu e eu abri um sorriso perverso.

Queria enlouquecê-lo como ele sempre fazia comigo.

— Acho melhor eu ir por cima — insinuei, passando os dedos em seu abdômen. — Você parece cansado — provoquei.

Ele apertou meu pescoço e se afundou dentro de mim com força, fazendo com que eu me abrisse mais para ele. Eu me contorci e, quando gemi, senti uma tapa em minha bochecha.

— Fica quietinha, eu não mandei você falar nada — rosnou.

Abri a boca, seu olhar era intenso e quase perfurava minha pele.

— Fica de quatro — ordenou, saindo de cima. — Agora!

Fiz o que ele mandou, sentindo a irritação em sua voz. Então, abri um sorriso vitorioso.

Eu queria mais, queria tudo, meu pulso estava no meu pescoço e em meu clitóris, tudo em mim latejava e eu me sentia cada vez mais molhada.

Senti as mãos de Cameron em minhas costas e ele me empurrou para baixo, me fazendo ficar com a bunda empinada e os seios colados no colchão. Um tapa forte foi disparado em minha bunda e logo veio outro e outro que me fez gemer. Sem aviso, ele penetrou dois dedos dentro de mim e puxou minha cabeça para cima.

— Gostosa do caralho! — disse, e mexeu o polegar em meu clitóris.

— Merda, Cameron! — xinguei, sentindo seus dentes derraparem em meus ombros, e mexi o quadril, tentando me esfregar em seus dedos.

Meu clitóris pulsava com os movimentos circulares enquanto dois dedos me massageavam. Cameron parou e, em segundos, se encaixou em mim. Eu estava sensível e revirei os olhos quando ele me preencheu.

Meus braços foram puxados para trás e seu corpo estava tão colado ao meu que eu não conseguia me mexer direito. Com a mão desocupada, ele abriu mais minhas pernas e começou a rebolar, tocando cada parte sensível dentro de mim.

— Caralho! — Eu o ouvi gemer com a voz rouca.

Ele começou a ir mais rápido, e eu fui de encontro a ele. Minha bunda batia contra o seu corpo enquanto ele se esfregava em mim, crescendo, ficando cada vez mais duro, indo cada vez mais forte. Ele soltou meus braços e envolveu meu cabelo em seu punho. Fechou o braço ao meu redor, sem parar com os movimentos. Desci a mão em meu clitóris, sentindo que o borbulhar do orgasmo estava próximo.

Nossos gemidos e corpos se encontrando preenchiam o silêncio do quarto.

— Cameron, isso, eu… *ah…*

Ele saiu e me empurrou contra a cama. Suas mãos agarraram minhas coxas e me puxaram para si, me arrastando por cima do edredom, e novamente fui preenchida por ele. Seu corpo me cobria por completo, sua virilha esfregava meu clitóris e ele se mexia deliciosamente.

Abracei seus ombros, arranhando suas costas, e fechei minhas pernas ao seu redor. Nossos corpos avermelhados se moviam em sintonia. Cameron beijou meu pescoço e parou, me deixando sentir sua respiração ofegante.

— Cam…

Ele manteve a velocidade, me abraçou e me ergueu um pouco, pressionando-me contra o seu pau e me fazendo gemer alto.

Minha pele incendiou com o orgasmo e eu me contorci, sem conseguir soltar Cameron e sentindo tudo dele dentro de mim.

Revirei os olhos e finquei as unhas em suas costas, arranhando-as. Seu gemido rouco me fez estremecer e o abraçar com mais força. Ele se empurrou outra vez dentro de mim e apertou minha cintura, tremendo.

— Porra, Rebecca, caralho! — xingou tudo de uma vez, e eu sorri, soltando-me dele e sentindo minhas pernas doerem.

Consegui me levantar a tempo de ir ao banheiro e me limpar. Abaixei a tampa da privada e me sentei. Cameron veio atrás, porque nunca demorava, e abriu um sorriso ao ver a situação em que eu estava.

— Preciso de um banho — admiti, sentindo o suor por todo o meu corpo.

Ele se aproximou, beijou a ponta de meu nariz e me pegou no colo.

— Eu te amo demais — afirmou, colocando-me na banheira e apertando o botão para enchê-la.

— E eu te amo demais — confirmei, beijando seus lábios.

Tomamos nosso banho e Cameron me levou para a cama depois de me secar. Ninguém entrava em nosso quarto, mesmo estando no palácio, mas Cameron fez questão de me fazer vestir sua camisa e uma cueca box, que virava um short em mim. Ele colocou uma cueca e me abraçou.

Abri um sorriso, puxando mais seu braço e me sentindo espetacular, porque ele acabava comigo e cuidava de mim, me deixando ainda mais apaixonada.

Cameron estava me esperando na pequena sala que tínhamos. Astrid fez questão de nos dar uma suíte com banheiro, dois closets e uma sala.

Terminei de me arrumar, me olhei novamente no espelho e gostei do que vi: meu cabelo estava solto, com duas mechas presas que se encontraram no meio e duas mechas finas soltas na frente; a maquiagem era leve, mas o batom vinho se destacava, o vestido era longo e azul-escuro — a cor que Astrid pediu que eu usasse para cantar na coroação —, e eu usava saltos pratas.

Saí do quarto e Cameron levantou os olhos na minha direção. Em seguida, ele se levantou apressadamente, parecendo atônito e surpreso.

— Amor, está tudo bem? — questionei, aproximando-me, e ele deu um passo para trás.

— Não, deixa eu te ver direitinho — pediu.

Cameron ficou instantes me analisando, como se tentasse fixar cada detalhe meu em sua mente, me deixando envergonhada e provavelmente com as bochechas coradas.

— Cam, para de me olhar assim — pedi, dando um empurrãozinho de leve no seu peito, e ele sorriu me puxando pela cintura.

— Rebecca Styles, você é a mulher mais linda desse universo — afirmou, olhando em meus olhos. — Não sei como quis se casar comigo, sendo tão perfeita.

— Amor! — Eu ri de suas palavras e beijei rapidamente seus lábios, para que não ficassem marcados. — Você é o homem mais lindo que existe por fora e por dentro — enalteci, vendo-o sorrir e se aproximar para um selinho.

Virei o rosto em provocação, mesmo sabendo que nunca funcionava, e ele fez questão de aproveitar o espaço para beijar meu pescoço. Subiu os beijinhos até minha orelha e sussurrou:

— Deixa eu te olhar mais um pouco.

Eu o olhei e ele ficou segundos me observando.

Encará-lo me fazia ver um filme: o momento em que eu parti de Los Angeles para São Paulo, o meu retorno, o nosso reencontro na lanchonete, nossas provocações e diversas coisas que compuseram a nossa história.

E, sem perceber, as palavras saíram da minha boca:

— Eu te amo, você sempre foi o dono do meu coração.

Seus olhos se iluminaram ainda mais e ele sorriu, surpreso e radiante.

— Ah, Rebecca, você sempre foi a dona de mim por inteiro. Eu te amo, te amo, te amo — afirmou, dando vários beijos em meu pescoço.

— Homem, você vai acabar tirando o meu vestido — disse, tentando empurrá-lo, e ele parou, olhando para mim com um sorriso maroto.

— Sério? Mais um pouco e eu consigo?

— Não, Cameron, não consegue, seu *foguento* — afirmei, dizendo a última palavra em português, e me afastei dele, mas suas mãos me puxaram novamente.

— E você não é *foguenta*, não? — implicou, passando os lábios em meu pescoço.

Cameron todo dia pedia para eu ensinar uma palavra em português para ele e sempre fazia questão de usá-las. A palavra "foguenta", ele havia aprendido há meses e não parava de falá-la sempre que tinha oportunidade.

— Podemos, por favor, ir logo? Eu acho que você não sabe, mas temos que chegar antes de Astrid e Andrew — eu disse, levantando seu rosto pelo queixo, e ele sorriu, me dando um rápido selinho.

Ele envolveu um braço em minha cintura e, ainda falando sobre eu estar linda, saímos do quarto, seguindo até o salão principal no andar debaixo.

Meu esposo estava lindo e deslumbrante com seu terno e gravata azul-escuro e a camisa social branca. Eu cairia na sua arte de sedução facilmente se não tivéssemos um compromisso tão importante nos aguardando.

Ver o desenvolvimento e crescimento dos meus amigos era uma realização muito valiosa para mim, e acredito que para Cameron também. Ele estava feliz e se enchia de orgulho para falar de Andrew.

— Olha quem eu achei — Cameron disse, apontando para o casal.

— Olá, casados — eu os cumprimentei, os abraçando.

— Olá, casada! — Nicholas me levantou no ar.

— Não imaginava ver vocês por aqui — disse quando Nicholas me soltou e Cameron me entregou uma taça de vinho.

— Não viemos ao casamento de Andrew porque estávamos em lua de mel — Felicity disse, animada e sorrindo.

Nicholas e Cameron começaram a conversar sobre como estavam as coisas em Stanford, já que Nic voltara para a universidade há duas semanas, no início de agosto. Eu e Cameron teríamos que passar mais tempo estudando para repor as matérias.

— Como eles estão? — Felicity questionou, olhando para mim. — Andrew e Astrid… ele parece estar no paraíso, mas eu o conheço desde sempre, imagino que deve estar nervoso e ansioso.

— Ele será príncipe, impossível não estar nervoso — comentei —, mas eles estão recebendo muito apoio dos pais de Astrid. Ontem, por exemplo, eles estavam bem tranquilos e conseguimos passar uma noite sem pensar em tudo isso.

— Ah, que ótimo — ela suspirou aliviada.

Fomos instruídos a irmos para os nossos lugares, para o início da cerimônia de coroação. Precisei ficar próximo do palco onde o cerimonialista estava falando, pois Astrid queria que eu cantasse uma música clássica norueguesa. Cameron passou duas semanas me ajudando a pronunciar as palavras corretamente, eu não sabia falar nada do idioma e todo o meu tempo no país foi com pessoas falando inglês, inclusive o rei, a rainha, Astrid e Andrew, que estava aprendendo o idioma desde que viera para o palácio. Combinamos que quando retornássemos para nossa casa, eu começaria um curso de norueguês ou seria complicado quando voltássemos para o palácio.

A cerimônia de coroação se iniciou e foi lindo ver Astrid sendo coroada pelo pai e Andrew pela rainha Martha. Demonstrações afetivas não podiam ser feitas no meio da coroação e, de onde eu estava, foi possível ver o quanto os quatro precisaram se conter. Astrid e Andrew se sentaram em seus tronos e todos os reverenciamos.

Conforme fui orientada, fiz reverência à nova rainha e ao príncipe consorte, que acenaram positivamente com a cabeça, e segui para o meu lugar para cantar.

Eu me sentia uma criança quando vi que todos tinham voltado a atenção para mim e a música se iniciou, mas fiquei um pouco mais tranquila observando Cameron, que analisava cada traço meu com uma admiração que me deixava envergonhada.

Observei Andrew e Astrid, que se olhavam com admiração e devoção. Astrid me lançou um olhar grato e Andrew parecia estar quase gritando o quanto ele estava feliz.

E eu estava feliz. Andrew era um príncipe consorte e casado com alguém que ele merecia e que o merecia, Natalie estava noiva, Nicholas casado, Nicolly casada e com uma filha linda, Josh e Peter se preparando para pedir Calleb e Lana em casamento e eu… casada com o amor da minha vida.

23

Rebecca

Palo Alto, Estados Unidos
Mansão Styles
Setembro, quinta-feira, 22:10

A primeira fase de competições do grupo Alpha foi finalizada com êxito e a sensação de estar cumprindo com o meu dever ao lado de Neji era ótima. A próxima fase seria em duas semanas.

E o primeiro jogo da temporada com Cameron como capitão aconteceria no dia seguinte. A pressão em cima dele estava enorme por parte da faculdade, do time e, principalmente, dele consigo mesmo, como sempre foi.

Felizmente, agora eu podia deixá-lo um pouco menos tenso. O treinador conversara com todos os jogadores e explicara que atividades sexuais não eram proibidas, porém recomendou que ocorressem, no máximo, doze horas antes da competição, e que também não impedissem o descanso noturno dos jogadores por oito horas seguidas.

Eu e Cameron, naquela noite, conversamos muito sobre a pressão que ele estava sentindo e sobre estar muito ansioso. Pude perceber os suspiros aliviados que dava durante seu sono, depois de fazermos alguns "exercícios físicos".

Beijei seu rosto ao conferir que estava entregue ao descanso, e me levantei cuidadosamente para não o acordar.

Franzi a testa ao me dar conta de que havíamos voltado da Noruega há aproximadamente um mês, e uma semana depois disso, passei a me sentir faminta depois do sexo, ainda mais do que antes, e sempre que me alimentava, não interferia na diabetes. Já eram quase duas semanas sem tomar insulina, como se meu corpo tivesse voltado a produzi-la.

— Amor? Tudo bem?

Eu me virei na direção da voz de Cameron, que entrou na cozinha vestido com um shortinho de linho fino e sem camisa.

— Não era para ter te acordado, me desculpe — disse, sentindo meus olhos lagrimejarem.

Cameron riu se aproximando.

— Amorzinho, está tudo bem — afirmou, afundando os dedos em meus cabelos e acariciando meu rosto com o polegar. — Sempre acordo quando você sai da cama — relembrou, fazendo-me rir, e limpou minhas bochechas.

Ele me abraçou pelos ombros e eu me deitei em seu peitoral.

— Você comeu dois lanches? — Eu o olhei, e ele sorria com orgulho. — Que conquista! Você não come nem um inteiro e conseguiu...

Cameron se interrompeu e ficou me encarando com a expressão franzida.

— Por que você está chorando... de novo? — questionou, segurando o riso.

— Eu tinha feito um para mim e outro para você, caso acordasse com fome. — Funguei. — E comi os dois — expliquei com a voz tremendo pelo choro engasgado, e ele gargalhou.

— Está de TPM? — indagou, voltando a acariciar meu rosto e passou o polegar, limpando a lágrima em minha bochecha.

Parei por instantes, lembrando-me que minha menstruação estava atrasada.

— Pelo calendário que tenho, está atrasada, não? — ele perguntou.

Eu o fitei e seus olhos eram esperançosos.

— Acho que essa semana vem — respondi enquanto ele me observava.

E abriu um sorriso.

— Vou fazer algo para comer e depois iremos dormir. Não fique chateada, finalmente você está comendo direito, minha gatinha manhosa — brincou, beijando meu rosto, passou os lábios em meu pescoço e me soltou.

— Não quer que eu faça? — eu me ofereci e ele negou.

— Não, nada disso. Quero você bem quietinha terminando de tomar o seu suco — disse, rindo enquanto pegava uma tigela.

Eu o observei pegar o cereal e o leite da geladeira.

— Eu comi dois lanches e você vai comer cereal, isso não está certo — observei, e ele revirou os olhos.

— Não estou reclamando, garotinha, então pare com isso, o importante é comer — alegou, fazendo-me rir com os olhos lacrimejantes.

Eu me levantei da bancada, peguei alguns morangos, lavei e os coloquei em uma tigela. Peguei um creme de avelã, uma colher e me sentei novamente. Cameron, que estava comendo cereal, me olhou com expressão de dúvida.

— O que foi? — questionei, pegando um pouco do creme com a colher e passando no morango.

— Não vai afetar sua diabetes?

Dei de ombros.

— Amanhã cedo eu tomo remédio — atestei e mordi o morango.

Ele ficou me observando por instantes, mas não disse nada, apenas deu de ombros.

— Eu queria falar uma coisa com você — comecei, passando os dedos em sua mão.

— O quê, minha princesa?

— Quero que a nossa família tenha um baile de máscaras anual. Nossas famílias sempre fazem jantares e eventos chiques, quero que tenhamos algo fixo e nosso. O baile de máscaras da Supremacia Styles, não seria legal? — Ele abriu a boca para falar, mas eu estava tão empolgada que continuei: — E poderia ser uma forma de manter a boa comunicação com os nossos parceiros, seguir nossas gerações, reencontrarmos nossas famílias e amigos todos os anos e ter um evento para a nossa marca.

Ele sorriu me observando.

— Tenho certeza de que nossas famílias vão adorar, principalmente Natalie.

Gargalhei por ele estar completamente certo.

— Ela amou a ideia quando eu disse. — Eu lhe ofereci um morango coberto de chocolate e ele aceitou. — Estamos construindo o nosso império, temos as lanchonetes, as lojas, a empresa, e você acabou de construir uma academia. Temos nome e negócios a zelar, diante de tudo o que temos, a única coisa que faltava era um evento da família e isso pode ser muito bom, no meu ponto de vista.

Cameron puxou minha mão e a beijou.

— Não só pode, como vai ser. Tem todo o meu apoio, amor — disse, sorrindo, e pegou outro morango da tigela. — Para quando será?

— Pensei em novembro, depois das provas da faculdade.

— E por que não no seu aniversário? — Eu o olhei e balancei a cabeça negativamente.

— Meu aniversário quero passar com o meu esposo, apenas. Uma coisa minha e sua, não um evento com várias outras pessoas. — Ele abriu a boca para falar, mas o interrompi. — Nem tente me convencer o contrário, fizemos exatamente isso no seu.

Ele sorriu e concordou.

— Como quiser, minha dama. — E beijou minha mão.

Voltamos para o quarto e Cameron ficou instantes mexendo no meu cabelo.

— Você tem certeza de que está bem?

Eu o olhei, ainda deitada em seu peitoral.

— Por que a pergunta? — questionei, confusa.

— Você comeu e não tomou remédio, tenho percebido isso não só de agora. — Ele pensou um pouco. — Faz duas semanas que você come besteiras e não toma remédio, não se exercita direito e tem ficado com muito sono. A correria da nossa rotina tem te afetado?

— Não tenho ficado com tanto sono assim — rebati, e ele me olhou, com repreensão.

— Amor, antes quando eu chegava das corridas da manhã, você já estava se arrumando para a faculdade, nas últimas semanas tenho que te acordar e você ainda pede dez minutinhos de soneca — brincou, beijando a ponta de meu nariz. — E a sua saúde…

— Minha diabetes não tem ficado alta, mesmo comendo besteiras. Não sei se é pelas aulas de dança ou pelas horas que fico na esteira. E quanto ao meu cansaço, deve ser a rotina, tenho certeza de que daqui em diante isso vai mudar agora que as coisas estão mais calmas.

— Não acha que precisa ir ao médico ver se está tudo bem? — Ele acariciou meu rosto.

— Vamos ver como estarei durante a semana que vem — afirmei.

Beijei seus lábios e me deitei novamente.

Mas sabia que tinha algo de diferente em mim e suspeitava que Cameron estava pensando o mesmo que eu.

— Tudo bem, mas não fique adiando isso — pediu, e eu dei risada.

— Sim, senhor! — disse, como se fosse do exército, e ele riu, dando um tapa forte em minha bunda.

— Vamos dormir, amanhã a casa estará cheia — relembrou, beijando o topo de minha cabeça, e eu concordei, sorrindo.

Estava ansiosa pela chegada das nossas famílias. Meus pais e sogros avisaram que viriam para verem o primeiro jogo de Cameron como capitão e de Elliot como cocapitão do time de Stanford.

Assim que Cameron adormeceu, peguei meu celular para enviar uma mensagem para Maya, que trabalhava na casa de campo de Cameron e, como nos demos muito bem, nós a transferimos para cá e a subimos de cargo, fazendo dela minha secretária. Maya era completamente fiel a mim; quando a sala de pole dance ficou pronta, por exemplo, e Cameron insistiu para ter a chave da sala, e ela impediu.

Rebecca

Maya, pode, por favor, agendar um exame de sangue para teste de gravidez amanhã cedo, se tiver horário?

Maya

Claro, senhora.

Sexta-feira, 10:19

Senti os braços fortes de Cameron ao meu redor. Com a mão, ele afastou meus cabelos e distribuiu beijinhos que me fizeram despertar.

— Amorzinho — chamou baixinho e passou os dedos em meu braço —, você precisa acordar — avisou com a voz mansa.

— Só mais uns minutinhos — pedi, aconchegando-me no calor de seu corpo, e ouvi sua risada.

— Mas se eu te der mais uns minutinhos, nossos pais e irmãos vão chegar e ficar esperando os seus minutinhos — explicou calmamente, passando a mão em minha cintura.

Abri meus olhos assim que ouvi suas palavras e me sentei na cama devagar.

— Eles estão chegando? — questionei, segurando o edredom para cobrir meus seios e me levantei.

— Sim. É o tempo de você tomar seu banho tranquilamente e se arrumar para tomarmos café com eles. Natalie e Elliot virão para cá daqui a pouco.

Concordei, pegando meu roupão e o vesti.

Caminhei até o banheiro, e foi o tempo de ligar o chuveiro para Cameron entrar também. Ficamos trocando carícias e ele lavou meus cabelos com praticidade, porque fazia isso quase toda a semana.

Quando saí, ele estava vestido de calça e blusa preta de mangas da Supremacia. Enquanto me arrumava, seus olhos estavam fixos em mim, me analisando.

— Por que está me olhando dessa forma? — perguntei enquanto me vestia.

Ele se levantou e se aproximou, passando a mão em minha bunda descoberta.

— Sua bunda está maior — comentou e deu um tapa.

Ri e o beijei.

— Está ansioso para o jogo?

— Um pouco — admitiu.

— Que horas será o treino? — questionei, terminando de me vestir.

— Às duas da tarde. O time quer almoçar com o treinador e os conselheiros, mas a gente pode…

— Nada disso, nos vemos na hora do jogo. Quero sair um pouco com a minha mãe — expliquei, sorrindo e ele acenou positivamente.

— Vou levar meu pai e meu sogro. Acho que Isaac, Jeff e Ryan vão adorar ficar um dia com o time, não?

Ele se sentou ao meu lado.

— Vão adorar — confirmei o vendo sorrir.

Antes que eu pudesse sair do quarto, Cameron me puxou cuidadosamente para si.

— Quero um beijo — pediu, subindo uma das mãos em minhas costas, me aproximando ainda mais dele.

Ele fechou os olhos e eu sorri enquanto o observava esperando por um beijo. Seus olhos se abriram e me encararam. Antes que eu pudesse dar um passo para trás, ele me puxou pelo pescoço e deixou nossos lábios próximos.

— Não me provoca — murmurou em tom ameaçador.

— Ou o quê? — provoquei e ele sorriu.

— Você me conhece o suficiente para saber o que acontece quando me provoca, senhora Styles — afirmou, empurrando-me contra uma das pilastras do quarto.

Passei a língua nos lábios e os mordi. Cameron, ainda com a mão em meu pescoço, me beijou devagar e com desejo. Nossas línguas se moviam lentamente e eu sentia meu corpo se esquentando.

— Amor… — Tentei afastá-lo.

— Só mais um pouquinho — pediu e voltou a me beijar.

Ele me virou, ficando contra a parede, suas mãos desceram em minha cintura, indo diretamente para a minha bunda e a apertando. Ele afastou nossos lábios e abriu um sorriso safado, puxando-me mais para si, sem tirar as mãos de onde estavam.

— Seu safado — eu disse, soltando-me dele e, quando me virei, ele deu um tapa em minha bunda. — Para, seu atentado! — repreendi, dando-lhe um tapa no braço. — Vamos, nossos pais já devem estar por perto.

— Não vai medir sua glicemia?

— Amor, eu estou bem — rebati, e ele me lançou um olhar de advertência.

— Para de ser teimosa — reclamou.

Ele ficou encarando cada parte do meu corpo enquanto eu media minha glicemia. Quando vi que o resultado estava 90 mg/dl, que era a faixa normal para quem ainda não tinha comido nada, eu o olhei vitoriosamente e mostrei o aparelho.

— Eu disse que estava normal — impliquei, e ele se levantou sorrindo.

Selou nossos lábios e saímos do quarto.

Assim que descemos as escadas, nossos familiares tinham acabado de chegar. Louis e Eloise vieram correndo desengonçadamente em minha direção e cada um abraçou uma perna minha.

Eu me abaixei e abracei os dois. Em seguida, abracei Isaac, que bagunçou meu cabelo, depois meu pai, Jeff, meus sogros e cunhados. Eliza disse que o casamento estava fazendo um bem enorme para mim e para Cameron.

E por algum motivo, minha mãe esperou que todos falassem comigo para depois me abraçar, e ficamos longos instantes abraçadas.

— Querido, pode ir na frente com o pessoal, iremos em breve — mamãe disse a Cameron, que concordou, mas antes de sair, deu um beijo em minha testa.

— Mãe?

Ela me olhou e sorriu.

— Não acha que precisa ir ao médico? — ela questionou e foi o suficiente para que eu começasse a chorar. — Ah, querida, você já sabe o que é.

— Estou desconfiando — admiti, limpando as lágrimas —, ainda não confirmei.

Mamãe sorriu novamente e afastou uma mecha de cabelo do meu rosto.

— O que acha de irmos ver isso hoje?

— Acho ótimo. Eu desandei na Noruega, e agora estou com muita fome e sono, não menstruei esse mês, minha diabetes está controlada o tempo todo e acho que Cameron está com a mesma suspeita, então… — suspirei.

E ela abriu um sorriso radiante.

— Quero fazer o exame de sangue hoje, é um dia ótimo, Cameron vai treinar, então é o dia ideal. Pedi para Maya agendar.

— Posso ir junto? — questionou.

— É claro, mas, vou abrir o resultado sozinha. Quero que Cameron seja o primeiro a saber — expliquei, e ela sorriu.

— Está certíssima, docinho — atestou. Começamos a caminhar para onde tomaríamos o café da manhã. — E que mansão maravilhosa, filha.

— É perfeita, não é? Assim que cheguei, fiquei um pouco assustada e não sabia se me adaptaria, mas… — Abri um sorriso — Eu me sinto em casa.

— Estou tão feliz por você — disse me abraçando de lado, com os olhos marejados.

Eu me contive para não voltar a chorar e passamos pela porta que dava para a área aberta. Natalie e Elliot tinham chegado e estavam conversando com minha sogra, enquanto Cameron conversava com meu sogro e meu pai, mas sua atenção veio diretamente para mim e acabei sorrindo.

Beijei o rosto de meu pai quando ele se levantou para puxar a cadeira para minha mãe e Cameron fez o mesmo para mim.

— Obrigada, amor — agradeci e ele beijou o topo de minha cabeça.

— Estava chorando? — questionou em voz baixa.

Eu o olhei rindo e acariciei seu rosto.

— Sim, estou um pouco emotiva — expliquei, e ele balançou a cabeça concordando. Passou a mão em minha coxa e beijou minha bochecha.

Percebi que ele e Eliza trocaram olhares como se fosse de confirmação. Papai e Arthur começaram a conversar animadamente com Cameron e Elliot sobre o time, e meu marido encheu a boca para falar sobre o ótimo desempenho que tinham.

Depois de conversar enquanto tomávamos o café, e de Natalie fazer questão de contar na frente de Isaac e Jeff que Jasper estava namorando com a capitã das líderes, o que vai causar uma série de brincadeirinhas da dupla Isaac e Jeff, Cameron fez o convite e todos tivemos que nos arrumar, pois o dia seria longo e corrido.

Maya me encontrou antes de subir as escadas e eu balancei a cabeça negativamente antes que ela se aproximasse. Então, ela sorriu e saiu rapidamente.

Cameron me abraçou por trás e deu um beijo na curva de meu pescoço.

— Você precisa se arrumar, amor — avisei. Eu o senti sorrindo e ele beijou novamente meu pescoço.

— Eu quero você — sussurrou.

Eu me virei de frente para ele e o empurrei contra a bancada da cozinha, onde estávamos e que, por hora, estava vazia.

— Depois do jogo serei toda sua — afirmei, selando nossos lábios, e ele apertou minha cintura. — Amor… — sorri, passando os dedos em seu rosto. — Doze horas — relembrei.

Ele bufou e eu o puxei para subir as escadas. Fiquei o observando se arrumar. Seu corpo era magro, mas seus braços eram fortes e definidos, assim como seu abdômen e pernas. E as tatuagens… ele havia feito todas que tinha vontade e estava lindo, gostoso e todinho meu.

— Você pode parar de me olhar assim?

— Não — respondi. — É crime pedir para eu parar de olhar um homem gostoso desses.

Ele sorriu, com as bochechas coradas, e me beijou. Colocou uma camisa azul clara da marca Supremacia Styles e me olhou novamente.

— Tem certeza de que vai ficar bem hoje? A gente sempre almoça junto e…

Selei nossos lábios, fazendo-o se calar. Cameron era sempre muito cuidadoso e carinhoso comigo, mas eu havia percebido que ultimamente estava um pouco mais, se é que isso era possível.

— Meu amor, não se preocupe, estarei com a minha mãe — eu disse, e ele fechou o braço em minha cintura. — Cam… — murmurei, rindo — Você vai acabar se atrasando, ande logo.

Ele me deu um outro selinho e me soltou.

Decidi começar a me arrumar também. Cameron terminou e parou atrás de mim no espelho enquanto eu me analisava. Ele me abraçou e beijou meu ombro.

— Se cuide e qualquer coisa me ligue, estou por perto — avisou.

— Pode deixar, amor. — Virei meu rosto e lhe dei um selinho.

Ele me encheu de beijinhos e saiu do quarto, pegando sua mochila no caminho. Esperei cinco minutos depois de sua saída, e ele voltou por ter esquecido o celular, que sempre esquecia quando ia jogar bola com os meninos.

Depois de dez minutos, tive a certeza de sua ausência em casa. Abri a porta do quarto pela digital e Maya já me aguardava. Eu a puxei para dentro e ela acabou rindo.

— Consegui agendar para hoje, às onze. Confirmei com o hospital e o exame de sangue sai em uma hora e meia — Maya explicou e eu, por instinto, a abracei.

— Você é incrível, muito obrigada. Mas preciso pedir mais uma coisa. — Ela me olhou e acenou para que eu continuasse. — Nem Cameron, nem ninguém, absolutamente ninguém, pode saber dos testes e do exame que vou fazer no hospital.

— Claro, senhora, eu sabia que me pediria algo assim.

— Perfeito, muito obrigada — agradeci novamente. — Vá descansar e, por favor, só quero te ver trabalhando de novo na segunda-feira — avisei, e ela sorriu, concordando.

— Como quiser, mas estou à disposição caso precise.

— Ah, sim, claro, mais uma coisa. Diga a minha mãe que estarei pronta daqui a uma hora para sairmos, por favor?

— Sim, agora mesmo — avisou e se despediu.

24

Rebecca

Não abri o exame de sangue durante o almoço com a minha mãe, porque, se eu confirmasse, começaria a chorar e ela saberia da resposta. Por mais óbvia que estivesse.

Chegamos em casa e eu me tranquei em meu quarto. Abri o exame e meu coração parou.

Fiquei instantes encarando, sem reação.

Era de se esperar, claro, mas era um baque que…

Eu seria mãe.

Cameron seria pai.

Positivo.

Minhas mãos tremeram, meu coração passou a bater rápido e as lágrimas desceram por meu rosto, ao passo que eu sorria.

Eu estava grávida de Cameron e sorrindo feito uma boba.

Passei a mão na barriga e mais lágrimas vieram, escorrendo até o meu pescoço, enquanto eu encarava o exame.

Maya parecia ter lido meu pensamento ao me entregar um par de sapatinhos brancos, às três da tarde. Não havia confirmado para ela, mas estava claro que eu irradiava alegria.

Então, como Cameron retornaria para casa apenas depois do jogo, coloquei o exame em um envelope azul-petróleo da Supremacia Styles, arrumei-o dentro da caixinha com os sapatinhos brancos e o deixei em cima da cama, para que fosse a primeira coisa que ele visse ao chegarmos em casa.

Era uma surpresa simples, mas, ao mesmo tempo, tão importante, e eu me sentia muito ansiosa para, depois da vitória do primeiro jogo, ver sua reação e tornar nossa noite magica e especial.

Estávamos aguardando o início do jogo e eu me sentei nos bancos da área VIP, onde tinha um lugar reservado para mim e nossas famílias.

Depois da entrada, o time entrou em campo e não encontrei Peter e Elliot. Franzi o cenho e observei Cameron, que parecia furioso e irritado.

Havia algo de errado.

Ele me olhou, abaixou a cabeça e correu na direção de Natalie, que estava com o pai. Ela arregalou os olhos, entregou a câmera para a outra fotógrafa e saiu às pressas com Arthur. Cameron seguiu na direção de Josh, que pela primeira vez não estava com Peter.

Georgia, que estava ao meu lado, tocou minha mão para descermos na direção de onde estava Anthony e o treinador. Cameron e Josh se aproximaram com Nicholas e meu pai nos seguiu após o chamado de Anthony.

— Peter sumiu, a última vez que falei com ele foi há uma hora — Josh disse, e meu coração parou.

— E Natalie falou com Elliot há meia hora, antes de todos chegarmos aqui — Cameron falou. — Tenho que ir atrás deles.

Ele se impulsionou para sair do campo, mas Anthony o segurou, ficando na frente de seu corpo, à medida que meu pai me colocou para trás dele.

— Você vai jogar — Anthony disse, e se virou para o meu pai. — Owen, o delegado já está do lado de fora, vá com ele por favor.

Meu pai concordou, deu um beijo em minha testa e saiu.

— Rebecca…

— Só saio daqui com o meu esposo — aleguei, e Anthony concordou.

Olhei Cameron, vendo sua nítida raiva. Ele não me olhou, mas era quase como se eu pudesse ler seu pensamento.

Matteo…

Ele não estava presente.

Não…

Cameron empurrou a mão de Anthony e correu para o meio do campo. Fiquei o olhando e vendo seu olhar se esfriar até ficar irreconhecível, fora do meu alcance, e eu não podia fazer nada. Apenas seu físico estava presente.

O que tinha acontecido com os meninos?

Onde eles estavam?

Machucados?

Perdidos?

Fechei os olhos e tentei respirar devagar.

Lana saiu correndo com Neji. Antonella, juntamente com Polly, desceu para onde eu estava.

— Você está bem, Moranguinho? — minha madrinha questionou. Eu a abracei, tentando segurar o choro pela preocupação, e não consegui responder.

Ela me olhou, apenas balançou a cabeça e manteve o braço ao meu redor, como se aquilo pudesse me proteger.

Não vi quando o jogo começou, mas vi o quanto Cameron estava agressivo e tenso, de forma que eu não conseguia comemorar suas vitórias. Minha mãe e sogra estavam em casa com as crianças, e agradeci a Deus por Isaac e Jeff terem voltado tão cansados do almoço que decidiram não vir assistir ao vivo.

O jogo, que era para ser um momento alegre, animado e uma conquista para os meninos, passou como um flash diante dos nossos olhos. Quando tudo acabou com a vitória de Stanford, Cameron não fez questão de comemorar ou dar entrevistas, e simplesmente correu em nossa direção com o capacete em mãos, exatamente quando Jasper e Luce chegaram.

— Eles estão no hospital — Jasper disse, e se virou para Cameron, que agora estava acompanhando dos meninos dos Warriors e meus primos.

— Me espere com Jasper — pediu depois de beijar rapidamente o topo de minha cabeça, e saiu correndo para o vestiário.

Vi Alec beijar o rosto de Antonella e Ned fez o mesmo com Polly. Caminhei com Jasper até tio Benjamin e ele me abraçou para, em seguida, caminhar comigo com o braço envolto em meus ombros.

— Georgia e Anthony, preciso que venham comigo — Antonella pediu calmamente.

— Madrinha? — eu a chamei. Ela me olhou e segurou minhas mãos.

— Se foi Matteo, como tenho quase certeza de que foi e só preciso de uma única resposta de Peter para confirmar, então resolverei do *meu jeito* — afirmou.

Acenei positivamente.

Ele merecia.

Não cabia a mim definir o que cada pessoa merecia em sua vida, mas Matteo…

Sua família tinha problemas diretos com Antonella, e não influenciou na vida de Felicity, porque ela passou a ser uma Nogueira, retirando por completo o sobrenome Hernandez, depois de um acordo que meu avô Marcus fizera com Antonella, saindo em defesa total de Felicity.

Eu a observei sair com Polly, Georgia e Anthony.

Tentei relaxar, porque os meninos agora estavam aos cuidados dos médicos, mas não conseguia me acalmar.

— Dessa vez nem mesmo os amigos de Matteo ficaram ao lado dele. O time todo bandeou para o lado de Cameron e, dos Warriors, Matteo tinha ainda dois amigos e eles estavam no jogo — Clara, a namorada de Jasper, disse enquanto enfiava o uniforme de líder de torcida na mochila.

— Tenho certeza de que sua sogra observou isso também — tio Benjamin disse e Clara sorriu, possivelmente por estar sendo bem-recebida depois de Jasper anunciar para a família que eles estavam juntos.

Cameron estava com os cabelos molhados e o rosto corado de irritação quando se aproximou.

— Vamos? — ele me chamou, com a mão em minha cintura.

Apenas concordei, começando a caminhar com ele.

Entramos no carro e ele deu partida.

Nunca tive medo de velocidade e estava acostumada com ele dirigir como se estivesse no filme Velozes e Furiosos, mas dessa vez ele estava com raiva, estressado e frio.

E eu senti medo.

Ainda não sabia o que Matteo havia causado aos meninos, mas via o que ele havia feito com Cameron e não fazia ideia do quanto demoraria para ele voltar a se sentir bem, e ele estava tão feliz…

Sem me dar conta, apertei a coxa de Cameron e ele me olhou franzindo o cenho. Quando parou o carro, questionou:

— Algum problema, amor?

Eu o olhei e balancei a cabeça negativamente.

Ele saiu do carro, abriu a porta para mim e seguimos para o hospital.

Arthur nos avisou que Natalie e o delegado Grier, pai de Elliot, estavam no quarto junto a Elliot, Lana estava com o pai de Peter no quarto dele, e a mãe estava chegando.

— E o que aconteceu? — Cameron questionou, irritado por ninguém ter começado a falar.

Meu pai e Arthur nos fizeram ir até a pequena lanchonete dentro do hospital. Enquanto meu pai pegava algo para tomarmos, Arthur começou:

— Elliot apanhou e foi encontrado pelo nosso pessoal, e Peter foi drogado e o pessoal de Antonella o achou — disparou, e eu fiquei paralisada. — Matteo disse que foi a resposta para o que causamos a ele.

— Causamos? — Cameron perguntou e fitou o pai. — Eu causei. A culpa é minha.

Olhei Cameron, assustada, e ele não me olhou. Seus olhos estavam cinzentos, como se não houvesse mais sentimentos bons nele. Irreconhecível.

— Filho…

— Quero falar com os meninos — exigiu, levantou-se e saiu.

Eu me levantei, mas meu sogro parou em minha frente.

— Posso falar com ele antes de você?

Eu o fitei e concordei.

Então, eu me sentei novamente, pensando em milhares de coisas.

O mundo parecia estar desabando e se escurecendo ao meu redor.

Meu Deus…

Pisquei algumas vezes, para afastar as lágrimas.

Meu pai me abraçou pelos ombros e me entregou uma garrafa de água.

Cameron se culpava por *tudo*. E agora que as coisas saíram de seu controle, eu não sabia do que era capaz ou até onde iria.

Papai olhou além de mim e me virei na mesma direção, vendo tio Benjamin se aproximando.

— Dei um jeito para que os meninos ficassem no mesmo quarto, Cameron está falando com eles e Peter pediu para você entrar — avisou, dirigindo-se a mim.

Concordei, ficando em pé, e peguei o café que seria de tio Arthur; passei pela sala de espera onde o time de Stanford estava em peso. Entreguei o café a Natalie e ela me abraçou.

— Espero que Matteo pague pelo que fez.

— Tenho certeza de que vai — eu disse.

Eu só esperava que fosse Antonella a fazer algo, e não Cameron.

Beijei a mão de Natalie e me levantei.

Quando entrei, Cameron estava sentado no estofado entre as duas camas, conversando com os meninos. Elliot estava com o olho roxo, as mãos machucadas e o rosto um pouco inchado; Peter não tinha vestígios de violência física, mas estava sonolento e abriu um sorriso fraco ao me ver.

— Oi, cunhadinha — Elliot disse e começou a tossir. Ele colocou a mão sobre o peito e fez careta de dor.

— Oi, cunhadinho. — Eu lhe dei um abraço com cuidado e caminhei até Peter, que estava tomando soro na veia. — Oi, maninho.

— Oi, maninha — disse devagar, e eu o abracei.

— Eu juro que não foi porque eu quis, estou sem drogas desde o ano passado — ele se justificou, tentando rir.

Coloquei a mão sobre a boca, automaticamente, pelo choque que foi ouvir aquilo, e meus olhos encheram de lágrimas. Cameron se levantou e me puxou para ele.

— O que o médico disse? — perguntei.

— Teremos alta amanhã — Elliot se prontificou. — Peter, depois que o soro tirar as substâncias do corpo dele, vai estar bem e poderá jogar nos próximos jogos e eu... — Cameron respirou fundo. — Vou demorar duas semanas para jogar oficialmente. Matteo não me machucou para ficar afastado dos jogos, foi para não participar de hoje em específico.

— Como isso aconteceu? — questionei.

— Dois caras me fecharam na rua, uma hora antes do jogo, enquanto eu estava voltando para Stanford. Eles me tiraram do carro e me seguraram, Matteo conseguiu me drogar e eu desmaiei, quando acordei já estava aqui — Peter disse, e eu apertei sua mão.

— Foi o mesmo comigo, Natalie foi mais cedo para Stanford por causa dos projetos que participa, eu estava sozinho quando dois carros me cercaram, me tiraram e me seguraram para Matteo bater em mim.

— Eu sinto muito, muito mesmo, sei que isso tem a ver com...

— Não, Rebecca, tem a ver com a gente — Elliot me interrompeu, dizendo com firmeza. — Isso serve para vocês dois — disse, sentando-se na cama com a ajuda de Cameron e o segurou pelo ombro. — Não faça besteira, tem pessoas que vão resolver isso — afirmou, encarando-o nos olhos.

— Ser amigos de vocês foi escolha nossa, a culpa não é de nenhum dos dois — Peter disse, olhando para mim, e eu concordei balançando a cabeça.

Estava grata por ouvir aquilo. Cameron, por outro lado, se manteve calado e eu preferia que ele tivesse dito algo, assim saberia melhor o que ele estava pensando. Mas não, ele se manteve em silêncio e aquilo me deixou ainda mais preocupada.

Não que eu não achasse que Matteo não merecia, mas Cameron não merecia carregar o peso de toda essa situação.

Ele tinha apenas dezenove anos, já havia passado por tantas coisas e agora que estava ficando bem…

Não era para ser assim, era para ser uma noite alegre de primeiro jogo, primeira vitória do time e eu contaria a Cameron que ele seria pai…

Saímos da sala para que outros entrassem.

— Avisei Andrew sobre Peter estar bem, vou passar a noite com o Pê — Lana avisou.

Polly chegou com Georgia e o delegado da cidade. Franzi o cenho quando olhei o homem.

— Senhor Campbell?

Ele me olhou.

— Que mundo pequeno — ele disse.

Era um dos homens que me aconselhara sobre Cameron assim que eu tinha voltado para Los Angeles, exatamente no dia em que meu irmão tinha quebrado o braço e Cameron ficara no hospital e tiraram uma foto minha com ele no estacionamento. Olhei para Polly, que sorriu.

— E vejo que se casou com… — Ele sorriu olhando. — Não era ele que você não suportava?

Sorri e dei de ombros.

— Eu me equivoquei um pouco — brinquei.

— Minhas felicitações. Agora, peço que me deem licença — pediu e se afastou.

— Vocês sempre me vigiaram mesmo, não é? — eu disse em voz baixa para Polly.

— Temos olhos em todos os lugares, sua madrinha é rigorosa com a sua segurança — afirmou.

— Eu preciso que o quarto fique apenas com os responsáveis dos meninos, o advogado da família… — O delegado olhou para meu pai. — E a juíza. Os demais, por gentileza, não nos interrompam — impôs, e seguiu para o quarto com as pessoas solicitadas.

— Filha, a conversa vai demorar. Vamos para casa, você toma um banho, se alimenta e volta para passar a noite — Arthur disse a Natalie.

— E eu te trago de volta — Cameron disse, e eu o olhei abrindo a boca para falar que viria junto. — Depois de deixar minha esposa em casa — completou.

Recuei, não era momento para debates.

Seguimos para o carro, e Cameron abriu a porta para que eu entrasse. Em silêncio, deu partida para a casa dos Warriors, atrás do carro de Josh, que estava com Calleb e Lana para arrumarem as coisas de Peter. De lá, Josh levaria Lana para a casa com Calleb. Eu sabia que Cameron estava preocupado que eles pudessem ser vítimas.

Os três desceram do carro e um segurança falou com Josh, provavelmente explicando que estavam de vigia para eles. Dois homens pararam a frente de nosso Bugatti Chiron Super Sport 300+. Eu os reconheci. Um era nosso segurança e outro trabalhava para Antonella. Meu esposo e minha madrinha fizeram questão de me apresentar para todos que fariam a nossa segurança.

Cameron tocou minha mão e a beijou.

— Preciso que fique aqui, por favor — pediu, e eu balancei a cabeça, em concordância porque estava congelada e qualquer notícia que pudesse vir agora seria sobre Matteo.

Eu os observei conversar e, em menos de sete minutos completos, Cameron retornou ao carro.

— Encontraram Matteo — foi tudo o que disse.

Ele pisou no acelerador e partiu com tanta rapidez que meu coração passou a bater forte, minhas mãos suaram e eu fechei os olhos, na esperança de que essa noite acabasse logo.

Ele parou o carro atrás da mansão de Antonella, quase o deixando em cima de outro.

— Fique no carro — ordenou.

Franzi a expressão.

— Você não pode estar falando sério — aleguei.

Ele saiu e trancou o carro de forma que só daria para abrir de novo com a chave.

— CAMERON! — gritei.

A janela do banco do motorista abriu a tempo o suficiente para que ele dissesse:

— Sinto muito, amor, eu preciso fazer isso.

Ele apertou o botão das janelas e deu as costas, partindo com dois homens. Finn e outro segurança de Antonella estavam na frente do carro, me vigiando.

O borbulhar da raiva de ficar trancada no carro, porque Cameron queria agir impulsivamente e lidar com tudo sozinho, começou a percorrer meu corpo.

Argh! Eu odeio quando ele faz isso, pensei.

Eu soltei o cinto de segurança.

Fechei os olhos para organizar meus pensamentos.

Peter e Elliot estavam bem e receberiam alta amanhã.

Antonella sem dúvidas cuidaria de Matteo pessoalmente e sumiria com ele.

Estaríamos seguros e a salvo.

Cameron carregou o mundo dele, de Natalie e até mesmo de seus pais. Tentou ficar bem sozinho, se afundou sozinho, se destruiu sozinho… sozinho, sempre sozinho. Sem pedir ou querer ajuda.

Respirei fundo.

Ele não estava mais sozinho.

Ele tinha a mim, ao nosso filho, ao time, à família…

Ele estava tão bem, não era justo se destruir e matar alguém; mesmo que fosse Matteo, isso iria esfriá-lo por muito tempo.

Não!

Cameron nunca mais ficaria sozinho.

Abri os olhos e encarei o porta-luvas, que abria com apenas a minha digital e a de Cameron. Eu não me importava se ele ficaria com raiva amanhã por conta do enorme gasto que eu o faria ter.

Se ele não tivesse me trancado no carro com toda a sua teimosia, isso não seria necessário.

Peguei a arma reserva que ele deixava ali (e com certeza precisaríamos mudar isso, visto que teríamos um filho), tirei as balas, segurei-a pelo cano e comecei a bater no vidro da janela do lado do motorista com o cabo.

Vi quando os seguranças começaram a se aproximar, mas não me importei.

Observei o buraco que começou a se formar e comecei a chutar o vidro, usando toda a minha força nos calcanhares. A película escura se descolou e eu a puxei. Ainda assim, não obtive o resultado esperado, mas agora os seguranças me olhavam.

Recarreguei a arma, Finn arregalou os olhos e eu sorri, colocando a arma contra o pequeno buraco que fiz no vidro, ele se afastou, puxando o outro homem, então atirei inúmeras vezes, até partes do vidro começarem a ceder. Me afastei e atirei no vidro que estourou. Pedaços caíram dentro e fora do veículo, atingindo um pouco da minha mão e antebraço.

Saí pela janela, sem me importar com os pedacinhos de vidro que me machucaram, tirei os que vi e encarei o segurança que estava com um fuzil M16 nas costas, uma alça envolvendo seu braço direito e uma pistola Hellcat Pro no cinto.

— Preciso de sua arma — exigi, acenando para a pistola.

— Infelizmente isso não será possível, senhora Styles — alegou o homem, que parecia ter em torno de trinta anos, era careca e com tatuagens na cabeça.

— Senhora Styles, não poderemos deixar que…

— Não me diga o que precisa ser feito quanto a minha família, Finn — afirmei e ele engoliu em seco. Voltei o olhar ao homem. — E acredito que você não queira problemas com os Styles ou com a minha madrinha.

Ele me olhou por segundos. Não havia medo em seus olhos, mas sim uma guerra em sua mente entre ceder ou não.

Por fim, ele me entregou a pistola.

— Obrigada, *senhor* — agradeci, e ele riu de meu sarcasmo.

— Não compramos brigas com os Styles da família de Arthur e Cameron — ele disse. — Nós a levaremos para onde eles estão.

— Serei eternamente grata.

Ele acenou positivamente.

— Desculpe, Finn, mas não posso deixar que Cameron faça isso — expliquei enquanto descíamos para o enorme campo com um jardim depois da garagem de Antonella.

— Tudo bem, mas eu precisava dizer algo antes de ceder — justificou, e eu sorri.

Chegamos à estufa onde havia vários homens, o segurança que estava comigo me mostrou uma passagem e os que estavam na frente abriram caminho. Passei pelo corredor, desci as escadas com ele e Finn, e chegamos a uma área vazia, com uma porta marrom que parecia pesada e antiga, com dois homens e seus fuzis na frente.

— Não podemos deixar ninguém passar, Jhonatan.

— Ela é afilhada da *falcão vermelho* e esposa de Cameron — Jhonatan, o segurança que estava comigo, explicou.

Os homens na mesma hora arrumaram suas posturas e abriram espaço. Jhonatan colocou a palma de sua mão no visor e as portas se abriram. Dois estavam de costas para a porta e apenas nos olharam quando passamos.

O salão era enorme, porém, vazio. Matteo estava à frente de Cameron, ajoelhado, seu rosto ensanguentado por estar sendo espancado. Ele caiu para trás quando foi atingido por um soco, que eu sabia não ser o primeiro. Mais homens estavam atrás de Matteo e o olharam com desdém, dando um passo para trás, para que não atingisse seus pés.

— Cameron! — chamei, entrando por completo no lugar.

Então vi Antonella sentada em uma espécie de trono vermelho e dourado à direita no fundo do salão, onde tinha três degraus que a deixavam mais acima do salão. Georgia e Anthony estavam à esquerda em cadeiras um pouco menores que a de Antonella.

— Rebecca! Inferno! — ouvi Antonella xingar, mas não me importei.

Cameron virou um pouco ao me ouvir, mas não por completo para que eu visse seu rosto.

— Tirem ela daqui! — rosnou, e os dois homens atrás de Matteo vieram em minha direção.

— NÃO! — gritei.

E ao ver que eles me colocariam para fora, atirei no teto, disparando cinco vezes.

— Não vou sair daqui sem conversar com você, Cameron!

— Ela não vai atirar em vocês. Vão, agora! — ordenou.

Pela forma que Cameron falava, os dois homens eram da nossa segurança. E, sem hesitar, apontei a arma para o pé do que parecia ser o mais velho.

— Me teste! — desafiei, com os dentes semicerrados.

Eu não tremia.

Estava desesperada, impaciente e queria apenas que aquele cabeça dura me ouvisse.

— Senhor… — o homem que era o meu alvo disse.

— Maldição!

Cameron se virou, os punhos carregavam o sangue de Matteo, o rosto estava avermelhado e seus olhos queimaram em cima de mim. Ele envolveu minha cintura e me puxou para fora.

— Pode ao menos conversar comigo? — implorei, tentando olhar em seus olhos.

— Conversar o quê? Que Matteo machucou meu melhor amigo por minha culpa? Que ele drogou Peter porque sabia que isso ia te afetar? Ele cuspiu na minha cara que você seria a próxima, Rebecca. Que porra! Eu preciso fazer alguma coisa. Peter poderia ter morrido se ele tivesse injetado um pouco mais de droga. É sobre isso que quer conversar? — questionou, com irritação em sua voz. Eu o encarei, vendo seus olhos com faíscas de ódio.

— Peter e Elliot estão…

— Minha família e meus amigos nunca estarão seguros. Você nunca vai estar segura enquanto ele viver. E eu vou acabar com isso agora.

E se virou, voltando para o salão depois que um dos homens colocou a mão no visor. A porta ficou aberta e vi quando Cameron pegou a arma.

— Eu estou grávida. — Ele parou de andar e Antonella se levantou em um impulso. — Por favor…

As lágrimas desceram em meu rosto e a dor do desespero, da aflição, tristeza e remorso que ele sentiria me consumiu.

Meu ar começou a faltar e não vi o momento em que ele se reaproximou, mas senti seu abraço e me deixei chorar tudo o que tinha guardado desde o momento do jogo.

— Meu amor…

Uma risada maléfica ecoou pelo salão vasto e Cameron virou o pescoço para a direção dela.

— Tire ela daqui, Cameron, agora — a voz de Antonella ocupou todo o lugar.

Ela pegou a arma e Cameron começou a me arrastar para fora.

— Se você não acabar comigo, Styles, eu vou atrás da sua esposa e do seu filhinho até…

O baque ensurdecedor do tiro se fez presente e vi quando o buraco na cabeça de Matteo foi feito e seu corpo morto caiu contra o chão. Outro tiro, então outro e outro.

— Ai, meu Deus — murmurei, ofegando, quando as portas se fecharam.

Cameron me envolveu com um braço e colocou a mão por cima de meu ouvido.

Meu corpo suava frio e senti uma pontada em meu abdômen.

— Amor? Rebecca?

Um líquido escorreu em minha calcinha, olhei para Cameron e o sangue se esvaiu de meu rosto.

— Eu acho que tem alguma coisa de errado com o bebê.

Não vi a expressão dele, não vi nada a não ser tudo embaçado, girando e… tudo escureceu.

25

Cameron

Tudo se passou diante dos meus olhos. E, como em um borrão, estávamos no hospital.

Eu a coloquei na maca assim que chegamos e vi quando Owen se aproximou com meu pai. Presumi que a conversa com o delegado e os meninos fora extensa e meu pai provavelmente trouxera Natalie há pouco tempo.

— O que aconteceu? — ouvi o doutor perguntar e me virei para ele enquanto acompanhava a maca.

— Ela está grávida, passou nervoso e desmaiou — expliquei apressadamente.

O doutor disse algo para as enfermeiras.

— Agora é com a gente — ele disse.

Fiquei parado por minutos encarando a porta da ala de emergência pela qual Rebecca passara desacordada na maca com o médico e as enfermeiras.

Minha cabeça doía, meu peito parecia pequeno para o meu coração, que se apertava cada vez mais, o suor escorria em minhas costas, minhas mãos estavam frias, meus pensamentos embaralhados e meus sentidos confusos.

Eu estava imóvel como uma estátua.

Era minha culpa.

Ela tinha pedido, implorado que eu não fosse adiante, mas…

Agi impulsivamente, pela raiva.

A gestação começou agora e já fui um péssimo pai, um péssimo marido. Ela não merecia passar por isso. E se ela perdesse o bebê…

— Filho — ouvi a voz de meu pai, mas estava tão perdido em meus pensamentos que não me virei. — Cameron — chamou com mais firmeza e tocou meu braço. — Você não pode ficar parado aqui, é o corredor emergencial, pode acabar atrapalhando a passagem de alguém — explicou, segurando meu braço e me forçando a sair do caminho.

— A culpa é minha — eu disse e o fitei, sentindo meus olhos queimarem. — A culpa é minha, ela não merecia isso, ela não merecia isso — repeti a mim mesmo enquanto era levado para a sala de espera.

Ele disse algo, mas não o ouvi. Meu sogro tentou me entregar uma garrafa d'água, mas eu não reagia. Não conseguia respirar ou formular uma palavra.

Precisava ver minha esposa, meu filho ou filha, ter notícias, saber se eu realmente tinha sido tão horrível ao ponto de ter feito a mulher da minha vida perder o nosso bebê.

Meus olhos queimavam e lágrimas se alojaram nos cantos de meus olhos.

O que foi que eu fiz?

— Senhor Styles — o doutor chamou calmamente e olhou para meu pai e sogro que se aproximaram. — Rebecca está bem, acordará em alguns minutos, o senhor pode entrar para vê-la. Estamos finalizando os exames, mas trarei notícias sobre o bebê em breve. Me acompanhe, por favor.

Entrei no quarto e vi minha esposa ainda desacordada, com o soro na veia, os batimentos cardíacos passando em uma tela, a mão direita e o antebraço enfaixados, e sua mão esquerda com alguns machucados que não precisaram ser enfaixados.

— Caso ela acorde e eu ainda não esteja aqui, peça para a enfermeira me chamar — o doutor instruiu, e eu apenas concordei, balançando a cabeça.

Eu me aproximei dela com os olhos queimando, ainda não tinha certeza de que ela estava bem, mas só de vê-la, algo em mim mudava.

Toquei sua mão enfaixada, a que o braço não estava com o acesso, e a segurei devagar. Ela estava ferida, desacordada e, com certeza, decepcionada.

— Meu amor, você não merecia passar por isso — sussurrei, passando os dedos da mão desocupada em seus cabelos, e beijei sua testa, sentindo as lágrimas descerem em meu rosto. — Eu falhei com você, falhei com vocês...

Ajoelhei na frente de sua cama, sem soltar sua mão, e comecei a chorar como uma criança, pensando em tudo o que tinha feito, mal conseguindo falar. Fiquei instantes ajoelhado, chorando e implorando que ela e nosso filho ficassem bem.

—... *Deus,* espero que minha esposa me perdoe pelo que estou causando a ela, eu falhei, errei imperdoavelmente. — Funguei. — Meu Deus, por favor, não leve o meu filho. Eu fiz errado, eu sei, mas por favor... por favor... — E solucei. — Eu não a mereço...

Senti seu leve aperto em minha mão e a olhei no mesmo instante, vendo-a abrir os olhos devagar, e meu coração parou.

— Amor... — ela disse devagar.

— Enfermeira, ela acordou! — avisei euforicamente após abrir a porta do quarto, e voltei para ela em seguida. — Oi, minha princesa — beijei sua mão e limpei os olhos com a outra.

Ela fechou os olhos e os abriu. Eu a ajudei a se sentar com cuidado e peguei em sua mão novamente.

— Primeiro, eu não vou te deixar por nada e, por favor, não fique se culpando pelo que aconteceu — pediu, acariciando meu rosto.

Abri a boca para falar, mas a entrada do doutor me fez mudar de ideia.

— Olá, senhora Styles — o doutor disse.

— Olá, doutor — ela o cumprimentou.

— Preciso te examinar — disse, tirando uma caneta com uma lanterna na ponta e se aproximando dela. — Lembra-se do que aconteceu?

— Sim, de tudo, desmaiei e agora estou aqui — explicou.

Ele terminou de verificar seus olhos e pediu para respirar devagar.

Eu estava tenso e não conseguia disfarçar. O doutor anotou alguma coisa e nos olhou.

— Você e o bebê estão ótimos!

Rebecca soltou a respiração e começou a chorar, enquanto eu soltei um suspiro de alívio, um vindo do fundo do meu coração e comecei a chorar junto. Eu a abracei e beijei o topo de sua cabeça. Limpei meu rosto e beijei seus lábios.

— Vi no seu registro — o doutor continuou — que a senhora tem diabetes há alguns anos, a tipo um, que é muito bem cuidada. Devo te parabenizar — brincou.

— Obrigada, doutor — ela disse, sorrindo, e deitou a cabeça em meu peitoral enquanto eu acariciava seus cabelos.

— O bebê que está carregando será muito saudável, posso dizer que a senhora terá uma ótima gestação, e a prova disso é que sua gravidez está fazendo seu corpo liberar insulina.

Rebecca ficou atônita.

— Isso é por conta da gravidez, depois disso você voltará a aplicar insulina, é o bebê quem está produzindo para você e para ele.

— Meu Deus… — murmurou, radiante pela notícia.

— Como disse, ao que tudo indica o bebê será muito saudável, e a segunda prova disso é que ele resistiu a tamanho estresse, mesmo sendo extremamente frágil. Digo isso porque os primeiros meses são muito perigosos dentro de uma gestação; cuidados precisam ser tomados sempre, grávida ou não, mas, tive casos em que, por muito menos, aconteceu um aborto espontâneo devido a estresse, além de outros em que o bebê foi afetado e ficou com problemas cardíacos. Não sei o que aconteceu, senhora Styles, mas o estresse que passou para chegar a esse ponto não pode se repetir. A criança sobreviveu a um pico alto de suas emoções, mas não sei se sobreviverá a outro.

Eu senti tudo em mim se quebrando. Meu estômago doeu ao imaginar perdermos nosso filho por uma falha tão brutal como a minha.

— O estresse que passou pode ter sido devido a uma coisa que foi muito forte ou várias que resultaram em um efeito maior, mas a senhora precisa se cuidar diante disso. Minha outra recomendação é que, mesmo que seu corpo produza insulina, você continue tomando cuidados na alimentação e faça exercício físico quando possível. Combinado, mamãe?

Ela sorriu ao ser chamada de mamãe e eu acabei sorrindo pelo mesmo motivo.

— Combinado, doutor.

— Ela vai precisar muito de você, papai, e, por favor, não a estresse — brincou, olhando para mim, e eu sorri, concordando. — Você está tomando soro porque hoje não estava devidamente hidratada, mas vou pedir para a enfermeira tirar o acesso e já venho te liberar, só vou conversar com seus pais ou eles entrarão aqui a força — disse, rindo, e saiu do quarto.

A enfermeira entrou logo em seguida, tirou o acesso de seu braço com cuidado e o tampou.

— Temos horários certos para alimentação, mas, devido às suas circunstâncias… — Ela olhou para a barriga de Rebecca. — Deseja comer algo?

— Não, obrigada, assim que sair daqui vou me alimentar — ela agradeceu, e a enfermeira concordou, saindo em seguida.

Ela se virou com o corpo, deixando as pernas penduradas na cama, e me puxou para um abraço.

— Por que suas mãos estão machucadas? — perguntei, passando o braço ao redor dela.

— Porque quebrei o vidro do seu carro para conseguir ir até você, devo ter machucado quando sai.

Meus lábios se entreabriram pela surpresa que foi ter ouvido aquilo.

— Você é impossível. Mesmo grávida pulou da janela?

Ela deu de ombros e beijou meu rosto.

Meu pai e sogro entraram no quarto, e Owen correu para abraçar Rebecca, então tive que me soltar dela para lhe dar espaço. Ele começou a fazer várias perguntas: se ela estava bem, se estava sentindo alguma coisa, entre outras coisas.

— Se acalme, vovô, ela acabou de acordar — meu pai disse.

— Ah, claro, claro, me desculpe, filha — Owen pediu, afastando-se um pouco.

Rebecca acabou rindo da reação do pai e era notório que ela não via problema algum com o afeto dele. Ela pegou em minha mão para que eu me aproximasse dela e coloquei meu braço ao redor de seus ombros.

— Nós estamos bem — ela avisou, sorrindo.

— Nós? O meu neto? — papai disse tão alto que parecia um anúncio.

— Bom… — o doutor entrou dizendo, mas parou quando viu meu pai e Owen. — Vocês nunca desgrudam? Desde o fundamental é isso.

— Ah, Connor, não comece — meu pai pediu.

— Você era grudado em Anthony e não estamos comentando nada sobre isso — Owen retrucou.

— Anthony me ajudou demais, se estou aqui foi por…

— Foda-se — papai o interrompeu e eu comecei a rir. Ele olhou para minha esposa. — Desculpa, meu neto e minha filha — disse, olhando para Rebecca, que riu dele.

O doutor, antes de liberar Rebecca, passou mais algumas orientações, tanto para ela quanto para mim sobre como eu poderia ajudar na gravidez. Ele também falou sobre a necessidade de passar do endocrinologista para ver sobre medicações de diabetes.

Passamos por uma capela que tinha dentro do hospital e Rebecca pediu para pararmos e agradecermos o bem-estar dela e de nosso filho.

Entrei no carro do meu pai e me sentei em um dos bancos de trás. Puxei Rebecca e a envolvi em meu abraço, passando o nariz em sua bochecha e a beijei uma vez e outra.

Chegamos em casa e entramos pela cozinha, onde minha sogra e minha mãe estavam com a luz baixa. A casa estava em completo silêncio, e deduzi que as crianças não faziam ideia do que tinha acontecido.

Isaac ficaria agitado se soubesse o que aconteceu com a irmã e não deixaria ninguém dormir. E fiquei grato por Natalie estar fora do alcance do que acontecera, já que estava com Elliot.

— Filha? — Olivia chamou em um sussurrou.

Rebecca me soltou, abraçou a mãe, e as duas choraram. Ela abraçou minha mãe, que também chorou. Minha esposa envolveu os braços ao redor dos ombros das duas e sorriu:

— Vocês estão oficialmente no time de vovós — anunciou em voz baixa.

As três se abraçaram e, quando se soltaram, mamãe me abraçou. Elas tentaram comemorar o mais silenciosamente possível, e foi cômico ver meus pais fazendo dancinhas em comemoração. Rebecca e minha sogra ficaram abraçadas, falando alguma coisa particular uma para a outra.

— Não contem a ninguém. Algumas pessoas já sabem, mas sei que não contarão nada. Quero fazer surpresa — explicou, e eu sorri em concordância.

— Como quiser, querida — minha mãe disse.

Nos despedimos e subimos para nosso quarto. Encarei a caixinha branca em cima da cama e me sentei, com Rebecca logo depois de mim, ao meu lado. Abri a caixa e olhei o par de sapatinhos brancos. Meus olhos arderam e peguei o envelope, tirando os papéis de dentro.

Era o exame de sangue constando positivo para a gravidez.

Minha vista embaçou e eu coloquei tudo ao meu lado. Apoiei os cotovelos nas coxas e passei a mão no rosto, sentindo o peso de tudo.

— Eu quase te fiz perder o nosso bebê — eu disse com voz trêmula, e as lágrimas desceram, como se eu fosse uma criança.

Rebecca tinha o poder de me fazer chorar e, ao mesmo tempo, parecer o homem mais rígido do mundo quando o assunto era sua segurança.

Ela me abraçou pelos ombros e beijou meu rosto. Fungou, porque havia começado a chorar também, e deslizou a mão em meus cabelos.

— Eu passei estresse desde o momento em que soube que os meninos estavam no hospital. Não foi o ocorrido entre você e Matteo.

Balancei a cabeça negativamente.

— Amor?

Eu a olhei. Seus olhos estavam avermelhados e cansados.

— Você precisa descansar— eu disse.

Soltei seus braços de mim e ela me puxou.

— Cam… Respire.

Eu me deitei na cama e passei as mãos no rosto outra vez. Cobri os olhos com a mão direita e comecei a respirar devagar.

Ela se deitou em meu peitoral e me abraçou.

— Você não precisa resolver tudo sozinho, não precisa carregar o mundo de todos, porque… porque você não está sozinho, nunca mais.

O choro engasgado, guardado por mais tempo do que eu imaginava, começou a escorrer em meu rosto. Abracei Rebecca, que chorava comigo, e ficamos minutos daquela forma.

— Eu te amo demais — eu disse quando me acalmei, e ela me olhou.

— E eu te amo demais — afirmou.

Acariciei seu rosto.

— Sei que vai demorar até que fique totalmente bem, mas vou estar aqui, te esperando, cuidando de você e recebendo todo o seu cuidado — atestou, e beijou a ponta do meu queixo.

— Eu com certeza vou cuidar muito de vocês — prometi. — E não me importo se você vai ficar irritada, vou ser insuportavelmente cuidadoso.

— Não fazia ideia de que você podia ser ainda mais insuportável — provocou.

Apertei meu abraço ao seu redor e beijei todo o seu rosto.

— Agora você verá, senhora Styles.

Soltei um suspiro apaixonado e de alívio, porque agora me sentia flutuando de tão leve.

— Eu vou ser pai — sussurrei, e abri um sorriso.

— E vai ser um pai incrível — afirmou, passando os dedos em meus cabelos. — Tenho certeza disso.

26

Cameron

Acordei às seis da manhã, pelo costume de correr todos os dias, mas Rebecca estava enganchada em mim, presa com os braços e as pernas, e dormia tão tranquilamente que não fiz a menor questão de sair da cama ou me desprender dela. Logo voltei a dormir.

Porém, as oito da manhã, quando senti a ausência do corpo dela, abri os olhos e a vi na sala de nosso quarto, sentada enquanto mexia em seu iPad. Ela usava fones de ouvido e falava alguma coisa em voz baixa.

Eu me levantei e me aproximei dela. Ela sorriu e abriu os braços.

—... muito obrigada, madrinha, os meninos vão almoçar aqui, está mais que convidada...

Beijei a curva de seu pescoço e caminhei para o banheiro.

Liguei o chuveiro e entrei, deixando que a água quente cobrisse o meu corpo. Escovei os dentes, me ensaboei e abri um sorriso ao ver Rebecca entrar no box.

— Bom dia, meu amor — desejou, e envolveu os braços ao redor de meus ombros.

— Bom dia, minha rainha.

— Deixei de ser sua princesa? — perguntou, com ar brincalhão.

— Teremos nossos principezinhos e princesinhas, sendo assim, você é a rainha da minha vida — expliquei. Ela abriu um sorriso lindo. — Dormiu be...

Ela me beijou, ignorando o que eu estava falando.

— Amor? Devemos conversar com a obstetra antes, não acha? Principalmente depois de ontem — comentei. — O doutor comentou algumas coisas, mas por precaução, você precisa passar com quem vai fazer o acompanhamento de sua gravidez.

Seus olhos me observaram por instantes e ela bufou.

— *Merda*.

Gargalhei devido ao seu xingamento e beijei sua bochecha. Tomamos nosso banho, deitamos no sofá e ficamos abraçados, ainda vestidos com nossos roupões.

— Está tudo certo para o almoço aqui em casa.

Abri um sorriso e lhe dei um selinho, mas ela não queria apenas isso e me deu um beijo mais profundo. Apertei sua cintura devagar e com cuidado.

— Amor…

Ela suspirou audivelmente.

— Eu quero muito você, mas não vou arriscar — aleguei, e ela acenou em concordância.

Trocamos de roupa e tomamos nosso café. Olhei no relógio, vendo que eram 9h.

— Agora são três da tarde na Noruega. Andrew e Astrid devem estar tomando café — comecei, e Rebecca me olhou.

— Devíamos ligar para eles — ela sugeriu, e eu a beijei.

— Estava pensando exatamente nisso.

Voltamos à sala do nosso quarto e liguei para Andrew.

— E aí, irmão — ele cumprimentou. — Oi, Becca. Amor, olha quem lembrou que tem amigos.

Astrid apareceu, eu e Rebecca fizemos uma careta para eles.

— Como estão as coisas? — Astrid perguntou.

— Agora estão ótimas — Rebecca respondeu, e se recostou em meu peitoral.

— Queremos contar uma coisa para vocês — eu disse, e Rebecca passou as mãos em minhas coxas.

Ela se virou um pouco e acenou para que eu falasse.

— Seremos pais! — anunciei.

— O QUÊ?! — Andrew gritou.

— Ah, por Odin, que incrível! — Astrid disse, e começou a chorar, com a minha esposa se juntando a ela.

— EU NÃO ACREDITO, CARA! QUE INCRÍVEL! — Andrew continuou.

— De quanto tempo você está? — Astrid perguntou depois que Andrew se conteve, e eu não conseguia parar de rir de sua euforia.

— Duas semanas — minha esposa disse, e as duas começaram a conversar.

Rebecca me olhou e olhou novamente para o celular.

Duas semanas... em duas semanas nós..., pensei.

— Por que os dois parecem estar fazendo contas? — ela perguntou.

— Vocês estavam aqui há duas semanas — Andrew disse. — Caralho, vocês fizeram um herdeiro aqui?

— Andrew, amor, alguém pode nos ouvir — Astrid pediu aos risos.

Rebecca ficou com as bochechas coradas e eu a abracei.

— Ele não está errado — sussurrei, e ela se encolheu.

— Um bebê direto do palácio — Andrew disse e riu, nos fazendo rir com ele.

Conversamos por um tempo e precisamos desligar, pois eles teriam uma reunião com o parlamento.

— Você estava incrivelmente incontrolável naquela noite, e eu particularmente achei ótimo — eu disse, lembrando-me da noite anterior à da coroação de Astrid e Andrew, que acredito ter sido quando Rebecca engravidou.

— Tão incontrolável que engravidei — brincou quando beijei a curva de seu pescoço. — Mas estou extremamente feliz por isso — disse com firmeza e sorriu.

— Você não faz ideia do quanto eu estou feliz porque vou ser pai — afirmei, distribuindo beijinhos em seu rosto, e ela virou o corpo para mim, ficando de bruços e me abraçando pela cintura. — Depois de ontem… como você está?

— Ainda tenho a imagem de Matteo levando um tiro e acho que vai demorar para parar de ver isso. É um pouco perturbador, mas ontem estava tão exausta que adormeci rapidamente.

— Sinto muito pelo que viu.

Ela soltou a respiração.

Peguei em sua mão, que estava com machucados.

— Seu carro ficou pior — alegou, tentando brincar.

— Que se foda o que aconteceu com o carro. Poderia destruir ele inteiro desde que não ficasse machucada assim.

— Amor, o carro foi dezenove milh…

— Eu não me importo, Rebecca. Você está ferida. — Respirei fundo. — Vem, vou cuidar de você.

Ela sorriu.

— Mais alguns minutinhos aqui?

Rebecca Styles era a mulher mais linda do mundo.

Fiquei a observando em seu vestido azul-claro que cobria até o meio de suas coxas e tinha mangas longas, finas e transparentes.

Ela irradiava felicidade e eu não conseguia acreditar que seria pai.

Jesus, eu faria de tudo por eles.

Era fascinante observá-la tão animada conversando com Peter e Josh, que não saíram de perto nem mesmo quando os tios Benjamin e Silas, que estavam na cidade devido às competições que os filhos participaram, foram cumprimentá-la.

Bebi um pouco de suco de limão e dei uma boa olhada ao redor. Marcus e Ângela estavam na cidade e conversavam com Antonella, mas não parecia ser sério. Fiquei surpreso por vê-la aqui, mas, pouco antes do almoço se iniciar, ela me chamou e alinhamos muitas coisas quanto à segurança de Rebecca. E era bom ver que ela tinha o mesmo pensamento que eu. Matteo estava fora das nossas vidas, porém, isso não significava que abaixaríamos a guarda.

Observei Felicity, que estava abraçada com Nicholas, e me aproximei deles. Rebecca seguiu a mesma direção e se sentou ao lado dela.

— Fê — ela tocou a mão de Felicity. — Eu sinto muito... muito...

— Não estaríamos a salvo, de qualquer forma — ela disse, desanimada e Nicholas apertou seu abraço ao redor dela.

— O que quer dizer com isso?

Seus olhos marejaram e Rebecca puxou a cadeira para que me sentasse ao lado dela. Felicity olhou para o esposo, em busca de um apoio.

— Antonella deixou que ela conversasse com ele antes de Cameron chegar, e ele não a tratou bem — Nicholas resumiu.

— Ele cuspiu na minha cara que eu não era mais da mesma família que ele e avançou em cima de mim. Gritei, e os seguranças me tiraram do lugar. Foi a primeira vez que ele não... — ela soltou a respiração — me agrediu.

— Ai, meu Deus — Rebecca segurou a mão de Felicity.

— E ele a ameaçou. Disse que acabaria com a vida dela assim que saísse da prisão que Antonella o colocou enquanto esperava vocês chegarem — Nicholas disse.

— Se ele era doente ao ponto de tratar a própria irmã assim, imagine vocês, por que ele carregava ódio e inveja. Estava disposto a fazer muitas outras coisas — Felicity admitiu, mesmo que não precisasse. — Vou ficar bem.

Isaac se aproximou e parou ao lado de Rebecca, abraçando-a pelos ombros. E percebi que era um costume deles. Não tinha uma festa que ele não fizesse isso.

— Mas você está radiante, por acaso está grávida? — Felicity brincou.

— Bom, sim — confessou.

O casal a nossa frente ficou atônito.

— VOCÊ ESTÁ GRÁVIDA? — Isaac questionou e anunciou para o mundo.

Comecei a rir.

Aquela era a melhor forma de anunciar a gravidez.

— Grávida? — Natalie perguntou e deu um pulo da cadeira.

— ELA ESTÁ GRÁVIDA! EU VOU SER TIO! — Isaac pegou uma garrafa de champanhe da mesa de bebidas e começou a chacoalhar em cima dos pais. — EU VOU SER TIO!

Molhado de suor, ele voltou para nós, que recebíamos os abraços e parabenizações dos nossos amigos. Ele me abraçou e abraçou Rebecca.

— Ele vai ser meu amigão — declarou.

Rebecca limpou os olhos e abraçamos ele ao mesmo tempo. Natalie se derretia em lágrimas quando nos abraçou. E todos que choravam, a minha esposa (a mãe do meu filho ou filha!) chorava junto.

Ryan e Natasha nos abraçaram, os gêmeos e Luke não entendiam nada e ainda assim ficaram agarrados em nosso pescoço por um tempo.

Isaac e Ryan se abraçaram e ficaram pulando enquanto gritavam "Seremos tios!".

— Meus parabéns, irmão — Elliot disse e me abraçou. Então abraçou Rebecca e disse: — Obrigado por não ter desistido dele.

— Eu disse que não desistiria — ela afirmou e sorriu.

Os meninos do time abraçaram Rebecca com todo o cuidado do mundo, Peter chorou com ela, assim como Nicholas. Então todos, inclusive Nicholas, Alec, Ned, Isaac e Jeff começaram a pular em cima de mim, gritando em uníssono que eu seria pai. Quando menos esperei, eles estavam me carregando na direção da piscina.

— Não, porra. Caralho. Vão se foder! — gritei e eles começaram a me balançar no ar.

O choque de ser jogado na piscina me dominou e eu subi para a superfície. Minha esposa gargalhava escandalosa e deliciosamente. Fiz uma careta para ela, que me mandou um beijo. Os meninos se jogaram dentro da piscina, Peter e Josh tiraram suas camisas e as giraram no ar, molhando todos ao redor.

— AÊ, CARALHO! — Peter gritou.

— O capitão vai ser pai, porra! — Josh exclamou.

— Warriors! — Os meninos olharam para Peter, que estava com as pernas em cima dos ombros de Josh para deixá-lo mais alto. — Vamos fazer uma promessa.

— VAMOS! — Adam, Brian, Cole, Elliot, Eric e Phillipe gritaram.

— Cameron e Rebecca serão os padrinhos dos nossos primeiros filhos — sugeriu.

— Ai, meu Deus — Rebecca disse.

— Não quero — provoquei.

— Foda-se — Elliot gritou e olhou minha irmã, que acenou em concordância. — Eu estou dentro!

Josh olhou Calleb e Peter olhou Lana, que gargalharam.

— Super concordo — Calleb disse.

— E eu também. — Lana respondeu.

— Nicholas? — Peter o olhou. Ele e Felicity se entreolharam.

— Estamos dentro — concordou.

— Santo Deus — murmurei, saindo da piscina.

— Estão de acordo, capitães? — Josh perguntou, com tom persuasivo.

— Filho da puta — resmunguei.

— Cam… — Rebecca repreendeu.

— O quê? Esse jogo é baixo, ele sabe que eu não negaria — protestei.

— Estamos de acordo — Rebecca atestou, sorrindo.

Eles começaram a jogar água em cima de nós, porque era um dia muito quente, e eu abracei Rebecca para que caísse mais em mim. Mas ela parecia se divertir com toda aquela bagunça e os meninos jogavam sem muita violência.

— Serão muitas crianças — comentei.

— Como se você não gostasse dessa ideia — implicou.

— Você nunca vai deixar de implicar comigo?

— *Nunca* — afirmou.

27
Rebecca

Fazia três dias que minha gravidez estava confirmada, e Cameron estava ainda mais cuidadoso do que antes, e eu não fazia ideia de que isso era possível.

E estava sendo terrível para mim. Porque amava quando ele cuidava de mim, e quando me acariciava, minhas pernas automaticamente queriam se abrir.

Eu o queria demais, mas ele me afastou no sábado, domingo e na manhã de hoje, segunda-feira, repetindo que só depois que eu conversasse com a obstetra eu poderia me apossar de seu corpo nu.

Assim que a minha médica me instruiu e confirmou que relações sexuais eram permitidas, e que melhorariam minha gestação e até mesmo o parto, meu dia todo se iluminou. Ela também explicou que seria normal a diminuição ou aumento de libido e, como Natalie me acompanhou, me contive em dizer que com certeza tinha aumentado.

Todos os nossos familiares e parentes sabiam da minha gravidez e era ótimo saber que nosso primeiro e os próximos filhos seriam muito bem recebidos.

Natalie me deixou em casa e seguiu para o seu ateliê. Cameron estava em reunião no escritório da Supremacia, pois fecharia negócio com um cliente importante. Tive que convencê-lo de que não podia cancelar para me acompanhar, já que se tratava da maior e mais conhecida joalheria dos Estados Unidos, que tinha uma filial aqui em Palo Alto.

Passei o resto da minha tarde com Maya e Marjorie, que se tornaram minhas amigas e confidentes, em uma maratona da série Gossip Girl, que Marjorie nunca havia assistido. E descobri que Marjorie e Brian, desde a primeira vez em que ficaram na primeira festa do time em Stanford, estavam juntos; e alguma coisa estava acontecendo entre Maya e Finn. Demonstrei meu total apoio às duas.

— Meninas, eu amei passar a tarde, mas preciso de um tempinho sozinha.

— Senho… — Olhei Marjorie com advertência. — Rebecca, Cameron não quer que a deixemos sozinha nem por um minuto.

Maya balançou a cabeça em concordância e eu abri um sorriso maroto.

— Eu não me acompanharia se fosse vocês, vou ligar para ele e, bom, não acho que vão querer ouvir o que tenho a dizer.

Elas automaticamente fizeram uma careta e eu gargalhei.

— Com licença, senhoritas.

Subi as escadas e entrei no quarto. Depois de tomar um banho relaxante e colocar um pijama, porque passavam das oito e meia da noite, e eu já iria me deitar, me sentei no sofá e liguei para Cameron.

Nas segundas, ele tinha o combinado de sempre jogar basquete, hóquei ou futebol com os meninos, e nunca foi um problema para mim, mas hoje, especialmente hoje, eu queria provocá-lo.

— Oi, minha rainha.

— Onde você está, senhor Styles?

— Na casa dos meninos, jogando basquete. Vamos jogar a última partida e volto para você — prometeu.

— A obstetra disse que nossas atividades estão liberadas e pode até ajudar na gestação e no parto…

— Cameron, começaremos em cinco minutos — ouvi a voz de Peter na chamada.

Mas todas as vozes começaram a ficar distantes e a última coisa que entendi, pela voz de Josh, foi:

— Deve ser Rebecca no telefone.

Acabei rindo.

— Continue — Cameron pediu.

— Ah… — Soltei um suspiro. — Eu quero tanto você… — resmunguei. — Mas tudo bem, irei me virar sozinha.

— De jeito nenhum, Rebecca — esbravejou. — Chego em alguns minutos.

O som ficou abafado, assim como as vozes dos meninos, então deduzi que ele havia colocado o celular no bolso do short sem finalizar a chamada.

— Estou indo embora, Nicholas pode jogar no meu lugar — eu o ouvi dizer apressadamente.

— Embora? Mas…

— Vai todo mundo se foder, eu não vou jogar.

Gargalhei o ouvindo, e as risadas dos meninos preencheram toda a ligação.

— Com certeza era a capitã — Peter alegou, reafirmando as palavras de Josh.

Finalizei a chamada com um sorriso enorme no rosto, me sentindo incrível por ter causado aquilo nele. Estava vingada a vez em que eu estava em uma chamada de vídeo com Astrid e ele enfiou o rosto entre minhas coxas.

Hoje eu ria daquela situação, mas no dia quase morri do coração tentando manter a compostura para desligar a chamada. E, claro, ela não viu Cameron porque via apenas o meu rosto.

Perfumei e hidratei meu corpo para passar o tempo. E o que deveria ter sido uma chegada em dez minutos, se transformou em três.

Cameron passou por mim feito um foguete, voltou e me encarou seriamente; seu corpo estava suado, e suas bochechas, coradas. Ele seguiu para o banheiro e eu abaixei a luz do quarto.

Tirei o pijama, me deitei na cama e cobri meu corpo com o edredom creme.

Apertei meus seios, sentindo-os intumescidos de excitação. Desci as mãos por meu abdômen até entre minhas coxas e me toquei, molhei os lábios e suspirei. Estava perdida de desejo por ele.

Cameron saiu do banheiro e eu me toquei novamente, olhei para ele e arfei um gemido. Seus cabelos estavam molhados, as bochechas avermelhadas e seu pau endurecido na minha direção. Seu corpo cobriu o meu por baixo do edredom, fazendo sua excitação encontrar a minha. Quente e duro.

Seus lábios tocaram os meus e sua língua invadiu minha boca com voracidade. Ele esfregou o pau em minha entrada e clitóris e gemeu contra os meus lábios.

— Cam… — murmurei e ele mexeu a cintura.

Sua mão enorme desceu por meu abdômen até embaixo do umbigo e eu senti seu dedo do meio massagear meu clitóris inchado. Ele sorriu quando me penetrou.

— Você está tão molhada — sussurrou, passando os lábios em meu pescoço. — Tão quente… — Beijou minha clavícula. — Gostosa… — Ele molhou o bico do meu seio direito com a língua. — Deliciosa… — Molhou o outro bico e eu me remexi em seu dedo que estava parado dentro de mim.

— E minha... — Massageou meu clitóris com o polegar enquanto me penetrava.

— *Ahn*, Cameron... — gemi, envolvendo fios de seus cabelos em meus dedos.

Desci a mão até seu pau e o acariciei por toda a sua extensão. Massageei sua glande molhada e inchada.

Ele pegou minha mão e entrelaçou os dedos nos meus, pressionando meu braço contra o travesseiro. Então, ele se posicionou entre as minhas pernas e esfregou a glande em minha entrada.

Levantei a cabeça e o abracei pelos ombros.

— Cameron, inferno! — xinguei e ele sorriu.

— Você está muito malcriada ultimamente, Rebecca.

— Você tem me deixado assim — retruquei, afundando as unhas em seu ombro.

— Terei que te dar uma lição — provocou enquanto me penetrava um pouco.

— Então faça isso direit... — Ele se afundou em mim antes que eu terminasse.

Estiquei meu corpo para a frente e gemi, fechando os olhos.

Sua mão apertou minha bunda e me pressionou para cima, o que me fez senti-lo com ainda mais nitidez.

— Estava com saudade, não é? — perguntou em um tom safado, com um sorriso convencido.

— Maldito!

Ele sorriu e mordeu o lábio.

Ele sabe que é gostoso, pensei.

Mexi meus quadris e inverti nossas posições, ficando por cima. Comecei com o movimento de vai e vem, para então rebolar do jeito que eu gostava e sabia que o deixava louco. Apoiei as mãos em seus ombros, quicando em cima dele. Ele jogou a cabeça para trás, os cabelos desalinhados, os olhos azuis pegando fogo, o corpo avermelhado, e ele gemia enquanto agarrava minha bunda com as duas mãos, distribuindo tapas e a apertando.

— Caralho — gemeu, puxando-me para beijá-lo.

Eu me inclinei para a frente, envolvendo seus lábios aos meus, e me esfreguei em seu corpo. Cameron voltou a ficar em cima de mim e rebolou, o que me fez gemer alto. Aquilo era incrível, ele me preenchia por completo e se remexia de forma enlouquecedora, e tão colado a mim que se esfregava em meu clítoris.

— Amor… — gemi, ofegante.

Era uma súplica para que ele não parasse, e ele manteve o ritmo, indo mais fundo e mais forte. Arranhei sua nuca e me abri mais para ele. Suas mãos agarraram minha bunda e ele me levantou um pouco. Eu o senti crescer e latejar dentro de mim, e cheguei ao orgasmo.

Ele me imobilizou com as mãos grandes em minhas coxas pela parte de trás e começou a estocar dentro de mim, com os lábios próximos aos meus e me olhando. Era maravilhoso vê-lo gozar com os olhos voltados para mim, com devoção, amor, obsessão e até uma certa possessividade.

Eu o abracei pelos ombros e o beijei enquanto ele diminuía o ritmo, com a respiração ofegante e o corpo tremendo.

Abaixei meu quadril, encontrando o conforto da cama depois que minhas pernas cederam. Meu abdômen se contraiu pela dificuldade de respirar e afastei meus lábios.

— Minha deusa — enalteceu e beijou minha clavícula, até meus seios.

Enrosquei os dedos em seus cabelos.

— Você é perfeito, Cameron William Styles.

28
Cameron

Novembro, quarta-feira, 10:18.

Eu tinha total conhecimento de que estava insuportavelmente cuidadoso com Rebecca, mas seguia a tese de que, se ela não reclamava, então não era de fato um problema.

Os meninos do time estavam cuidando de Rebecca o máximo que podiam. Peter e Josh iam em casa todos os dias depois da faculdade conversar com Rebecca e o bebê, isso quando não o faziam na faculdade. Os outros sempre que nos viam cumprimentavam o bebê, perguntavam como ele e Rebecca estavam.

Acreditava que minha mãe ficaria vinte e quatro horas em cima de nós, mas quem ficou desse jeito na verdade foi meu pai. Todos os dias, durante dois meses, ele nos ligou, e se eu não atendesse ou por algum motivo não conseguisse falar, ele ligava para Natalie ou diretamente para Rebecca. E minha sogra estava do mesmo jeito. Todos os dias Rebecca falava com a mãe, o pai e Isaac.

E a segurança deles foi triplicada.

Eram intocáveis, e eu os manteria assim pelo resto da minha vida.

Hoje era o dia do ultrassom para sabermos se era menino ou menina, e Maya e Marjorie pediram para fazer uma surpresa para nós dois descobrirmos juntos. Então, a clínica iria enviar o resultado para Maya e elas fariam alguma coisa para nós.

Era uma tortura, mas seria algo nosso e Rebecca adorou a ideia.

Na primeira vez em que ouvi o coraçãozinho do bebê, chorei tanto que atrasei a consulta seguinte da doutora, e toda vez que ouvia, com um aparelho que compramos para ouvirmos em casa, meus olhos se enchiam d’água. Aquela sensação era maravilhosa.

— Vamos? — Rebecca chamou calmamente enquanto se aproximava.

— Você não vai deixar me deixar entrar?

— Amor, tenho certeza de que você vai pressionar a doutora e ela vai acabar cedendo por receio de ter problemas com a nossa família. — Ela sorriu, acariciando meu rosto.

— Ah... — resmunguei, desanimado. — Tudo bem. — Eu dei de ombros.

Ela beijou meus lábios e passou os dedos na barriga de três meses, começando a cantar a música que tocava no carro.

— Podemos ir para Santa Cruz amanhã? — perguntou, e sua mão deslizou em minha nuca enquanto eu dirigia.

— Santa Cruz?

— Quero muito ir para a praia. Uma vontade que nunca senti, e como meu aniversário é na sexta-feira, pensei que pudéssemos passar na praia ou em alguma ilha, só nós dois — explicou, passando os dedos em meus cabelos, e sorri a ouvindo.

— Gostei muito dessa ideia — insinuei, abrindo um sorriso malicioso. — Como não poderei entrar na sala do consultório hoje, vou resolver a questão da nossa ida para Santa Cruz — afirmei, estacionando o carro. — Não podemos ir hoje?

Ela gargalhou. A risada dela era incrivelmente contagiante, isso quando não era sem som e batendo palmas.

— Por que está com tanta pressa?

— Vontade de *tomar um chá*, sabe? — comentei enquanto me espreguiçava, e aproveitei para passar os dedos em seus cabelos.

Depois que Nicholas explicara qual era o sentido brasileiro de *tomar um chá* para mim, Elliot, Peter e Josh quando nos reencontramos, eu nunca mais parei de falar para minha esposa depois de casados.

— Como se precisasse ir a algum lugar para isso — disse, descontraída e sorrindo.

— Faz bem para gravidez, você mesma disse — justifiquei, e ela me encarou como se aquilo não fosse justificativa. — Por que não podemos ir hoje?

— Porque você tem jogo amanhã, e eu tenho a competição do Alpha. Demos sorte que não teremos aula na sexta-feira.

Eu a olhei, rindo, e dei de ombros.

— Posso deixar Elliot no meu lugar, o time tem ido muito bem — sugeri.

— Você não tem jeito, Styles — rebateu em tom divertido enquanto eu saía do carro.

Abri a porta para ela e, antes de subirmos para o consultório, selei nossos lábios.

Enquanto esperava Rebecca sair da sala, organizei as coisas para a nossa ida a Santa Cruz. Quando ela saiu, seus olhos eram esperançosos e cheios de expectativa.

— Como eu disse, mãezinha, o bebê está muito bem, posso dizer que a gestação em si tem sido muito saudável, é ótimo ver que ela está se cuidando e sendo muito bem cuidada.

Sorri, concordando, e beijei o topo da cabeça de Rebecca quando ela estava próxima o suficiente para que eu o fizesse. Nós nos despedimos e seguimos para a nossa casa.

Assim que entramos, Maya e Marjorie nos aguardavam com ansiedade e animação nos olhos. Ambas agitadas.

— Está tudo pronto na sacada — Maya disse, sem dar uma indicação sequer passar.

— Por que não em um dos quartos das crianças? — perguntei.

— Porque a direita é dos meninos e a esquerda é das meninas, não vamos dar dicas, senhor Styles — Marjorie respondeu.

Bufei, e as três mulheres a minha frente riram.

Subimos para o nosso quarto e caminhamos para a sacada. A mesa estava repleta com o nosso café da tarde, mas, em cima dela, à frente de nossas cadeiras, estava um prato branco e grande com dois cupcakes com chantili branco. Nele, estava escrito com calda de chocolate:

"Coma e descobrirá."

Rimos e nos sentamos nas cadeiras. Rebecca colocou o celular em cima da mesa para gravar e nosso bebê ver futuramente, pegou seu cupcake e me olhou.

— Pegue o seu, vamos fechar os olhos, comer e então abrimos para vermos juntos, combinado? — sugeriu.

— Combinado.

Peguei o meu, fechamos os olhos, contamos até três e, ao abrirmos os olhos, vimos o recheio azul.

Um garoto.

Eu seria pai de um garotinho!

Com a boca cheia de cupcake, comecei a chorar.

Em vez de Rebecca me abraçar, ela gargalhou e aproximou a câmera do meu rosto.

Chorando.

Com a boca suja e cheia de bolo.

Ela devolveu o celular para onde estava e, chorando, me abraçou.

— Eu sabia, eu sabia! — eu disse, chorando, sorrindo e a abraçando. — Eu vou ser pai de um garotinho! — chorei, beijando seus lábios e os deixando sujo de chantili.

Então, limpei a boca, fiquei de pé e fui dominado por uma euforia. Eu a puxei para que se levantasse também e, com cuidado, a levantei no ar.

— Você estava certo, amor, é um menino — ela disse com o nariz avermelhado.

Eu não conseguia falar e nem parar de sorrir. Então, fiquei de joelhos e beijei sua barriga.

— Meu garotinho, você é tão forte, saudável e já está cuidando da sua mãe — afirmei, com a voz embargada pelo choro.

Eu me levantei apressadamente e abracei Rebecca, erguendo-a outra vez.

— Eu vou ser pai de um menino! — anunciei, girando-a em meus braços. — Eu vou ser pai de um menino! — repeti.

Comecei a distribuir beijinhos pelo rosto de Rebecca enquanto ela os recebia sorrindo.

— Obrigado por não ter desistido e por me deixar viver essa vida com você. — Beijei a palma de sua mão e ela sorriu com os olhos marejados.

— Meu amor, nós dois somos responsáveis e merecedores dessa vida, você não desistiu quando eu não queria tentar o namoro falso — ela disse, sorrindo, e se inclinou para me beijar.

Depois de comermos e tomarmos um banho juntos, Rebecca começou a falar com Astrid por chamada de vídeo. Tínhamos combinado que contaríamos a ela e Andrew sobre o resultado do ultrassom, pois eles nunca contavam nada a ninguém.

A ligação acabou sendo um misto de emoções, e Andrew não parava de chorar. Meu primeiro instinto foi zombar da cara dele, mas minha esposa mostrou o vídeo e isso acabou com a minha moral. Foi impossível não rir e se emocionar novamente durante nossa conversa.

Quando o jogo acabou e nossa vitória foi declarada, os meninos e eu paramos para tirar a foto, com Natalie de fotógrafa. Rebecca desceu as arquibancadas da área VIP com Georgia e Antonella e tirou da bolsa o par de sapatinhos azul que havíamos comprado mais cedo, depois do meu treino.

Ela estava parada ao lado de minha irmã, que foi a primeira a olhá-la.

— Isso quer dizer que…

Antes que Natalie terminasse de falar, Peter anunciou:

— EU DISSE QUE ERA UM MENINO, EU DISSE, CARALHO!

— NÃO PULEM NA CAPITÃ! — Josh gritou, e os meninos desaceleraram.

Ela, depois que se soltou de Natalie, recebeu um abraço coletivo e cuidadoso dos meninos do time, para em seguida abraçar Nicholas, Alec, Jasper e Ned separadamente.

O time me olhou como se estivessem prestes a me atacar.

— Não — murmurei, mas era tarde.

Eles avançaram em mim e começaram a pular descontroladamente, gritando para toda a Stanford ouvir que eu seria pai de um menino.

— Parabéns, cara, peça perdão a Deus por tudo o que fez seus pais passarem — Elliot disse, bagunçando meu cabelo.

— Ai, meu Deus — fingi me lamentar.

Eu me aproximei de minha esposa, que falava com os primos, a madrinha, Benjamin, Anthony, Georgia, minha irmã, Calleb, Lana e Neji. Todos animados enquanto conversavam com ela.

Beijei o topo de sua cabeça e a avisei que tomaria um banho para podermos viajar.

— A festa da vitória vai ser na casa de quem? — Eric questionou.

— Noite na casa do capitão? — Adam sugeriu, e eu acabei rindo enquanto me levantava depois de já ter colocado o tênis.

— Amanhã é o aniversário da minha esposa e vamos viajar. Dessa vez não estarei presente na festa, e devo acrescentar que não sinto muito, pois sou casado — afirmei, abrindo um sorriso. — Obrigado, meu Deus!

— Casado, casado, casado, só sabe falar isso — Peter debochou, e em resposta mostrei o dedo do meio a ele.

— Nicholas? — um dos meninos disse.

— E deixar um bando de macho fazendo bagunça na minha casa quando posso ficar em paz com a minha esposa? De jeito nenhum — Nicholas atestou e os meninos bufaram.

Olharam para Elliot com expectativa.

— Já pensaram em fazer na casa de vocês? Stanford toda vai para lá — Elliot disse, confirmando que sua resposta seria não.

Decidi sair do vestiário e caminhei até o estacionamento, onde Rebecca estava com Jasper e Luce conversando animadamente. Ela estava sentada no banco do passageiro do nosso carro e eles estavam encostados no deles.

— Só para avisar — comecei a dizer ao me aproximar —, os meninos estão procurando uma casa para a festa de comemoração do jogo de hoje — avisei, e Jasper suspirou.

— Acho que vou para casa da minha mãe com Jace, ele está um pouco cansado das festas que Alec, Ned e Jasper ficam fazendo, sabe? — Luce disse, como se Jasper não estivesse presente. — Na verdade, ninguém aguenta esses três mosqueteiros chatos pra caralho.

— Ei — Jasper protestou.

— Vai se foder! Eu, Calleb, Lana, Jace e Neji estamos quase indo embora — Luce alertou.

— Vocês estão em maioria — Rebecca interveio —, expulse eles — sugeriu, e os dois a olharam, Jasper incrédulo e Luce adorando. — Acha que meu esposo está na linha como?

Agora, tanto Luce quanto Rebecca simplesmente ignoraram que eu e Jasper estávamos presentes.

— Dê um basta, vocês conseguem, homens não tem limites — Rebecca explicou, e de longe pude notar a provocação entonando em sua fala.

— Podemos ir embora? Acho que Luce já sabe o que precisa fazer — comentei, forçando um cansaço na voz, e ela sorriu, concordando.

Nós nos despedimos e eu entrei no carro depois de fechar a porta do lado de Rebecca.

Apertei sua coxa e mordisquei o lóbulo de sua orelha enquanto ela prendia o cinto de segurança.

— Você adora me provocar.

Ela passou a mão em meu pescoço, descendo até meu abdômen e, com os lábios próximos aos meus, sussurrou:

— É meu *hobby* favorito, senhor Styles. — E ameaçou me beijar.

29

Cameron

Santa Cruz, Estados Unidos
Ilha Particular dos Styles
Novembro, sexta-feira, 10:10

Preparei um café da manhã especial para a minha esposa depois do banho que sempre tomava para despertar. E pelos barulhos vindos do quarto, soube que Rebecca tinha se levantado para tomar o dela, mas como estava fazendo quase sempre, ela se deitou na cama apenas de roupão para tirar um cochilo.

Entrei no quarto com o carrinho que levava a bandeja e me aproximei de minha esposa, beijei seu rosto e, em seguida, seu pescoço. Ela se mexeu e abriu os olhos lentamente.

— Bom dia, minha deusa — disse, passando os dedos em seu rosto. — Feliz aniversário!

Ela abriu um sorriso, murmurando um "bom dia" preguiçoso e se sentou na cama.

— Trouxe seu café da manhã — avisei, pegando a bandeja de madeira, e a coloquei ao seu lado.

— Amor, não precisava — assegurou, sorrindo, e seus olhos marejaram.

— Estou cuidando da mulher da minha vida e do nosso pequeno — expliquei, sentando-me do outro lado da cama, próximo da bandeja. — Vamos comer e depois te darei seu presente.

— Estive pensando em algumas coisas do futuro bem próximo, depois que eu ganhar o bebê — começou, depois de tomar um pouco de suco e comer o misto quente. — Pelas minhas contas, ele nascerá em maio do ano que vem e eu… bom…

Eu a olhei como incentivo para que falasse.

— Vou parar a faculdade durante o segundo semestre do ano que vem para ficar com ele — declarou, parecendo estar decidida e apenas me avisando.

— Amor…

— Eu sei, você vai falar que não acha justo eu parar a faculdade para ficar com o bebê enquanto você continua — interrompeu, me calando, pois, era aquilo que eu estava prestes a dizer. — Mas, parando durante seis meses, vou me formar com você, Natalie, e o time, que tem o mesmo tempo de faculdade que a gente. Por esse motivo, você não pode parar junto comigo.

— Discordo, quero passar meu tempo com o meu filho também.

— Sim e você vai. — Ela tocou minha mão. — Mas não precisa parar a faculdade por isso.

— E nem você.

Ela suspirou.

— Eu vou estar me recuperando do parto, e durante as férias você vai estar comigo e com ele, mas estarei amamentando e me adaptando. Você vai ser completamente presente, mas…

— Da mesma forma que você é mãe, eu sou o pai — retruquei.

— Sim, está completamente certo, o que quero dizer é que estou escolhendo terminar a faculdade com vocês. Quero passar os primeiros meses junto dele e ainda assim me formar com vocês — ela suspirou. — O bebê não me atrapalhará em nada, estarei em férias na quarentena, vou poder ficar com ele de tarde até a noite, porque sei que você vai insistir que eu estude de manhã e você de noite. — Eu sorri a ouvindo. — E enquanto eu estudo, você cuida dele. Ou estou errada?

— Completamente certa — confirmei, e ela sorriu.

— Quero me formar com vocês e ficar com meu filho o dia todo nos primeiros meses dele, depois volto para a minha rotina. Não se trata de uma obrigação, e sim de uma escolha que fiz e espero muito que você me apoie.

Passei os dedos em seu rosto enquanto ela voltava a comer uvas verdes.

— Colocando dessa forma, não tem como não te apoiar. Mas, meu amor, se você acha que tem que parar a faculdade para cuidar do *nosso* filho, eu vou fazer o mesmo porque é nosso. Você não vai cuidar dele sozinha, ele tem pai. — Ela riu me ouvindo. — E sei, porque a minha mãe ficou grudada em mim na gravidez de Luke, que a maternidade pode ser solitária, e eu não quero que você se sinta sozinha, então te deixar enquanto eu estudo me parece muito errado.

Ela abriu a boca pronta para me interromper, porém, não deixei:

— Entendo a sua escolha e apoio, mas durante as férias vamos ver se você prefere que eu esteja em casa de manhã ou de noite durante os seis meses em que não estiver estudando, combinado?

Ouvi seu suspiro de alívio, e seu rosto foi tomado por um sorriso.

— Combinado. Parece que estamos de acordo agora — ela observou enquanto eu colocava a bandeja quase vazia de volta ao carrinho.

— Dias de glória em nosso casamento — provoquei.

— Diz isso como se brigássemos ou discordássemos de algo todo dia — rebateu.

Empurrei o carrinho para perto da porta e parei em sua frente com as mãos na cintura.

— Sempre que você discorda começa com "Sim, amor" — imitei sua voz — e termina com "E é por isso que eu não concordo"… — finalizei, ainda imitando sua voz. — E isso acontece com grande frequência quando se trata das brigas com o time em que eu sempre estou do lado deles.

— Fiz isso algumas vezes para não incentivar o caos — justificou-se.

— Três vezes em três brigas — relembrei, e ela me puxou pelo braço, me fazendo parar em cima dela.

— Se quisesse alguém que não discordasse de nada que fala, deveria ter ficado com outra pessoa que não fosse sua inimiga de infância — declarou, com os lábios próximos dos meus.

— Inimiga de infância? — ironizei, afundando os dedos em seus cabelos e me arrumei em cima de seu corpo.

— Você é insuportável e egocêntrico, só estou aqui pelo seu rostinho bonito — insistiu, passando os dedos em minhas costas.

— Rostinho bonito ou… — Desci a mão em seu corpo, por baixo de seu roupão, e deslizei os dedos em sua boceta, tocando-a de leve. — O jeito que eu te toco? — questionei, esfregando seu clítoris.

— O rostinho bonito — desafiou.

— Talvez seja o jeito que eu te beijo — sugeri, fitando-a, e me inclinei para tocar seus lábios.

Ela fechou os olhos, deixando claro que queria ser beijada, mas em resposta, eu me abaixei para beijá-la onde eu realmente estava com vontade.

Soltei a corda que amarrava seu roupão e passei a língua em seu clítoris inchado, ouvindo minha melodia favorita: os gemidos da minha mulher.

Comecei a movimentar a língua lentamente, como se estivesse a beijando, e apertei suas coxas, pressionando-a mais contra a minha boca. Seu corpo se arrepiou e ela se remexeu, agarrando meus cabelos com uma mão e apertando o lençol com a outra.

Eu a penetrei com dois dedos, fazendo pressão. Ela balançou a cabeça para a direita e esquerda, os olhos fechados, a lombar inclinada para a frente com os seios estufados e o quadril se mexendo em um ritmo que me fazia chupá-la da forma que ela gostava.

Caralho, ela era incrível e, porra, estava encharcada.

— Cam... por favor... — suplicou, e eu sabia o que ela queria.

Porque sempre que estava com muito tesão, pedia por mim. Mas eu ainda queria que implorasse.

Afastei meus lábios e a girei na cama, começando a esfregar meu pau em sua bunda enquanto a penetrava novamente com os dedos.

— Ah, Cameron! Merda! — gemeu.

Mexi minha cintura, fazendo-a se mover embaixo de mim e se esfregar no colchão. Ela agarrou o travesseiro enquanto eu acelerava meus dedos.

— Cameron, eu preciso de você, dentro de mim, *ahn*... por favor — implorou.

Saí de cima dela e ela, às pressas, me empurrou contra a cama e se sentou em cima de mim, encaixando-me perfeitamente dentro dela.

— Porra... — gemi, porque ela deslizou em mim, quente e deliciosa.

Seus olhos cheios de tesão me encaravam, as bochechas coradas, os seios cheios com os bicos duros e o corpo em chamas enquanto rebolava em cima do meu pau. Rebecca me encarava com possessividade e desejo, como se eu fosse o homem mais foda do mundo. Eu me sentia queimar com o seu olhar.

Ela era poderosa.

Dominante.

A imperatriz da minha vida e de tudo de mim.

Ela se mexia prazerosamente, como se quisesse me governar, me consumir.

Ela estava em todos os meus sentidos. Eu sentia o pulso em meu pescoço, o suor descendo em minhas costas e minha testa, meu pau crescendo e pulsando ainda mais.

— Caralho, Rebecca... você... Aí, porra — gemi, fechando meu braço ao redor de sua cintura.

Arrastei os dentes em seu pescoço e a joguei na cama, virando-a de lado, e a penetrei. Estávamos quase no limite.

Eu a envolvi com o braço ao redor de seu pescoço e desci a outra mão para o seu clítoris duro de tesão. Eu a estimulei enquanto ia para frente e trás, deslizando dentro dela. Suas unhas se afundaram em meu braço e ela jogou a cabeça para trás, apoiando-se em meu ombro enquanto mexia o quadril, batendo a bunda contra a minha pélvis.

— Cameron… — gemeu, explodindo.

— Você é gostosa pra caralho — disse, ofegante. Eu a abri mais com a minha perna, penetrando-a em um movimento gostoso e profundo.

Ela estremeceu e gemeu outra vez. Apertei sua cintura, meu cérebro congelou, meu corpo tremeu e atingi o orgasmo ao sair dela. O líquido escorreu por sua bunda e costas.

— Puta merda — resfoleguei.

Era viciante estar dentro dela, meu corpo todo tremia sempre que atingia o clímax. Eu achava que depois de tantas vezes fazendo amor com Rebecca, minha sede de senti-la ficaria um pouco mais controlada, mas não, era totalmente o contrário; quanto mais a tinha, mais a desejava, como se ela fosse o meu ar e eu não pudesse viver sem.

Nossas respirações foram se normalizando aos poucos e ela conseguiu se mexer.

— Por que você sempre faz isso? — reclamou, com um tom divertido, e se levantou, indo na direção do banheiro.

— Não consegui evitar — eu me justifiquei, caminhando atrás dela.

Limpei suas costas e bunda debaixo do chuveiro, aproveitando para dar tapas que a fizeram me xingar. Eu me deitei na cama enquanto ela ficou no banheiro e a observei voltar e se deitar ao meu lado.

Ela era a mulher mais espetacular e perigosa desse mundo. Rebecca era do tipo que podia fazer amor com calma, ser selvagem, carinhosa, ousada. E se eu não estivesse num dia bom, podia ficar em qualquer lugar sem falar ou fazer nada, apenas com ela e sua presença reconfortante. Era, sem dúvidas, quem me mantinha vivo e motivado.

Antes, eu sabia que ela era a mulher da minha vida, mas agora era diferente, é tudo para mim, é o que eu respiro, o que eu penso quando vou dormir e ao acordar, a razão da minha insanidade e sanidade. É o que me faz ser emoção e, ao mesmo tempo, razão.

E é *minha* esposa, melhor amiga, defensora, apoiadora, ao mesmo tempo que brigava e me corrigia sempre que precisava, assim como eu fazia com ela.

— No que você está pensando? — questionou, passando os dedos em meu braço, que estava estendido enquanto eu acariciava seu rosto.

— Você é linda, perfeita, o meu mundo inteirinho, e eu sou obcecado por você.

— Eu amo saber que você é todinho meu.

— Possessiva — impliquei.

— Do jeitinho que você gosta — rebateu.

Sorri a olhando e me aproximei para beijá-la. Em seguida, dei um beijinho em seu nariz.

— Quero ver o mar.

— Deixe eu te mostrar seu presente antes — relembrei, levantando-me da cama.

Eu trouxe o quadro tampado para o quarto e o coloquei em cima de uma poltrona. Ela se levantou, vestindo o roupão, e se aproximou.

— Espero que você goste.

Puxei o pano e Rebecca prendeu a respiração, ficou instantes encarando e seus olhos se encheram d'água.

— Cam... é lindo — elogiou, aproximando-se do quadro e encostando apenas as pontas dos dedos.

Era a pintura de uma foto que foi tirada durante o nosso casamento, em que dançávamos juntos sem tirarmos os olhos um do outro.

— Quando vi o álbum de fotos do nosso casamento, me veio uma ideia de fazer a nossa arvore genealógica. Primeiro eu e você no nosso casamento e depois... — Eu me aproximei e passei as mãos em sua barriga. — Nós.

— É tão lindo, meu amor, eu amei — ela disse, sorrindo.

— Sei que gosta de presentes comprados, mas, mais do que isso, você gosta de presentes feitos à mão. Não tenho prática com pintura, mas tratei de fazer pelo menos o desenho com traços leves e...

Ela pulou em meu colo e começou a me dar vários beijinhos no rosto.

— Esse quadro é lindo, você ter desenhado deixou ainda mais bonito, lindo e perfeito. Eu te amo — alegou animadamente, prendendo as pernas em minha cintura. — Eu amei.

— E eu fico muito feliz por isso — respondi, dando-lhe um beijo.

Depois de alguns instantes com ela observando o quadro, trocamos nossas roupas e começamos a caminhar pela areia da praia que era justamente de frente para a casa em que estávamos.

Estava em torno de 18ºC, e estávamos vestindo conjuntos de moletom da Supremacia e tênis.

Rebecca se abaixou, tocou a areia e sorriu. Mesmo que não fizesse calor, estar na praia parecia bastar para ela.

— Não sabia que você surfava — comentou, olhando o mar, e então se virou para mim. — Vi as pranchas e uma tinha seu nome.

— Sim, eu gosto, meu tio Thomas amava e me ensinou.

Ela pensou um pouco e passou as mãos na barriga quando a brisa leve tocou seu rosto. Envolvi meu braço ao redor de seus ombros.

— Você pensou em algum nome para o nosso filho?

— Cameron Junior.

— Não — disparou.

— Michael Jordan — sugeri.

— Não.

— LeBron Jam…

— Cameron, ele não vai ter o nome dos seus jogadores de basquete favoritos!

Bufei e ela me mostrou a língua, me fazendo rir e apertar suas bochechas.

— Em qual você pensou?

— Castiel.

— Minha vó vai se acabar de chorar — brinquei.

— Acho esse nome lindo e uma homenagem também, já que todos falam bem de Castiel e, por algum motivo, até parece que eu o conheci. — Ela franziu o cenho e acabou rindo. — Enfim, se você estiver de acordo, pensei nesse nome.

— Castiel — repeti, pensando um pouco. — Castiel Styles. Perfeito.

30

Cameron

Los Angeles, Califórnia, EUA
Fim de novembro. Sábado, 20:42
Baile de Máscaras na Mansão Styles

Era a noite do nosso primeiro baile de máscaras da Supremacia, cujo tema alinhamos para ser *Night Sky,* e todos os nossos convidados vieram com as cores de um céu ao anoitecer.

Concordamos que, após nosso tempo na Noruega, nosso lar seria em Los Angeles, onde a empresa Matriz está situada, onde poderemos cuidar dos nossos filhos (a princípio do nosso filho), perto dos familiares. E, devido a isso, o local oficial do baile seria em nossa mansão em Los Angeles.

A decoração tinha tons de azul claro e escuro; considerando que o salão era branco gelo, as cores ficaram bem destacadas.

Rebecca usava um vestido azul-escuro com brilhos prateados, simulando um céu estrelado; sua máscara era da mesma cor, cobrindo seus olhos. Sua barriga de três meses quase não aparecia, mas seus seios e sua bunda estavam um pouco maiores. Ela estava deslumbrante.

Eu a vi sozinha pela primeira vez desde que o baile de máscaras começara às sete. Pedi licença da mesa de dois parceiros que estava conversando e segui na direção de Rebecca, deixando minha taça de vinho em uma bandeja com outras vazias.

— Você está muito gostosa nesse vestido, não sei se vou aguentar até o fim do baile — sussurrei em seu ouvido, e ela se arrepiou, dando um passo para a frente pelo susto.

— De jeito nenhum, senhor Styles.

Abri um sorriso malicioso e beijei sua bochecha.

E como minha mulher previu, estava sendo um verdadeiro sucesso. Todos os meus parceiros e possibilidades milionárias de parceria comparecerem. Acabou se tornando um verdadeiro baile digno de filmes ou séries.

A chegada de Astrid e Andrew, a rainha e o príncipe-consorte da Noruega, tinha sido majestosa de tal forma que todos ficaram boquiabertos, exceto nossos amigos e famílias que tinham ido para o nosso casamento.

E, em breve, anunciaríamos a primeira dança, após o jantar e brinde, e finalizaríamos o baile, para que a verdadeira festa entre amigos e família pudesse começar.

Às 22:45 fizemos a primeira dança.

Às 23:00, todos os convidados tinham ido embora do salão principal e nossos amigos e familiares aguardaram no salão secundário.

Às 23:30, nossos amigos e familiares estavam bêbados, comendo e se divertindo. As crianças tinham seu próprio espaço onde queriam ficar, com seguranças por toda a parte.

Às 00:05, convenci Rebecca a sumir da festa.

Eu a observei, com o topo de sua cabeça apoiada na parede em que eu tinha acabado de pressioná-la e amado com tudo de mim. Suas pernas bambearam, eu a peguei no colo e a deitei no sofá da biblioteca, sorrindo vitoriosamente.

— Não me olhe assim, você não presta, Styles. E sujou meu short! — reclamou, olhando o short no chão, que eu tinha usado para não gozar dentro e ela me xingar.

— Vou buscar outro, mulher — rebati, e beijei seu rosto.

Ela se sentou no sofá e olhou para o chão por alguns segundos.

— Acho que passei um pouco do meu limite essa semana amor, minhas costas e pernas estão doendo muito — admitiu.

— Vou te levar para o quarto. Astrid e Andrew estão bêbados e já sabem qual é o quarto deles, não é a primeira festa que nossa família finaliza aqui em casa porque saímos mais cedo.

Ela sorriu.

— Não será novidade para ninguém — concordou.

Tirei os saltos de seus pés, peguei o short que estava no chão e a peguei no colo.

— Consigo andar, *bê*.

— E eu consigo te levar, *bê* — retruquei, e ela fez uma careta.

Viramos o corredor da biblioteca e subi as escadas com ela em meus braços.

— Amor, me solte, rápido — pediu.

Sem entender, fiz o que pediu. Suas mãos agarraram meus braços e ela me puxou para a lateral direita das escadas.

— O que…

Ela tapou minha boca com a mão e apontou para o corredor. Astrid e Andrew se beijavam como se o mundo fosse acabar. Fiz uma careta e voltei meu olhar para a minha esposa, me recusando a ver aquilo.

— Acho que eles estão se sentindo em casa — sussurrei.

Rebecca se encolheu quando riu, sem olhar para eles e mantendo o olhar em mim.

— Não podemos julgar — alegou, e passou a mão na barriga.

Sorri e beijei sua bochecha.

A única coisa que ouvimos foi a porta batendo com força e sendo trancada. Eu me inclinei um pouco, vi o corredor vazio e seguimos para o nosso quarto.

— Podemos ir para a praia semana que vem?

Depois do fim de semana de seu aniversário, Rebecca sempre queria ir à praia, mesmo que fosse apenas para observar o mar e sentir a brisa em seu rosto. O clima era frio e não passava de 22ºC, então não entrávamos no mar.

— Não poderemos entrar, assim como nas últimas vezes que fomos — relembrei.

— Eu me sinto bem em estar próxima do mar, acho que Castiel vai gostar — brincou, e se aconchegou em meus braços.

Sorri e a abracei.

— Então iremos, já que os dois querem — brinquei de volta.

Afinal, não tinha como sabermos se ele gostaria do mar ou não.

31
Cameron

Palo Alto, Califórnia, EUA
Ano seguinte
7 de maio

Dois dias após o aniversário de Cameron

Eu e Rebecca tínhamos combinado de viajar em nossos aniversários, mas dessa vez foi diferente. Ela não podia viajar mais por estar perto de ganhar o nosso filho; a obstetra dera dias para o nascimento dele.

Passar o aniversário em casa com a minha esposa e meu filho era perfeito.

O time queria vir para fazer ao menos um bolo de aniversário, mas minha intenção era deixar minha esposa descansada e tranquila, sem ninguém em cima.

E amava estar daquela forma: Rebecca com as pernas esticadas em meu colo enquanto lia um livro e eu jogava. Tínhamos esse hábito, já que em ambos os *hobbies* ficávamos em silêncio e concentrados; às vezes não tinha como não xingar ou esbravejar com o jogo, mas minha esposa nunca se incomodava, porque lia ouvindo música.

— Vou fazer café gelado, você quer? — questionou, tirando as pernas de meu colo com cuidado e se sentando no sofá, deixando os fones e o livro de lado.

— Vou pedir para Marjorie fazer, amor, ela aprendeu — disse, ainda jogando.

— Não precisa — assegurou, rindo. — Estou grávida, mas posso fazer o meu…

Ela parou de falar quando se levantou.

— Cam… — sussurrou.

Eu dei uma olhada rápida nela e vi que água escorria entre suas pernas.

— A bolsa estourou — avisou, mantendo a calma.

— A bolsa... A BOLSA ESTOUROU! — anunciei para mim mesmo.

Larguei meu fone e o controle do videogame, corri para pegar a bolsa com as roupas dela e as de Castiel que estava no sofá, pronta para esse momento. Os seguranças perceberam a movimentação e não sei em que momento aconteceu dela aparecer, mas Marjorie me ajudou a levar Rebecca até o carro enquanto Finn já nos aguardava.

— Amor, sem pânico. Lembra do que a obstetra disse? Não é só porque a bolsa estourou que o bebê... Aaaaai! — Ela se remexeu, fazendo uma careta de dor.

Jesus.

Santo Deus.

— Acho que ele não quer esperar — comentou, rindo (provavelmente de desespero).

Cristo.

No trabalho de parto do meu irmão Luke, acompanhei tudo e sabia o que tinha que fazer, eu e Rebecca estudamos muitas coisas com especialistas que nos visitaram. Mas agora...

MEU FILHO QUER NASCER, PORRA!

Rebecca apertou minha mão quando, acredito, sentiu outra contração.

— Finn, pelo amor de Deus!

Assim que chegamos no hospital, Rebecca foi levada diretamente para a sala de partos.

Consegui colocar as roupas devidas e entrei. O doutor Connor estava na sala, pois, acompanhara toda a gestação, junto à obstetra particular. Ele explicou para nós como aconteceria o parto, como poderiam acontecer violências obstétricas quando a mãe estava em um momento vulnerável, e Rebecca pediu que ele estivesse durante o parto.

— Eles acharam que precisaria de mais algumas horas, mas o bebê já está para nascer — a enfermeira avisou enquanto despejava o esterilizante por cima das luvas que eu estava usando.

Estava pronto para ver o parto, mas Rebecca tinha me dito que estava com medo de não conseguir ter um normal, então tudo o que consegui fazer foi me aproximar dela e segurar sua mão.

Ela me apertava com tanta força que suas unhas, mesmo que curtas por conta do bebê, para não o machucar, afundaram em minha pele enquanto eu repetia que ela era forte e que conseguiria.

Então, a obstetra disse que faltava pouco.

Rebecca estava suando e com uma força surreal, que derrubaria eu e todos os meninos do time. Sempre que a médica falava para forçar mais um pouco, ela forçava.

Foram minutos, mas parecia muito mais.

Quando ouvimos o choro do nosso filho, ela parou de apertar minha mão, mas não a soltou.

Eles o colocaram nos braços dela e começamos a chorar juntos enquanto olhávamos para nosso bebê, tão pequeno e frágil.

— Parabéns, meu amor, você conseguiu! Estou orgulhoso, você conseguiu — disse, sorrindo depois de beijar sua testa.

Sustentei seu braço que segurava Castiel, pois ela estava fraca e cansada.

— Eu te amo — sussurrei, vendo-a sorrir com a respiração ofegante.

Precisei sair da sala para que pudessem cuidar de Rebecca, e o doutor Connor me tranquilizou com o olhar, para que eu saísse sem preocupações.

Fiz o registro e segui para outra sala trocar o avental descartável, a máscara e a touca enquanto limpavam o bebê. Um enfermeiro me trouxe uma lata de água e depois de quase uma hora aguardando, ansiosamente, para poder ver minha esposa e filho, uma enfermeira veio me buscar para ir ao quarto.

Minha esposa estava deitada e exausta, o que era completamente compreensível, e ao seu lado estava nosso filho, dentro de um berço transparente com os lençóis e cobertores azuis que trouxemos. Rebecca estava com a mão dentro do berço, aparentemente próxima dos pés de Castiel enquanto cochilava.

— O doutor vai explicar sobre o parto em alguns minutos — a enfermeira disse para mim, e me entregou um avental de pano. — Ela está com o sono leve, daqui a duas horas já vai conseguir se levantar sozinha. Se ela fizer isso, antes pode se sentar na cama com ajuda e, depois de trinta minutos, pode descer, para não ter o perigo de cair. Use a máscara, os dois estão frágeis no momento — alertou.

Balancei a cabeça, concordando, e terminei de colocar o avental.

— Quando posso pegar meu filho?

— Agora. Ele está acordado, é bem curioso — disse, rindo, enquanto eu colocava as luvas e máscara. — Vou te ajudar a pegá-lo, e na próxima vez você faz sozinho, combinado?

— Combinado.

Eu me aproximei deles e Rebecca abriu os olhos devagar.

— Amor — murmurou, inclinando-se para se sentar.

Parei ao lado de sua cama, na frente do berço.

— Ei, ei, ei, nada de esforço, meu amor, você precisa descansar — afirmei, passando os dedos em seu rosto, e a auxiliei a deitar novamente.

— Certo — concordou.

Ela se arrumou na cama e a cobri com o lençol do hospital. A enfermeira estava com Castiel no colo, me aguardando. Eu a olhei, sentindo um sorriso se abrir em meus lábios e, com máximo de cuidado, peguei meu filho, sentindo meus olhos arderem.

Ele era pequeno, mas era como se eu segurasse meu mundo. As sobrancelhas quase não apareciam por ele ser muito loiro, e ele me olhava atentamente com seus olhinhos verdes. Quando seus lábios formaram um sorrisinho enquanto me observava e ele abriu a boquinha com seu sorriso, foi impossível não começar a chorar.

— Estarei por perto, pode me chamar caso precise de qualquer coisa.

— Ok, obrigado — foi tudo o que disse, sem tirar a atenção do meu filho.

Passei os dedos, pois estava de luva, em seu rostinho delicado e bem desenhado.

— Ele é lindo — Rebecca disse, me observando com um olhar radiante.

Sorri, olhando para ela, e me aproximei. Arrumei Castiel em meu braço e, com a mão desocupada, toquei a de Rebecca.

— Você foi tão incrível, meu amor. Você é mais forte do que imagina — afirmei, entrelaçando nossos dedos, e seus olhos encheram de água.

— Estava com tanto medo de não conseguir… — confessou, limpando os cantos dos olhos.

— E conseguiu! — disse, com a voz carregada de orgulho, e entreguei Castiel em seus braços.

Ela sorriu enquanto o segurava.

— Você avisou alguém? — questionou, olhando para mim.

— Apenas Elliot, para trazer roupas para mim.

— Não vejo a hora de tomar um banho, pode segurá-lo? — pediu.

— Amor, a enfermeira disse que você não pode sair da cama assim, precisa ficar meia hora sentada antes.

— Eu sei, não vou me levantar, só quero me sentar — explicou.

Peguei Castiel e ela se sentou na cama, mas não se levantou.

Voltei meu olhar para o pacotinho azul em meus braços, ainda sem conseguir acreditar ou parar de sorrir. Ele era lindo e não parava de me olhar. Seus lábios se moviam, parecendo querer sorrir e, então, ele bocejou e tanto eu quanto Rebecca rimos como dois bobos.

— Não vejo a hora de levar você para a casa e te mostrar tudo o que é seu — disse, olhando-o, e Rebecca riu um pouco alto.

— Sabe que vai demorar um pouquinho para ele entrar na casa da árvore, nos carrinhos automáticos ou subir na moto que você comprou, não é? — questionou, passando os dedos em meu braço.

— Sei, mas tem outras coisas para mostrar — expliquei, e ela riu, dando de ombros.

Margareth entrou com outra enfermeira, suas expressões eram rígidas de apreensão.

— Senhora Styles, como se sente? — Margareth questionou, olhando minha esposa.

— Ansiosa por um banho, mas esperando os trinta minutos para poder levantar — brincou, fazendo-as sorrir.

— Ótimo. Essa é Julie, te auxiliará no que for necessário — apresentou, e a cumprimentamos. Então, olhou para mim. — Senhor Styles, sei que o senhor pediu nosso máximo na questão de restrição, mas... espero que entenda que não falamos nada — iniciou, e eu franzi o cenho. A mão de Rebecca passou em minha cintura e parou ali.

— O que aconteceu? — perguntei, encarando-a.

— Não passamos por cima do seu pedido, mas eles chegaram aqui dizendo que sabiam que o bebê tinha nascido.

— Eles quem?

— Cameron — Rebecca chamou, como uma repreensão.

— Senhor, tem vários garotos lá embaixo dizendo que querem ver o bebê e que se for necessário passarão a noite aqui para vê-lo. Não confirmamos sobre o nascimento, mas dois deles alegaram que tinham ouvido que a bolsa da senhora Styles estourou.

— Foi em um videogame. Conversei com um menino dos olhos verdes e cabelos pretos — Julie disse, referindo-se a, sem dúvidas, Peter. — Ele disse que vocês estavam jogando videogame quando ouviu o senhor dizer sobre a bolsa estourar. Não confirmamos nada, mas eles alegaram que só vão sair daqui...

— Depois de ver o bebê — Rebecca completou e riu. — Meninas, sei que meu esposo parece estar supernervoso agora, mas isso é culpa dele. — As enfermeiras quase suspiraram de alívio. — Ele praticamente gritou quando minha bolsa estourou — explicou em tom brincalhão, e elas seguraram a risada.

— Nem depois de parir você consegue deixar de me expor, não é? — provoquei, e ela abriu um sorriso. — Como podemos mostrá-lo aos meninos? — questionei, olhando as enfermeiras.

— Através do vidro de proteção, é como se fosse o vidro do berçário, mas em outro local, onde todos eles podem te ver e ouvir — disse Margareth.

— Ótimo — Rebecca anunciou. — Faça isso enquanto eu tomo meu banho, por favor — pediu. — Depois Castiel vai fazer um exame e eu poderei amamentá-lo, correto? — perguntou, sem disfarçar a ansiedade.

— Sim, senhora Styles — Margareth confirmou e, enquanto eu saía do quarto, Julie ficou para ajudar Rebecca.

Desci para outro andar e segui Margareth. Quando chegamos, os meninos estavam do outro lado do vidro e começaram a dar pulinhos, até o segurança pedir que parassem.

Eu me aproximei do vidro de forma que eles pudessem ver Castiel, e ouvi um "Aaaah" apaixonado em uníssono. Quando meu filho bocejou e levou as mãozinhas com luvas azuis até o rosto, como se tentasse cobri-lo, os meninos fizeram um "Ownnn" juntos, que acabou fazendo eu e Margareth rirmos.

Peter se aproximou, indicando que queria falar comigo.

— A capitã está bem?

— Sim, está um pouco cansada, mas está ótima — eu disse, vendo eles balançarem a cabeça positivamente.

— Quando você liberar as visitas, nos avise para irmos aos poucos — Josh pediu, e eu concordei.

Elliot mostrou minha mochila e o segurança a entregou a Margareth, que ficou a segurando enquanto eu mostrava Castiel outra vez aos meninos.

Eles abriram espaço para meus pais e sogros, que não conseguiram evitar o choro, e papai ficou radiante o olhando; ele fez um sinal de aprovação com o dedo e abriu o caminho para os meus irmãos e cunhados. Os gêmeos estavam no colo de Owen, Isaac estava enorme e conseguiu ver com facilidade, ficou grudado no vidro olhando atentamente Castiel, deixando nítido o tanto que queria poder tocá-lo. Natalie se aproximou com o rosto inchado de tanto chorar; ela estava com Natasha no colo e Elliot levantava Ryan para ver através do vidro.

Nossas famílias estavam na cidade, pois queriam ver Rebecca antes do parto. Eu tinha avisado a todos que ela e meu filho estariam frágeis e não receberiam visitas nos primeiros dias; ou seja, eles só poderiam vê-los quando minha esposa considerasse estar apta e descansada para fazer o que decidisse.

— Ele é tão bonito — Natasha disse em um tom engraçado.

— Ele é nosso novo amigão — ouvi Isaac dizer, e o olhei com um ar nostálgico; eu quem o chamava de amigão.

— Ele é perfeito — Natalie disse. — Se puder, diga para a minha amiga que viemos vê-la e que eu a amo.

— Pode deixar — confirmei.

— E te amo, maninho — declarou-se, sorridente.

— Te amo, maninha.

Depois de mais alguns minutos, o pessoal precisou ir embora pelo barulho e ocupação de espaço para acompanhantes de outras pessoas.

Levei meu filho até a sala de exames e o entreguei a Margareth. Em seguida, peguei minha bolsa e voltei para o quarto onde estava Rebecca.

—… Ele foi fazer exames agora pelo que a enfermeira me disse, mas assim que voltar, eu ligo de novo. — Ela me olhou. — Amor, venha ver Andrew e Astrid, estávamos esperando você, eles querem contar alguma coisa para nós — ela disse, sorridente, sem desencostar da cama.

Eu me aproximei do celular e Andrew gritou:

— E AÍ, CARA, JÁ PEDIU PERDÃO PARA OS SEUS PAIS E PRA DEUS?

— Amor — Astrid tentou repreendê-lo, mas acabou rindo.

— Nessa vida eu não sei quem aprontou mais do que quem — acusei Andrew, vendo que Astrid arregalava os olhos.

— Que Odin me ajude com o meu filho ou filha — ela murmurou.

— Se eu começar a falar aqui, Rebecca sai chorando — Andrew ameaçou, mas Rebecca estava olhando Astrid pela tela e não deu continuidade ao assunto.

A rainha a olhou de volta e ficou assim por menos de cinco segundos.

— Como assim filho ou filha? — Rebecca questionou, e então me dei conta do que aquilo podia dizer.

— Não me diga que…

Astrid abriu um sorriso e nossa resposta veio na mesma hora.

— Vamos entrar para turma de papais também — Andrew anunciou.

— NÃO ACREDITO! Parabéns, que noticia incrível! — eu disse, eufórico.

— Eu estou muito feliz, puta merda! — Andrew confessou.

— Amor, estamos no hospital — Rebecca relembrou antes que eu pudesse comemorar outra vez. — Que noticia maravilhosa, gente! — Seus olhos se encheram d'água. — Eu estou muito feliz por vocês, sei que serão pais incríveis — afirmou, com a voz cheia de orgulho enquanto eu concordava.

— E eu sei que vocês serão padrinhos incríveis — Astrid disparou.

Eu e Rebecca nos olhamos na mesma hora, de início sem palavras, para em seguida comemorarmos tentando fazer o mínimo de barulho possível.

— Seremos, com certeza, seremos — assegurei animadamente.

— Será um prazer sermos padrinhos do filho ou filha de vocês — Rebecca afirmou. — Tenho certeza de que Castiel vai ser muito amigo dele ou dela.

— E você está de quantos meses? — questionei.

— Dois — disse Astrid.

— DOIS? — eu e Rebecca dissemos juntos e começamos a rir.

— Vocês vieram nos visitar há dois meses — minha esposa afirmou, e Astrid sorriu envergonhada, enquanto Andrew parecia estar adorando a situação.

— Rebecca ficou grávida durante o tempo em que estava aqui no palácio — ele rebateu.

— Amor, que indelicadeza — Astrid disse em voz baixa, mas foi possível ouvirmos.

— Você ficou com inveja né, *merdinha* — disparei, deixando claro que não estávamos incomodados.

Andrew insinuou que mostraria os dois dedos do meio, mas Astrid segurou suas mãos, impedindo-o.

— A sua sorte é que minha esposa não me permite falar tudo o que eu quero — ele disse me olhando, fingindo irritação.

— E o seu azar é que a minha esposa me deixa falar o que eu quero — eu me gabei.

A porta do nosso quarto foi aberta e Margareth caminhou em nossa direção, trazendo nosso filho com todo o cuidado do mundo.

— Hora da amamentação, mãezinha — disse carinhosamente.

Rebecca me entregou o celular para em seguida pegar Castiel em seus braços.

Era uma sensação incrível saber que ele era nosso pequeno filho. Era um amor sem explicação.

Mostrei na câmera Rebecca e Castiel, e o casal do outro lado já estava chorando. Minha esposa não conseguiu se conter também, e eu acabei rindo enquanto passava os dedos em seu rosto; em seguida beijei sua testa.

Eu me afastei, ficando próximo da cama em que eu dormiria, para me despedir de Andrew e Astrid, que repetiram inúmeras vezes que Castiel era lindo e que estavam felizes por mim e minha família. Então, a gente se despediu e eu desliguei a chamada.

A enfermeira auxiliou Rebecca e, no mesmo segundo em que começou a amamentar, começou a chorar. Eu não entendia muito bem o que aquilo significava para ela, mas comecei a chorar junto.

A enfermeira saiu assim que o doutor Connor e a obstetra entraram para explicar algumas coisas para nós. Depois quase meia hora de conversa, eles se retiraram, me deixando sozinho com a minha esposa e o meu filho.

32

Cameron

Ao chegarmos em casa, depois de receberem alta, avisei os funcionários que eles veriam meu filho em breve, mas que agora minha prioridade era deixar ele e minha esposa descansarem.

— Você pode dar banho em Castiel enquanto eu tomo o meu? — ela questionou, colocando a bolsa dele em cima do sofá.

— Claro, meu amor — beijei seu rosto.

Castiel estava dentro do bebê conforto, observando Rebecca, que arrumava a roupa dele e dela para depois do banho. Enquanto isso, fui encher a nossa banheira e a dele.

Retornei ao quarto, vendo que ela acariciava a mãozinha do nosso filho, e fiquei segundos apenas os observando. Rebecca estava calada desde o momento em que o doutor disse que teria que voltar a tomar insulina, e eu sabia que estava tentando se manter forte.

— Amor?

Ela me olhou e sorriu.

— Ele é todinho seu — afirmou, afastando-se do bebê conforto e seguiu para o banheiro, deixando um selinho em meus lábios pelo caminho.

— Vamos, garotinho — chamei, e ele sorriu como se me entendesse.

Entrei no banheiro depois de arrumar Castiel, e Rebecca estava sentada na banheira, de olhos fechados. Ela molhou os cabelos por completo, jogou água no rosto e suspirou.

Dei banho em Castiel, arrumei-o e fiquei com ele em meu colo, observando minha esposa, que havia tomado seu banho e estava relaxando na banheira.

Coloquei o pequeno no bebê conforto e o trouxe novamente para o banheiro, porque queria ficar de olho nele e em minha esposa, deixando-o no enorme degrau da banheira ao meu lado.

— Você precisa descansar e se alimentar, amor.

Ela soltou um longo suspiro.

— Marjorie fez a mesa do café, não foi? — ela perguntou.

Abri um sorriso.

— Sim, senhora.

Passei os dedos em seu rosto.

— Pode lavar meu cabelo? — pediu.

Tirei minhas roupas e entrei na banheira, sentindo a água ainda quente molhar meu corpo. Lavei seus cabelos cuidadosamente, enxaguei os fios, a abracei por trás e ela se recostou em meu peitoral.

— Meu amor? — chamei, entrelaçando nossos dedos. — Como você se sente? Está calada desde que o doutor disse que você precisaria voltar a tomar insulina.

— Eu sabia que teria que voltar, mas…

E começou a chorar.

Eu a virei e a abracei; ela soluçou e suas lágrimas escorreram em meu peitoral. Fiquei ali pelo tempo que ela precisava, acariciando seu rosto e beijando o topo de sua cabeça.

Quando ela foi se acalmando, levantou o olhar para mim.

— Me desculpe — pediu.

Beijei sua bochecha, afastando os cabelos grudados em sua testa.

— Na alegria e na tristeza, na saúde e na doença — relembrei. — Não falei isso só por fazer parte dos votos.

Ela fungou.

— Dói ter diabetes e ter que voltar assim, de uma hora para a outra, depois de nove meses sendo saudável… — As lágrimas desceram em seu rosto outra vez. — Vai ser um pouco difícil… menos do que quando descobri, é claro.

Limpei suas bochechas.

— Eu precisava muito disso — disse, e riu, me abraçando.

— Não posso sentir o que você sente, mas estarei aqui, *sempre*.

— Eu sei, nunca tive tanta certeza disso… — E beijou meus lábios.

Castiel começou a chorar e Rebecca riu, ainda com a boca colada à minha.

— Hora de alimentar o bebê — disse, levantando-se.

Ela saiu da banheira pelo outro lado, colocou o roupão, os chinelos e pegou o bebê com cuidado.

Coloquei meu roupão, esvaziei a banheira e a segui quarto afora. Ela se sentou no sofá e eu coloquei a almofada de amamentação embaixo de seus braços.

Fiz um prato com a mesa de café que estava preparada na sacada e, enquanto ela alimentava nosso filho, eu a alimentava. Ela sorriu me olhando depois que a fiz tomar vitamina de morango.

— Você é perfeito.

— Sempre soube disso.

— Egocêntrico.

— Mandona.

— Insuportável.

— Diz isso alimentando o nosso filho, dona da razão — observei, e ela gargalhou.

— Eu me equivoquei.

— Faça isso sempre que quiser — insinuei, e ela sorriu.

— Por mais que eu tenha ficado dois dias no hospital, eu me sinto tão exausta — Rebecca disse, após fazer Castiel arrotar. — Vou secar meu cabelo, se importa de… ah, melhor não, ele está acordado como nunca. — Ela sorriu, fitando-o.

— Essa criança não tem pai?

— Amor! — Ela riu pelo nariz.

— Descanse, ele está alimentado. Daqui a três horas eu te chamo, o que acha?

— Acho ótimo — admitiu, entregando-me Castiel. — Mas pode me chamar a qualquer momento — alertou, e eu balancei a cabeça, concordando.

Ela se deitou enquanto eu colocava Castiel no bebê conforto.

— Eu te amo — disse, olhando para ela. Afastei seus cabelos e beijei seu rosto.

— E eu te amo — disse de volta, acariciando meu rosto para, em seguida, me beijar.

Voltei minha atenção ao pequeno, e Maya entrou no quarto com máscara para secar os cabelos de Rebecca. Ela olhou o pequeno, abriu um sorriso e foi ao encontro de minha esposa.

— Vamos, filhão, vou te mostrar sua casa.

Saí do quarto e comecei a andar pela mansão, explicando cada cômodo até chegar em seu quarto. Mesmo que ele não estivesse me entendendo, observava o lugar; bom, era o que eu achava.

Tomamos um pouco de sol, mesmo que o dia estivesse deixando claro que choveria, e, quando voltamos para a casa, eu o apresentei para os funcionários, com o bebê conforto coberto por um pano transparente. As que ficaram mais emocionadas foram Maya, que ajudou minha esposa e a deixou descansar, e Marjorie. Expliquei que nos próximos dias eles poderiam vê-lo melhor, mas como acabou de sair do hospital, tomaríamos o máximo cuidado.

Fiquei um tempo na sacada e ele adormeceu. Voltei ao quarto, coloquei sua roupinha que o protegia durante o sono e o arrumei no berço.

Saí do quarto por alguns instantes para pegar meu suplemento e, quando voltei, Rebecca estava observando Castiel, ainda sentada na cama. Deixaríamos o berço dele em nosso quarto por alguns meses.

O quarto dele e de seus futuros irmãos era no corredor do nosso, sendo o dele o primeiro. Porque assim poderíamos ver na câmera qualquer coisa que acontecesse e ir ao quarto com facilidade.

— Estive pensando em uma coisa — Rebecca começou, e eu me sentei ao seu lado, entregando-lhe uma garrafinha de água. — Obrigada, amor.

— No que estava pensando?

— Minha mãe me deixou escolher meus padrinhos quando tive idade e apego a eles. Ninguém exigiu nada de mim. Quero que nossos filhos tenham essa liberdade, se estiver de acordo.

— Temos muitas opções — observei, e ela sorriu. — E precisa ser alguém que eles tenham amizade — continuei. — Você tem o meu apoio.

Eu me deitei, puxando-a cuidadosamente para mim, e a abracei.

— Você já tinha pensado que essa seria a vida que teríamos juntos? — questionei, acariciando seu braço.

— Não, não imaginava que um namoro falso nos traria aqui. Se bem que acho que todo mundo imaginava isso. — Ela riu pelo nariz.

— Sendo bem sincero, assim que te olhei quando voltou para Los Angeles, eu quis fazer um filho com você — admiti, beijando a curva de seu pescoço.

Ouvi sua risada contida.

Eu a observei e, em seguida, me inclinei, vendo o pequeno adormecido.

Isso era o verdadeiro significado de lar e amor.

— Sinto como se tivesse nascido para essa vida com você — assegurei.

— Eu te amo, meu quarterback babaca — brincou, com um sorriso nos lábios.

— E eu te amo, minha nerd mandona.

33
Rebecca

Itajaí, Santa Catarina, Brasil
Aproximadamente 7 anos depois...

Estávamos na primeira semana de janeiro, quando era frio dos Estados Unidos e quente no Brasil.

As aulas das crianças começaram, mas, como eles nunca faltavam, viajamos na quinta-feira, depois que Castiel, nosso primogênito e viciado no mar, passou a sentir febre e insônia por querer ir à praia e surfar e não poder, devido às baixas temperaturas em Los Angeles.

Observei Cameron correndo pela areia com cinco crianças, sendo os nossos filhos:

Castiel, de sete anos.

Calissa, de seis anos.

Daniel, de quatro anos.

Dandara, de três anos.

E nosso afilhado, príncipe Pedro, herdeiro do trono da Noruega, de sete anos.

25 anos, quatro filhos e muitos afilhados.

Se alguém tivesse me dito que eu seria mãe de quatro crianças de Cameron Styles, o meu inimigo de infância, eu com certeza não acreditaria.

Para as minhas situações, eu não acreditava em acidentes quando o assunto era engravidar. Por mais que Castiel tenha sido uma surpresa, não tinha como não acontecer com tamanhos descuidos meus e de Cameron.

De Castiel engravidei no palácio, um dia antes da coroação da rainha Astrid, em uma noite de karaokê com pizzas e bebidas. E com cinco anos de idade, ele escolheu Astrid e Andrew como padrinhos. Quando ficasse mais velho, entenderia que, além de grandes amigos dos pais, ele era afilhado da rainha e príncipe-consorte da Noruega.

De Calissa foi quando Castiel completou 9 meses e Natalie pediu para levá-lo para sair, para podermos descansar um pouco. E desse descanso, providenciamos uma irmãzinha para ele, com Cameron afirmando que "não gozou dentro". Com 4 anos, minha pequena escolheu a "titia Nat" e "titio Ot" como padrinhos. Ela era a cópia de Natalie no jeito, e até na aparência.

De Daniel, eu estava com raiva e brigada com Cameron e, depois de descontarmos a raiva um no outro da forma que fazíamos, nós nos resolvemos rapidamente. Mas Daniel veio a cópia de Cameron no jeito teimoso, radical e inconsequente. E ele escolheu Nicholas e Felicity como padrinhos, Nicholas adorava levar Daniel para brincar em carrinho bate-bate, porque o pequeno gargalhava com as batidas e isso criou uma ligação entre eles.

De Dandara, Cameron quem estava bravo comigo, faltando dois dias para o fim da quarentena do parto de Daniel, e discutimos. Ele não quis olhar na minha cara, então fiquei de costas e... bem, nasceu a minha versão mirim, para a felicidade dele. Carter e Nicolly eram os padrinhos dela, eles a conquistaram quando entregaram uma arma de brinquedo de água em suas mãos no ano passado e brincaram com ela e as outras crianças a tarde toda, sem contar as vezes em que aparecem em casa para vê-los.

Castiel era o mais velho e tinha a vida que toda criança devia ter, mas pela personalidade de querer ser independente, como percebi desde os dois anos, ele não queria mais ser tratado como um bebê e não queria colo com frequência; mas quando era para chorar, corria para mim ou Cameron. Era muito grudado em mim, parecia já ter o instinto de proteção e amava abraçar. Sempre contava segredinhos para o pai, tio Isaac e o padrinho.

Calissa amava o colo do pai, sem dúvidas ele era o maior porto seguro dela, porém, enquanto ele era o porto dela, era comigo que ela queria passar o dia conversando sobre o dia na escolinha; além disso, ela tinha uma conexão especial com Natalie.

Daniel dormia mexendo no meu cabelo ou no das irmãs, e Castiel o convenceu a dividir o quarto. Ele amava as brincadeiras de Cameron e, quanto mais radical fosse, mais ele queria. Sua conexão com Dandara era enorme desde sempre. Ficava abraçado a minha barriga quando eu estava grávida dela e, quando viemos para a casa depois da alta do hospital, todas as noites ele pedia para vê-la antes de dormir. Seus melhores amigos eram Benjamin (filho de Jasper), o pai e Nicholas; os dois adultos o levavam para andar de moto, com quatro anos de idade. Santo Deus...

Dandara era completamente apaixonada pelo pai, seus olhinhos brilhavam quando o via e ela gostava de coisas radicais também, como ser jogada para o alto ou brincadeiras em que Cameron corria com ela.

Ultimamente, ela vinha pedindo para andar de moto Jesus... Ela e Nicolly sempre ficam de segredinho quando estavam por perto.

Nossos filhos não escondiam nada de nós, não por serem forçados, mas eles simplesmente vinham e contavam. A ideia de Cameron de cada um com o seu quarto poderia funcionar, talvez, quando eles fossem mais velhos, porque Calissa praticamente implorara para que Dandara dividisse o quarto com ela. Ocorreu o mesmo com os meninos.

Às vezes os meninos iam para o quarto das meninas ou eles se enfiavam em nosso quarto e dormiam na nossa cama, e eu e Cameron dormíamos no sofá-cama do quarto, porque eles ocupavam todo o colchão.

Depois que terminamos a faculdade, voltamos para Los Angeles, para a nossa casa, e todo o time que era de Liberty voltou também. Eric, Adam e Brian tinham se tornado jogadores profissionais.

Alec era um grande empresário; Peter e Josh tinham feito Direito, então estavam no jurídico do meu pai e do pai de Peter; Calleb se tornara um grande doutor, na área de psicologia e psiquiatria; Natalie abrira dois ateliês depois de Palo Alto; Jasper e a esposa eram ligados à máfia e iriam cuidar dos negócios de Antonella; Ned estava cursando medicina em Stanford, por conta do curso durar mais tempo, mas sempre aparecia em casa; Nicholas e Felicity cuidavam dos negócios de meu avô Marcus enquanto Carter e Nicolly cuidavam das coisas de meu avô John.

Maya e Finn se casaram e continuavam com a gente; Marjorie fora embora pouco tempo depois de eu descobrir minha gravidez de Daniel, sem explicações, e foi difícil explicar para Castiel e Calissa o motivo da tia favorita deles, que trabalhava comigo, ter ido embora.

Meus filhos amavam os holofotes e isso com certeza era coisa do Cameron, porque em tudo que ele podia ser amostrado, exceto com o nascimento de nossos filhos, ele era, e isso não tinha mudado.

O time seguia fiel a gente. Quando Daniel nasceu, foi o dia da final do time de Los Angeles e Eric, Adam e Brian correram para o hospital depois do jogo; quando Dandara nasceu, os meninos foram para a casa depois do mês de resguardo para brincar com as crianças e ficaram dançando na frente de Dandara, fazendo-a rir, e uma vez o time veio fazer a noite das garotas com as amiguinhas de Calissa, principalmente porque algumas das meninas eram filhas deles, então aproveitaram para aparecer aqui.

A ligação de irmãos entre eles era enorme.

Calissa e Castiel conversavam bastante entre si, enquanto Daniel era um grande amigo de Dandara e queria brincar com ela sempre que podia. Os quatro se acobertavam para tudo; quando Castiel quebrou um quadro que tínhamos ganhado, ele, Calissa e Daniel falaram que tinha sido culpa deles. A coisa mais engraçada foi Daniel, que tinha um ano na época, dizendo que era culpa dele, sem nem saber o que estava acontecendo.

A parceria deles era ótima e, ao mesmo tempo, assustadora.

E Cameron era, sem dúvidas, o melhor pai para as crianças e o melhor marido para mim.

Ele se sentou ao meu lado, observando-os jogar bexigas d'água entre eles.

— Acha que Pedro está bem? — perguntei e tomei um pouco de água de coco.

— Ele estava chorando com Calissa e Castiel antes de virmos para a praia — comentou. — Ele sente muito quando essas coisas acontecem.

Soltei um longo suspiro.

Era a quinta vez que Astrid sofria um aborto espontâneo e estava devastada, tanto que Andrew pediu para buscar Pedro para ficar uns dias com a gente, e os pais de Astrid foram ao palácio dar suporte. Mas, mesmo sendo criança, Pedro ficava sentido.

— Ele parece entretido agora, as crianças fazem muito bem a ele — observei.

— Eu quero dormir — Daniel resmungou, abraçando-me.

— Eu também — Dandara disse, jogando-se em cima de Cameron.

Fizemos as crianças tomarem banho para refrescar e, sem muito esforço, elas adormeceram na sala de estar, nos sofás e colchões no chão.

— Becca! — Ouvi a voz de Cameron vinda do banheiro.

— Oi, amor — respondi, entrando.

— Me ajude, tem alguma coisa de errado comigo.

O chuveiro era como uma fonte, em uma parte mais elevada do banheiro, com uma decoração florestal ao redor. Não havia box, então me aproximei dele, que esfregava os olhos.

— O que é? — perguntei, descalçando meus pés, e subi um degrau. — O que tem de errado com você, Cam? — Tirei as mãos que escondiam o seu rosto.

Ele abriu um sorriso safado.

— Estou com vontade de você.

E me puxou para debaixo do chuveiro.

— Temos alguns minutos, o que acha?

Envolvi meus braços ao redor de seus ombros, sem me importar com as roupas molhadas grudando em meu corpo.

— Acho uma ótima ideia.

EPÍLOGO

Rebecca

"Dois corações em um lar.
Doce criatura, onde quer que eu vá,
você me leva para casa."
Sweet Creature — Harry Styles

Grávida.

Novamente grávida, de quase um mês e meio, e ainda não sabíamos se era menino ou menina, mas estávamos dando todo o amor e carinho.

As crianças estavam superanimadas e Cameron superfeliz, planejando estampar uma camisa escrito *pai de seis* na frente e, atrás, um desenho nosso com as crianças, quando completássemos seis filhos. E estávamos de fato perto disso, mas combinamos que o próximo viria depois de pelo menos três anos depois dessa gravidez.

Hoje estávamos em Oslo, Noruega, comemorando o aniversário de Andrew, e nunca perdíamos os aniversários dele, Astrid e Pedro.

Observei meus quatro filhos caminhando pelo salão conversando como se fossem adultos; na verdade, para o meu terror, estavam imitando os adultos e riram de si mesmos. Dandara e Daniel estavam seguindo a total influência da dupla C. Dandara correu para os braços de Felicity, que não perdia os aniversários de Andrew também, e Daniel correu para Cameron, que conversava com o aniversariante. Os cachinhos dourados de Daniel balançaram quando ele pulou no colo do pai, meu esposo me olhou sorrindo e, em seguida, olhou para o pequeno, que brincava com Andrew.

— Posso? — Astrid questionou, indicando o assento ao meu lado.

— Claro, majestade — brinquei, vendo-a fazer uma careta e se sentar.

— E como está o bebê?

Eu a olhei por alguns segundos e ela passou a mão em minha barriga, com seus olhos marejando.

— Está bem. Essa gravidez tem sido diferente, tenho sentido muito mais sono, cansaço e fome do que das outras vezes — afirmei.

Ela afastou as mãos.

— Mas você parece muito bem — alegou, sorrindo.

— Astrid, não conversamos desde a minha viagem com as crianças — comentei.

— Nada ainda — admitiu. — A gravidez de Pedro foi de risco e muito complicada, o médico já tinha me dito que eu não poderia ter outro filho e que seria muito perigoso. Não consigo segurar um bebê, Becca, Pedro foi um milagre.

— Eu sinto muito — disse, com sinceridade e não sabendo ao certo o que falar.

Ela olhou Andrew.

— Vocês alegram o palácio — ela mudou de assunto. — Alegram muito, tanto as crianças quanto você e Cameron. Andrew fica superanimado com Cameron aqui — disse aos risos, e eu olhei nossos maridos.

— Acho que eles são almas gêmeas.

— Não tenho dúvidas. — Ela sorriu.

Ela abriu a boca para falar, mas parou quando Pedro veio correndo até ela.

— Mãe, o Castiel me deu um soco — disse, com a mão sobre os olhos, prestes a chorar.

Andrew estava se aproximando e eu me levantei de imediato.

— Ai, meu Deus — murmurei. — Vou falar com Castiel.

No meio do caminho, eu e Andrew nos olhamos, rindo porque era o tipo de coisa que vivia acontecendo entre ele e meu marido quando tinham essa idade.

—... mas pai, ele fez errado e eu bati nele — Castiel se explicou.

— E por que você bateu nele, filho? — o pai questionou, sentado na cadeira, ao lado de Daniel.

— Porque ele beijou o rosto da Calissa — explicou e, no mesmo instante, Cameron me olhou.

— E Calissa ficou brava? — perguntei, colocando a mão no ombro de meu esposo.

— Eu fiquei bravo — afirmou.

— Então toda vez que você ficar bravo, vai bater em alguém? — Cameron questionou calmamente.

Observei Calissa seguir na direção dos monarcas e se inclinar para ver o olho de Pedro, dando um beijinho em seu rosto em seguida. Eu e Cameron nos olhamos e ele estava com o cenho franzido olhando aquela cena, mas logo voltou a olhar Castiel enquanto Andrew ria da situação.

— Você ainda não me respondeu, Castiel — Cameron o relembrou.

— Não, não vou bater. Mas pai e mãe, ele é o meu amigo, não pode beijar a minha irmã ou falar que ela é bonita — disse, emburrado, e cruzou os braços.

Acabei rindo, mas disfarcei com uma tosse.

— Alguém já te bateu? — questionei, vendo Castiel me olhar confuso.

— Não.

— Então por que acha que bater em alguém é uma boa ideia? — Cameron completou o meu raciocínio.

— Eu… Oi, moça — Castiel acenou para uma mulher de cabelos longos e ondulados que passou pela gente, e a acompanhou com os olhos. — Você é muito bonita — elogiou inocentemente, sorrindo como se estivesse encantado.

Eu e Cameron nos olhamos incrédulos enquanto Daniel observava o irmão atentamente.

— Muito obrigada, garotinho — a mulher agradeceu e voltou ao seu caminho, rindo com as duas mulheres que estavam com ela.

— Seu sem-vergonha, você não pode sair do assunto assim — Cameron protestou, fazendo cócegas em Castiel, que gargalhou.

— Vou pedir desculpas para ele e nunca mais vou bater em ninguém — ele disse ao pai quando se recompôs das risadas.

— Por que você vai pedir desculpas?

— Porque eu fiz errado, não posso bater nos meus amiguinhos só porque fiquei com raiva — explicou.

— Isso mesmo, garotão. Bate aqui.

Os dois fizeram um toque de mão deles e Castiel seguiu até Pedro sem pedir que fôssemos juntos. Ele disse algo ao amigo, os dois riram e se abraçaram, e voltaram a brincar no minuto seguinte.

— Ele é você todinho — acusei, olhando Cameron.

— Os argumentos e a teimosia são de você.

— Mas as cantadas e o jeito nervosinho são de você — afirmei, e rimos juntos. — Principalmente quando mexeu com a irmã dele, não acha?

— Detalhes — tentou justificar.

OS HERDEIROS DA SUPREMACIA STYLES

Rebecca

Los Angeles, California, EUA
Segunda-feira, 11:13

Saí do consultório com o rosto inchado de tanto chorar com o ultrassom, quase sem conseguir falar direito. E pediria para algum segurança me levar para a casa.

As crianças estavam na escola, Cameron em reunião, e eu optei por ir sozinha. Bem, não totalmente sozinha porque os seguranças estavam por toda a parte.

Desci pelo elevador da clínica, segurando os exames em mãos. As portas do elevador se abriram no estacionamento, e Cameron me esperava.

Franzi o cenho e limpei as lágrimas.

— O que está fazendo aqui? — perguntei.

— A reunião acabou cedo e eu decidi vim te buscar — explicou, e me puxou pela cintura. — Por que estava chorando? Está tudo bem com o bebê? — questionou, cheio de preocupação.

Voltei a chorar e o abracei. Ele deslizou as mãos em minhas costas, acariciando-me ou tentando me confortar de algo que não sabia.

— Amor? Aconteceu alguma coisa com você ou com o bebê?

— Os bebês — eu o corrigi.

Ele me segurou pela cintura e me afastou o suficiente para me olhar.

— Os… os bebês? — perguntou, atônito.

— Gêmeos.

Ele abriu um sorriso, correu ao redor do carro e pulou em minha frente, agitando o braço para cima como se fosse a comemoração da vitória do time.

Então, ele girou no ar e me beijou.

— Apollo e Aurora! — ele disse.

— Você já estava pensando nos nomes? — questionei, sorrindo, com as bochechas molhadas.

— Sim, não sabia que seriam gêmeos, mas depois que chegamos em Dandara eu passei a pensar em nomes com a letra A.

Acabei sorrindo.

— Os nomes são lindos — concordei. — Seis filhos — disse, chorando e sorrindo.

— Seis, meu docinho — repetiu, maravilhado com suas palavras. — A nossa *Supremacia Styles*.

Fim.

PAIS DE
6
CAMERON

A TEORIA DOS SONHOS

Se você não acredita em vidas passadas, sugiro que não prossiga com a leitura. Lembrando que todos os fatos a seguir são meramente fictícios e usados somente para a composição da história.

Caso tenha gatilhos quanto ao assunto suicídio, aconselho, em qualquer hipótese, NÃO continuar a sua leitura.

O início da história de Cameron e Rebecca se deu pelos sonhos conectados que eles passaram a ter, mas há diversos fatos que não são contados nos livros, e sim apenas indicados.

Não é segredo que Cameron e Rebecca são as reencarnações de Castiel e Rylie, mas o começo não veio daí.

A encarnação deles foi de 1898 a 1917, em São Francisco, EUA.

No fim de 1916, Karl Styles e Grace Malik se conheceram e se apaixonaram um pelo outro de tal forma que não conseguiram esperar o casamento para demonstrarem o amor que sentiam. Em abril de 1917, Karl foi convocado para a primeira guerra mundial e, meses depois, com tantas notícias de mortos na guerra, Grace passou muito nervosismo, ao ponto de ir para o hospital com sintomas como: excesso de urina, boca seca e visão turva, descobrindo, então, ser diabética e, em um pico alto e com falta de cuidados, Grace não resistiu. Antes que a notícia chegasse a Karl, ele foi morto em combate.

A descoberta da insulina, que poderia ter salvado a vida de Grace, se deu em 1921, por pesquisadores canadenses.

A reencarnação foi de 1960 a 1981, em Seattle, EUA.

Em 1980, Elsie Nogueira começou a sonhar com um garoto de cabelos louros, alto e magro; meses depois, tornou-se vizinha de Petre Styles e, em um jantar de boas-vindas da família dele para a dela, eles passaram horas conversando. Não demorou muito para que se apaixonassem. Na noite de 12 de novembro de 1981, Petre pediria Elsie em casamento, se não tivesse sofrido um acidente de carro durante o retorno para a casa depois de comprar as alianças. E, ao descobrir a perda do amor de sua vida, Elsie seguiu para a ponte à qual eles costumavam ir juntos e se jogou no lago cheio de pedras, chegando, então, ao fim de sua vida. A pedra em que Elsie bateu a cabeça foi, concidentemente, a sobre a qual ela e Petre tiveram a sua primeira vez. Os dois nunca souberam que sonhavam conectados.

A segunda reencarnação foi a de Castiel e Rylie, entre um Styles e, novamente, uma Malik, tendo um fim tão trágico quanto os de suas vidas anteriores, mas sua história de amor começou quando Castiel viu Rylie e soube que era a garota de seus sonhos, e, com tudo de si, se prendeu ao amor de sua vida. Uma noite antes de ser internada, Rylie se entregou a Castiel. Eles chegaram a noivar durante as idas ao médico pela quimioterapia de Rylie, mas, infelizmente, ela não resistiu e, no mesmo dia, ele saiu de moto em alta velocidade, entregando-se à morte.

A terceira e última reencarnação é a de Cameron e Rebecca, onde finalmente o destino lhes permite um futuro feliz.

Cameron achava que só havia uma forma de acabar com a sua dor e o desgosto. E como um aviso da vida, os sonhos com a sua "inimiga de infância" começaram. Não foi apenas o amor que sentia por ela que o salvou, e sim as memórias boas que a existência de Rebecca trazia.

Rebecca, antes de sonhar com Cameron, estava se entregando à escuridão, se afogando no medo e desespero de ter que sobreviver e voltar a conviver com pessoas, mas os sonhos a confortavam todas as noites, mesmo sem saber que era com *ele*, de alguma forma, trazia esperança de que tudo ficaria bem em algum momento.

Mas, depois do reencontro entre eles, os sonhos passaram a ser avisos de que eles deviam ficar juntos, que não deviam se separar e que o destino de ambos estava ligado pelo amor. Durante o tempo separados, todas as noites eles sonhavam um com o outro, mas, depois que o pedido de casamento foi feito, os sonhos acabaram, porque finalmente o amor foi mais forte e o destino aceitou que nada os separaria.

CARTA DA AUTORA

Doce Garota é, se posso dizer, o início de toda a minha história como autora publicada. Se não fosse pela existência dele e de cada leitor que sonhou comigo, eu, como já disse inúmeras vezes, não estaria aqui.

Chegamos ao fim de uma longa história, depois de mais de três anos sendo escrita e esperada.

De toda a minha jornada desde que comecei a escrever, aos 14 anos, Cameron e Rebecca é o casal que mais me prendeu, que mais me fez querer desenvolver detalhadamente cada situação de suas vidas juntos. Mesmo que o livro tenha ficado enorme, ao ponto de se tornar uma quadrilogia, eu não me arrependo.

A parte um é totalmente sobre o reencontro do casal e o que eu mais quis retratar é quão oprimida Rebecca era por si mesma e pela família, importando-se com todas as críticas, o quanto isso a desgastou e a prejudicou. Como muitos diziam, e não é mentira: ela era uma senhora no corpo de uma jovem; não conseguia viver e se privava de muitas coisas tendo tão pouca idade. Além disso, é sobre como Cameron aceitava e guardava tudo por medo de ser invalidado ou desprezado, outra vez, por quem amava.

A parte dois retratou profundamente o que cada um deles passou. Os abusos físicos e psicológicos e as intolerâncias, o quanto Rebecca começou a se entregar a Cameron e o amor dele por ela, que o fazia esperar e compreendê-la. Fiquei muito marcada quando eles finalmente confiaram em alguém e contaram o que passaram, e como o abuso sexual os destruiu. Essa parte trata também das dúvidas de Rebecca quanto ao passado de suas famílias.

Depois de conhecer a fundo cada personagem, chegou à parte três. Foi um livro difícil de elaborar porque, em muitas situações, fiquei com raiva dele e dela, porque não conversavam e Cameron continuava a querer carregar tudo para si, beirando a própria destruição. Mas, ao mesmo tempo, foi incrível escrever o quanto Rebecca não se prendia mais com seus desejos sexuais e religião, não tinha medo e muito menos vergonha.

Essa parte tratou de um ponto alto no amadurecimento dos dois. Eles entenderam que não podiam agir como crianças, pirraçando sempre, e passaram a ser ousados. O marco dessa história foi a descoberta da máfia, da monarquia e do passado, além de Cameron trancado em seu quarto e simplesmente indo atrás do amor da vida dele em outro país.

E essa última parte, para mim, é a melhor.

É sobre amor, lealdade e devoção, não só em sentido romântico.

Quem se atentou aos detalhes e evoluções, viu que não foi só Cameron e Rebecca que evoluíram; os pais, o time, os amigos e até mesmo quem causou mal a eles amadureceram.

E, uma vez que vocês conheciam Cameron e Rebecca tão bem, era a hora de mostrar eles em sua essência, cometendo loucuras por quem amam, e embarquei nessas loucuras sem medo de julgamento, porque sabia que vocês os conheciam tão bem ao ponto de entender os motivos deles.

Escrever sobre amadurecimento, principalmente da fase adolescente para a jovem, é um grande desafio, assim como muitos outros na escrita, porque precisamos entender cada personagem, o que os levou a ter algumas atitudes, seus traumas nunca falados em voz alta, o quanto ser obrigado a crescer antes do tempo é prejudicial para qualquer pessoa, para adolescentes sendo imaturos e muito infantis ou vivendo à base de pressão.

Eles mudaram muito do início para essa última parte e aceitaram o caos que são.

E eu agradeço vocês, que aceitaram esperar pacientemente (ou não), decidiram entender o processo de amadurecimento e abraçaram o caos que a Supremacia Styles é.

Obrigada àqueles que estão comigo desde o Wattpad e àqueles que chegaram depois.

Vocês sempre serão parte de toda a minha jornada e da Supremacia Styles.

ENTÃO, ADEUS?

De forma alguma!

Hoje, demos *adeus* a Cameron e Rebecca.

Mas dissemos *olá* para **Os Herdeiros da Supremacia Styles**.

Seis filhos, seis livros.

Que o caos comece, que o pau tore, que o cabaré pegue fogo e que Deus ajude os pais dessas crianças.

Preparem o *habeas corpus*, advogados da Supremacia, porque vocês vão precisar!

CONHEÇA MAIS DA SUPREMACIA STYLES:

Aponte sua câmera, na aba de QR Code, para os códigos abaixo e acompanhe **@stacyecaramelws** nas redes sociais para ficar por dentro das novidades e lançamentos das próximas histórias da série.

Lembrando que, *contém spoilers.*

Até breve,
Stacye C.